BOULEVARD

FLOR M.
SALVADOR

BOULEVARD

EDICIÓN ILUSTRADA POR MMIVENS

wattpad
by Montena

El papel utilizado para la impresión de este libro ha sido fabricado a partir de madera procedente de bosques y plantaciones gestionadas con los más altos estándares ambientales, garantizando una explotación de los recursos sostenible con el medio ambiente y beneficiosa para las personas.

Penguin Random House Grupo Editorial

Boulevard

Primera edición en España: noviembre, 2022
Primera edición en México: noviembre, 2022
Segunda edición en México: noviembre, 2023
Primera reimpresión: abril, 2024
Segunda reimpresión: noviembre, 2024
Tercera reimpresión: mayo, 2025

penguinlibros.com

(Las ilustraciones de interiores han cambiado y ahora el copy de las nuevas va en la solapa).

ISBN: 978-607-383-993-8

Impreso en México – *Printed in Mexico*

Para mi padre que, al día de hoy, está descansando en paz. Gracias por el viaje a la buena música. Te amo.

Para todas aquellas personas que enterraron sus sueños, les apagaron su luz interior y no las dejaron brillar.

Para ti. Para ti, que sigues luchando otro día más.

«El amor lo inventó un chico con los ojos cerrados. Por eso somos ciegos todos los enamorados».

Anónimo

PRÓLOGO

Las luces rojas y azules iluminaban el lugar, y las sirenas ensordecían sus oídos. La calle húmeda se reflejaba con los faros por la pequeña llovizna que había caído sobre la ciudad, algunos murmuraban alrededor y otros preferían correr lejos del lugar.

Los gritos de ayuda habían cesado y el tráfico colapsaba, varios automóviles hacían sonar su claxon con demasiada desesperación, aturdiendo a los presentes. Mientras los paramédicos ejercían su trabajo, los policías de tránsito señalaban por dónde cruzar para que la congestión de vehículos disminuyera.

Pésima escena para estar protagonizándola.

¿Sabías que el último latido del corazón termina en el mismo punto en donde late el primero?

A veces la vida sorprende mucho, cuando unos presencian verla morir, otros están viendo nacer una nueva. Se dice que, por un primer llanto de un recién nacido, hay un llanto de quien nos ha dejado.

Igual se dice que muere más gente buena que mala.

Pero siempre sueles escoger la flor más bonita que encuentras en el jardín para arrancarla.

Y también ves los pájaros más coloridos siendo enjaulados.

La vida es efímera: corta, pasajera, no perdura e incluso puede terminar en un pestañeo. Nadie tiene idea de si se nace con un propósito, o si hay que encontrarle algún sentido, ¿no se puede solo vivir? Sí, vivir la vida, por muy redundante que suene. Solo olvidar la absurda idea del porqué y para qué naciste.

Hay que sonreír, sonreír sin que duela.

Hay que reír, reír sin llorar.

Hay que llorar, llorar sin temor.

Y hay que temer, pero temer sin callar.

Porque está bien, porque de todo eso se trata vivir, sentirse fuerte un día como Sansón y al otro tan débil que hasta respirar sea una tortura. Algunos creerán que es patético todo eso, sin embargo, no importa.

Una vez alguien dijo con su cigarrillo en la mano: «Deja que se rían de lo patética que creen que eres, a fin de cuentas todos terminamos igual, en un boulevard de los sueños rotos».

CAPÍTULO 0

Nunca fui una persona que pensara con claridad. Por supuesto que no. Recuerdo que mi madre solía decirme que meditar mucho las cosas podía hacer que saliera todo mal, pero también que sería un error tomar la primera opción sin consultar.

Mucha mucha ayuda no era, al menos no cuando de mis pensamientos caóticos y desesperados se trataba, y… de los más simples también, como cuando iba al cine y dos súper ofertas se me presentaban. Pensar mucho no estaría bien, según mi madre, pero elegir al instante, uhm…, tampoco, también según mi madre. Así que al final terminaría eligiendo un vaso grande de refresco y palomitas medianas clásicas junto con una barra de chocolate. A menos que Zev, mi mejor amigo desde hacía un par de años, estuviera conmigo para salvarme de esa terrible decisión.

Vivía en Sídney, en la ciudad de aquel país donde encontrarás a los animales más exóticos y salvajes: los canguros golpeadores, wombats con patitas cortas, koalas comiendo eucalipto y cocodrilos con mandíbulas muy fuertes. La bella fauna de Australia.

Mi casa, que se ubicaba en los suburbios de la ciudad, solo era habitada por mi madre, Bonnie Weigel, una excelente psicóloga que amaba su trabajo, y por mí.

Por otra parte, mi padre nos abandonó cuando cumplí dos años, justamente el día de mi cumpleaños. Una trágica historia para poder llorar en mi habitación por las noches. Aunque siempre me pregunté cómo sería tener una figura paterna, no era lo suficiente triste para mí, pues tenía a una mujer que nos sacó adelante, a ella y a mí, con todo su esfuerzo, que no se alejó nunca y permaneció a mi lado.

Solían preguntarme por la pronunciación de mi apellido. El origen de este fue gracias a mi abuelo, «el alemán», pues así lo apodaban aquí en la ciudad. Él nació en Hamburgo y conoció a mi abuela cuando cruzó el océano gracias al trabajo de su padre, mi bisabuelo. Contaban con tan solo dieciséis años la primera vez que hablaron y se casaron a los diecinueve. Mi madre nació un año después en esta ciudad, donde actualmente vivimos. Fue hija única, al igual que yo.

Me gustaba más usar el apellido materno. En la escuela, todos los profesores me llamaban por ese y se lo agradecía tanto… Bien, no todos, había uno en concreto al que le gustaba verme con el ceño fruncido cada vez que se dirigía a mí con Derricks. Desde hacía un tiempo, llegué a la conclusión de que tal vez me odiaba por siempre llegar tarde a sus clases, pero no era nada personal, ni tampoco una forma de venganza, ¡lo juro! ¡Dios, yo era tan irresponsable!

Tenía un serio problema con asistir a las primeras clases, esas que iniciaban a la siete de la mañana, y llegaba con el cabello desordenado o la marca de la almohada todavía en mi mejilla. Casi nunca oía la alarma y cuando despertaba solo uno de mis dos ojos se entreabría, alentando a que el otro lo hiciera también.

Si mi madre entraba a su trabajo temprano, podía llamarlo salvación, pues de esa forma era ella quien me llevaba hasta la puerta del campus, porque para llegar hasta allí se necesitaba tomar dos autobuses. La preparatoria se encontraba a las afueras de la ciudad, cerca de la carretera, donde los tráileres y camiones desobedecían las señales. A pesar de que existiera el gran letrero de la velocidad requerida, del peatón y de que había una comunidad estudiantil, ellos parecían ser libres, sin ningún tipo de señalización.

Habíamos hecho huelga para que se cambiara la ubicación hacía unos meses. No obtuvimos respuesta.

También odiaba su programa educativo, siempre me quejé de las clases de los sábados. ¿Por qué nos hacían sufrir de esa forma? ¿No era suficiente con las once materias que llevábamos cada año? ¿Las quejas de los estudiantes eran una forma de vivir para la rectoría? Tal vez.

Estudiaba el último año en el campus y aún no tenía planeado en qué universidad presentaría examen. Estaba segura de querer estudiar Diseño Gráfico; había tenido debates con mi madre acerca de las licenciaturas, desde las que mejor pagaban hasta las que casi desaparecerían en un tiempo.

Mi plan de vida no era el mejor, pero tampoco el peor. Quería estudiar, graduarme, tener una pequeña casa y vivir con tres gatos y un perro. Sus nombres combinarían, todos de cuatro letras, que cabrían en la plaquita de identificación y con collares que resaltaran el color de su pelaje. El mejor plan de vida.

De esa manera se movía mi vida quejumbrosa, pero siendo este el último año me propuse no llegar tarde a las primeras clases, sobre todo a la del profesor Hoffman, ni con el pelo alborotado, ni con la marca de la almohada, ni mucho menos con una mancha de pasta dental en mi blusa, pero fue ese mismo último año cuando mi perspectiva de la vida cambió cuando lo conocí a él: Luke Howland Murphy.

Un clásico cliché no tan cliché.

¿Han escuchado hablar sobre la ley de Murphy? Definitivamente era cierta.

CAPÍTULO 1

Primer propósito de último año: tachado. Llegar temprano definitivamente era un estilo de vida, pero no el mío. La buena suerte nunca estaría de mi lado, de hecho, siempre pensé que yo era algo así como un tipo de imán que atraía la mala suerte casi todo el tiempo, pero ¿acaso estos no tenían un polo negativo y otro positivo?

No lo sé.

Después de todo no era un imán, sino un amuleto… de pésima suerte.

Me encontraba exhausta y con las piernas doloridas por el gran esfuerzo que hacía al correr a toda velocidad por los pasillos de la prepa, importándome un bledo que mi frente sudara y sintiera las gotas recorrer mi rostro. El cabello un desastre y la marca de la almohada en mi mejilla, al menos esta vez era la derecha.

Estaba llegando más de veinte minutos tarde a la clase de Literatura, la que impartía el profesor Hoffman, el mismo del año pasado que tenía conocimiento de mi falta de puntualidad.

Empezaba otra vez mal. Muy mal.

Respiré hondo cuando estuve frente a la puerta del aula y me preparé para tocarla y perder la dignidad una vez más, excusándome con el profesor por mi irresponsabilidad. En menos de un minuto, abrió la puerta, dejándome verlo. El profesor Hoffman era un hombre calvo, regordete y de piel blanca, y me miraba con el ceño fruncido a través de sus lentes, con su cara notablemente irritada por mi presencia.

Él me odiaba, lo podía notar por cada poro de su piel.

Le ofrecí una sonrisa tímida, intentando ocultar debajo de ella la vergüenza que me comenzaba a invadir.

—Hasley —pronunció firme, intentando intimidarme con sus ojos sobre mí—. Así que, dígame, ¿cuál es su excusa en esta ocasión?

—Me quedé dormida —confesé.

Apreté mi mandíbula y me abofeteé mentalmente por la estupidez que había dicho y, por desgracia, ya no podía revertir. No debí decir eso, debí mentir y no decir la verdad. ¡Hasley, por favor!

—Bien —me sonrió sin ninguna pizca de gracia—. Espero que la próxima vez no se duerma.

Por un segundo pensé que me dejaría pasar, pero fui demasiado ingenua.

El hombre se metió de nuevo al aula y me dedicó una señal de despedida con la mano.

—Profesor... —intenté hablar.

Pero entre sus planes no estaba el querer escucharme, por lo cual solo me interrumpió:

—Hasta la siguiente clase, Derricks. Dé las gracias de que hoy no quiero ir a la dirección con usted.

Y, como de costumbre, fruncí el ceño por cómo me llamó.

Él cerró la puerta y me quedé estática en mi lugar, sin moverme o siquiera parpadear. Estaba confundida, repasando lo que había ocurrido. ¡No podía hacerme esto! ¡No lo había hecho! Pero qué digo, sí lo hizo.

¡Ay, vamos!

Poniendo los ojos en blanco con cierta molestia, bufé y me di la vuelta para comenzar a caminar por el pasillo y así arrastrar conmigo la poca dignidad que me quedaba.

Esta era la primera vez que no me dejaba entrar en clase.

Había llegado tarde en unas cuantas ocasiones, unas cinco, seis o nueve veces. Aunque, pensándolo bien, eventualmente llegaba tarde, pero cumplía con mis tareas y siempre trataba de prestarle atención, a pesar de que me diera sueño su clase.

Literatura me aburría, simplemente lo hacía. Me gustaba leer, pero no las historias que él solía dejar de tarea.

Debía reacomodar mis hábitos, dejar de ser una amante de dormir hasta muy tarde por ver series y poner en primer plano la escuela. Quizás así sería capaz de revertir mi suerte.

Parpadeé y comencé a caminar hacia las gradas. A decir verdad, no tenía un lugar determinado donde ir, solo dejé que mis piernas me guiaran. La hierba hacía contacto con la suela de mis zapatos y el aire revolvía mi corto cabello, ocasionando que pequeños mechones taparan mi rostro.

A una determinada distancia, donde la sombra caía ligeramente sobre una de las gradas, justo ahí, un cuerpo se encontraba sentado a horcajadas dándole la espalda al campo.

Me detuve a observarlo. Era raro que alguien estuviera en ese sitio cuando todos los grupos se encontraban en clase. ¿Habrá tenido mi propio destino? Ser echado de su clase.

Curiosa, ladeé un poco la cabeza e inflé las mejillas, la acción de sacar algo del bolsillo de su pantalón para comenzar a rasgarlo me animó a caminar de manera vacilante adonde estaba. Antes de subir las gradas, me lo pensé dos veces y di un paso atrás. Miré mis zapatos sucios y no sabía cuál de las dos opciones de mi madre podía elegir en esta ocasión.

—¿Qué haces?

Su voz me sobresaltó, dejándome fría por unos segundos. Alcé la vista y los nervios me comían viva. Él no me miraba, seguía dándome la espalda y eso me aterró por un instante.

¿Había sido él?

—Nada —murmuré—. Solo… subía.

Los movimientos se coordinaron con mis palabras y subí las gradas.

Sin embargo, ese día había despertado con el pie izquierdo, ya que cuando estaba a punto de llegar a su altura me resbalé y caí.

—Mierda —siseé.

Le supliqué al Todopoderoso que me hiciera desaparecer en ese mismo instante.

Apoyé ambas manos sobre la barandilla e intenté levantarme, quejándome en voz baja. No pude, me dolía el brazo. Sentí la mirada de alguien y sabía de quién se trataba. Con la humillación cargando sobre mis hombros, alcé la vista encontrándome con los ojos del chico.

Él estaba de pie delante de mí con el ceño fruncido.

—Yo… Lo siento.

Fue lo único que logré balbucear.

Me quedé pensando en lo que dije. ¿Por qué lo sentía? No lo lamentaba en absoluto. Bueno, tal vez sí, sea lo que estuviera haciendo yo lo había interrumpido.

Él se pasó la lengua por los labios y gracias a aquello me pude fijar en que un pequeño aro negro adornaba el lado derecho de su rosado labio inferior. Puso los ojos en blanco, soltó un suspiro lleno de fastidio y, dando una sola zancada, se acercó a mí y me ofreció la mano incitándome a que la tomara.

Avergonzada, accedí para ponerme de pie. Su altura fue lo primero que pude confirmar una vez que recuperé mi postura, pues aun estando un escalón más arriba de donde él se encontraba seguía rebasándome. Era muy alto.

—Gracias —susurré, tratando de que el color carmesí en mis mejillas se desvaneciera por completo.

—Uh-huh… —fue lo único que musitó sin despegar los labios.

Por un segundo me sentí torpe, aunque luego comprendí que lo fui.

Lo miré fijamente sin disimular. Era muy lindo: sus ojos de un color azul eléctrico cargaban con unas ojeras oscuras debajo de ellos, su cabello rubio moviéndose por una ligera brisa, haciendo que su flequillo cubriera su frente, sus labios, que tenían un ligero tono rosado que resaltaba con su piel clara, casi pálida.

Fue entonces cuando me di cuenta de que lo estaba mirando sin disimulo alguno, justo en el momento en el que él empezó a toser.

—¿Estás bien? —pregunté bajando el escalón de la grada.

Hizo una seña con la mano que no supe interpretar, no sabía si se trataba de una afirmación a mi pregunta o si simplemente me pedía que me alejara. Quizás ambas. Inflé mi mejilla derecha un poco incómoda y levanté mi mochila.

—¿Qué haces aquí? —preguntó al aire una vez que recuperó el aliento.

A diferencia de antes, esta vez pude escuchar bien su voz: suave y un poco ronca.

Lo miré y su cara no tenía expresión alguna, era vacía y neutra; daba pequeños escalofríos la seriedad que poseía. Algo tenía claro y es que no le iba a decir que la curiosidad de saber lo que había sacado de su bolsillo me había traído hasta allí porque, pensándolo bien, sonaba acosador.

Formulé una respuesta que pudiera ser creíble.

—Solo quería pasar el rato —dije indiferente y me encogí de hombros.

Pero por supuesto que él no se lo creyó, pues su ceja alzada me lo hizo saber.

—¿No se supone que deberías estar en clase?

Su voz tenía un tono burlón.

—¿No se supone que tú también deberías estar en clase? —contraataqué sujetando con fuerza la correa de mi mochila, remarcando cada palabra con un poco de superioridad.

El chico llevó a un lado su cabeza y sonrió, pero era una media sonrisa lánguida, aquella que escondía tanto, pero decía todo.

—¿Acaso esta vez no te dejaron entrar en clase, Hasley? ¿O estás empezando el año con el pie izquierdo?

¿Ah?

¿Cómo sabía mi nombre?

Eso me desconcertó y rápidamente fruncí el entrecejo.

—¿Cómo sabes mi nombre?

—Compartimos una clase —contestó, poniendo los ojos en blanco—. Aparte, la mayoría de las personas te conoce: ser la mejor amiga del gran Zev Nguyen sube tu estatus.

La última frase la completó con ironía y un poco de ego fingido.

¿Compartíamos clase? No lo había visto en ninguna, aunque en realidad no conocía a la mayoría del aula. Desde el inicio del curso habían unido a otros grupos y yo no era una persona que solía fijarse en la cara o el nombre de sus compañeros. Mientras tanto, la otra razón tenía algo de coherencia: Zev era mi mejor amigo y el capitán del equipo de rugby, por lo que la mayoría de los estudiantes lo conocía. Yo iba a los partidos y a sus entrenamientos, pero siempre pasaba desapercibida.

O al menos eso trataba.

—¿Qué clase? —inquirí.

—Historia, con la profesora Kearney.

Hice un mohín y asentí. El chico desvió la mirada hasta sus pies y estuvo así durante unos segundos, llevó su mano hasta el bolsillo de su pantalón y sacó un papel blanco enrollado. Sin molestarse por mi presencia, lo encendió y se lo llevó a los labios sin pena alguna. De esa manera, se me olvidó por completo de lo que estábamos hablando.

Yo era tonta, pero no demasiado. Eso no era un simple cigarro.

—¿Qué es? —con cierta curiosidad, me atreví a preguntar—. No creo que sea tabaco.

Él soltó una risita cínica y antes de hablar dio una calada.

—Es un churro.

Se divertía.

El humo salió de sus labios y llegó hasta mi rostro.

El olor fue un poco fuerte y diferente al de la nicotina, no había fumado nunca un churro. Hice una mueca de asco y me alejé un poco.

—¿Por qué lo haces en la escuela?

Me preocupaba. Si me veían con él, ambos acabaríamos detenidos o, peor aún, en la cárcel. Sin embargo, me tranquilicé al tener en cuenta que todos estaban en clase y casi nadie venía en nuestra dirección. Los campos eran un infierno para muchos.

—Porque quiero y puedo —contestó de forma grosera.

—Eso es desagradable —farfullé arrugando la nariz.

—Entonces ¿por qué sigues aquí?

Entreabrí los labios para contestarle, pero no tenía nada en mente para responderle. Ahora me sentía avergonzada.

Lo escuché suspirar y volví mi atención a él.

—¿Qué es eso? —apuntó con su dedo índice hacia mi blusa entrecerrando los ojos.

Mi mirada viajó a la dirección donde apuntaba y sentí mis mejillas arder.

«No puede ser».

—Pasta de dientes.

Me miró con una pizca de diversión durante unos segundos para luego empezar a carcajearse; su risa fue un poco contagiosa, me habría unido si yo no hubiera sido la causante. Por esa misma razón, puse la cara en alto y apreté la mandíbula.

—Te levantas con los ojos cerrados, ¿no es así? —murmuró entre risas.

—¡No soy buena despertándome! —confesé en un chillido, dándole un golpe a la grada de metal con el pie.

—Lo he notado.

Hizo una mueca de dolor y su expresión cambió a una seria; dejó el churro en una grada y lo apagó con la suela del zapato para luego levantarlo. Se pasó la mochila por encima del hombro y a zancadas, de dos en dos, bajó completamente las gradas.

—¿Qué haces? —pregunté, tratando de seguirlo.

Él se dio la vuelta para encararme.

—Me voy. ¿No es obvio?

—¿Por qué?

—Las clases siguen, Weigel.

Se giró y siguió caminando.

Me había llamado por mi apellido, ¿cómo es que lo sabía? «Está contigo en una clase», gritó mi subconsciente. Me di cuenta de que no me había mencionado nada de él, ni siquiera se había presentado, así que volví a hablarle:

—¡No me has dicho cómo te llamas! —grité poniendo ambas manos alrededor de mi boca, creando un megáfono con ellas.

Él se dio la vuelta y siguió su camino de espaldas. Creí que diría algo más, pero solo alzó los pulgares y volvió a girarse. Su forma de caminar era diferente. Caminaba como si nada le preocupara, dejando caer los brazos de manera relajada y sus piernas entalladas a esos pantalones negros levemente ajustados.

Me senté en una de las gradas y mi vista se perdió por el campo verdoso, repitiéndome de nuevo cuánto odiaba al profesor Hoffman.

La hora del descanso llegó. No me gustaba comer en la cafetería, desde pequeña no toleraba el olor a comida y el cuchicheo de varias personas al mismo tiempo. Solo lo hacía por Zev, me agradaba acompañarlo y estar juntos durante el desayuno.

Empujé la puerta de la cafetería con la punta de mi tenis y caminé directamente hacia la máquina de jugos, rebusqué unas cuantas monedas para depositarlas y después sacar mi jugo de uva por el orificio de abajo. Mi cuerpo se tensó al sentir unos brazos atraparme por la espalda haciendo presión, aunque me relajé al instante cuando escuché la familiar risa ruidosa de Zev, ocasionándome cosquillas en el lóbulo de la oreja. Me removí entre sus brazos y, una vez que me soltó, me giré hacia él con una gran sonrisa.

—¡Hey! —saludé revolviendo su cabello.

—No hagas eso —gruñó divertido con un mohín tierno.

Yo negué con burla y repetí mi acción.

—Es en serio, Hasley —me reprendió riendo. Zev sujetó mis muñecas para abrazarme de nuevo, pero ejerciendo un poco más de fuerza.

—Déjame respirar —pedí riendo.

Él deshizo su agarre, pasando un brazo por encima de mis hombros para así atraerme a su cuerpo, brindándome protección. Empezamos a caminar hacia una de las mesas del centro donde se encontraban algunos de sus compañeros del equipo, quienes, en el instante en que nos vieron, nos regalaron una sonrisa a ambos.

—¿Irás hoy a mi entrenamiento? —preguntó Zev.

Algo que adoraba de él eran sus ojos color avellana, un color muy bonito. Una gran ventaja, pues cuando te pedía un favor se te hacía imposible negarte.

—Claro que iré —respondí con un asentamiento de cabeza. Él esbozó una sonrisa de oreja a oreja—. ¿Cómo podría faltar?

—No yendo —bromeó Neisan, el subcapitán.

—Uy, gracioso —lo reprendí.

El chico no dijo nada, solo me sacó la lengua como toda persona madura haría. Oh, vaya que sí.

—¿Paso a buscarte? —Zev retomó la conversación.

Sabía que, aunque me negara, él iría de todos modos. Eso ya era como una pequeña costumbre entre nosotros, pero aún tenía la decencia y sutileza de preguntar por ello.

Una vez que llegamos hasta la mesa, el castaño empujó a uno de sus amigos para sentarse él después. El chico del pelo negro a quien había empujado lo miró con recelo mientras masticaba su pedazo de pizza.

—¿Tú qué crees, Zev?

—Entonces paso por ti —confirmó sonriente ante mi sarcasmo.

—¿Vendrá al entrenamiento? —preguntó Daniel, otro chico del equipo, que jugaba como pilar.

—¿Cuándo no ha ido Hasley a un entrenamiento de Zev? —Dylan, que era el tackleador de apoyo, se unió a la charla.

—El día en que murió su perrita —respondió mi mejor amigo, mirándolo de reojo.

—De hecho, sí llegó al final del entrenamiento —recordó él—. Me acuerdo porque fue el día en que fuimos a comer pizza y para que no estuviera triste nos metimos a los juegos infantiles.

—Tampoco olviden que nos sacaron del local —completó Neisan.

Todos en la mesa rieron.

No todo el tiempo salía con ellos, pero se habían vuelto cercanos a mí durante el último año. El hecho de ir a los entrenamientos hizo que los acompañara a comer al término de estos, o si no Zev me llevaba a casa y los alcanzaba más tarde.

Suena triste, ¿cierto? Dios, ¡qué tragedia!

—Casi toda la preparatoria piensa que tienen una relación —informó Daniel.

Él comía papas fritas mientras sus ojos se dirigían a mí y a Zev.

—Pero aquí sabemos que Hasy babea por Matthew —indicó él rápidamente, a lo que yo le lancé una mirada feroz.

La preparatoria tenía varios equipos de diferentes deportes, pero solo en rugby, basquetbol y voleibol se iba a los campeonatos estatales. Matthew era el capitán del equipo de basquetbol y el chico que me gustaba desde hacía dos años aproximadamente. Zev se molestaba siempre con él; ellos cruzaban palabras cuando los llamaban por el simple hecho de que eran los capitanes de los equipos más importantes de la prepa.

Matthew Jones era un chico alto, de cabello rojizo, de ojos verdes y tez muy blanca. Zev decía que se parecía a Casper, el fantasma.

En un abrir y cerrar de ojos, todos en la mesa me miraban con una ceja arqueada, haciendo que mis mejillas se sonrojaran. Esto pasaba muy seguido.

Jugué con mis labios una vez más antes de hablar.

—Voy a comprar algo de comer —avisé, queriendo evadir la situación.

Me puse de pie y Neisan copió mi acción al instante, añadiendo:

—Te acompaño.

Asentí y nos alejamos del grupo. El chico me avisó de que iba hacia el otro extremo de la cafetería y desapareció de mi vista. Miré la comida que tenía enfrente buscando algo apetitoso, pero nada fue de mi gusto. Después de unos minutos intentando que algo se me antojara, decidí pedir una rebanada de pizza y una bebida de jengibre.

—Eso es asqueroso —escuché que dijeron detrás de mí.

Di media vuelta, encontrándome con el chico rubio con quien había tenido una conversación en las gradas.

—¿Qué? —pregunté confundida ante su declaración.

—Eso —respondió, haciendo un ligero movimiento con la cabeza e indicando el vaso.

¿Cómo podía decir aquello? Era mi bebida favorita y él la había insultado.

—Es Ginger ale y sabe rico —me defendí frunciendo el entrecejo.

Él ladeó la cabeza sin quitar la mirada de mi vaso y negó unas cuantas veces.

—Sabe a medicina —arrugó la nariz.

—¿Qué haces aquí? —pregunté haciendo el mismo gesto y tratando de desviar el tema.

—Vengo a comprar comida —mencionó con una sonrisa juguetona, entrecerrando los ojos y haciéndome sentir imbécil—. Eso es lo que hace la mayoría de la gente normal cuando viene a la cafetería.

Quise defenderme cuando las puertas de la cafetería se abrieron y apareció el chico pelirrojo. A su lado, venían algunos de sus amigos del equipo de basquet. Estaba demasiado guapo. Su sonrisa brillaba en el rostro mientras sus ojos se achinaban.

—¿Quieres una toallita? —la voz del chico rubio hizo que saliera de mi órbita y quitara la vista de Matthew para dirigirla a él—. Casi inundas la cafetería con tu baba —remarcó jocoso. Sentí las mejillas arder de la vergüenza y quise ocultarlas.

Él rio y me empujó del hombro con suavidad para pedir un jugo de naranja. No entendía por qué mis pies no se movían y me iba de ahí. Sin embargo, cuando me di cuenta de ello, su voz volvió a sonar:

—¿Te gusta el capitán de basquetbol? —preguntó, poniéndose de nuevo al frente y prosiguió—: Mejor no respondas, es demasiado obvio —rio—. ¿Por qué no has intentado acercarte a él?

—Es inútil —hablé sin muchas ganas de seguir esta conversación.

—¿Él? Lo creo.

—No, el intentarlo —expliqué.

Sorbí un poco de líquido con el popote mientras miraba hacia todos lados. Algunos ojos estaban pendientes de nosotros. ¿Acaso él esperaba a alguien más?

—No lo sabrás si no lo haces —dijo cerrando los ojos al mismo tiempo que daba un suspiro.

Se humedeció los labios y se rascó la barbilla.

—Apenas nos conocemos y ¿ya me estás dando consejos? —inquirí.

Lo decía con un poco de diversión, no para sonar tan borde y grosera ante su ayuda o lo que fuera que él estuviera haciendo.

—Tómalo como quieras, Weigel —farfulló sin ganas. Metió la mano libre en el bolsillo de su pantalón e hizo una mueca de disgusto.

Repetí en mi mente de nuevo lo que había dicho y lo miré con cautela.

—No me has dicho tu nombre.

—Si te importa tanto… —dejó de hablar, cortando su oración y así acercarse a mí para poder susurrar cerca de mi oído—. Investígalo.

Iba a protestar por lo cruel que estaba siendo al no decirme de una vez su nombre. En serio, tenía una pizca de curiosidad por saberlo, aunque la voz de Neisan pronunciando el mío a distancia me impidió insistir.

—¡Hasley!

El chico rubio y yo dirigimos la mirada hacia Neisan, que se encontraba con el ceño levemente fruncido por la escena que observaba.

—Hasta luego, Weigel. Te están esperando —el desconocido se despidió. Antes de que pudiera contestarle, ya estaba caminando lejos.

—¿Qué hacías con él? —preguntó Neisan una vez que estuve a su lado.

—Estábamos hablando —respondí neutra, sin darle tanta importancia al asunto, pero aparentemente para él era todo lo contrario… O eso parecía.

—¿Lo conoces? —intentó saber y me giré a mirarlo con determinación.

Sus ojos se clavaban sobre los míos esperando mi respuesta clara y precisa.

—Lo conocí hoy en la mañana —confesé un poco perezosa—. Pero siendo honesta no sé su nombre.

Lo último fue pronunciado cuando llegamos a la mesa y tomé asiento. Zev quitó la vista de su celular con una sonrisa simpática y me miró moviendo los dedos sobre la mesa.

—¿De quién no sabes el nombre? —preguntó, llevando su vista hacia Daniel mientras bebía de su refresco. El dueño se quejó con un gruñido.

—De un chico que conocí hoy en la mañana —repetí lo mismo.

—¿Ah, sí? —alzó una ceja con una risa burlona y me miró pícaro—. ¿Quién es el galán que le quitará el lugar a Matthew?

—Creo que preferirías que siguiera siendo Jones —admitió Neisan.

Por su cara, pude ver que se arrepintió de ello, y soltó una bocanada de aire.

—¿Por qué? —Zev frunció el entrecejo ante el comentario de su amigo y lo miró—. ¿Quién es?

—¿Lo conoces? —intervine interesada preguntando a Neisan.

El chico puso los ojos en blanco.

—Howland.

¿Ese era su nombre?

Zev rápidamente me miró con una expresión dura haciendo notar su mandíbula tensa. Su rostro parecía enojado, como si lo que hubiera dicho su amigo fuera demasiado malo.

—¿Desde cuándo le hablas a ese tipo? —me preguntó rudo, con la voz firme y dura.

—Ya lo dije, lo conocí hoy en la mañana —mojé mis labios defendiéndome, volteé a ver a Neisan y pregunté: —¿Su nombre es Howland?

—Es su apellido, se llama Luke —esta vez, respondió Dylan.

—Luke —repetí.

—¡Importa una mierda su nombre! —espetó mi mejor amigo—. Hasley, aléjate de él.

—¿Por qué? —pregunté.

—Solo hazlo —ordenó.

Alcé una ceja.

—Tú no me dices qué debo hacer —dije irritada por su comportamiento.

—No, pero el tipo se droga —informó con desdén.

Abrí ligeramente la boca y traté de procesar lo que había dicho. Ahora entendía lo que había sacado de su bolsillo y lo que había fumado enfrente de mí.

—Luke tiene problemas psicológicos —volvió a hablar, pasándose una mano por el cabello—. No te conviene tener una relación de amistad con él.

—Si es así, solo necesita ayuda —musité.

—Sí —asintió—, pero tú no se la darás.

—Dios, Zev…

—No sabes nada de él, ni cómo actúa cuando consume esas mierdas.

—¿Y tú sí?

Me levanté del asiento.

Él cerró los ojos durante unos segundos intentando contenerse. Sus amigos presenciaban la escena en silencio, no decían nada. Zev abrió los ojos nuevamente para hablarme severo.

—Sé lo suficiente para decirte que te alejes de él. No finjas que puedes ayudarlo, no eres un maldito hospital.

Sus palabras me revolvieron el estómago.

—Zev, estás siendo un poco dramático, ¿no crees?

—Cállense, nos están mirando —Neisan fue el único capaz de meterse entre nosotros, sentenciándonos desde el otro extremo de la mesa.

—Hasley, es en serio… —antes de que pudiera terminar de hablar, lo interrumpí.

—¿Sabes? No quiero seguir con esta conversación —dije y me alejé.

—¡Hasley! —oí que gritó, pero lo ignoré.

Salí de la cafetería dirigiéndome a mi casillero. Zev sabía más de lo que quería decir. Entendía que se preocupara por mí, era mi mejor amigo y le agradecía su intento de protección hacia mí, pero yo podía cuidarme sola.

Yo no era un hospital, y estaba claro que no quería serlo nunca. ¿Qué ocurría en su cabeza?

Llegué a mi casillero y lo abrí para depositar unos cuantos libros. Por el rabillo del ojo pude ver la silueta de alguien; por un segundo se me cruzó la idea de que podría ser Zev. Me equivoqué, no se trataba de él.

Matthew venía caminando por el pasillo con su pantalón azul mezclilla ajustado y su camisa blanca con negro. Su mirada se dirigió a la mía y me sentí desfallecer. Él guiñó uno de sus ojos verdes y me sonrió para luego seguir caminando.

«Oh, por Dios, oh, por Dios».

La sangre subió hasta mis mejillas y mordí mis labios para evitar soltar un grito de alegría. Metí la cabeza en mi casillero y reí.

Era guapísimo, de los pies a la cabeza. También era mi *crush* desde hacía un tiempo. El simple hecho de verlo a lo lejos me hacía revolotear mariposas en el estómago, que mis mejillas se volvieran de un color carmesí y que mi cara ardiera ante mis pensamientos.

¡CLANC!
TODOPODEROSO...
¡DESAPARÉCEME!

CAPÍTULO 2

Actuaba orgullosa con Zev. Nuestra pequeña discusión había sido más fuerte de lo que pensaba y, aunque no me gustaba pelear con él, me molestaba demasiado que tuviera esa actitud.

Tal vez tenía sus razones para actuar de esa forma, pero no fue la mejor para advertirme sobre *Luke*.

Resoplé agotada cuando el profesor de Ciencias Sociales avisó que daba por finalizada la clase de hoy, dejé caer mi lapicero contra la mesa y guardé todo. El anillado de mi libreta se enredó con mi pulsera y puse los ojos en blanco para después tratar de arreglar el pequeño accidente. No tuve tanto éxito, ya que al instante de alejar mi mano me hice un rasguño en la piel.

Hoy estaba quejándome más de lo normal.

Salí del aula, me tocaba Literatura y después con la profesora Kearney. Lo bueno de las clases es que había un pequeño descanso de diez a quince minutos. Mi cuerpo se tropezaba con el de otros y oía cómo varios gruñían, traté de escabullirme de todo el bullicio y, cuando por fin dejé el pasillo principal, me di cuenta de que alguien me había manchado con algo de cátsup.

¡Ay, no!

Traté de quitar la mancha obteniendo como resultado una más grande. En realidad, era imposible ser más torpe. Maldije mil veces al aire y empecé a caminar por la parte contraria del pasillo principal, en donde el campo daba a las instalaciones de los edificios de Química.

Mi vista viajó hasta el lado derecho de las gradas por simple curiosidad y confirmé lo que por un segundo pasó por mi mente. El chico del día anterior y el culpable de mi pelea con mi mejor amigo se encontraba ahí. Debía parar mi curiosidad, pero al parecer fue más fuerte que mi cordura porque, en lugar de dirigirme a la clase de Literatura y no darla por perdida, fui hasta donde él se encontraba.

Pensé en muchas excusas para cuando me preguntara por mi presencia, pero, aunque no me funcionaran, no me arrepentía ni un solo segundo de estar acercándome.

—¿No se supone que tú tendrías que estar en clase? —preguntó Luke con el entrecejo fruncido cuando me vio subir.

—Supones bien, pero no tenía ganas de entrar —me encogí de hombros.

Luke me miró como si lo que le había dicho fuera lo más extraño del mundo. Él sacó de su bolsillo una cajetilla y a continuación un cigarro para llevárselo a los labios y encenderlo. Se acomodó sobre una de las gradas y estiró las piernas. El cielo estaba azul y el aire seguía siendo fresco a la temperatura en la que nos encontrábamos.

—Así que, Luke, ¿por qué te gusta fumar? —pregunté, sentándome a su lado, pronunciando su nombre con lentitud mientras lo miraba con cierta incertidumbre.

—¡Vaya! Ya sabes cuál es mi nombre —se rio y dio una calada.

—No me costó mucho trabajo —admití—. Ahora contesta mi pregunta.

Él me miró vacilante.

—Ya. No esperes que responda a todas tus preguntas, Weigel, pero fumo porque me gusta, me quita el estrés.

Sí, eso es lo que la mayoría de las personas que consumían tabaco solía contestar. Nada fuera de lo común. Nada diferente a lo esperado.

—Hay otras formas, ¿lo sabes? ¿Lo has intentado?

—Sí, y no quiero —ladeó la cabeza dándome a entender que eso sería lo último que saldría de su boca.

—Eres un completo irracional —repliqué.

Él solo se encogió de hombros. Suspiré pesadamente.

No sería tan fácil averiguar más sobre él, no lo sería para nada. Lo observé por unos segundos, me gustaba cómo vestía. Traía una camisa de cuadros azules y debajo de ella una camiseta negra, la cual llamó mi atención: era un triángulo y en uno de sus lados salía como un arcoíris.

—¿Qué significa? —mi dedo índice apuntó, él recorrió la dirección y enarcó una ceja de nuevo hacia mí.

—¿No lo sabes? —me preguntó incrédulo, y yo negué apretando los labios—. Dios, ¿qué eres?

—¿Acaso eso es tan importante? —contraataqué.

—Eso tiene nombre y es una de las mejores bandas que pudo existir. Es Pink Floyd y la imagen es de uno de sus álbumes —defendió.

—Recuerdo haber visto algo parecido en…

—¿En una tienda de discos?

—No.

—¿Y?

—Clase de Física —murmuré.

—¿Ley de Snell?

—Supongo. ¿Dispersión de la luz?

—Ya —asintió—. Pero mi camisa representa un álbum de ellos.

—Ellos. ¿Ya se separaron?

—¿Qué te pasa? —él parpadeó un par de veces y me miró durante varios segundos—. No puedes hablarme en serio.

—Al menos puedes intentar decirme qué música tocan, tal vez podría escucharlos y… —no pude terminar porque él me interrumpió.

—No es Michael Bublé —Luke torció los labios.

—¡Michael Bublé es bueno! —defendí, gritando con el entrecejo fruncido.

—Para temporadas navideñas —dijo vacilante.

Yo abrí la boca, ofendida.

—Ahora estoy indignada —dije y miré hacia el frente. Mi mente pensaba rápido y lo volví a mirar confundida—. ¿Cómo sabes que me gusta?

—Sueles tararear alguna que otra canción de él en Historia —dejó salir un poco de humo.

Sentí las mejillas arder de la vergüenza. No era que mi voz fuera la mejor para cantar y él ya lo sabía.

—Eso es vergonzoso —musité—. ¿Cómo lo conoces si se supone que no te gusta?

—No puede gustarme algo sin antes haberlo probado, en este caso escuchado. Aunque en realidad lo conozco porque mi mamá pone en diciembre sus canciones —confesó esbozando una sonrisa lánguida.

—¡Mi mamá también!

—Genial —dijo, y me enseñó su pulgar.

¿Había sido sarcasmo?

Guardé silencio sin saber qué otra cosa decir. Luke hizo chascar la lengua y me miró, yo mostré un gesto confundido ante su semblante. Estaba pensando. Hizo un puchero con los labios y ladeó la cabeza hacia un costado durante unos segundos para después dirigir la vista a su mochila y agarrarla.

De ella, sacó una libreta de espirales con un forro negro; en la portada se veía un cuadro blanco en donde tenía escrito algo que no pude alcanzar a leer, pues él ya la había abierto buscando una página. Pude ver que tenía rayas, dibujos y palabras obscenas. Luke se detuvo en una lista y dudó si debía mostrármela, pero al final accedió.

Mi mano la sujetó y mis ojos curiosos empezaron a leer.

—Son muchas bandas, pero solo conozco a John Mayer —le dije con una sonrisa de superioridad.

—Es lo que creí —soltó una risa y negó.

—¿Qué es gracioso?

Luke dirigió sus ojos hacia los míos y arrugó la cara, lamentándose en voz baja.

—Mira, John es un gran cantante, pero me ofende que no conozcas a nadie más en esta lista —habló incrédulo, apuntando su libreta—. Ni siquiera a Green Day. ¡Esto no puede ser real!

—Tal vez he escuchado una canción de ellos —jadeé—. ¡No soy una fanática de la música heavy!

—No es música heavy, Weigel —explicó con pausa, haciendo una seña con los dedos, lleno de exasperación.

—¡Para mí todo lo ruidoso lo es! —bramé, agotada de la discusión.

—Pues tú eres heavy también porque eres muy ruidosa.

—¡Oye!

—Necesitas encontrar tu camino hacia la música verdaderamente buena.

—Eres un grosero. Es de mala educación criticar los gustos de otras personas solo porque sean diferentes de los tuyos, lo sabes, ¿no?

Él me ignoró, desviando la mirada a otro lado.

—Pregúntame de alguien más —insistí.

Luke suspiró.

—A ver… ¿Simple Plan?

Lo miré durante unos segundos tratando de recordar algo. Zev había hablado con Dylan sobre algo, aunque no sé si era sobre música. Nunca prestaba atención a sus conversaciones, pero lo haría de ahora en adelante.

Me mordí el labio. No, no sabía.

—¿Es un solista? —pregunté dubitativa.

—Esto es algo terrible —murmuró, poniéndose de pie para alejarse un poco como si estuviera cansado—. ¡Ellos cantan la *intro* de *Scooby-Doo*!

—¡El perrito que descubre misterios! —grité emocionada.

—Si fuera Zev, estoy seguro de que no serías mi mejor amiga.

—Eso me ofendió —me llevé la mano al pecho, intentando no darle importancia a su comentario—. Aunque Zev sí me quiere como amiga.

—¿Qué sabes tú? —se acercó a mí, sonriendo de lado—. Quizá muy en el fondo se avergüenza de tus gustos musicales.

—Él me soporta —confesé.

Y era verdad. Zev me soportaba y yo a él. Así era nuestra amistad.

Escuché cómo musitó en un tono irónico algo ininteligible. Luke se alejó más y comenzó a caminar de un lado a otro, tal vez pensando… Me puse de pie, tomando mi mochila junto con su libreta y bajé las gradas.

—¿Estás bien?

—Lo estoy. ¿Me devuelves mi libreta? —pidió.

Yo se la tendí y la sujetó. Fue hacia su mochila y la levantó del suelo.

—¿Entonces? —pregunté.

Luke juntó las cejas, sin comprender.

—¿Qué?

Me encogí de hombros y él parpadeó. Comenzó a caminar en silencio y lo seguí, sin mucho más que hacer. Evité preguntar o pronunciar algo y él no se molestó en hablar. Luke no se dignó a contarme más de las bandas que escuchaba, pero, por lo que pude entender, amaba mucho la música, sobre todo aquellas bandas o cantantes que formaban parte de su lista en la libreta.

Era ese típico chico que caminaba entre los pasillos de alguna tienda de discos mientras murmuraba todo lo que pensaba.

Ambos estuvimos caminando por la escuela, hablando de lo mucho que mis gustos estaban alejados de los suyos. Igual mencionó que había hecho esa lista, la que me enseñó, hacía unos meses atrás, poniendo sus bandas favoritas en el orden en que se encontraban en su libreta. Me impresionaba la cantidad de nombres que almacenaba en su cabeza. Yo solo podía con una: Jonas Brothers.

Al final me había perdido la clase de Literatura con el profesor Hoffman. Y aquello me traería problemas.

Llegamos al pie de las escaleras de la planta baja, él se detuvo y se giró hacia mí manteniendo su mirada sobre la mía durante breves segundos.

—Deja de mirarme —me quejé incómoda ante ello.

Una curva se creó sobre la comisura de sus labios.

—¿Por qué? —preguntó.

—Porqué es incómodo —respondí, y él me lanzó una mirada alegre, como si el simple hecho de verme así lo divirtiera demasiado.

Y quizás así era.

—Qué princesa me saliste, Weigel —su vista se desvió hasta la manga de mi blusa y lo que había empezado como una risa inocente se transformó en una estrepitosa carcajada—. ¿Qué demonios te ocurrió?

—En mi defensa, las personas que caminan por el pasillo principal deberían saber que no se puede andar con comida y también que son muy groseros —anuncié, tratando de tapar la mancha con la mano.

—O tú deberías ser más precavida —sonrió—. Eres muy torpe.

—No soy torpe —me defendí.

—¿Segura, Weigel?

Luke me miró vacilante al ver que no decía nada. Fruncí el entrecejo y desvié la vista al reloj que adornaba su muñeca. Al concentrarme, me fijé en una cicatriz que había en ella. ¿Acaso Luke se autolesionaba? La cicatriz venía desde una esquina de la palma de su mano hasta el otro extremo en forma diagonal; podía decir que medía como unos seis o siete centímetros de largo y era de un rosado leve que resaltaba en su blanca piel.

Al parecer, el chico se dio cuenta de que lo observaba, porque bajó rápidamente la manga de su camisa de cuadros azules, haciendo que yo perdiera contacto visual con la herida. Busqué sus ojos y lo miré confundida. Su rostro estaba tenso y sus pupilas dilatadas.

Quería preguntarle, pero me daba cuenta del gran letrero en la frente que decía un claro «no digas nada». Jadeé ante la simple idea de Luke haciéndose daño. No creía que fuera capaz de hacerlo.

—Es mejor que vayas a clase —habló rompiendo el incómodo silencio que se había formado durante esa escena de miradas.

—Nos toca juntos —dije cautelosa, recordándole que debía asistir.

—No voy a entrar.

Respondía tan despreocupado y sin ganas de esforzarse en mentir, como si en verdad no le importaran todas las repercusiones que su falta de interés le pudiera acarrear.

—Pueden llamarte la atención —hablé mordiendo el interior de mi mejilla, sintiéndome un poco mal por su decisión, quizá con culpabilidad.

Posiblemente no quería entrar porque temía que le preguntara sobre la marca de su muñeca... O que lo siguiera irritando.

—Da igual, de todos modos, yo ya soy un caso perdido —se encogió de hombros. Por alguna razón, el que se hubiera llamado a sí mismo de tal forma me hizo sentir triste. No debía tener esos pensamientos sobre él—. Apúrate, que a los cinco minutos ya no te deja entrar.

—Bien —acepté rendida.

No podía hacer nada, él ya había hablado y no lo obligaría a que se presentara en la clase. Empecé a subir perezosamente los escalones, miré sobre mi hombro y él aún seguía parado al pie de las escaleras. Cuando estaba a punto de doblar la esquina, lo escuché hablar de nuevo:

—Weigel, solo cuido de ti.

CAPÍTULO 3

La mirada de mi madre me pedía a gritos que le diera una explicación. Era incapaz de desviar mis ojos de los suyos, tan penetrantes. Me miraba como si los míos fueran una cueva oscura, buscando un poco de luz en ella.

—Es increíble que me llamen de la escuela diciéndome que estás faltando a clase —dijo con un tono de voz duro.

Bajé la vista tímidamente hasta los dedos de mis manos, que estaban encima del banco de la cocina, entrelazándose nerviosamente. Inflé ambas mejillas tratando de restar la tensión que se esparcía por todo el ambiente en el que nos encontrábamos ambas.

Al parecer, el profesor Hoffman informó de mi falta de ayer y la directora le llamó avisándole de mi ausencia. Ahora estaba en medio de una discusión con ella en la cocina, exigiéndome una razón que valiera la pena por la que había faltado a clase. Bonnie Weigel era muy estricta a la hora de hablar de mis estudios, siempre me repetía que eso sería lo único de lo que dependería mi futuro. Había estado trabajando tanto para poder pagar mis estudios y cada gota de sudor debía recompensársela en la preparatoria.

No podía esconderme de su mirada lo más mínimo.

Apoyó su mano sobre la mesa y empezó a tocarla con las uñas de sus dedos, creando un sonido rítmico, haciéndome saber que esperaba una respuesta.

Aquello solo aumentaba mis ganas de volverme chiquita y rodar en el suelo.

—Hasley Diane Derricks Weigel: estoy esperando una explicación —me pidió enojada con mucha autoridad.

Mi nombre completo. Bien, siempre que usaba ese tono de voz junto con mi nombre completo es que el asunto iba en serio.

—Esa preparatoria es peor que una guardería —fue lo único que dije en un tono bajo, recibiendo una mirada de desaprobación de parte suya.

—Hasley —mi madre me reprendió con poca paciencia.

La estaba sacando de sus casillas. Tenía mucho temperamento y la perseverancia era algo que nunca perdía en medio de una discusión, sobre cualquier tema o conflicto.

—Lo siento mucho, ¿okey? —me arrepentí. Y no mentía… O tal vez un poco.

—Eso no basta, Hasley —suspiró humedeciendo sus labios—. Sabes perfectamente que no me gusta que andes perdiéndote las clases.

—La primera vez el profesor Hoffman no me dejó entrar, él me odia —me excusé, haciendo un mohín.

—Ay, Hasley, según tú a ti todos te odian.

Ella puso los ojos en blanco.

—¡Él me odia aún más! —alcé los brazos y dejé caer la cabeza en la mesa.

—Claro —mi madre habló irónicamente—. Dime, ¿por qué faltaste ayer a Literatura? Ni siquiera intentaste entrar en el aula.

—Porque obviamente no lo iba a hacer, ya era un cuarto de hora tarde y solo dejan un margen de cinco minutos. No quería otra reprimenda, ya van tres en la semana y solo me permito dos.

—Ah, ¿te permites humillarte? —se burló.

—A veces me reto —respondí.

Parpadeó varias veces y elevó la mano a la altura de su hombro.

—Eres difícil.

A pesar de no entender el sentido de sus palabras, le sonreí orgullosa. Mi madre prefirió guardar silencio y agarrar su bolso para buscar algo.

—¿Qué haces? —pregunté.

—Busco mi celular —respondió mirando hacia los lados, dibujando un ceño fruncido.

Me levanté del taburete y comencé a ayudarle, dirigiéndome a la habitación. No tuve que perder demasiado tiempo en buscarlo, porque el famoso sonido de su celular era un *ringtone* demasiado antiguo. Sonó en uno de los sillones.

—¡Creo que ya lo encontré! —le avisé.

—¡Contesta! —me ordenó acercándose.

Rápido lo tomé entre mis manos y deslicé el dedo por la pantalla. Sin embargo, no hablé, estiré el brazo hasta que ella lo alcanzó, llevándoselo a la oreja.

—¿Diga? —preguntó. Me quedé parada justo enfrente de ella mientras oía todo lo que hablaba, que al parecer era sobre su trabajo—. Oh, pero yo dejé todos los expedientes y documentos en uno de los cajones. —Arrugó el entrecejo—. Está bien, voy para allá.

Colgó el teléfono y volvió a la cocina.

—¿Te vas a ir? —pregunté siguiéndole el paso.

—Sí, se perdieron los documentos de unos pacientes —bufó de mala gana e hizo una mueca—, pero no creas que te salvaste —advirtió—. No vuelvas a hacerlo o me veré obligada a castigarte. Te lo digo de verdad, Hasley.

—Bien —mascullé.

—Te preparas algo de comer y, si vas a salir con Zev, avísame. Te quiero aquí en casa antes de las ocho —ordenó mientras se ponía su abrigo de color crema.

—¿Antes de las ocho? Uy, eso me dará tiempo para… Mmm… ¡Nada! —espeté sarcástica—. Además, no creo que salga con Zev.

—¿Siguen peleados? — preguntó mi madre, agarrando las llaves.

Ella estaba presente cuando él vino por mí para ir a su entrenamiento. Así fue como escuchó los insultos y gritos de nuestra parte.

Sin embargo, a regañadientes subí a su coche haciéndole gestos. ¿Infantil? Lo sé.

—Algo así.

—¿Quieres hablarlo?

—¿Puedes cuando regreses?

—Claro que sí, mi vida.

—Gracias, mamá.

—Nos vemos más tarde. Cuídate, te quiero —se despidió y salió.

Me quedé en el sillón recostada y miré hacia el techo. La casa estaba en un completo silencio, uno que se sentía tan triste. Siempre habíamos intentado que tuviera vida y que fuera alegre, como toda casa normal, pero nos resultaba imposible. Después de que mi padre se fuera, mi madre había levantado esta casa por sí sola, y, aunque era muy grande para dos personas, aun así, las dos estábamos unidas. Ella y yo teníamos una relación muy bonita, de madre e hija; no niego que hubiera desacuerdos y peleas entre nosotras, pero, al final, terminábamos abrazadas viendo una película que a ella no le gustaba y se dormía a la mitad.

En esa soledad, las palabras de Luke se proyectaron de nuevo en mi cabeza.

«Weigel, solo cuido de ti».

Después de todo no había servido de nada. Iba a ser lo mismo si perdía la clase con la profesora Kearny. No, habría sido peor. No sé cuánto tiempo estuve en el sillón, hasta que el sonido del timbre me obligó a levantarme. No tenía idea de quién podría ser. Arrastré los pies por el suelo, miré por la abertura de la puerta y vi aquella mata de rizos dorados que se asomaba.

—Hey —Zev saludó apenas abrí.

Su mirada era como la de un animalillo arrepentido. No podía seguir tratándolo mal, estuve evitando sus llamadas y en el entrenamiento lo observaba sin ninguna pizca de emoción. Todos sus compañeros se dieron cuenta. Por más idiota que se comportara, no dejaba de ser mi mejor amigo. Después de todo, él solo cuidaba de mí.

—Lo siento —susurró, y sus ojos se empezaron a humedecer.

Mi corazón se encogió.

—No, no, no —dije rápidamente y lo abracé—. Cálmate, no tiene que ver con nuestra pelea, ¿cierto?

Él no agregó nada, pero asintió. Me llené de temor, volviéndome pequeña ante él por verlo llorar y no saber la razón. Me separé de él y cerré la puerta para sentarnos.

—¿Qué ocurre? —inquirí, poniendo una mano sobre su rodilla.

Él humedeció sus labios y echó un suspiro.

—Mis papás se van a separar —dijo, intentando ahogar un sollozo.

Mis cejas se juntaron y tragué saliva sin tener nada positivo que decir en ese instante. Zev siempre había estado ahí cada vez que tenía problemas y trataba de darme consejos, aunque era bastante malo y terminaba haciéndome reír. Ahora que él me necesitaba, yo no sabía qué hacer para ayudarlo. Me odiaba por ello y me sentía una inútil ante mi mejor amigo, por lo que solo acorté la distancia entre nosotros y lo abracé, permitiéndole que hundiera su rostro entre mi cuello y mi hombro.

Sus lágrimas mojaban mi piel y mi blusa, pero no me importaba en absoluto. No tuve noción del tiempo que estuvimos así. Finalmente, fue Zev quien decidió alejarse. Sus ojos se encontraban hinchados y sus labios, muy rojos.

A pesar de que me pareciera tan tierno verlo así, no podía aceptar el hecho de que estuviera así por algo que lo destruía por dentro.

—Intento verle el lado positivo a esto. Los matrimonios forzados se vuelven un infierno y, si ambos no son felices, supongo que… lo mejor es separarse. No quiero que sigan juntos por nosotros, pero… qué difícil.

—A veces, que los padres estén juntos y tengan constantes peleas puede afectar a los hijos.

—Lo sé, Hasley —respiró hondo—. Aunque no es fácil aceptarlo, Alex no ha parado de llorar. Hace unas horas pelearon y mi madre le pidió el divorcio.

Alex era su hermano menor. Sus padres siempre habían tenido muchas diferencias y Zev me hablaba de lo mal que lo pasaban por las noches, cada vez que su padre llegaba de madrugada y se ponía a discutir con su madre. Desde hacía meses habían estado teniendo ese tipo de escenas. Al parecer, el señor Nguyen había conocido a alguien.

—Escucha —murmuré —, sé que no será lo mismo, pero piensa que es lo mejor para tu mamá. Algunos matrimonios suelen tener muchos problemas, no entiendo por qué, se supone que te casas porque amas a la otra persona. Sé que balbuceo y ahora lo estoy haciendo —reí, separándome para mirarlo—. ¿Quieres seguir la conversación? No soy buena en esto, pero sabes que tienes mi completo apoyo y mi hombro para llorar. Está bien sentirse mal, Zev.

—Esto es horrible.

—Espantoso.

—Creo que no debí dejar sola a mi mamá, ni a mis hermanos.

—Pero querías desahogarte.

—Sí, y no puedo hacerlo frente a ellos. No cuando se supone que debo ser el más fuerte para los tres. ¿Qué apoyo puedo darle a ella si me ve llorando?

—Eres humano y sientes. No debes fingir ser de piedra.

—Solo siento decepción por mi papá.

—¿Intentaste hablar con él?

—Quise hacerlo hace unos días, pero nunca está en casa.

Me humedecí los labios y le acaricié la mejilla.

—Dolerá lo que tenga que doler, pero recuerda que los malos momentos son solo eso: momentos. Pronto pasará y la herida habrá sanado; no solo la tuya, la de tus hermanos y sobre todo la de tu mamá.

Zev se limpió una lágrima de la mejilla y se tiró de espalda contra el respaldo del sillón, cerrando por completo los ojos, intentando descansar, hasta que acabó dormido.

Él era muy fuerte y al día siguiente seguiría con esa sonrisa tan bella y los hoyuelos en sus mejillas, riendo con aquellas carcajadas ruidosas y contagiosas. Me ponía mal verlo en este estado, nunca me ha gustado ver a las personas tristes, y peor cuando se trata de las personas a quienes amo.

Qué situación tan desagradable cuando vemos cómo dos seres a los que quieres tanto se pelean de un momento a otro.

CAPÍTULO 4

Al final del día, Zev se despertó con un poco de hambre. Pedimos pizza y comimos mientras hablábamos de cosas que salían al azar, sin ningún tema de conversación fijo, lo que me tranquilizó un poco al fijarme en que había olvidado por un pequeño instante la situación en la que se encontraba su familia.

Fue así hasta que mi madre llegó por la noche y lo saludó. Él le contó todo y tuve que irme a la cocina a fingir que lavaba los platos para que tuvieran esa pequeña charla privada. Lo escuché llorar y cómo mamá le brindaba algunas palabras de aliento.

Se hizo demasiado tarde, por lo que tuvimos que llamar un taxi. Me avisó cuando llegó a su casa y me comentó que su padre no se encontraba ahí. Aprovechó que sus hermanos dormían para hablar con su madre. Aún seguía sin saber lo que ocurrió después.

Al día siguiente, veinte minutos antes de que la clase empezara, yo ya estaba entrando en el aula. Mi mirada buscó rápidamente su cabellera rubia y di con él al fondo de una esquina, mirando hacia abajo. Dispuesta, caminé hacia donde él se encontraba y me senté en la silla vacía. Luke levantó la vista y frunció el ceño al verme.

—¿Qué estás haciendo? —preguntó, dejando de hacer garabatos en su libreta y cerrándola.

—Tomar asiento —indiqué, sonriéndole llena de burla.

—Eso lo sé, Weigel, no soy estúpido —gruñó, poniendo en blanco los ojos—. Me refiero a por qué te estás sentando aquí, a mi lado.

—Lo quiero hacer porque puedo y quiero. ¿Tienes algún problema?

Él sonrió.

—A la defensiva, ¿eh? —vaciló y continuó—: Si piensas que somos amigos, estás equivocada —atacó—. Sentarte aquí atraerá la atención y yo no quiero que se percaten de mi existencia.

—No dije que lo hiciera porque consideraba que éramos amigos, realmente no lo he pensado, ahora que lo dices —apoyé el codo sobre la mesa y dejé caer mi mandíbula sobre la mano—. Igual no llamo tanto la atención si no tengo a mi querido amigo pisándome los talones. Así que, descuida, ninguno de los dos será el centro de atención —agregué, refiriéndome a Zev.

Y es que en realidad era cierto. La mayoría de las personas solo trataba de entablar una conversación conmigo por él, pues sabían que no tenía pareja, lo que se resumía en carne fresca en el mercado.

—Como sea… —Luke empezó a decir dejando la frase en el aire y miró hacia el frente pensativo. Volvió a mí y retomó la conversación—. ¿Por qué llegaste temprano?

—Excelente pregunta. Mi mamá me despertó. Resulta que anda paranoica porque la llamaron de la dirección.

Me miró interesado o al menos lo fingía y, si era así, sinceramente, lo hacía muy bien.

—¿Dirección? ¿Qué hiciste? —preguntó.

—El profesor Hoffman me reportó por llegar tarde y no entrar a dos de sus clases esta semana. Es la primera y le da mucha importancia a la puntualidad. Lo que dije: él me odia.

—Idiota —susurró.

—¿Él o yo? —pregunté, no muy segura de a quién se refería.

Me miró divertido.

—Los dos.

—¿Sabes? Tus cambios de ánimo me asustan y no tengo ganas de descifrarte —respondí. Levanté la cara y miré hacia otro lado.

Lo decía en serio. Hacía unos minutos andaba de mal humor preguntándome la razón de haberme sentado a su lado y ahora me miraba divertido, como si mi desgracia le agradara. Y tal vez así era.

—¿Descifrarme? —echó una risa–– ¿Qué? ¿Acaso soy algún tipo de código Morse o un puto rompecabezas?

—No, solo lo pareces —dije, sin girarme a verlo.

—Ya.

Esta vez me atreví a mirarlo.

—¿Ya qué?

—Ya.

—¿Ya?

—La verdad es que a veces quieres ir contra las reglas pero no puedes. Realmente eres ingenua —respondió finalmente.

—Claro que no. No lo soy —me defendí.

—No, no lo eres —ironizó.

—Por supuesto que no.

—Ummm —musitó haciendo una seña con la mano sin interés.

Después de eso, ya nadie dijo nada. Puse mi mochila encima de la banca y decidí usarla como almohada. Era muy temprano. Faltaban unos diez minutos para que empezara la clase. Mi madre me había despertado una hora antes de lo normal y me moría de sueño. Rápidamente algo hizo clic en mi cabeza y miré a Luke, quien se encontraba de nuevo garabateando algo en su libreta.

—¿Por qué llegas tan temprano? —volví a hablar.

Luke me miró sin emoción y cerró su libreta. Era esa libreta negra donde tenía escrita la lista de sus bandas favoritas.

—Preguntas mucho, Weigel.

—Ese es un… —me detuve, pensando en alguna palabra correcta que pudiera definirlo—. ¿Defecto? No creo que sea un defecto, es búsqueda de información y es mejor preguntar que ser un completo ignorante.

—Y también hablas mucho.

—¡Eres un grosero! —exclamé.

—Y le añado lo delicado.

—¡Ugh!

—No, no, no —se rio—. Me retracto. Si lo fueras, no llegarías a la escuela con una mancha de pasta de dientes en la blusa.

—Solo fue una vez y…

—Nooo—suplicó, interrumpiéndome—. Créeme, me he dado cuenta, no ha sido una sola vez.

—¿Cómo sabes eso? —pregunté extrañada.

Tenía que admitir que daba miedo que supiera cosas de mí, sobre todo los pequeños detalles en los que la mayoría de las personas no solía fijarse. O era un acosador o alguien muy observador.

—Quizás esto responda tu pregunta y a la primera —habló, moviéndose con lentitud hacia mí—. Me gusta llegar media hora antes y sentarme atrás para ver entrar por esa puerta a cada ser patético. Es divertido ver cómo unos chocan con el marco de la puerta porque llegan casi con los ojos cerrados —confesó burlón—. Me gusta reírme de la desgracia de los demás.

—Creo que eso es… —no sabía cómo describir aquello—. ¿Raro? ¿Inhumano?

Él solo se encogió de hombros restándole importancia.

Estiró el brazo por debajo de su silla y sacó un refresco. Lo agitó repetidas veces haciendo mucha espuma; por un momento creía que explotaría. Luke lo abrió con cuidado, cerciorándose de no hacerlo completamente, esperando a que el gas saliera, y realizó la misma acción de nuevo. Tenía ganas de preguntarle por qué lo hacía. Sin embargo, recordé lo que me había dicho minutos atrás. Sus ojos se dirigieron a los míos y pude fijarme en cómo se elevaron las comisuras de sus labios. Las mejillas me ardieron.

Tomé mi orgullo y me giré hacia el otro lado para enterrar la cabeza entre mis brazos sobre la mesa.

Tenía mucho sueño. No debía haberme quedado viendo videos de cocina o sobre chismes de famosos, pero cuando empezaba con uno terminaba viendo unos diez más; luego no me fijaba en la duración de cada uno y, cuando ya me disponía a dormir, miraba el reloj marcar casi las tres de la mañana.

Qué caos de vida llevaba.

Escuché a Luke bostezar y luego su voz.

—Tienes unos ojos bonitos.

Yo me quedé congelada.

¿Qué había sido eso?

Pero, de pronto, mi cara ardió. Agradecí estar con la cara escondida entre mis brazos, haciendo imposible que él me viera así.

Respiré hondo y relajé el rostro para poder erguirme. Giré la cabeza hacia él a la velocidad de una tortuga.

—¿Qué?

—¿Ah?

—Eso fue extraño.

—¿Nunca te han hecho un cumplido?

—¿Se supone que debo darte las gracias?

—Solo si quieres —volvió a mostrarme esa sonrisa lánguida.

—Gracias —corté y miré al frente.

—¿Por qué simulas prestar atención cuando ni siquiera ha empezado la clase?

—¿Desde cuándo empezaste a hablar tanto? —cuestioné. Su sonrisa no desapareció.

Ambos nos quedamos en silencio, mirándonos. Mi cabeza pensó demasiadas cosas, pero ninguna fue una respuesta a mi propia pregunta. Mientras tanto, no tenía ni idea de lo que pasaba por su cabeza.

Después de un rato, habló:

—Weigel.

Enarqué una ceja, cuestionándolo.

—Luke.

—Esta vez no tienes manchada la blusa de pasta dental —se burló. Mis ojos se entrecerraron y le giré la cara.

—No me hables.

—Te voy a hablar.

—No.

—¿Cuántos años tienes? ¿Doce? —tragué saliva y negué.

—Tengo diecisiete, ¿y tú?

—Era sarcasmo —indicó—, y tengo diecinueve —fruncí el ceño y lo miré, confundida.

—¿Diecinueve? ¿No deberías estar en la universidad?

—Sí, pero repetí un año.

—¿Por qué?

Él se quedó pensando.

—Me fui de viaje.

—¿Y sabías que repetirías?

—Sí.

Parpadeé, y más dudas aparecieron en mi cabeza.

—¿Preferiste viajar antes que pasar el curso? Luke jugó con su *piercing*, pensándolo.

—La vida solo se vive una vez. Los cursos puedo repetirlos al otro año; los buenos momentos y las mejores oportunidades, no. Esas llegan y se van.

—¿Es tu filosofía de vida? —reproché.

Se encogió de hombros y apoyó los codos sobre la mesa.

—Aunque ahora ya no sé si fue una buena decisión.

—¿Por qué?

—Repetir el año me hizo llegar justo hasta aquí. Tú siendo mi compañera de clase. Aunque mucho antes recuerdo que compartíamos otra clase, de las extracurriculares. ¿Cómo se llamaba? ¿Taller de caligrafía?

—¿Hablas de hace más de siete años?

—Tal vez.

—¿Éramos compañeros?

—Sí, tú eras la niña que se golpeó con la puerta. Entonces lo recordé.

Mis ojos se abrieron, sintiéndome avergonzada.

¿Cómo podía mantener eso en su memoria? Había ocurrido hacía muchísimos años, ni siquiera yo lo recordaba, y no querría que él lo hiciera.

Por Dios, qué mal.

—Creí que la puerta era de empujar.

Luke se rio.

—¿Acaso no sabías que tenías que tirar de ella? Estaba escrito.

—Qué humillación.

—Demasiado —lo miré enojada.

—Pero, si eres mayor, ¿por qué compartimos esa clase? ¿Desde qué año repetiste?

—Eso sería mucha información para ti, y ya tienes suficiente. Quédate con ella.

—¿Lo dices en serio?

Me regaló una última mirada de pocos amigos y miró al frente. Al mismo tiempo, la profesora Kearney entró saludando a todos con aquella característica dulce voz y sus labios rojos, dando por iniciada la clase.

Por esta ocasión, Luke había ganado.

Con mucho disimulo, eché un vistazo a lo que hacía él. Me fijé en que escribía cosas en su libreta, pero no era nada relacionado con la clase. Por el rabillo del ojo pude observar que dibujaba rayas y círculos sin ningún sentido, o al menos para mí no lo tenían. Algo llamó mi atención: una fecha. En medio de todo ese borrón pude distinguir una fecha. De golpe, cambió de hoja y comenzó a escribir.

«La gente debería dejar de ser entrometida, como tú, por ejemplo».

—¡Oye! —me quejé sin levantar mucho la voz.

Me dedicó una sonrisa demasiado falsa, para luego regresar a su semblante serio. Puso la libreta debajo del codo y colocó la barbilla sobre la mano, prestando atención a la señorita Kearney.

Luke resultaba ser más duro que una roca, tan cerrado y hostil. Ni su nombre me había dicho; si no fuera por Neisan nunca me hubiera enterado por su propia boca.

CAPÍTULO 5

Odiaba el deporte. Hacer ejercicio no estaba entre mis facultades físicas. No era un secreto que huía de esa materia ni tampoco que yo era la peor en la clase.

El entrenador Osborn no paraba de gritarme y hacer sonar aquel quejoso silbato para que corriera sin detenerme. Apenas llevaba dos vueltas de cinco, alrededor de trescientos metros, y yo ya necesitaba todo el oxígeno del mundo.

No podía seguir.

Rendida, me detuve jadeando y me apoyé sobre las rodillas, queriendo recuperar mi respiración sin tener en cuenta que mi garganta y mi nariz ardían cada vez que llenaba mis pulmones de aire.

—¡Vamos, Hasley! —exclamó Josh, mi compañero, pasándome de largo.

—¡Ni de broma! ¡Ya no puedo!

—¡Exagerada! ¡Te espero el año que viene en la meta!

Me limité a entrecerrar los ojos y mostrarle el dedo del medio. No era tan cercano como Neisan o Dylan, pero lo conocía desde hacía ya dos años y habíamos trabajado en el mismo equipo para los proyectos de fin de curso.

Me erguí y pasé el dorso de mi mano por la frente para eliminar las gotas de sudor. En la lejanía, escuché esa risa familiar: ronca y burlona. Sabía de quién se trataba. Me giré hacia las gradas y ahí lo vi.

Luke me miraba divertido con las manos dentro de los bolsillos de sus jeans negros mientras levantaba las cejas.

—¿Te diviertes? —preguntó, elevando su voz.

—Sí, lo hago, es fantástico correr bajo el sol, ¡mi sueño dorado! —grité, fingiendo emoción.

Respiré hondo y ahuequé las manos sobre mi rostro, intentando refrescarme.

Él hizo una seña con la cabeza para que me acercara. Miré en busca del entrenador y dudé por un momento si sería buena idea ir adonde estaba Luke. Antes de pensarlo por segunda vez, me veía acercándome con pasos lentos, así que preferí quedarme al pie de las gradas y observé a Luke apoyarse en la barandilla.

—Sube —pidió.

—No puedo, el profesor me hará correr el doble de lo que me falta si me ve —expliqué, no tan convencida.

Luke giró los ojos y estiró la mano con la intención de que la tomara.

—¿Tú darás las vueltas por mí? —cuestioné.

—Las que quieras —murmuró.

Le dirigí una mirada de pocos amigos y negué. Él insistió y suspiré. Cuando tomé su mano, pude fijarme en la pequeña sonrisa que se escapó de sus labios. Luke me subió sin esforzarse y quise cruzar una de mis piernas por la barandilla, pero fracasé. Lo escuché reírse. Su brazo se posó por mi cintura y me ayudó a pasar.

—¿Hay algo en lo que no seas torpe, Weigel? —se burló, mordiendo el aro negro de su labio.

—¿Algún día me llamarás por mi nombre? —ataqué.

—Lo hice el primer día en que hablamos.

—Me gustaría que lo siguieras haciendo.

Me senté en una de las gradas para poder descansar mis piernas y reposar un poco tras el cansancio que sentía por haber corrido tanto.

—¿Acaso no te gusta tu apellido? —se sentó a mi lado—. ¿No se supone que era tu favorito?

—Me gusta y lo es, pero es extraño que todo el tiempo me estés llamando de esa manera… Solo llámame como todas las personas lo hacen: Hasley.

Luke se quejó.

—Es tan aburrido llamar a las personas por su nombre —sacó un cigarrillo y lo encendió, antes de proseguir, él dio una calada y después expulsó el humo—. El mundo debería tener originalidad y no ser copia de copias.

—Lamento decirte que no eres el único que lo hace —hablé mirándolo mal.

—Pero yo lo hago especial.

Dio otra calada y se quedó con el humo en los pulmones durante unos segundos para después expulsarlo.

—Deberías estar en clase, ¿no es así? —le cuestioné.

—No vino la profesora —respondió echándose hacia atrás para apoyar los codos en un escalón.

—¿Seguro? —musité mirando hacia el cielo.

—¿Quieres? —me ofreció, ignorando por completo mi pregunta. Yo negué—. Haces bien.

—¿Por qué fumas eso? —insistí.

Luke frunció el ceño por mi pregunta tan directa, pero luego la suavizó.

—Define eso.

—Lo que haces, Luke.

—Creí que ya te había respondido. Me gusta fumar y…

—No me refiero al tabaco —lo interrumpí.

Se quedó en silencio.

No era un secreto para ninguno de los dos. Él lo había mencionado el día en que nos conocimos, por lo que hacer la pregunta no me intimidaba ni me daba pena. Aunque creía que estaba yendo muy rápido con mis cuestionamientos, eso no me detuvo en mirarlo con insistencia.

Luke se puso de pie y humedeció sus labios, dibujando una sonrisa.

Odiaba que fuera tan egocéntrico en ocasiones. Se inclinó hacia mí, llevando su boca a mi oído y su cercanía me deshizo por un segundo.

—Me da súper poderes.

Cerré los ojos y maldije en mi interior.

—Amas el sarcasmo, ¿no es así?

—Es mi especialidad.

—¿Te han dicho lo pesado que eres? Estás comenzando a irritarme de una manera sobrehumana.

—Muchas veces —asintió—. Mira que hace unos días eras tú quien me estaba irritando.

—¿Y debo disculparme? —ironicé.

—Ya. No tienes por qué hacerlo. Eres de las personas que pide perdón por todo, ¿no?

—¡No lo decía en serio!

—Ahora quieres golpearme —declaró.

«¡Sí, sí quiero! ¡Ugh!».

—Piensas que me conoces y no es así —dije enojada.

Él sonrió más, ¿acaso le divertía mi mal humor?

—Tal vez me estoy equivocando, pero honestamente no lo creo —Luke se encogió de hombros.

—¿Qué? ¿Dirás que amas las motos, te drogas con tu grupo de amigos malos llenos de tatuajes y ropa de cuero negra, mientras se escapan de sus casas para ir a cualquier bar de mala muerte? —solté, dejándole claro que mi tono iba en forma de burla.

—Deja de leer tanta literatura basura, Weigel —bromeó, ganándose una mirada fulminante de mi parte.

Ya está. Me había sacado de mis casillas. Quizá solo era un imbécil en busca de algo bueno que lo relajara, definitivamente era de esos tipos que les gustaba tener la imagen de chico malo y que eran fanáticos de romper las reglas.

—Pero tengo que confesar que has acertado en algo, tengo una moto. Una muy bonita.

«Pásenme una pistola, por favor».

—Estás siendo muy molesto ahora —me quejé. Él puso los ojos en blanco y se llevó el cigarro a los labios. ¿Cómo demonios era que no se le acababa? Luke sacó el humo por los labios y este llegó hasta mi rostro—. ¿Podrías dejar de hacer eso?

Enojo, eso fue lo que me invadió debido a su acción. No me gustó que lo echara en mi cara, por lo que no pude evitar arrebatarle el cigarro de la mano y llevarlo detrás de mi espalda, procurando no quemarme con él.

—Hey, devuélveme eso —se quejó.

—Te hice una pregunta.

—Y ya te la respondí —dijo a regañadientes con un rostro inexpresivo—. Dámelo.

—Solo quiero… —intenté hablar, pero Luke me interrumpió.

—¡Demonios, Hasley, devuélvemelo!

Me gritó sin ninguna pizca de emoción y eso hizo que me removiera. Él se acercó a mí y sus dedos tocaron mi mano, deslizándolos sobre mi piel.

—Ustedes, ¿qué hacen? —la voz autoritaria de alguien hizo que girara sobre mis talones.

Un profesor de Deportes nos miraba con exigencia pidiéndonos una explicación. Observé a Luke, quien seguía con el mismo gesto, tan apático y vacío, como si la presencia del hombre no lo intimidara ni un poco.

—Enséñenme las manos, ahora —ordenó.

Indecisa y llena de miedo le mostré mis palmas. Ya no tenía el cigarro. Luke hizo lo mismo, pero, a diferencia de mí, el cigarrillo se posaba entre sus dedos. El profesor negó repetidas veces mientras soltaba un suspiro.

—A la dirección en este mismo instante. ¡Ambos!

—¿Qué? —logré articular.

No es cierto. No. No. Mi madre me matará. Me encerrará en casa sin salidas ni visitas durante cinco años, a menos que fueran las de Zev. Iba a protestar para poder explicar lo ocurrido, pero Luke se adelantó.

—Espere, ella no tiene nada que ver aquí. De hecho, me estaba quitando el cigarro diciendo que me acusaría —me defendió Luke, sin preocupaciones, ni tensiones en su persona.

—¿Seguro? —el hombre se cruzó de brazos—. ¿Por qué debo creerlo cuando ha estado con usted?

—Porque ni siquiera la conozco, ella es de aquel grupo y yo de otro. Aparte, puede olerla, no le ha dado ni una calada —el chico habló sin titubear—. Es más, ¿por qué querría estar yo con ella?

—¿Es verdad? —ahora se dirigió a mí.

Miré un poco indignada a Luke por lo último que dijo, pero entonces dirigí mi mirada al profesor. No sabía qué decir. Echarle toda la culpa a Luke no me hacía sentir bien, por más enojada o irritada que me pusiera no quería hacerle esto.

Volteé a verlo y tenía el semblante serio. Noté algo diferente esta vez. Sus ojos gritaban que le siguiera la corriente. Di un profundo suspiro y me decidí.

—Sí, es verdad todo lo que dijo. Por lo que sé, está prohibido fumar aquí.

—Bien, su nombre —le preguntó el profesor.

—Luke Howland, último año, repetidor.

—Vaya a la dirección, y usted —me apuntó—, a su clase.

Asentí, el hombre se alejó y me quedé parada meditando lo que había sucedido. Luke pasó por delante de mí, sin hablar, y saltó por la barandilla. Rápidamente corrí hasta donde él iba.

—¿Adónde vas? —pregunté muy alto.

—Por si no lo notaste, tengo una cita con el asiento que ya me es familiar de la directora.

Quise disculparme por lo que había hecho, hacerle saber que lo sentía de verdad. Fracasé. Él ya corría a distancia lejos de mí.

Más tarde, en la cafetería, todo parecía estar normal. La conversación con los chicos no cesaba, me incluían en ciertos temas o yo me metía en la charla, haciéndome notar e informándoles de que formaba parte del grupo también.

—Chicos.

Esa voz. Oh, Dios. Esa bella y majestuosa voz que me paralizaba.

Como si mi vida dependiera de ello, alcé la vista rápidamente. ¡Mierda! Me arrepentí en el momento por haber actuado tan descarada.

—Hola, Matthew —saludó Zev con tanta facilidad, sonriendo.

—Hola, Hasley —el chico pelirrojo se dirigió a mí, sonriendo, ignorando el saludo de mi amigo.

No podía articular palabra alguna y eso me hizo sentir tan tonta. ¿Desde cuándo él y Zev se llevaban bien? Bueno, eran compañeros al ser capitanes de diferentes equipos, pero no lo suficiente para que tuvieran esa confianza. Aunque realmente no me molestaba en absoluto ni me interesaba en esos instantes. Matthew estaba enfrente de mí sonriéndome y en lo único que me tendría que concentrar era en intentar que mi voz no saliera en un balbuceo o, peor, tartamudeara.

—Hola —mi voz sonó un poco baja.

Necesitaría un inhalador.

—Has, hay un partido la siguiente semana y me preguntaba si querrías asistir con Zev. Él me dijo que irá.

Caída libre. Me giré hacia el chico con ojos color miel, quien me sonreía de oreja a oreja con los labios cerrados.

No podía creerlo. Sentía esas ganas de golpear a Zev mientras gritaba que Matthew Jones me estaba invitando a su partido.

—Claro —asentí sonriéndole tímidamente.

—Excelente —se alegró él—. Entonces nos vemos luego.

Me regaló un guiñó y chocó puños con Zev para irse lejos de nuestra mesa.

Volteé a ver a mi mejor amigo.

—¿Desde cuándo? —pregunté.

—Hace un par de semanas —se encogió de hombros—. Es un gran chico, platicamos un poco y así surgió lo demás.

Me limité a dibujar una boba sonrisa en el rostro y gritar internamente. Sería muy infantil, pero necesitaba dar brincos. Mordí mis labios y acuné mi cabeza entre mis brazos sobre la mesa.

—Tranquila, Hasley, ya tienes una casi cita con Jones. Ahora ¿qué piensas hacer? —rio Neisan.

Levanté la cabeza para contestarle, pero fue imposible porque la mirada azul penetrante de Luke me atrapó desde una de las esquinas de la cafetería mirándome neutro. Entonces caí en la cuenta de que no sabía si lo habían expulsado o lo habían mandado a detención. Me levanté de la silla y me dirigí a los chicos.

—Los veo después —me despedí.

A pasos rápidos caminé hasta Luke, pero, antes de alcanzarlo, el chico salió de la cafetería. Corrí en la dirección en la que se había ido, pude divisar su ancha espalda con aquella camiseta negra ajustada entre el tumulto de alumnos que cruzaban el pasillo.

—¡Luke! —grité intentando que se detuviera—. ¡Luke Howland!

Esta vez se paró en seco y se giró hacia mí. Llegué hasta donde él estaba y me apoyé en uno de los casilleros intentando recuperar el aliento. Él me miraba como en las gradas después de tener nuestra pequeña... ¿discusión?

Cuando recuperé mi ritmo de respiración, pude hablar.

—¿Qué te dijo la directora? —pregunté realmente preocupada.

—Nada importante —se encogió de hombros—. Mejor dime, ¿qué te dijo Matthew Jones?

—Nada importante —le copié.

—Weigel —rio—, me imagino que de verdad fue importante para que actuaras como toda una adolescente.

—Solo me invitó a salir... con Zev —reí sin gracia.

No era que me molestara que mi mejor amigo me acompañara, pero se trataba de Matthew, el chico que me gustaba desde hacía tiempo, y si eso implicaba encerrar en el sótano a Nguyen lo haría.

—¿Sí? ¿Adónde? —Luke enarcó una ceja.

—A su partido —puse los ojos en blanco, ya cansada de que habláramos de lo mismo.

—¿Cuándo es? —inquirió.

—¿Acaso importa? —bufé apoyando la espalda en uno de los casilleros—. No tiene nada de interesante que hablemos del tema.

Observó mis ojos como si estuviera pensando en algo importante. Por unos segundos creí que me diría lo que la directora le había dicho. Me equivoqué. No fue así.

—Creo que es el viernes de la otra semana —murmuró.

Sonrió y mordió su arito.

—Luke, de verdad no es algo que te importe, solo quiero saber qué te dijo…

—Tampoco es algo que te importe —atacó, interrumpiéndome.

Eso era lo último que podía soportar. Él era un completo imbécil.

—Bien —dije firme, y empecé a caminar lejos.

—Weigel —pronunció en alto, pero con todo mi orgullo lo ignoré—. ¡Weigel!

Sentía mis pisadas cada vez más rápidas y era porque Luke corría hacia mí. No me había dado cuenta de que mis piernas se movían por todo el campo de la prepa al mismo tiempo que Luke gritaba mi apellido miles de veces detrás de mí. La hierba debajo de mis tenis era aplastada por cada paso que daba, sentía que ya me cansaba y no podía detenerme. No fue mucho lo que corrí hasta que la mano de Luke tomó mi brazo, intenté zafarme y fracasé porque, en lugar de hacerlo, caí al césped junto a él. Él se carcajeó.

—¿Por qué corres? Sabes perfectamente que no eres buena en atletismo y con mis piernas en comparación de las tuyas… Mmm… No —negó divertido.

—No pierdo nada con intentarlo —dije con la voz entrecortada.

Luke se acostó en el césped y perdió todo tipo de contacto visual. Su perfil era muy hermoso, un ángulo casi perfecto. Su piel, de un color beige y sus pestañas, largas. Giró el rostro y sus mejillas se colorearon de rojo al darse cuenta de que lo observaba. No pude evitar sentir ternura teniendo esa imagen. Desvié la mirada y me senté en el césped. Segundos después, él hizo lo mismo.

—Weigel.

Lo miré. Sus ojos eran intensamente azules, muy azules, y no sabía si existían otros iguales o comparables a ellos.

—¿Sí? —ladeé la cabeza.

—Pídele consejo a tu mamá para no arruinar tu cita con Matthew. Es psicóloga, seguro que te ayudará —me aconsejó, haciendo el gesto de comillas en la palabra «cita».

—¿Cómo sabes que mi mamá es psicóloga?

Me sostuvo la mirada durante unos segundos junto con una sonrisa que no sabía descifrar: burlona o sarcástica. Pasó la punta de su lengua sobre su labio inferior y, levantándose del césped, finalizó:

—Solo me mandaron a la dirección.

CAPÍTULO 6

Una vez más, nos encontrábamos en las gradas. Yo con mi sándwich en la mano y él con unas cuantas palomitas. Me preguntaba si había sido buena idea haber dejado a Zev con el equipo en la cafetería para venir a hacerle compañía a Luke. Seguía sin tener respuesta.

—¿Solo comerás palomitas? —le pregunté, haciendo a un lado la servilleta que cubría mi sándwich.

—Sí, ¿por qué?

—¿No crees que es… poco saludable?

Él me sonrió con gracia.

—Comer palomitas no es lo único poco saludable que hago en la vida, Weigel.

Lo miré con los ojos entrecerrados. Luke mantuvo su gesto, entretenido y en espera de mi respuesta. Sin embargo, nada salió de mi boca. Hoy no estaba tan habladora como otros días.

—Bueno, aunque en realidad comer palomitas no es tan poco saludable —mencionó, ganándose mi atención—, no cuando son palomitas naturales, tiene sus beneficios para el sistema cardiovascular.

—¿Eso es verdad? —dudé.

Luke se mordió el labio inferior con diversión y asintió.

Al inicio, me mantuve escéptica, definitivamente no creería a alguien que no iba a clase.

No tenía la pinta de ser un chico que leería artículos científicos o un simple *quiz* de datos curiosos.

—No me crees —declaró—. No te culpo, pero entérate de que a veces almaceno información de cosas innecesarias. También es entretenido perder el tiempo leyendo por ahí en internet, ya sea de cine, televisión, música…

Se encogió de hombros y después miró a su alrededor. Al cerciorarse de que no había nadie, sacó su cajetilla y agarró un cigarrillo para encenderlo.

Para ser sincera, al principio creí que estar con Luke no sería tan mala idea, quiero decir, que no lo vería fumar, quizá por incomodidad o falta de confianza en mí. Erré. Él seguía siendo una chimenea de dos patas.

Giré la cara para tomar una bocanada de aire por un segundo y volví a mirarlo.

—Música —retomé la conversación—, ¿qué cosas innecesarias de música sabes?

Elevó un poco la barbilla y soltó el humo lentamente.

—Años atrás una canción de rock solo podía durar tres minutos —murmuró pensativo.

—¿Por qué?

—Por los vinilos, ¿sabes lo que son?

—Sí, Luke —gruñí ante su pregunta.

—Ya, no me culpes —se defendió—, que no hayas escuchado algunas de las bandas que te enseñé me obliga a preguntarte. En fin, en esos tiempos no se podía grabar más de lo que te permitía por cada lado.

Él dio otra calada a su cigarrillo.

—Es… interesante, por un instante pensé que se debía a que la duración podría llegar a aburrirte.

—¿A quién le aburriría?

—A mí.

—Claramente tú no sabes mucho de música —vaciló.

—Es verdad, no mucho, pero más de cuatro minutos puede ser una tortura —le informé.

—Eso es porque todavía no conoces la buena música —le dio un pequeño golpe al cigarro para quitar la ceniza y carraspeó antes de continuar—. Solo necesitas… una buena guía.

—¿Y tú serás esa buena guía? —pregunté.

Luke se quedó mirándome durante varios segundos y pude observar cómo la comisura de sus labios se elevó un poco, aunque rápidamente meneó la cabeza, ocultándome el gesto.

—¿Qué?

—Nada —dijo, y luego alejó el cigarro para ponerlo sobre la grada de abajo, y apagarlo con el pie—. Es solo que esta mierda ya no sabe igual.

Frunci el ceño y me sentí confundida ante su drástico cambio de tema. Por un lado, no sabía si preguntarle por su intento de esconderme aquella sonrisa o por su comentario del cigarrillo. Lo pensé por segunda vez y me decidí por la última opción, es decir, la primera no tenía sentido después de todo.

—Si sabe diferente, ¿por qué sigues fumando? —mi voz salió baja y tranquila, pero sin perder ese tono de confusión.

—Su efecto es maravilloso.

Y ahí estaba ese lado burlón de él, como si su respuesta fuera concisa y clara ante mi pregunta. No le importaba en absoluto lo que pensara o si había captado bien a lo que se refería, solo… era él y ese carácter tan… despreocupado para algunas cosas.

—Te deja como volando —agregó. De pronto, su rostro se mantuvo serio y con la mirada perdida, como si sus pensamientos estuvieran fuera del lugar o lejos de la conversación que estábamos manteniendo.

En silencio, observé a mi alrededor y sonreí a medias.

Admitía que me comenzaba a agradar la compañía de ese chico, dejando de lado esa pequeña ironía y, a veces, el carácter lánguido que mostraba en los momentos en que se encontraba de mal humor.

Luke me denominaba «su chicle» porque no me despegaba de él, o eso había dicho ayer. Dos semanas desde que comenzamos a hablar y seguía sin saber mucho de él —bueno, casi nada—, solo hablaba y se quejaba de todo lo que odiaba. Si alguien era bueno para quejarse, ese era él.

—¿Cuál es tu última clase mañana? —preguntó de repente, sacándome por completo de mi burbuja pensante, y obligándome a mirarlo.

Sus ojos azules estaban sobre mí, esperando por mi respuesta.

—Ciencias Sociales, ¿por qué?

Por un segundo, creí que me respondería como yo lo hice por la manera en que sus labios se entreabrieron, pero no fue así, porque hizo todo lo contrario.

«Y quizá fue una de las primeras cosas a las que me acostumbré de él».

—Me tengo que ir —avisó, poniéndose de pie junto a su mochila para bajar las gradas.

Aunque pude cuestionar su actitud, sin embargo, supe que no tendría sentido hacerlo. El silencio fue mi aliado y una vez más me mantuve en el mismo sitio, observando cómo se alejaba y se perdía de vista.

Luke me daba la sensación de que algo en él estaba mal y bien al mismo tiempo, y no sabía si preocuparme por ello.

CAPÍTULO 7

Me quejé en voz baja cuando empujé las pesadas puertas de la cafetería. El olor a comida me revolvió el estómago y evité hacer contacto visual con cualquier desconocido para que no se me notara, por la vergüenza involuntaria que sentía cada vez que eso me ocurría.

Llegué a la mesa donde se encontraban Zev y Neisan, y tomé asiento.

—He pensado en proponerle al entrenador echar a Xavier del equipo, lo digo en serio —escuché farfullar a Zev, con ceño fruncido y molesto.

—Siempre lo dices y luego te arrepientes —se quejó Neisan, engullendo su fritura—. Ya no lo soporto, es molesto.

—No, no, esta vez sí lo haré, cuando acabe las clases iré a ver al entrenador y le diré mis razones. Estoy cansado de que no entienda lo que es trabajar en equipo, ni siquiera viene a los entrenamientos, ¡él lo ha de saber!

—Pero siempre encuentra una excusa —Neisan puso los ojos en blanco—. Él me cae mal.

Mis labios formaron una línea y guardé silencio para escuchar esta pequeña reunión entre el capitán y el subcapitán. Conocía a Xavier, no tanto como a Dylan y Daniel, pero sí había cruzado alguna que otra palabra con él.

—¿Por qué no me apoyas? —Zev se dirigió a su mejor amigo.

—Te apoyo, pero quien toma las decisiones para consultarlas con el entrenador eres tú. Yo solo soy el subcapitán —respondió Neisan, encogiéndose de hombros—. No hace falta que te diga que tienes mi apoyo, ¿cierto?

Zev arrugó el entrecejo y le dio un golpe en el pecho al chico, haciendo que este se quejara.

—¡¿Qué dije?!

—Voy a reconsiderar cambiar de subcapitán —siseó Zev.

—¡Qué idiota! —lo insultó—. Sabes perfectamente que yo…

Neisan quiso continuar, pero lo interrumpí.

—¿Por qué lo van a echar? —le pregunté, colándome en su charla.

Mi mejor amigo se dirigió a mí, no sin antes ofrecerle una mirada de complicidad al otro chico.

—Porque es un mal compañero de equipo, solo ha ido a dos entrenamientos en lo que llevamos del mes y cuando asiste solo es para quejarse de mi liderazgo. Tampoco sigue las normas —contestó, soltando todo sin respirar.

—Y crea problemas —agregó Neisan.

Zev arrugó la cara y volteó a verme.

—Supongo que está bien, claro —murmuré sin mucho más que decir.

—¿Ya comiste? —interrogó Zev. Yo negué—. Entonces compra algo de comer, después andas quejándote porque te duele el estómago y soy yo quien tiene que aguantarte el resto del día hasta que llegues a tu casa.

—Dios, tú también eres antipático —jadeé.

—Sí, también lo es —reafirmó Neisan.

—Los dos —nos apuntó molesto— harán que me salgan más rápido las canas, ¿lo saben?

—Comeré después, ¿okey? Tengo clase en unos minutos y no pienso llegar tarde de nuevo. Solo venía a decirte que quizá no vaya al entrenamiento esta tarde porque necesito terminar mi tarea, estoy en un mal momento con el profesor Hoffman.

—¿Al salir de clase irás a tu casa?

—Sí, me iré sola, no te preocupes por mí, pero necesito llegar temprano.

—Solo avísame, ¿quieres?

—Lo haré, lo haré —repetí, poniéndome de pie—. Nos vemos, chicos. Suerte en su entrenamiento y en el complot de echar a Xavier del equipo.

—Hasta luego —se despidió y me alejé.

—¡Cuídate, Hasley! —la voz de Neisan se elevó para que yo pudiera escucharlo, reí por ello y salí de la cafetería.

Por los pasillos, caminé hacia mi casillero y saqué las cosas que necesitaría para mi siguiente clase. Odiaba Geografía, no entendía por qué tenía que estudiarla si no la necesitaría para mi carrera. Había cosas de la prepa que todavía no entendía y, probablemente, nunca las entendería.

Al finalizar el día, recibí el glorioso ruido de la campanilla como una melodía perfecta. Alcé la cabeza, que se posaba en el libro abierto con la imagen de Henry Parkes.

—Lo lamento —musité.

Guardé todo rápidamente, tanto que no me importó si el cartón de mi libreta se arruinaba al doblarse. Con la punta del pie empujé la silla para salir del aula y, cuando pasaba la correa de mi mochila por encima para que quedara de lado, sin querer choqué con alguien.

—Mmm, yo… lo siento —me disculpé, alzando la mirada.

Sentí la boca secarse y al mismo tiempo cómo mi corazón comenzaba a bombear sangre a una velocidad increíble.

—No te preocupes —dijo Matthew y soltó una pequeña risa.

Tragué saliva al oír su voz suave como el terciopelo acariciando mis oídos y sentí las mejillas arder de la vergüenza. Sus ojos verdes conectaron con los míos, fueron segundos que sentí como horas hasta que me di cuenta de que lo miraba como una obra de arte sin pudor alguno.

—El destino al parecer me escuchó —mencionó sin ocultar su sonrisa—. Justo estaba pensando en ti hace un momento, te prometo que lo hacía.

¿Qué? No sé si había escuchado bien o si era mi mente jugando conmigo, pero esto solo lograba ponerme más nerviosa que otras veces.

Parpadeé, confundida y emocionada.

—¿En mí? ¿Por qué?

Tuve suerte de que mi voz no temblara, porque podía jurar que mis piernas sí lo hacían.

—Quería proponerte algo —Matthew se rascó la nuca, pensativo —bueno, no sé si querrás, pero tal vez te gustaría acompañarme a un nuevo local que abrieron por aquí, es de comida mexicana —propuso—. No sé si ya saliste de clase, también puedo esperarte, o si ya comiste también lo entenderé.

Esto no podía ser real. Lo que me estaba diciendo tenía que ser… ¡Oh, por Dios! ¡Matthew me estaba invitando a salir!

Sentía unas mariposas bailando en el estómago de la alegría que me llenaba. No podía creer que de repente Matthew se fijara en mi existencia un día y al otro me invitara a salir. No sabía si realmente se había dado cuenta de mi presencia unos días antes o unas semanas atrás. Era la mejor amiga de Zev Nguyen, y Luke era un claro ejemplo de que sí podía conocerme.

—A-ah, sí. Ya salí de clase, y tranquilo… No he comido —contesté sin pensarlo y luego me arrepentí.

Él disimuló una carcajada y mis mejillas no tardaron en arder. No había sido buena idea decir lo último, al menos no de esa manera.

—Entonces salimos ganando los dos, es bueno saberlo. Espero que no te moleste, pero iré a dejar mis libros a mi casillero y paso por ti. ¿Te veo en el tuyo?

—Sí, ahí nos vemos en unos minutos —sonreí.

Asintió con agrado y se dio la vuelta alejándose por el pasillo.

Dejé salir el aire de mis pulmones y fui corriendo directo a mi casillero. Dentro de mí un montón de emociones crecían, no asimilaba lo que había ocurrido unos minutos atrás. ¡Por Dios!

Preferí guardar todo lo que no necesitaba y escogí solo lo necesario para la tarea. Al cerrar el casillero, me asusté al ver a Luke apoyado de lado, mirándome fijamente.

—Mierda, Luke —maldije, llevando mi mano al pecho—. Me asustaste.

—Weigel —me llamó.

—¿Qué quieres?

—Quería enseñarte algo —se encogió de hombros.

El hecho de que él le hubiera restado importancia al asunto me dio la iniciativa de hacerlo yo también.

—¿Podría ser otro día? —rogué, suplicando en mi interior que no trajera ese carácter pesado.

—¿Por qué? —quiso saber, ladeando la cabeza.

—Hoy no puedo.

Miré a los lados del pasillo asegurándome de que Matthew no estuviera cerca de nosotros y presenciara la escena que teníamos él y yo.

—¿Esperas a alguien? —preguntó al darse cuenta de mis miradas.

—Puede ser.

—¿A quién?

—¿Te importa?

Él frunció los labios y pensó.

—Creo que sí.

—Ya.

—Te prometo que será rápido.

Suspiré. No tenía idea de qué hacer, tal vez esto fuera una buena oportunidad para tratar más con él, pero de igual manera Matthew fue quien me invitó a salir. Ambas cosas no se veían todos los días.

—Luke, de verdad que no puedo —supliqué.

—Ay, vamos, ¿a quién estás esperando?

Quise responder y proponerle algo mejor para mañana u otro día; sin embargo, me quedé con la palabra en la boca porque alguien más lo hizo por mí.

—¿Estás lista, Hasley? —preguntó Matthew frente a nosotros.

Luke enarcó una de sus cejas, entendiendo lo que ocurría.

—Ah, yo…

El balbuceo me puso nerviosa.

—Claro que lo está —Luke habló por mí—. ¿No es así, Weigel?

Volteé a ver a Luke, rogándole que no dijera nada más delante del chico que me gustaba. Sería muy injusto por su parte si lo hacía. Él sabía que me atraía.

Aunque me tragué mis palabras porque Luke movió los ojos, señalando a Matthew para darme ese empujón de responder. Se había dado cuenta de que me encontraba en un bloqueo del cual necesitaba salir con urgencia.

—Sí, lo estoy.

—Bien —Matthew alzó las cejas, feliz.

Después de eso, los tres nos quedamos en silencio, y me cuestioné la razón por la cual Luke no se iba o nosotros no nos alejábamos. El ambiente se tensó e hice mi primer movimiento, poniéndome al lado del chico pelirrojo.

—¿Fumas? —le preguntó Luke a Matthew.

Mis cejas se juntaron, desorientada.

—¿Uhm? Sí, ¿cómo… cómo sabes?

—La cajetilla se ve por encima del bolsillo —explicó—. A Weigel no le gusta el olor del tabaco.

Yo lo miré incrédula y agobiada. Eso era muy hipócrita de su parte. De todos, el menos indicado para decir eso era él.

—¿De verdad? No tenía ni idea —se disculpó él, empujando más al fondo la cajetilla que estaba en el bolsillo delantero de su chamarra.

—Claro, la acabas de conocer —explicó Luke, rascándose la punta de la nariz.

Lo asesinaría con mis propias manos. ¡No podía ser tan cínico! ¡Nosotros también nos acabábamos de conocer hacía poco tiempo, casi ni un mes!

—Basta —pedí—. No soy alérgica y tampoco me molesta, después de un tiempo se vuelve soportable. ¿Cierto, Luke?

A mí me fastidiaba el humo cuando fumaba, aparte de que era un poco insoportable cada vez que lo hacía en mi presencia por culpa de su actitud. Le divertían mi mal humor y mis gestos de asco.

—Oye, si no te agrada puedes decírmelo.

—No tengo ningún problema con ello —insistí.

El sonido de un celular, el de Matthew, nos interrumpió, él se disculpó y fue a contestar a una distancia considerable. Yo miré enojada a Luke, que, al contrario de mí, estaba serio, se acercó y me susurró cerca del oído.

—Eres patética.

—Shhh, solo cállate ya, Luke —gruñí y lo alejé con una mano—. No me estás ayudando, si es que al menos lo intentas.

Puso los ojos en blanco y me apuntó.

—El sábado vienes conmigo —dijo. No fue pregunta ni propuesta, solo sonó como una orden.

—¿Qué te crees? ¿Que te voy a obedecer?

—El sábado vienes conmigo —repitió—. Prométetelo, Weigel.

—No.

—Prométetelo.

—Luke —sentencié.

—Weigel.

Sus ojos, junto con el tono de su voz al pronunciar mi apellido, me crearon una sensación extraña por la espalda. Suspiré cansada y asentí.

—Lo prometo —musité—. ¿Ahora puedes irte?

Él quiso tomar la palabra, pero no pudo porque Matthew regresó junto a nosotros.

—El entrenador —dijo, mostrando su teléfono—. Las fechas de los partidos.

Luke se acercó a mí y su nariz movió mi cabello.

—Dando explicaciones como si alguien se las hubiera pedido —susurró, casi inaudible solo para que yo lo escuchara.

Podía afirmar que Matthew no le agradaba en absoluto, se le veía en la mirada y en las palabras despectivas que utilizaba para dirigirse a él, ahora entendía el primer comentario que hizo cuando le confesé quién era la persona que me gustaba.

Respiré hondo y preferí terminar con esto.

—Nos vemos luego, Luke —me despedí.

Luke no contestó y tampoco quitó su sonrisa ególatra. Metió las manos en los bolsillos de su pantalón pasando a un lado de Matthew y, cuando estuvo detrás de él, lo miró de pies a cabeza y luego a mí, se limitó a negar y continuó con su camino.

—Es un chico agradable —dijo sarcástico.

—Sí, claro —ironicé.

Algo que me agradaba de Matthew es que nunca intentaba meterse en problemas y era un gran chico, siempre tomaba las situaciones de forma relajada y sin preocupaciones. Cero dramas.

—¿Nos vamos? —inquirió.

Yo asentí sonriendo, con una actitud segura y decidida.

Por una parte, me sentía mal porque indirectamente había rechazado a Luke, pero él ni siquiera me había advertido: tal vez si lo hubiera mencionado antes habría reconsiderado la petición de Matthew, aunque probablemente habríamos tenido el mismo resultado.

CAPÍTULO 8

Luke me miró apenas cuando entré al aula, siguió con cuidado cada uno de mis movimientos, con los brazos firmemente flexionados por detrás de su cabeza mientras su espalda se encontraba apoyada en el respaldo de la silla. Yo solté un suspiro y con una absurda idea me dirigí hacia donde se encontraba para tomar asiento.

Él alzó una ceja, pero no mencionó nada al respecto. Llevaba un gorrito de lana color crema y de alguna manera me pareció adorable, sus ojos resaltaban más con ese color. Daba una imagen mejor de lo que en realidad era, no parecía ser ese quejoso e insoportable chico que solo hablaba para molestar.

—¿Cómo te fue en tu cita con Matthew? —fue el primero en hablar.

Lo miré detenidamente. No estaba preguntando esto, ¿o sí? Mi situación con Matthew no le importaba en absoluto, aunque con Luke todo resultaba ser confuso.

—Bien, fue agradable salir —le contesté sin muchos detalles.

—¿Solo «agradable»? ¿No hay más? —insistió.

—Creo que no es de tu incumbencia, Luke —mascullé sin llegar a un tono despectivo.

Sus cejas se alzaron y sonrió divertido.

—Ya —aceptó—. Dejo de preguntar.

Me fijé en la chamarra de cuero que cubría sus hombros. Arqueé la ceja, un poco curiosa y confundida porque no estábamos en la época de frío. Por el contrario, hacía calor y él no usaba mucho esas chamarras.

—¿Por qué traes eso puesto? —cuestioné, apuntando con el índice la prenda.

Él me miró meditando un rato y se incorporó, uniendo las manos encima del pupitre.

—Ocurrió un accidente con la lavadora —para mi sorpresa, Luke respondió y, por si fuera poco, hizo un ágil movimiento, bajó una parte de la chamarra, mostrándome una mancha de tono rosado. No pude evitarlo, solté una risa—. Metí un calcetín rojo en la lavadora cuando lavaba la ropa blanca, eso me costó muchas camisetas.

Negué divertida aún, él me regaló una sonrisa a medias.

—Jamás debes combinar la ropa de color con la blanca —indiqué. Él se encogió de hombros y mordió sus labios—. Lo sabes, ¿verdad?

—Lo sé, pero es que me confundí. Se coló y me jodió la ropa.

Me gustaba pensar en Luke como una persona independiente, me agradaba demasiado la idea. Si bien parecía que no necesitaba la ayuda de nadie —o, más bien, no quería—, también la pedía de vez en cuando.

Su voz a mi lado me hizo girar a mirarlo.

—Necesito tu dirección.

Parpadeé sin entender.

—¿Mi dirección? ¿Para qué?

Él se acercó a mi rostro quedando a una distancia corta. Me incomodé.

—¿Piensas que llegaré por arte de magia a tu casa? —ese tono ronco me hizo sentir una pequeña sensación eléctrica detrás de mi cuello. Todavía sin entender, mantuve mi mirada sobre la suya—. ¿Lo olvidaste?

—¿El qué?

—Lo olvidaste.

Luke se alejó y volvió a apoyarse contra el respaldo de la silla, arrastrándola hacia atrás para poder estirar sus largas piernas por debajo de la mesa. Su gesto cambió a una expresión seria. Hizo una mueca y se pasó las manos por el rostro. Sus ojeras eran visibles, ese tono rojizo un poco oscuro resaltaba en su piel, y, a pesar de ello, el azul eléctrico de sus ojos permanecía con brillo.

Jugó con su aro de metal en el labio y bostezó.

—Prometiste venir conmigo el sábado —declaró, mirándome sin expresión—. Mañana, Weigel.

Su recuerdo, obligándome a prometer que iría el sábado con él, vino a mi mente.

Demonios.

—Cierto —comprendí—. ¿Vas a pasar a buscarme?

—No sabrás llegar si te digo.

—¿Es algún lugar de mala muerte? —bromeé—. De esos en los que hay mucha gente tatuada, fumando y cuando ya están muy borrachos terminan arreglando sus líos con navajas, ¿es así?

Él frunció la nariz.

—Ves muchas películas, ¿no?

—Estoy buscando información —corregí—. Así que… ¿lo es?

—No —respondió.

—¿Cómo sé que es verdad? —refuté.

—Weigel, ¿confías en mí? —me preguntó.

¿Qué clase de pregunta era esa? La respuesta era muy obvia.

—No.

—Excelente —y se carcajeó.

No entendía la risa, pero había sido honesta. Apenas lo conocía hacía algunas semanas y la información que tenía de él era casi nula: solo su mal humor, su música y sus cigarrillos. Oh, también que no sabía lavar bien la ropa.

Luke se llevó las yemas de los dedos hasta la comisura de sus labios.

Escuché que gruñó, y en segundos la parte posterior de su labio donde se encontraba el aro empezó a sangrar.

—¿Qué hiciste? —jadeé horrorizada.

—Tienden a resecarse, es normal —comentó pasando el dorso de la mano por su labio lastimado—. ¿Me darás tu dirección?

Dudé, pero al final accedí. Saqué de mi mochila una hoja de papel y un lapicero para anotar la dirección. Mientras escribía, pude sentir la mirada de Luke sobre mí.

—Es esta, espero que no te pierdas —se la tendí. Él me miró con una sonrisa triunfante y la agarró—. ¿A qué hora pasarás por mí?

—Bien.

Sacó su celular y empezó a buscar algo. Cualquiera creería que me estaba ignorando, sin embargo, prefería mantener la calma.

—A las cinco, ¿okey? —señaló.

—Okey —afirmé.

—Weigel, ni un minuto más ni un minuto menos. Soy muy puntual.

Mientras él me guiñaba un ojo, yo ponía en blanco los dos.

La maestra Kearney entró con los labios rojos y saludó a todos. Aquella mujer pelirroja con pecas era envidiablemente hermosa y joven. Dos chicos habían sido mandados a la dirección por faltarle al respeto, y otro grupo de pequeñas cabezas huecas mantenían sus comentarios desagradables a escondidas de ella.

Me giré hacia Luke para ver si formaba parte de aquel grupo, pero solo mantenía esa característica mirada vacía al frente, intentando poner atención a lo que la profesora estaba explicando. En automático, una sonrisa se dibujó en mi rostro y preferí continuar con la clase.

Pedirle permiso a mi madre después de estar castigada fue uno de los retos más difíciles. Después de dos horas de súplicas desde el celular, ella accedió a regañadientes, diciéndome que solo esa vez me lo permitiría y que no habría próximas. Grité como niña pequeña cuando lo dijo y le respondí con muchos «te quiero», los cuales ella ignoró.

Ahora estaba buscando por debajo de mi cama la pareja de mi zapato. Me parecía increíble que perdiera mis cosas en mi propia casa, tenía claro que era demasiado despistada, así como también que los adjetivos que me ponía Luke eran verdaderos.

Al momento de alzar la cabeza, no me fijé en la repisa y me golpeé.

—Auch, auch —me quejé, frotándome la zona dolorida.

Todo era culpa de Luke, si él no me hubiera dicho que fuera puntual no estaría como un torbellino buscando apresurada mis zapatos. Faltaban quince minutos para que dieran las cinco y realmente me sentía irritada. Me rendí tirándome en la cama mirando al techo. Mi celular sonó avisando que había llegado un nuevo mensaje. Iba a verlo cuando hizo presencia el timbre de la puerta.

No podía ser Luke, faltaban unos minutos para la hora, y a Zev lo descartaba.

Me puse de pie con pesadez dirigiéndome a la puerta principal para abrir. Puse los ojos en blanco al ver de quién se trataba.

—También a mí me agrada verte —se mofó.

—Cállate, Luke —pedí. Él solo rio. Quiso dar un paso al frente, pero, al instante, se lo negué al ver que llevaba un cigarrillo en la mano—. No puedes pasar con eso a mi casa, ¡la apestarías!

Luke elevó las manos en forma de inocencia y dio un paso atrás. En unos segundos, recorrió mi cuerpo con la mirada para detenerse en mis pies.

—Lindo calcetín de Pucca —se burló.

—Al menos no lo junto con la ropa blanca —ataqué y él me regaló una sonrisa lánguida—. ¿Es posible que se te pierda el otro zapato en tu propia casa?

—Bueno, si se trata de ti…

—Mejor… Tú, shhh, no digas nada —dije fastidiada.

—¿No es aquel que está debajo de ese florero rojo de suelo?

Miré a Luke, que apuntaba a los tulipanes que se hallaban en la esquina, cerca de las escaleras. Rápidamente corrí por el zapato y lo agarré para ponérmelo. Alcé la vista y mis ojos se abrieron de par en par al verlo dentro de la casa.

—¡Te dije que no entraras con eso! —le grité.

Después de discutir unas cuantas veces con Luke terminamos saliendo de mi casa. Me dijo que iríamos de la manera tradicional, o sea, andando. Me quejé un par de veces y me ignoró, dejando por completo a la deriva mi propuesta de tomar un taxi y acortar más el camino. Le grité que a él esto se le hacía más fácil por sus malditas piernas, que eran demasiado largas, y se tomó en broma mis palabras.

—¿Está muy lejos? —inquirí con toda la intención de enfurecer aún más a Luke, quien solo dio un suspiro, pero no se dignó a responderme.

Habíamos caminado mucho y, según él, estaba cerca. Después de unos minutos, él me tomó de la muñeca sacándome del camino.

—Entra por aquí —Luke señaló una abertura en aquella valla de madera fea y podrida.

—¿Estás seguro? —dudé.

—Ay, vamos, Weigel —apuró, alentándome. No muy decidida y bajo presión, lo hice—. Ahora cierra los ojos.

—¿Qué?

—Sé que no confías en mí, puedo entenderte —apoyó—. Pero juro que no te haré daño, solo ciérralos y los abres cuando te diga, ¿puedes hacer eso?

Tomé una bocanada de aire y cerré los ojos. Sentí cómo Luke me tomó por los hombros indicándome el camino. Temblé por su tacto y no sabía si se trataba de los nervios o del frío que sentía cada vez que caminaba. Luke se alejó de mí y entré en pánico por unos segundos, aunque podía oír sus pisadas.

Tranquila, tranquila.

—Bien, abre los ojos —indicó. Escéptica, mis párpados se elevaron lentamente y enmudecí al mirar bien—. ¡Bienvenida al boulevard de los sueños rotos, Weigel!

Mi boca se abrió completamente. Estaba en un lugar que parecía como un callejón. Y no, no uno cualquiera; se llenaba de tupidos árboles de color lila. Jacarandas. Había otros de color verde con hojas rojas y el suelo era de arena y de un césped verde brillante que parecía artificial. Un lugar perfecto, casi surrealista.

—Guau —articulé, sin mucho más que decir. Estaba sin palabras.

—Lo sé —se rio Luke.

—Es demasiado… hermoso.

Luke me tomó de la mano para que yo avanzara.

—Todavía hay más, esto es solo la vista desde ahí.

—¿Son jacarandas?

—Sí —asintió—. Mira, cuando la luna se pone encima de aquel árbol —apuntó a uno que parecía el más grande de todo el callejón—, su luz se proyecta hacia aquel cristal que está colgando por la reja y ese árbol crea los colores de un hermoso arcoíris.

Eso me hizo recordar el dibujo de su camiseta y me llevó a un viaje al pasado, a la clase de Física. Mis ojos observaban cada cosa, sorprendida por que este lugar existiera, pero, sobre todo, por que fuera él quien me lo mostrara.

Me interesaba saber más.

—¿Cómo conoces este lugar? —cuestioné meciendo nuestras manos durante unos segundos. Luke no le dio importancia a ello, seguía con la mirada perdida a su alrededor.

—Venía con mi hermano cada domingo o cuando mis papás se peleaban —mencionó encogiéndose de hombros.

—¿Ya no vienen ahora?

Sí, preguntaba demasiado. Sin embargo, no podía culparme; no podía mostrarme esto, contarme sobre su vida y esperar que yo me quedara callada.

Soltó nuestras manos y me sentí extraña.

—Solo yo.

—¿Y tu hermano? —pregunté.

—Él ya no está aquí. Se fue.

¿Se fue? ¿Adónde?

Esas fueron las primeras preguntas que quise hacer, pero tuve que morderme la lengua para evitarlo. No quería llenarlo de cuestionamientos, no era un tema que fuera de mi incumbencia: podía interesarme, pero no le haría responderme si no quería dar más explicaciones.

Así que cambié de tema.

—¿Cómo dijiste que se llama el lugar?

—Boulevard de los sueños rotos. Si conocieras a una de las bandas que te enseñé, sabrías que adopté el nombre de una canción.

—No es momento de echarme en cara eso —gruñí.

—No lo hago —metió las manos en los bolsillos del pantalón y se encogió de hombros—. Es un bonito nombre, ¿no?

—Es —hice una pausa— lindo. Si fuiste tú quien le puso el nombre, ¿quiere decir que el lugar no tiene nombre?

—No, no lo tiene, ni siquiera sale en el GPS.

Ahora entendía por qué me había dicho que si me daba el nombre no sabría cómo llegar. Ni siquiera sabría hacia dónde ir.

Luke comenzó a caminar y lo seguí. Cada paso que daba en el callejón me gustaba más. Todavía seguía sin asimilar lo hermoso que era: los árboles, el césped, las flores, los colores, todo era fascinante. El nombre se repitió en mi cabeza y salió a relucir otra de mis dudas.

—Luke —lo llamé—, ¿por qué un lugar tan hermoso tendría como título la palabra «roto»? ¿No sería todo lo contrario?

Él se giró a verme, la profundidad de su mirada me obligó a detenerme.

—Esa es una excelente pregunta. Cuando un sueño muere, alimenta al boulevard.

—No entiendo.

—Cuando uno de tus sueños se rompa, lo entenderás.

Y terminé como al inicio: suspendida en la duda.

El sonido de mi celular, indicando que alguien llamaba, me obligó a salir de mi burbuja. Lo saqué para contestar.

Zev.

—Hola.

—¿Dónde andas? —fue lo primero con lo que me recibió.

—Fuera de casa, ¿ocurre algo?

—Hasley, hoy a las seis es el partido de Matthew.

—¿Qué?

Mi voz sonó incrédula.

—¿Dónde estás? Te mandé un mensaje.

Y recordé cuando sonó y Luke me interrumpió tocando el timbre. Observé al chico durante unos segundos, quien me miraba con su expresión tan común: inexpresivo.

—Te llamo luego —colgué y me acerqué, nerviosa—. Hoy es el partido de Matthew.

—Ya —sonrió—. Hasley, si quieres ya te puedes ir. Solo quería enseñarte esto.

—¿En serio?

—Claro. Él te gusta, deberías ir.

—¿Y si vienes conmigo?

—¿Y ver a unos idiotas disfrutando de humillar a otros? No, gracias, yo paso.

—¿No disfrutabas con las desgracias de los demás?

—Lo hago, pero esto es diferente.

—¿Diferente?

—Solo ve.

Me mordí el labio y preferí ya no volver a hablar. Me di la vuelta y comencé a trazar mi trayecto por el mismo camino por donde habíamos venido. Sentía una pequeña presión en el pecho y no sabía descifrar qué era. Antes de salir del callejón, me giré hacia Luke, que se encontraba de espaldas. Mi teléfono volvió a vibrar, lo tomé para contestar. Sabía que se trataba de Zev.

—¿Hasley? —su voz se proyectó al otro lado de la línea telefónica.

Seguía con la mirada sobre Luke y una parte de mí se removió. No podía hacerle esto. No a él, cuando se estaba abriendo de esta manera conmigo, un poco… más diferente. No es que fuera la mejor persona en el mundo con la que quisiera pasar un día entero, soportando su mal humor, pero, después de todo, Luke no era lo que yo tanto pensaba o lo que decían de él por los pasillos.

Y solo, quizá, podría quedarme a su lado.

—No iré, dile a Matthew que lo siento —y colgué.

Metí mi celular en el bolsillo de mis pantalones y corrí hacia Luke con el corazón en la boca, la respiración agitada y el ritmo cardíaco acelerado.

—¡Howland! —grité. Luke dio media vuelta y se mostró confundido—. Yo no me voy de aquí sin antes ver ese reflejo de la luna.

Él apretó los labios intentando reprimir una sonrisa.

—Eres un poco patética, ¿lo sabes?

—Lo sé, pero esta patética se quedará hoy contigo, ¿bien?

—¿Tengo opciones?

—No las quieres —murmuré.

—Tal vez no.

Sonreí sin esconder mi gesto y él me hizo una seña con la cabeza para que comenzáramos a caminar juntos. Lo había rechazado una vez, no podía hacerlo dos veces. Aparte, habría más partidos a los cuales asistir.

Debajo de ese cielo azul, ambos en silencio con el aire revolviendo mi cabello, Luke tomó la palabra para romper ese momento.

Y ese pequeño diálogo me hizo sentirlo más humano, y un no sé qué de tantos en nuestra historia.

—Gracias —susurró.

—¿Por qué?

¿Han visto esas miradas cómplices que parecen tocar el corazón del otro? Fue la misma que me dio en ese momento, como si los dos quisiéramos estar aquí.

—Por no dejarme solo.

CAPÍTULO 9

Estaba inmóvil bajo el cuerpo de Zev, quien me aplastaba en el césped del campo de la preparatoria. Como todos los domingos, se suponía que entrenaba con su equipo, pero todos se encontraban tirados bebiendo un poco de agua. Aunque, bueno, se justificaba porque ya habían repasado el primer tiempo, ¿era así como se decía?

—Realmente hueles fatal —me quejé de nuevo.

—Es tu castigo por no haber ido al partido de Matthew —gruñó y sacudió su cabello haciendo que unas gotas cayeran en mi cara.

Podía sentir el sudor de mi mejor amigo y quería desmayarme hasta despertar cuando él se apartara de mí. Él se encontraba más indignado que Matthew porque no asistí al partido. Matthew ni siquiera se había percatado, y era Zev quien estaba haciendo un drama de esto.

—No pude, ¡lo siento!

—Te he pedido que me digas la razón y no lo haces, ¡parecía que eran una pareja!

Me imaginé a Zev apoyando a Matthew desde las gradas, y la escena se volvió tan cómica en mi cabeza que terminé carcajeándome. Tal vez otro día tendría la oportunidad de verlo y reír mientras grababa aquel espectáculo.

—En serio, quería ir, pero las circunstancias me lo impidieron —hice una mueca.

Después de haberle dicho a Zev que no podría ir me arrepentí, Luke estuvo de un humor insoportable. Sin embargo, lo que había dicho de la luna era cierto, creo que jamás había visto algo tan hermoso como eso. Terminó retomando la conversación sobre el nombre del lugar y ahora sabía que se debía a una canción de Green Day. También comentó que me invitaría a un viaje a la buena música un día de estos. Luego su humor se puso de los mil demonios cuando por fin me atreví a hablar sobre su marca en la muñeca.

No debí hacerlo…

—¡Nguyen! —la voz del entrenador hizo que Zev se quitara de encima de mí. Los demás del equipo se pusieron de pie al instante—. ¿Qué hacen, panda de inútiles? ¡Muevan sus traseros y pónganse a entrenar! ¡Tienen que ganar un partido la próxima semana, perezosos! —siempre solía llamarlos así y yo siempre terminaba burlándome cada vez que les gritaba—. ¡Nguyen!

—¡Voy! —Zev me miró, susurrando—: Ese hombre está loco.

—¡Nguyen, quiero su trasero aquí!

—¡Le dije que ya voy!

—¡Grite así cuando ganemos!

Me parecía cómica la relación que tenía Zev con el entrenador David, gritándole y él devolviéndoselo. Sin embargo, creo que era algo que los hacía sentir bien y lograba que los entrenamientos fueran sencillos.

El equipo de la preparatoria estaba dividido en dos grupos: el capitán mandaba al grupo A y el subcapitán, al equipo B.

Mi mejor amigo se puso una venda en la muñeca y le hizo una seña a su grupo. Segundos después el balón salió volando, provocando que todos empezaran a correr. El entrenador venía hacia las gradas, en el lateral del campo, donde yo me encontraba sentada, y me miró.

—¿Crees que ganaremos? —preguntó antes de tomar un poco de agua.

—Sí —mecí las piernas y pasé mi cabello por detrás de la oreja—. Siempre lo hacen.

—Halsey, ¿podrías pasarme la mochila que tienes a un lado?

—Es Hasley, no Halsey —corregí por décima ocasión, pasándosela.

Solía cambiar el orden de las letras *s* y *l* en mi nombre, lo odiaba, pero era algo a lo que ya tenía que acostumbrarme. Jamás cambiaría.

—Lo sé, lo sé —dijo lo de siempre, meneando la mano para alejarse y detener a los chicos.

Minutos más tarde, el chico de rizos castaños se acercó a mí quitándose el vendaje. Estaba tan sudado que sus rulos se le pegaban a la frente.

—Te juro que huelo el olor de Jones, jamás vuelvas a dejarme solo —dramatizó trayendo de regreso el tema.

—Ay, por Dios, ¡supéralo!

—Nunca. Neisan y Dylan se burlaron. Fue muy vergonzoso, Hasley.

—¿Si te invito al cine me perdonas? —propuse deseando que dejara a un lado su trauma.

—¿Puedo pedir lo que yo quiera?

—Combo completo.

—Perfecto —sonrió—. Después del entrenamiento.

—Estás en todo tu derecho, pero ¿irás así todo sudado?

—No seas tonta, me cambiaré en tu casa —mencionó, revolviendo mi cabello con una de sus manos.

Antes de que pudiera protestar, Zev se dio la vuelta y comenzó a correr hacia el campo. ¿Qué? Genial, mi madre estaría en casa y saldría con sus preguntas bomba sobre si él y yo teníamos una relación y se lo ocultábamos.

Yo amaba a mi madre más que a cualquier otra persona, pero tenía una obsesión con que tuviera novio. Le gustaba la idea que mi mejor amigo y yo nos juntáramos porque sería la historia perfecta entre dos personas que se conocían desde hacía mucho tiempo y que se tenían confianza. Lamentaba decepcionarla, pero eso nunca pasaría. Solo había tenido un novio y por una semana, ¡hacía un año! Ella soñaba mucho y yo solo quería sobrevivir a la preparatoria.

Durante el entrenamiento, solo veía cómo corrían en el orden que les había tocado: el grupo A atacaba al B y viceversa. El entrenador David ordenó que se acercaran y empezó a explicarles la técnica.

—Entonces si hay un oponente a la derecha, ¿a quién le tiene que dar pase? —cuestionó el entrenador otra vez.

—Al de atrás —respondió Zev.

—¡No, no y no! ¡Al de su izquierda!

—¿A Jason?

—¡No! Bueno, sí… ¡No! Sea quien sea, pero al del lado contrario en el que esté el oponente.

—¿Sea quien sea? ¿Y si es otro oponente?

—¿Qué? —preguntó incrédulo—. ¡Zev!

—¡Lo siento, estoy nervioso!

—¿Y dice que es el capitán del equipo?

—¡Usted me nombró!

—¡Pues tal vez tendría que cambiarlo!

Indignado, mi amigo abrió la boca.

—¡No puede hacer eso!

—Eché a Xavier, ¿quiere ser el próximo?

Oh, así que lo habían logrado, ¿por qué no me lo había dicho?

Miré durante unos segundos a Zev y sonreí. Al menos ya se sentía mejor que antes. Al final, sus padres se habían separado, estaban gestionando los temas legales y, al parecer, la custodia la compartirían. Él se había vuelto un apoyo para su madre y sus hermanos, pero me asustaba que comenzara a sentirse con una responsabilidad que no le correspondía.

Zev Nguyen era una buena persona, todos lo decían. Era muy popular, pero sobre todo era carismático, risueño, alegre y alguien de confianza, me agradaba mucho ser su mejor amiga. Sin duda alguna, yo metería las manos en el fuego por él si fuera necesario.

—¡Prometo regresar temprano! —grité a mi madre antes de cruzar la puerta. Corrí tras Zev y subí al coche, nos dirigimos hacia el centro comercial. El camino era un poco largo, pero se nos hacía corto cuando íbamos hablando de cualquier tontería que saliera, tema tras tema. Las calles estaban vacías y un poco frías, lo que era normal en un domingo. Habitualmente se llenaban de gente los viernes y sábados porque las personas salían por la noche. Zev venía hablando de lo entusiasmado y nervioso que lo ponía el próximo partido; sabía que el entrenador y sus compañeros confiaban en él y eso le hacía tener presión.

—¿Qué películas crees que habrá? —preguntó refiriéndose a la cartelera.

—Realmente no he revisado la página web —me quité el suéter de la cintura y lo pasé por mis brazos.

Él hizo un ruido por lo bajo para luego hacer una mueca provocando que yo riera. Caminamos a la parte del centro comercial donde se encontraba el cine; el olor a palomitas llegó a mí haciendo que me apeteciera comerlas.

—Definitivamente me volvería gay por Adam Sandler.

Empecé a reír imaginando a Zev besando una foto del actor y él hizo un gesto gracioso.

Mis ojos se dirigieron al frente y ahí estaba él, con esa gorra de color café y diseño amarillo. No tenía idea de que Luke trabajaba en el cine, al menos no en el tiempo que yo llevaba viniendo, ¿habrá sido esa temporada? Lo recordaría si…, no, en realidad no lo recordaría porque ni siquiera lo ubicaba en la preparatoria hasta hacía poco.

Luke al verme se quitó la gorra, tal vez avergonzado. Me acerqué a él, observando que no había mucha gente en el lugar.

—No sabía que trabajabas aquí —dije frente al mostrador.

—Pues ahora lo sabes, hago algo productivo con mi vida, Weigel.

—¿Desde cuándo? No recuerdo haberte visto antes —indiqué—. ¿Entraste a trabajar hace poco?

—No tengo por qué darte explicaciones, Weigel —contestó de mala manera—. ¿Vienen por algún reembolso, para consultar su saldo o algo más?

Entrecerré los ojos para darle a entender que me había desagradado su forma de responder, pero él me ignoró. Zev se puso a mi lado y tomó la palabra por mí.

—Si tengo la tarjeta de invitado especial, ¿se aplica el descuento de dos por uno? —interrogó, sonando amable.

—¿Tienes tarjeta de invitado especial? —cuestioné a Zev.

—Sí —sacó su cartera para mostrarme la tarjeta—, la conseguí hace poco con Neisan y Dylan.

La agarré sin preguntarle y miré a Luke.

—Depende, todos los días hay promociones —continuó Luke—. Esa es para los sábados. Hoy es domingo, mañana lunes.

—Eso ya lo sé —dijo Zev—. Dame dos para *Pixels*.

—Bien —contestó Luke.

Apreté los dientes, un poco molesta por la actitud que estaba teniendo. Zev había sido amable y en ningún momento su tono de voz fue grosero, pero Luke se comportaba todo lo contrario.

—Zev, ¿por qué no mejor te adelantas? —propuse, sonriéndole.

—¿Segura?

—Es mejor no perder tiempo. En lo que tomo las entradas, tú escoges algún combo, ¿okey?

—Okey —mi amigo, no muy convencido, se alejó de mala gana.

Negué varias veces a Luke y saqué el dinero para pagar, él me sonrió sarcástico y me preparé para escucharlo hablar.

—¿Tú vas a pagar?

—Sí, bueno, eso pasa cuando no asisto a los partidos a los que Matt me invita —arrastré el dinero por el mostrador y él lo tomó.

—Mira qué cool, ya le pusiste el nombre, Matt —se mofó—. Eres chistosa, Weigel, creo que ya te lo he dicho, ¿no?

Puse los ojos en blanco y me crucé de brazos, esperando a que me diera las entradas.

—¡A veces resultas ser tan insoportable!, creo que ya te lo he dicho, ¿no?

Luke suspiró y se apoyó en el mostrador con las manos, acercándose hacia mí.

—Si tanto te afecta mi presencia aquí, solo te diré que de lunes a viernes trabajo de seis a diez de la noche y los domingos de una a seis de la tarde.

—¿Y por qué tu horario no coincide hoy? —le pregunté—. Ya son más de las seis.

—Se enfermó al que le correspondía este turno.

Miré detrás de mí para confirmar que no hubiera nadie más esperando y así no preocuparme por seguir hablando. Luke en un segundo cambió su semblante a uno de fastidio, como si odiara el simple hecho de estar ahí en ese momento.

Bien, ya éramos dos.

—Mientes —añadí.

—No me importa si no me crees. Ese es tu problema.

Zev regresó a mi lado.

—Ya escogí —avisó.

Luke me dejó el cambio a un lado junto a las entradas. Mi amigo las sujetó y yo agarré el dinero.

—Oye —dijo Zev—, yo no pedí entradas para esta película.

—Oh, claro que lo hiciste —sonrió falsamente.

—No, no lo hice.

—Sí, sí que lo hiciste —afirmó él, apretando los labios en una tensa línea durante unos segundos.

—Ninguno de los dos pidió esa, al menos yo no, y lo sé porque no me gustan las películas de terror —Zev apoyó las entradas enfrente de Luke—. Las detesto.

—Bueno, pueden exigir un cambio, pero con otra persona.

—Ningún cambio porque nosotros no pedimos nada —dijo en un tono alterado—. Te dije *Pixels*.

—Si no te gusta, puedes reclamar al gerente. Ahora muévanse, que ya hay personas esperando —siseó.

Atisbé detrás de nosotros comprobando que esta vez efectivamente esperaban su turno.

—Luke —lo llamé—, no te cuesta nada cambiar las entradas.

—Sí, me cuesta el patético tiempo de mi patética vida solo porque no quieren ver esta película —farfulló molesto. Después de unos segundos nos dedicó una sonrisa demasiado falsa—. Que disfruten de la película.

—No voy a... —Zev empezó a balbucear, pero se vio interrumpido porque Luke cerró de golpe la caja registradora.

—Se acabó mi horario —dijo firme, haciendo que su mandíbula se tensara.

—Eso es mentira, aún no acaba tu horario.

—Qué desgracia —murmuró con un toque de ironía—. El mío para ustedes sí.

—¡Luke! —grité.

Aunque eso no lo detuvo, él siguió caminando y, antes de que Zev y yo reaccionáramos, ya había salido del lugar.

«Ojalá lo despidan», deseé en mi interior.

—Las drogas le hacen mal... —susurró mi amigo, sacándome de mi pequeño trance.

—Basta, Zev.

—Yo solo quería ver la película de Adam...

—Déjalo —pedí, quitándole las entradas.

Zev hizo un mohín indicando que no le agradaba la idea. Sin embargo, caminó detrás de mí quejándose en todo el camino a la sala. No le gustaban las películas de terror, terminaba gritando y las personas callándolo. Me sorprendía la actitud de Luke, sabía lo molesto que era, pero jamás imaginé que lo sería tanto. Todavía no podía creer lo que había hecho; si bien, a Zev no le agradaba por lo que se decía de él por la escuela, en ningún momento fue grosero. Luke tenía que aprender a dominar un poco su carácter y asumir que los demás no teníamos la culpa de lo que lo atormentaba.

CAPÍTULO 10

Ya dije que hacía muchas cosas por mi mejor amigo? Sobre todo, cuando supe que el divorcio de sus padres le afectaba más de lo que intentaba ocultar. Así que allí estaba yo, entrando a una fiesta de no sé quién, en no sé dónde. Solo daba las gracias porque los chicos, Neisan, Dylan y Daniel, habían aceptado venir.

—Esto no me gusta —grité, mirando a mi alrededor.

—¡Vamos, Hasley! ¡Anímate! —exclamó Zev, alegre.

Me limité a girar los ojos y aferrarme a su brazo para perderme en el camino que había comenzado a trazar desde que entramos. Él intentaba encontrar a los demás chicos. Demasiada gente en la casa para poder respirar aire puro o beber un poco de agua fresca.

Me puse de puntitas para preguntarle algo al oído.

—¿Crees que habrá venido?

—¿Lo dudas? Por el amor de Dios, Hasley —se rio—. Matthew no se pierde estas fiestas. Aparte, nos invitó, o, para ser exactos, a ti. ¿Crees que no me he dado cuenta de que solo me está utilizando? Pero realmente no me molesta, mientras a ti eso te guste, ¿eh?

Bien, bien, tal vez no vine del todo por mi mejor amigo, fue un cincuenta y cincuenta: por un lado, quería hacerlo feliz con un poco de su ambiente —o lo que él fingía que le gustaba—, Zev no era un chico que saliera demasiado a fiestas, pero cuando asistía a una lo disfrutaba al máximo; y por otro lado… estaba Matthew.

Pero ahora en mi cabeza estaba lo que había dicho Zev. Yo solía pensar que era muy ingenuo con sus amistades, pero al parecer estuve equivocada todo este tiempo… Ya, bueno, yo soy la única ingenua, porque no se me había pasado por la mente que eso podía ser una razón desde que ambos eran tan amigos.

Para explicar un poco este tema, Matthew nos invitó a una fiesta que habían organizado los integrantes de su equipo de basquet para celebrar algo. No sé qué pretendían estos chicos al hacer fiestas en días entre semana, pero de reojo me daba cuenta de que casi toda la prepa se encontraba aquí y nadie tenía cara de que les preocupara que mañana hubiera escuela.

Mis dos razones para asistir tenían nombre y apellidos: Zev Nguyen y Matthew Jones.

Finalmente, llegamos con los chicos y los saludé.

—¡Esto está a reventar! —Dylan alzó los brazos, un poco mareado por el alcohol.

—No creo que solamente haya personas de la prepa aquí —dijo alzando las cejas un chico rubio, de nombre Eduardo—. Les recomiendo que no vayan al patio trasero, hay chicos vendiendo droga.

—¿Droga? —mi ceño se frunció y no porque fuera algo que me interesara, sino porque se me hizo imposible no acordarme de alguien.

—No te separes, ¿okey? —Zev se dirigió a mí.

—Tranquilo, sé cuidarme —rechisté.

Sus amigos rieron, pero él no.

Con honestidad, había algo que odiaba mucho de Zev, y era esa pequeña (o gran) obsesión que tenía con protegerme. A veces me asfixiaba su forma de ser conmigo y la manera en que quería controlarme hasta el grado de decirme hacia dónde y cómo tenía que dar mis pasos.

Empezaron a hablar de muchas cosas de las cuales yo entendía poco. Descubrí que Daniel estaba en un intento de relación y que Dylan engañaba al chico con el que había estado saliendo meses atrás.

Mientras la conversación fluía con el paso del tiempo, los vasos con alcohol pasaban delante de ellos.

Si seguíamos a este ritmo, todos perderían la cordura y sería yo la única consciente, de eso estaba segura. Pero sabía que ninguno conduciría así. Se sumergían en su conversación y decidí dejarlos, probablemente Zev se daría cuenta dentro de media hora… o nunca.

Caminé entre todos los chicos que olían a alcohol, sudor, cigarrillos y, puede ser, a semen… ¿Acaso el semen tenía olor? Eliminé de mi cabeza, en definitiva, aquella pregunta tan absurda y me concentré en mi camino; busqué la mesa donde había varios tipos de bebidas y decidí llenar mi vaso con un poco de jugo de arándanos. Escogí uno que estuviera sellado para evitarme la paranoia de que pudiera contener algo.

Apoyé mi cadera sobre la mesa y miré al frente. Sería parte de todo aquel grupo de chicos bailando si tan solo supiera hacerlo. Sin nada más que hacer, observé mi vaso por unos segundos, los hielos chocaban entre sí creando pequeños movimientos en el líquido. Con esto podía confirmar lo aburrida que me encontraba.

Alargué un suspiro y regresé hacia donde había dejado a Zev. No supe si yo iba distraída o la otra persona, pero el jugo se derramó sobre mi blusa causando un jadeo de mi parte cuando los hielos tocaron mi piel.

—¡Mi culpa! —la voz de Matthew me heló. Él levantó las manos y me regaló una sonrisa de oreja a oreja. Mis labios se curvaron, nerviosa.

—Lo… —y me silencié.

Sentí mis mejillas calentarse, viéndome con la obligación de taparme la cara.

—Iba pasando y es que… aquí arriba no se ve mucho —se burló, refiriéndose a nuestra diferencia de altura. Matthew era alto, no tanto como Luke, pero sí más que yo.

—No sé cómo sentirme al respecto.

—¿Enojada? —propuso.

—No, no, no. Solo quería beber un poco de jugo y regresar con Zev, lo dejé con los demás chicos.

—¿Quieres más jugo? Puedo ir por él, ¿o quieres limpiarte primero?

—Limpiarme, estaba frío —separé un poco la blusa de mi piel y respiré hondo.

Matthew me tomó de la mano y quise gritar de la emoción. Caminamos entre las personas y subimos las escaleras, yo lo seguí sin ninguna intención de preguntarle adónde íbamos, aparte de que me encontraba todavía sopesando su agarre. En el camino, pude fijarme en que Zev me vio, pero no hizo nada.

Abrió una puerta y me quedé el pie de la entrada, confundida.

—Entra, la casa es de un amigo y este cuarto nadie lo ha usado. Al fondo hay un baño para que te seques.

La duda me asaltó y no sabía si ahora eso era una buena opción. Sin embargo, su sonrisa me dio confianza y acepté, la luz se encendió y miré la habitación. Todo acomodado sin ningún desorden, como si la planta baja fuera la única área que se usaba para la fiesta.

—Hay mucha gente, ¿no? —le cuestioné, mirándolo de reojo, sin ser capaz de hacerlo de manera directa.

—Sí, los invitados invitan a más personas, pero no es algo que nos moleste.

—¿Acostumbrado?

Matthew se encogió de hombros y su sonrisa se transformó en una traviesa.

—No me quejo. El baño está en aquella puerta —apuntó, recordándome a lo que habíamos venido.

—Gracias.

Entré al baño y rápidamente me limpié lo mejor que pude, tratando de quitar el líquido, que comenzaba a ponerse pegajoso. Me miré en el espejo por unos segundos, las ojeras eran tan visibles que ni con maquillaje se quitaban. Acomodé mi ropa y pasé un mechón de cabello detrás de mi oreja para después salir del baño.

Matthew se distraía con el celular, tragué un poco de saliva antes de hablar.

—Listo —le avisé, inquieta.

Él alzó la vista y guardó el teléfono en el bolsillo de su pantalón, sus delgados labios se curvaron, se acercó acortando la distancia entre nosotros y mi pulso se aceleró. Yo no me alejé. El verde de sus ojos me hipnotizó, como si me atrapara en una burbuja en la que no me importaba lo demás.

—Ahora me siento menos culpable —admitió, inclinándose hacia mi rostro.

Sentí cómo mi piel se erizó, causando que mi respiración se entrecortara y me pusiera nerviosa. Su nariz rozó la mía, obligándome a cerrar los ojos, sabía lo que pasaría a continuación y no quería que se detuviera.

Por favor…

¿Ocurrió el beso? No.

La puerta de la habitación se abrió de golpe, dando paso a la música, y de repente choqué contra una pared de realidad. Matthew se separó y maldije a quien arruinó este momento. Nuestro momento.

Mis manos se hicieron puños y quise golpearlo apenas lo vi. Luke se apoyaba de lado en el margen de la puerta con su mirada tan típica. Esto se estaba volviendo tan común para mí, desde que lo conocía había estado encontrándomelo en casi todos los lugares a los que yo iba. Podía comprender sus apariciones, pero en ocasiones todo parecía tan a propósito que jamás lo descartaría. No me imaginaba que él asistiera a fiestas como estas; por su forma de ser podía creer que no era de aquellos chicos.

Su cabello se revolvía, vestía con unos pantalones y un suéter negro.

—Buscaba un baño, lo siento por… —dejó la frase en el aire como si estuviera pensando en algo—. No, la verdad es que no siento nada, solo busco un baño en esta estúpida casa y me equivoqué de puerta.

—Nadie puede subir al segundo piso —Matthew dio un paso al frente, dirigiéndose a Luke.

—Bien, nosotros somos nadie —indicó él.

—Sí, al parecer…

—Entonces ¿saben dónde hay un baño?

—Sí, aquí hay uno, puedes entrar si te urge tanto.

Luke no respondió y caminó frotándose la frente hasta el baño del que yo había salido hacía unos minutos.

—Definitivamente hay mucha gente —se burló Matthew.

—Te encuentras a cualquiera, ¿no? —enarqué una ceja, refiriéndome a Luke.

—¿Sorpresa?

—No —me reí.

Luke salió del baño y se puso enfrente de nosotros dos.

Quería golpearlo.

Elevé la vista para hacerle saber con mi cara que me había enfurecido su presencia, pero apenas miré su rostro todo tipo de enojo se esfumó.

Mis labios se separaron de la impresión y noté un sentimiento indescifrable en el pecho, el lado izquierdo de su cara mostraba un claro moretón cerca del ojo, al igual que un pequeño corte en el labio. Di unos pequeños pasos, acercándome para mirarlo mejor.

—¿Qué te pasó? —me atreví a preguntarle.

—Un pequeño accidente que ocurrió ayer —Luke tocó la herida y me miró.

—¿Te duele? —las preguntas salían por sí solas. ¿Me preocupaba? Lo hacía, y odiaba admitirlo.

—No, ya no.

—Bien, voy abajo —anunció Matthew—. Ojalá te recuperes, Luke.

Quise decirle algo, pero nada salió de mis labios. Lo miré apenada y solo me dedicó una sonrisa a medias antes de salir de la habitación, dejándome a solas con Luke.

—¿Estabas a punto de besarte con él? —me preguntó.

—Creo que sí —mordí mi labio y me alejé.

—No lo vuelvas a hacer.

—¿Perdón?

—No lo hagas, tómalo como un consejo, Weigel —se encogió de hombros y puso todo su peso sobre una de sus piernas.

—No me hacen falta consejos, sé lo que hago —contesté irritada.

—Sé lo que te digo, pero, si no quieres aceptar mis consejos, me importa un carajo. Tienes suerte de que no sea de las personas que dicen «te lo dije» —Luke tenía un filo en sus palabras.

Era muy directo y crudo, manteniendo siempre sus palabras claras y sin colarse ningún tartamudeo. Me llegaba a sorprender que tuviera las palabras correctas y que soltara todo lo que pensaba, sin enseñar ningún rostro de arrepentimiento.

—Te detesto —por fin, después de unos segundos en silencio, fue lo único que salió de mi boca, sin quitarle o sumarle nada a él.

—El sentimiento es mutuo —pasó su lengua por el labio lastimado.

Sus ojos se dirigieron a mi blusa, estiró uno de sus brazos y sus dedos rozaron la tela.

—¡No toques! —reprendí.

—Quítate la blusa —murmuró mirándome a los ojos.

—¿Qué dices?

No podía comprender lo que me pedía, de hecho, no entendía sus monosílabos. Tenía que adivinar qué era lo que intentaba decir con ellos, pero resultaba tan difícil. Él no me ponía nada en bandeja de plata.

—Sigue húmeda y a causa de eso puedes agarrar un resfriado, te daré mi suéter —explicó—. Y no te niegues, porque terminaré siendo yo el que te lo ponga a la fuerza. ¿Entendiste, Weigel?

¿Se preocupaba por mí?

¡Por Dios! Yo nunca lo entendería.

Me había llamado tonta hacía unos minutos y ahora trataba de cuidarme. Okey, seguía teniendo ganas de querer golpearlo. Preferí no decir nada al respecto, Luke se quitó el suéter para ofrecérmelo, dudé unos segundos, haciendo que arqueara una ceja, lo tomé de mala gana y fui al baño.

—¿Adónde vas? —lo escuché preguntar.

—Al baño. ¿Piensas que me quitaré la blusa enfrente de ti?

Luke puso los ojos en blanco y se acercó a la ventana.

Sin tardar, me quité la blusa rápidamente y pasé los brazos entre el suéter de Luke. Su olor se impregnó en mis fosas nasales, me parecía extraño que me agradara, la prenda albergaba comodidad y me hacía entrar en calor. Por supuesto, me quedaba demasiado grande.

Salí y la mirada de Luke me escaneó de pies a cabeza una vez que se giró de nuevo.

—Te ves tan diminuta —los ojos de Luke se veían cautelosos y muy en el fondo notaba que escondía una sonrisa.

—Es claro que tú eres más… —mi voz se fue apagando cuando me fijé con mucho cuidado en sus brazos.

Mi cuerpo se estremeció.

La piel de sus brazos era presa de unos claros moretones. Los hematomas se podían ver fácilmente debido a su piel pálida; los círculos eran diluidos en tres colores. Me acerqué al chico hasta que dejé de oír cualquier ruido alrededor de nosotros. La música que hacía unos segundos me atormentaba fue sustituida por los latidos de mi corazón y los suyos, aunque sonara muy increíble, y acompañada de su respiración entrecortada, al igual que la mía. Mis ojos no daban crédito a lo que mostraba como un tatuaje.

Acerqué mi mano con delicadeza y miedo a que Luke me alejara, diciéndome que no lo tocara, pero supe que no lo haría cuando no se movió, dándoles acceso a mis dedos para hacerlo. Pasé mis yemas por encima de los círculos amoratados como si la porcelana más fina y frágil del mundo estuviera ante mí. Recibí un quejido por parte de Luke y retiré rápido mi mano.

—¿Te duele mucho? —pregunté por lo bajo.

—Estos de aquí solo un poco —señaló los hematomas de su brazo, restándole importancia a los demás, pero sabía que mentía.

Y es que me di cuenta de que Luke siempre me había mentido.

—¿Qué te pasó?

—Ya te dije, tuve un pequeño accidente.

Luke quiso reír, pero, en lugar de eso, su rostro se tornó en un gesto dolorido.

—¿Pelea de chicos malos marcando su territorio? —bromeé recibiendo un ceño fruncido de su parte.

—A veces me preguntó por qué te sigo hablando —me dijo girando sobre su mismo eje—, siempre obtengo la misma respuesta.

Detestaba ser tan necia y preguntona. Me armé de valor y volví a hablar.

—Solo quiero saber qué te pasó.

—Solo fue un maldito accidente, estoy bien.

—Luke…

—¡Deja de insistir, Hasley! —elevó la voz, interrumpiéndome.

Mi interior se removió al oír que me había llamado por mi nombre. Se sintió diferente, como si yo fuera la mala.

—B-bien —balbuceé.

Recompuso su rostro y negó, arrepentido.

—No quise gritarte, no quería. Perdón.

—Fue mi culpa.

—No, no lo fue. Jamás te sientas así. Nadie debería gritarte ni hacerte sentir culpable por ser así, tan preguntona.

—Ya no sé qué pensar…

—Ni yo —tragó saliva y suspiró—. Acompáñame afuera, solo un momento.

Luke me tomó de la muñeca para salir de la habitación y bajar las escaleras. Esquivamos algunas personas o simplemente él era demasiado grosero y terminaba empujándolas, pero procurando que yo no chocara con ninguna.

—¿Adónde vamos? —lo interrogué cuando me di cuenta de que estábamos dejando el lugar.

—Lejos de aquí.

Existían cosas por las cuales Luke me molestaba y una de tantas era que creía que tenía poder sobre mí o de decidir por mí.

—Pero Zev… Vine con él, debemos irnos juntos —informé, queriendo soltarme de su mano. Él no cedió.

—Weigel, Zev será el último en llevarte a casa, está demasiado borracho para conducir. Dudo que la mitad de los que asistieron a esta fiesta vayan mañana a la escuela —explicó sin detenerse.

Odiaba que tuviera razón. La última vez que me alejé de mi amigo fue cuando iba por el sexto vaso de refresco con licor y yo sabía que no estaría en excelentes condiciones para ir al volante. Probablemente terminaría durmiendo encima de Dylan y creyendo que me habían hecho algo malo mientras la culpa lo invadía, pero si algo le pasaba jamás me lo perdonaría.

—¿Y si le ocurre algo? —jadeé tan solo de pensarlo—. No puedo dejarlo.

Luke detuvo su caminata cerca de una moto y, por ende, también yo. Él se apoyó en ella y se cruzó de brazos.

—¿Ocurrirle algo? —preguntó irónico—. Weigel, es el capitán del equipo de rugby, prácticamente cualquier persona se tiraría al suelo para que él no se ensuciara, por favor. No le pasará nada.

—Solo quiero asegurarme de que estará bien.

Luke sacó de su bolsillo un cigarrillo y lo encendió.

—Lo estará.

—¿Cómo estás tan seguro?

—Te lo prometo, ¿okey?

Rendida, bufé y puse los ojos en blanco.

—Espero que así sea.

Él palmeó el asiento de la moto y dio una calada para después soltar todo el humo.

—¿Te has subido a una antes?

—Sí —admití.

El verano pasado le habían regalado una a Nico —el hijo de Amy— por su cumpleaños. Amy era la mejor amiga de mamá desde hacía muchos años, ambas se conocieron en la universidad. No se veían mucho, pero solían salir a jugar al ajedrez o ir algunos fines de semana al club con otras amigas.

Aprovechaba cada oportunidad para usar la moto, llevándome a mí de pretexto. El único problema aquí es que no sabía cómo Luke se comportaba encima de una.

—No eres el tipo de persona que piensa que la calle es su propia pista automovilística personal, ¿cierto?

Luke hizo un mohín divertido que poco a poco se transformó en una risa burlona. Deshizo el cruce de brazos, apoyándose en la moto, se inclinó hacia el frente quedando a unos centímetros de mi cara. Aun así, seguía siendo un poco más alto que yo.

—Si estás conmigo, me veo en la obligación de evitarlo.

Su sonrisa se hizo de lado, haciéndolo parecer tímido, sus ojos se veían demasiado brillantes por la tenue luz del faro que iluminaba el vecindario y por la de la luna. Después de todo, si había algo que me gustaba de Luke eran sus ojos. Quería tocar su rostro.

—Lo primero de todo, ¿tomaste o fumaste… eso?

—¿Eso?

—Sí… —murmuré—. Marihuana.

Él sonrió.

—No, es el segundo cigarro de tabaco que fumo en el día.

—¿Y se supone que debo creerte?

—Juro que digo la verdad.

Me mordí los labios y entrecerré los ojos, acusándolo.

—No te llevaría conmigo si estuviera drogado o borracho, ¿okey? Puedes estar segura de que no he hecho nada de eso.

—Está bien.

—Vamos, súbete y trata de no aferrarte a mi pecho, es demasiado incómodo.

Desenganchó el casco y me lo puso; él hizo lo mismo con el suyo y perdí todo tipo de contacto visual cuando se separó de la moto para montarse en ella. Dudé unos segundos, aún insegura de dejar a Zev en aquella casa, pero bastó solo un momento para que diera un suspiro y me subiera detrás de Luke. Le daba gracias al Señor por haberme puesto unos jeans.

—Trata de ser suave —susurré enrollando mis brazos en su pecho.

Él soltó una pequeña risa que causó que frunciera el ceño.

—Pensé que era una ironía.

Después de decir eso, soltó una fuerte carcajada haciendo vibrar su espalda, lo que yo sentí en una de mis mejillas, que se encontraba apoyada en su ancha espalda.

—Eres un... —él me interrumpió por segunda ocasión en la noche antes de que le pudiera decir lo que pensaba.

—Sujétate —avisó para emprender el recorrido. Sentí que rio, aunque no sabía si era eso o la vibración que transmitía la moto hasta su espalda.

Nadie volvió a mencionar nada. Luke seguía conduciendo y yo intentaba no ejercer mucha fuerza en mi agarre. El aire fresco de Sídney hacía contacto con la piel de mi rostro al grado de llegar a sentir fría la nariz. La moto se detuvo y yo me separé de Luke desorientada.

—Esta no es mi casa —protesté al ver que se trataba de unos departamentos.

—Eso lo sé, no me has dado tu dirección. ¿Piensas que la adivinaré? —habló girando la cabeza para poder verme con el rabillo del ojo.

—¡Te la di el día que fuiste a buscarme para ir al callejón! —grité recordándole—. ¡Te burlaste de mi calcetín!

Dio una gran carcajada.

—¡Pucca! —mencionó en un grito. Trató de tranquilizarse y cuando dejó de reír volvió a hablar—. No la recuerdo, solo dámela de nuevo.

Solté un gruñido y le volví a dar el nombre de mi calle.

Minutos más tarde se detuvo, pero esta vez, a diferencia de la otra, pude visualizar mi casa. Bajé de la moto y Luke se inclinó, sacó otro cigarrillo y lo prendió.

—Tercero.

—¿Qué?

—Es el tercer cigarro que fumas en el día.

—Cierto, pero… ¿sabes que ya es jueves? Son más de las doce.

Y caí en la cuenta de lo que acababa de decirme.

—¡Ugh! ¡Eres un mentiroso!

Él dio una calada y soltó el humo hacia arriba, reprimiendo una risa.

—¡Pero fui sincero!

—¡A tu manera! —exclamé—. ¡Nos vemos! ¡Gracias por traerme!

Comencé a alejarme y escuché que gritó mi apellido varias veces.

—¡Weigel!

—¡¿Qué?! —me giré.

—El casco.

Mis ojos se abrieron y las mejillas me quemaron de la vergüenza, me desabroché el casco como pude y me acerqué para dárselo; antes de sujetarlo, él habló.

—¿No me invitarás a pasar?

—Ay, no inventes, ¿de verdad quieres? —la pregunta salió irónica porque ambos sabíamos la respuesta.

—Tienes razón, mejor no te molestes en repetirlo.

—Buenas noches —dije de mala gana.

—Weigel… —su voz ronca me obligó a detenerme, no fue el tono, sino la manera en que había arrastrado mi nombre—. Mañana me acompañarás después de clase a un sitio.

—¿Es pregunta o afirmación? —pregunté.

—Si quieres hacer algo bueno por ti, vendrás. —Luke apagó el cigarro y encendió la moto—. Si, por el contrario, decides no hacerlo…, será una lástima.

—Me molestas —siseé.

—Bien, entonces mejor me voy para que deje de molestarte. Mañana me dices.

Sin darme tiempo de decir algo más, se marchó. Me quedé ahí parada en el mismo sitio mientras observaba cómo se alejaba, llevándose con él mi calma.

CAPÍTULO 11

Maldita sea, mi cabeza, ya no la soporto —se volvió a quejar Zev por décima vez mientras frotaba su sien con las yemas de los dedos.

Al parecer tenía resaca y no quería ver ni la luz del día. Sus ojos estaban cubiertos por unos lentes oscuros, sus ojeras se apoderaban de su cara y, a pesar de que intenté ponerle un poco de maquillaje, no se ocultaban. Como era de esperar, me había regañado por haberme ido y haberlo dejado solo sin avisar; según él, me buscó hasta en el más mínimo rincón de la casa. No siguió, pues tan fuerte se volvió la jaqueca que decidió ponerle punto final a su propia discusión.

—Solo falta una clase, trata de no caer rendido al suelo —lo animé, bromeando.

—Y es Andrea, la maestra con la voz más chillona de la escuela —dramatizó.

—¡Hola, plebeyos! —Neisan saludó con un grito golpeando la mesa.

—¿Qué te ocurre, imbécil? —gritó él enojado y se apretó la cabeza con los brazos.

—Hola, Neisan —le devolví el saludo con una sonrisa agradable.

—Creo que a alguien no se le quita la resaca imperdonable —el chico rio y lo apoyé, asintiendo—. Te vengo a avisar que el entrenador llamó a todo el equipo.

—¿Ese hombre quiere matarme? No tengo humor para soportar sus gritos —gimoteó de dolor.

—Al menos te salvaste de Andrea —pronuncié con una risita por lo bajo.

—Prefiero arrancarme la cabeza antes que elegir entre ellos dos —gruñó levantándose de la mesa—. ¿Me esperarás?

—Oh, no, iré a otro lugar —murmuré apenada.

Y, sí, iría con Luke.

Había pasado casi toda la noche pensado sobre lo que me había propuesto. Después de darle vueltas al asunto, decidí que lo mejor sería tratar de convivir con el chico. Desde el día en que habíamos cruzado palabras eso es lo que quería: saber más de él a pesar de los insultos que me dirigía o lo grotesco e insípido que se comportaba. Sí, demasiado esfuerzo estaba haciendo al intentar amoldarme a sus cambios de humor. Lo peor de todo era que yo misma me contradecía. Este es el efecto Luke.

—¿Con quién? — inquirió Zev, sin quitar su cara de mal humor que se podía ver a kilómetros con un claro letrero: «Tócame y lo último que verás y sentirás será mi puño en tu rostro».

—Con Luke —mi voz sonó tan firme, transmitiéndole que lo que dijera él no haría que cambiara de opinión.

No me gustaba mentirle y mucho menos para esconder algo que no le hacía daño a nadie.

—Solo porque tengo una resaca de los mil demonios no discutiré —bufó con molestia, tomando su mochila del suelo—. Avísame cuando te vayas y llegues a casa, ¿puedes?

—Ay, Zev. Tú sabes que el chico no es tan malo —susurró Neisan, intentando que yo no escuchara, pero lo hice.

—Cállate, Neisan, tu voz aumenta más mi dolor —refutó Zev.

—¿Intentaste tomar una aspirina? —él le preguntó.

—¿Tú crees que no? Me tomé la caja entera…

Los dos siguieron discutiendo mientras se alejaban del lugar y sus voces se hacían cada vez más inaudibles, dejándome sola en aquella mesa con una sola pregunta dando vueltas en mi cabeza: ¿por qué dijo eso Neisan?

Sabía que Zev conocía a Luke, eso me lo dejó claro mi mejor amigo el día en que me pidió que me alejara del chico y, por otra parte, porque él solía reunirse en el campo con su equipo y el entrenador por alguna junta. Luke permanecía casi todo el tiempo en las gradas. Existía la posibilidad de que ellos hubieran cruzado alguna palabra y tal vez Zev fuera la persona que podía responder algunas de mis preguntas, pero en cuanto pronunciaban el nombre del chico rubio mi amigo se alejaba furioso. Tendría que alimentar mi propia curiosidad. No me iba a quedar esperando a que ellos me contaran para que mis preguntas tuvieran respuesta, yo misma tendría que buscarla en dos libros que no eran fáciles de abrir y empezaría con el más difícil: Luke.

Tomé mi mochila después de que el timbre sonara, indicando que la última clase ya había empezado. A pasos flojos y con poco interés caminé hasta el aula de Ciencias Sociales.

Una hora más tarde, el profesor Sullivan indicó que daba por terminada la clase y que nos podíamos retirar. Cerré mi libreta y la metí en mi mochila junto a mis otras cosas, la pasé por encima de mi cabeza, como era mi costumbre, y caminé hasta la puerta, aunque alguien me empujó.

—¡Fíjate por dónde vas! —vociferé al chico; él solo se giró y se burló de mí—. Por Dios, qué imbécil.

—Refunfuñona —dijeron detrás de mí, acompañado de una risita que pude intuir de quién era.

Me giré para ver a Luke apoyado en la pared mientras intentaba mantener el equilibrio de su mochila encima de su cabeza, lo que me evitaba ver su cara. Solo gruñí y él volvió a echar otra risa, bajó su mochila, aun sosteniéndola a la altura de sus rodillas, y me miró.

Otros días no me tomaba la molestia de observarlo porque no me interesaba; en cambio, hoy preferí hacer una excepción. Se veía demasiado bien con aquella chamarra negra y una camisa blanca debajo, sus jeans de siempre y su cabello despeinado. Miré su rostro y todo tipo de atracción por su ropa se esfumó cuando contemplé sus ojos, los cuales no tenían el azul intenso que solían poseer, tenían un contraste apagado y triste. Sin embargo, resaltaban de igual manera por los círculos oscuros que descansaban debajo de ellos, las ojeras sobresalían contra su blanca piel. Ya lo había dicho antes y lo reafirmaba.

—¿Qué haces aquí? —le pregunté.

—Estaba pasando —habló con tranquilidad—, pero ya que te veo: ¿decidiste o te sigo molestando?

—Empezaste a molestar desde que me llamaste refunfuñona —respondí poniendo los ojos en blanco.

—Bien —chistó, frunciendo los labios—. Lo siento —me tomó por sorpresa lo que dijo, dejándome bloqueada sin poder mencionar nada. Mis ojos viajaron a los suyos sin entender sus disculpas, él solo suspiró y bajó la cabeza volviendo a hablar—: Soy un imbécil.

Luke gruñó, levantó su mochila a la altura de su hombro y se alejó. Me quedé confundida, sin entender, y después mis piernas se movieron detrás de él, pude divisarlo un poco retirado saliendo de las instalaciones. Sus piernas largas le daban ventaja. Esquivé a algunos estudiantes que iban saliendo y reduje mi paso cuando se detuvo fuera de la escuela.

—No lo decía en serio y no eres un imbécil —dije a sus espaldas—. Iba a decirte que sí iré.

Él se giró y me miró un poco calmado, algo que me extrañó. Por la manera en que había dejado el lugar, pensaba que estaría enojado. Su semblante estaba neutro y solo asintió para comenzar a caminar en la dirección contraria del estacionamiento.

—¿No traes tu moto?

—No suelo traerla a la escuela —respondió, cabizbajo.

—¿Está muy lejos donde quieres ir? —insistí.

—Creo que jamás vas a dejar de preguntar, ¿cierto?

—Tú dijiste ayer que no me sintiera culpable por ser quien soy —le recordé.

Él soltó una risa y eso me hizo entrar un poco en confianza. Y se repetía la situación: sus cambios de actitud no encajaban con mi manera de tratar a las personas. Yo negué, y eso hizo que levantara la cabeza y entrecerrara los ojos.

—No es muy lejos, a unas tres o cuatro manzanas, solo intenta ignorar los metros.

—Qué gran consejo —me burlé.

Luke empezó a decirme que llegaba a irritarlo en ocasiones por mi insistencia. Hubo un punto en el que le dije que estaba cansada y me tomó de la mano para comenzar a correr conmigo sin soltarme; al parecer le divertían mis gritos, que se volvían inútiles diciéndole que se detuviera, porque sus carcajadas eran como un sonido ya extraído de la naturaleza. Me gustaba cómo sonaba.

Quería la risa de Luke para tono de llamada.

Nos fuimos deteniendo en uno de los tantos callejones que había en aquella zona y no dudé en sentirme incómoda; los edificios que se hallaban en aquel callejón estaban un poco viejos. Le pregunté si aquel lugar era seguro, pero, como siempre, solo recibí un «¿puedes dejar de hacer preguntas, Weigel?».

Llegamos al fondo del callejón y pude ver una tienda pintada de negro, azul y rojo. Fuera tenía varios carteles de artistas y discos, entonces supe que era una tienda de música. Luke se aferró a mi mano y entramos al local.

Por dentro lucía mucho mejor, estaba dividida en dos partes: moderna y clásica, las secciones tenían diferentes colores. La tienda olía a lavanda mezclada con tabaco. Entendía por qué Luke amaba este lugar. El chico caminó hasta el fondo de la tienda y nos detuvimos en una sección que parecía retro.

—¿El viaje a la buena música?

—Así es —afirmó, sonriéndome. El hoyuelo en su mejilla se hizo visible, haciendo que sus ojos lucieran brillantes, sin importar esa imagen apagada que tenían—. Me siento bien al enseñarte mis gustos musicales…

Él dejó la frase en el aire y no la continuó, solo empezó a buscar algún disco. Agarraba algunos y luego los colocaba en su sitio diciendo «estos no valen la pena», «buena afinación de voz, pero letras sin sentido».

—¿Sueles escuchar mucha música? —pregunté, curiosa.

—La mayoría del tiempo, más cuando estoy en casa —respondió sin dejar de buscar—. A veces es bueno ignorar la mierda que suele salir de la boca de la mayoría de las personas en el mundo. Todos tenemos nuestro lugar seguro.

—Lo sentí como una indirecta —murmuré. Él negó.

—¿Acaso has visto que haya reemplazado tu voz quejosa con unos auriculares?

—¿No? —dudé.

—Claro que no, Weigel. Jamás reemplazaría tu voz, por más molesta que sea cada vez que preguntas algo.

—Lo tomaré como un cumplido —decidí.

—Genial. Mira, empecemos con The Doors —Luke sonrió, orgulloso de ellos, mientras me daba un disco.

Se veía tan emocionado, con una sonrisa que lo hacía ver tan adorable. Hablaba de más y más bandas mientras me las mostraba; algunos discos me los pasaba y otros los dejaba de nuevo en su lugar. Veía las imágenes de los discos, unas eran tétricas, mientras que otras me daban escalofríos.

Dirigí la vista a uno que estaba enfrente de mí, la imagen llamó mucho mi atención y por primera vez me sentí orgullosa de conocerlos al leer su nombre.

—The Fray… —susurré tomándolo con la mano libre.

—¿Los conoces? —cuestionó a mi lado, quitándome el disco.

—Sí, he escuchado un par de canciones de ellos, especialmente «Fall Away» —lo miré, sonriendo.

—Mencionaste que no conocías a nadie, a excepción de uno, el día en que te enseñé la lista.

—¡Acababa de despertar! ¡En las mañanas no soy tan inteligente! —me traté de defender, de una muy mala manera.

Claro que no, Weigel.
Jamás reemplazaría tu voz,
por más molesta que sea cada vez que preguntas algo.
Lo tomaré como un cumplido.
Genial.
Mira, empecemos con THE DOORS.

—¿Solo en las mañanas? —vaciló. Sus labios esbozaron una sonrisa burlona y yo lo empujé con una mano—. A mi hermano le gustaban.

—¿El mismo con el que ibas al callejón?

—Sí —afirmó—. Él los adoraba, tenía una canción favorita de ellos. Veo que después de todo sí sabes de buena música.

—Puedo llegar a sorprenderte —susurré.

—Vaya que sí —se rio, dejando el disco en el lugar de donde lo había tomado.

No supe descifrar si había sido sarcasmo o ironía, así que decidí ignorarlo y seguir mirando los estantes llenos de discos.

—¿Has escuchado The Offspring? —preguntó mirando con interés, pero negué con la cabeza—. ¡Mierda, Weigel, necesitas escucharlos!

—¿Nos los llevaremos todos? —pregunté al ver que ya eran muchos y mi presupuesto se reducía al dinero del domingo que mi madre me había dado.

—Lo pagaré yo si prometes escucharlos todos, ¿de acuerdo? —propuso divertido. Yo me sentí confundida—. Tómalo como un regalo, ambos salimos ganando, ¿no crees?

—¿Regalo?

—Ajá.

—¿Por qué?

—Cállate, Weigel. Haces muchas preguntas y sinceramente me estás estresando —espetó—. Es un obsequio. Prometí enseñarte un poco de esto y solo te pido que lo disfrutes, ¡te juro que valdrá la pena!

Luke me miró unos segundos mientras jugaba con su *piercing* para luego girarse y seguir observando los discos. No quería llevarme una mala experiencia de allí, pero no entendía nada de lo que decía. Estaba bien. No conocía ninguna de las bandas que ponía en mis manos, mis gustos musicales eran muy diferentes de los de él, no era amante de la música de hoy en día, si es que aquellas bandas lo eran.

Luke tomó entre sus manos un disco y sonrió girándose hacia mí, sus ojos azules brillaban haciéndolo parecer inocente y no pude evitar apreciar lo guapo que se veía con las mejillas coloradas. Tenía una energía diferente cuando hablaba o me mostraba lo que más le gustaba.

—Dejé lo mejor para lo último, te presento a Pink Floyd —dijo emocionado y eso me causó ternura—. Estoy seguro de que no tendrás una canción favorita de ellos, quiero que los escuches. *The Dark Side of the Moon* es mi álbum favorito —jadeó, dando unos saltitos como un niño pequeño, haciéndome reír—. Juro que, si dices que no te dieron ganas de seguir escuchándolos, mi fe hacia ti terminará, así que espero que lo pienses dos veces. Te recomiendo «Any Colour You Like» y «Brain Damage».

Agarré el disco y me fijé en la imagen, era la misma de su camiseta de aquella vez: el triángulo y un arcoíris saliendo en un lado de este. Me mordí el labio cuando le di la vuelta para leer los títulos de las canciones… ¡Los minutos de algunas! ¡Duraban hasta siete minutos!

—¿Por qué te gustan tanto? —quise saber. Me apoyé sobre su brazo y dejé caer mi cabeza. Él sostuvo el disco.

Necesitaba que hablara un poco más. Me gustaba descubrir más allá de los sentimientos de las personas y Luke parecía alguien lleno de ellos, a pesar de ser una completa roca por fuera.

Adoraba verlo hablar de lo que más amaba.

—Transmiten tanta tranquilidad a través de sus canciones y eso es algo sorprendente en ellos. Cuando los escuches entenderás.

—¿Crees que me gustarán?

—Tienen que gustarte, ¡son Pink Floyd, Weigel!

Me alejé de él y le sonreí.

—Eso espero, Howland.

—Howland —repitió—. Es raro que me llames por mi apellido.

—¿Te molesta?

—No —me guiñó el ojo y siguió caminando entre los estantes.

Me pasé la lengua por los labios y lo seguí. Estábamos en otro pasillo con más discos alrededor. Luke se detuvo y sacó dos.

—Green Day, creo que ellos no podían faltar, y sobre todo este álbum —me entregó uno y pude fijarme en la portada. Sin duda eran muy raros, giré para ver los temas y leí. Todo tuvo un poco de sentido al leer el cuarto título: el nombre del callejón—. *American Idiot*, uno de mis favoritos, pero ¡*Dookie* no puede quedarse atrás!

—*Dookie* suena al perrito que sale en el canal para niños —contesté.

—Weigel, por el amor de Dios, ¡concéntrate! —me regañó, quitándome los discos.

—¡Estoy concentrada! —grité—. Pero tienes que admitirlo.

—A veces eres muy pero muy… extraña.

—¿Yo? ¿Extraña?

—De todos modos me gustas así.

Luke se alejó y lo seguí hasta que llegamos al mostrador. Él puso los discos encima para que nos cobraran. Y, como había dicho, los pagó todos. Con la cabeza indicó que tomara la bolsa, le hice caso y caminamos hacia la salida. Luke sostuvo la puerta para que saliera primero y después él.

—¿Se supone que tengo que escuchar todo esto en un solo día? —cuestioné.

—Trata de hacerlo —él se detuvo y se puso enfrente de mí, tomándome de los hombros para agitarme—. ¡Es un buen viaje a la buena música, Weigel!

—Pues deseo detenerme de este viaje porque muero de hambre —señalé y lo alejé.

—Aburrida… —se burló y sacó la lengua—. Hay un puesto de comida rápida aquí cerca, o acaso prefieres algo más… ¿formal?

—¿Formal? No, no, está bien. Puedo comer un buen hot dog de la esquina, no soy tan especial como crees.

—Solo a tu manera.

—¿Qué?

—Que será a tu manera, como quieras comer —se explicó y me tomó de la mano. Aumentó la velocidad de sus pasos esquivando a las personas. No supe cuánta distancia recorrimos hasta que nos detuvimos en un puesto de comida.

—Comida rápida —reafirmé, mirando el lugar.

—La mejor de la zona. Pide algo, yo no tengo hambre —avisó, alejándose de mí.

Me quedé mirándolo y después me giré hacia el puesto. Decidí ignorar su orden y seguirlo. Luke caminó por un callejón a mis espaldas y sacó algo de su bolsillo para después llevárselo a la boca. Sabía lo que era y me disgustaba el simple hecho de saber que estaba en lo correcto. Detestaba que Luke fumara eso sin darse cuenta de que disminuía su tiempo de vida, pero a él no le importaba.

—Entiendo por qué no tienes hambre —pronuncié con mi voz un poco apagada.

Luke se giró y se quitó aquello de los labios para dejar escapar una nube de humo. Me miraba sin ninguna pizca de culpabilidad, como si fuera lo más común del mundo y, bueno, para él lo era, pero yo no me acostumbraba a verlo así. Él se acercó a mí, quedando a unos pasos de distancia.

—No, no entiendes —habló después de unos segundos en silencio.

—¿Lo haces porque te sientes en paz? Si es así, hay otras formas.

—Cierto, unos beben, otros se cortan, dibujan, cantan… Pero esta es la mía y desgraciadamente no puedo cambiarla —dijo pasando la lengua por los labios.

—No es porque no puedas, es porque no quieres. Eso te hace daño.

—No te tiene por qué importar, Hasley.

Ahí estaba de vuelta con el nombre.

—Tienes razón, solo intento que te des cuenta de que es malo para tu salud porque tal vez cuando lo hagas sea demasiado tarde

—hablé demasiado rápido, tanto que tomé una bocanada de aire al finalizar.

—No puedes llegar a mi vida y fingir que me conoces en tan pocos días para hacerme cambiar de opinión acerca de esto cuando lo he hecho desde antes de que aparecieras, ¿entiendes? Deja de meterte en lo que no te importa —masculló entre dientes. Él hablaba en serio. Apreté la mandíbula intentando guardar un poco el dolor que me causaron sus palabras, desvié mi mirada de la suya hacia otro punto que no fueran sus malditos ojos azules—. Vete a comer, tú lo necesitas más que yo.

—Ya no tengo hambre —finalicé y di la vuelta para caminar lejos de él.

Sentía cómo mis ojos empezaban a arder y odié por un instante el simple hecho de ser sensible. Me sentía mal por él, lo hacía, porque no quería aceptar que un día acabaría mal si seguía en la misma situación; podía llegar a ser tan… Y aun así no quería alejarme porque…

Le había agarrado cariño.

¿Cómo era posible?

Aunque lo que decía era verdad, yo no podía llegar así tan pronto a su vida e intentar que cambiara de opinión acerca de todo eso. A pesar de que me doliera aceptarlo, no sabía mucho de él, pero sí que eso no era una excusa para eliminar sus problemas de tal modo.

Escuché cómo comenzó a decir mi apellido y lo ignoré, aumentando la velocidad de mis pasos. No quería estar por ahora cerca de él, no quería escucharlo; simplemente no quería estar presente mientras fumaba marihuana.

—Weigel, mírame —tomó mi brazo deteniendo mis pasos, poniéndose enfrente de mí. No quería hacerlo, porque si lo hacía era para darle un golpe—. Está bien, mira, solo quiero decirte que no puedes venir y decirle a una persona que deje de hacerlo cuando tú no lo has hecho, cuando tú no eres presa de una adicción. Eso no funciona así —fruncí los labios y me negué a aceptar todo lo que había dicho, no le daría la razón en ello. Jamás lo haría porque no era así. Él suspiró y vi por el rabillo del ojo que se humedeció los labios—. Pensé que entendías siquiera un poco, pero me equivoqué. Solo no intentes ayudarme, no puedes.

Después de eso se dio la vuelta y se marchó dejándome ahí parada con mi dignidad. Sin embargo, esta vez mis piernas no se movieron para ir tras él.

CAPÍTULO 12

Era el tercer día en que Luke no me hablaba y comenzaba a odiar esas ganas de querer hacerlo yo, pero no lo haría. De ninguna manera. Después de la pequeña pelea, creí que me dejaría ahí sin rumbo, aunque regresó a los minutos y me acompañó a casa. Ninguno se dirigió la palabra y, apenas abrí la puerta, él se fue.

Había estado evitando todo tipo de contacto conmigo. En las clases con la señorita Kearney llegaba tarde para sentarse al fondo del aula, no lo veía en la cafetería y lo más extraño del mundo era que tampoco se encontraba en las gradas echando humo como una chimenea.

Durante esos días estuve encerrada en mi habitación escuchando los discos que habíamos comprado antes de la discusión. Descubrí que algunas canciones eran muy buenas. Sin embargo, su banda favorita me sorprendió: era instrumental con frases enigmáticas. Una sorpresa total. Elegí de entre todas las canciones las que más me gustaron, postulándolas como mis favoritas. «Letterbomb» de Green Day no podía sacarla de mi cabeza.

Apoyé la frente en la ventanilla del coche para suspirar, haciendo que el cristal se empañara; tracé un pequeño corazón con el dedo y esbocé una sonrisa. Estaba en camino a la escuela junto a mi madre, quien venía hablando sobre algunos de sus pacientes, que la tenían un poco malhumorada.

—Eres psicóloga, se supone que debes tener paciencia —canturreé.

—Lo sé, pero, créeme, algunos me hacen perder los estribos —se quejó con una mueca graciosa, haciéndome reír.

—Eres una psicóloga muy rara —le vacilé.

—Pues vete bajando porque esta rara necesita ver los expedientes de sus pacientes —indicó, quitándole el seguro al coche. Ya habíamos llegado a la prepa—. Cuídate, amor. Hasta pronto.

—Nos vemos luego. Te quiero —me despedí, antes de cerrar la puerta.

Me dirigí hacia la primera clase: Literatura, con mi querido profesor Hoffman. Recordando bien las cosas, por su culpa conocí a Luke; si no me hubiera dejado fuera de la clase, yo no estaría en esta posición ahora. De alguna manera extraña, necesitaba sentir su maldito humor molestándome.

En el aula estaban unos cuantos chicos ya sentados esperando a que el profesor se presentara o, más bien, que no lo hiciera. Fueron los minutos suficientes para que el profesor apareciera dando los buenos días junto a sus tantos sermones. Indicó leer un libro que, para mi suerte, era de mi agrado y había leído millones de veces: *El ruiseñor*, de Hans Christian Andersen.

Algunas clases pasaron rápido y otras simplemente aburrían. La hora libre se dio cuando avisaron que la profesora María no había asistido. Corrí rápidamente a la cafetería, donde estaba segura de que Zev se encontraría, pero me equivoqué. Iba a regresar a los pasillos de la preparatoria cuando la voz suave de Matthew gritó mi nombre.

—¡Hasley! —el chico se acercó hasta mí con una sonrisa—. Estás buscando a Zev, ¿no es así?

—Sí —murmuré un poco nerviosa por su mirada.

—Está reunido en la junta, me dijo que si te veía te dijera eso —hizo una mueca y rio.

—Oh, gracias —le sonreí.

—Te quería preguntar si querías que almorzáramos juntos... Con Zev, claro, si tú quieres, porque todavía tienes clase.

Lo dijo tan rápido que sus blancas mejillas se enrojecieron. Matthew Jones nervioso y sonrojándose. ¿Acaso podía ser eso más adorable?

—Claro, te veo aquí —acepté, intentando no ponerme roja como él, pero sabía que era demasiado tarde.

—Okey, nos vemos más tarde —se despidió, alejándose para regresar con sus compañeros de equipo.

Expulsé todo el aire cuando salí de la cafetería. Después de todo, algo estaba saliendo bien con Matthew sin Luke metiendo sus narices en mis asuntos con el chico.

Sentí cómo algo se removió en mí tan solo con recordar a Luke. Odiaba mi maldita necesidad de querer hablarle; sin embargo, mi orgullo fue aún más fuerte y grande que eso. Decidí esperar a la siguiente clase, que, para mi mala suerte, era Historia con la profesora Kearney, la clase que compartía con Luke.

«Ojalá no lo deje entrar en esta ocasión».

Al final yo fui la única que recibió la bofetada. Había llegado tarde y la profesora Kearney me leyó su maldito reglamento. ¿Por qué siempre se fijaban en mí cuando yo llegaba tarde y no en otros? ¿Por qué los profesores me detestaban?

Después de escucharla me dejó pasar y mi suerte fue aún peor cuando me di cuenta de que el único asiento libre era el de al lado de Luke. Quería tirarme del quinto piso, pero resultaba imposible porque solo eran cuatro. Caminé indecisa, con los nervios invadiéndome. Dejé caer mi mochila al suelo para sacar mi libreta para apuntar. El problema era que no tenía ni idea de en qué tema estaban o qué estábamos haciendo y preguntarle a Luke era una opción tachada con marcador negro muy grueso, así que opté por la más sensata.

—Disculpa —susurré estirando el brazo para tocar con mi dedo el hombro del compañero que se encontraba enfrente de mí.

—Mmm, ¿sí? —él sonrió coqueto. Era Josh, un chico de piel pálida con cabello color negro azabache.

—Llegué tarde, y no sé qué están haciendo —murmuré—. ¿Podrías decirme?

—Claro —afirmó, y me sentí feliz hasta que continuó—: Pero ¿qué gano yo?

—¿Disculpa?

—¿Qué gano yo si te explico todo? —él levantó una ceja y sonrió de una manera que comprendí rápido. Abrí la boca para responder, pero alguien más lo hizo.

—Hey, idiota. ¿Por qué no mejor te das la vuelta y dejas de insinuar estupideces? Aléjate de ella —Luke habló entre dientes con un tono despectivo.

Josh levantó las manos en un gesto de inocencia y se giró de nuevo para mirar hacia el frente y fingir prestar atención a la profesora. Miré lentamente a Luke sin saber qué decir o cómo reaccionar ante lo que había hecho, pero él no dijo nada al respecto. Me mordí el interior de la mejilla y fijé mi vista en mi libreta. Luke no volvió a mencionar nada y, por lo tanto, yo tampoco.

La clase terminó y la profesora dejó tarea, yo no entendí muy bien de qué trataba. Empecé a recoger todas mis cosas y a guardarlas en mi mochila para pasarla, como de costumbre, por encima de mi cabeza. Sin quedarme otro segundo cerca del chico, salí del aula.

Me sentía un poco incómoda por lo que había pasado. Luke llegaba a ser un poco extraño, pero agradecía que le hubiera contestado al chico; lo más probable es que yo le hubiera respondido con un patético: «Eso fue grosero».

Era hora del almuerzo. Fui directo a mi casillero para poder guardar todas mis cosas e ir a la cafetería. Busqué con la mirada el cabello rojo o rizado de alguno de los dos chicos, hasta que los visualicé en una de las mesas.

—Hola —saludé cuando estuve cerca.

—Hola, Hasley —Matthew me sonrió tomando una de sus papas fritas. Yo me senté.

—¿Ya escuchaste que están planeando hacer fiestas? —preguntó Zev—. Dicen que cada grado hará la suya.

—Y… —pronuncié para que siguiera.

—Y, bueno, somos del mismo grado, podemos hacer una —siguió Matthew.

—Saben que son los dos capitanes de los equipos más importantes de la preparatoria, ¿no? —inquirí—. Conseguirán que nadie haga su fiesta y tendrán que hacerla ustedes para casi todo el alumnado.

—Estoy acostumbrado a eso —Matthew se encogió de hombros; estaba en lo correcto. Él ya era un amo de las fiestas, pero mi mejor amigo, no.

Preferí no decir más. Matthew, cada vez que me miraba, me guiñaba un ojo y yo me veía con la necesidad de bajar la mirada para así cubrir mi rostro sonrojado de él. Zev avisó que iría por más jugo de uva y supe que mi nerviosismo me traicionaría. Fue así hasta que el chico que estaba enfrente de mí habló.

—¿Te llevas bien con Luke?

Su pregunta me sorprendió.

—Algo así —dije en un titubeo.

Él solo asintió. Entonces fue mi turno para preguntar.

—¿Lo conoces?

Rio un poco y suspiró.

—Solo sé de su existencia —mencionó y me miró—. Pero he oído cosas que hablan de él, como que se droga y asiste a terapia.

Fruncí los labios por lo que dijo, no me agradaba en absoluto esa conversación, mucho menos que se tomaran a la ligera la situación de Luke, una que solo recorría por los pasillos y que, a pesar de ser cierta, nadie tenía derecho a contarla como un chisme más. No entendía por qué estábamos hablando de Luke, pero era más confuso que fuera con él.

—Bien, dejando el tema de Luke —prosiguió, y se comió una de sus papas fritas—, he estado pensando y me gustaría que saliéramos —dijo con naturalidad. Se dio cuenta de cómo sonaron sus palabras y rápido se retractó—, como una cita… de amigos.

Solté una risa por lo bajo al oír la elección de sus palabras para poder definirlo. Actuaba conmigo de una forma inocente y eso me gustaba. Si aceptaba, tendría una cita con él, aunque fuera de amigos, saldría con Matthew Jones y eso, para muchas chicas de la escuela, era genial.

—Claro —traté de que mi voz sonara firme, ocultando la emoción calando mis huesos.

—Podríamos ir al cine y después a comer —propuso—. ¿Te gustaría?

—Sí. ¿Podría ser el sábado a las siete?

—El sábado a las siete —confirmó, bebiendo por el popote de su jugo—. ¿Después me darás tu dirección?

Asentí. A los segundos Zev regresó y no solo con su jugo: traía un poco más de comida, así que fue inevitable robarle el hot dog y recibir un quejido por parte de él.

Empezamos a hablar sobre algunas cosas que salieron, tema tras tema, mientras me limitaba a reír por las experiencias que Matthew contaba, pero la charla se interrumpió cuando uno de sus amigos del equipo de basquetbol le avisó que su entrenador lo estaba llamando. Despidiéndose entre disculpas se marchó, dejándome con Zev, el cual solo se dedicó en ese instante a molestarme y poner mis mejillas completamente rojas. Fue al poco tiempo cuando sonó la campana para que todo el mundo regresara a sus clases. Al final, Zev me acompañó a mi aula entre trompicones y burlas.

Mis pies se movían con velocidad entre los pasillos de la escuela, tratando de esquivar a cualquiera que se interpusiera en mi camino. La primera hora del día era Historia y no quería volver a llegar tarde para escuchar a la profesora con sus reglas, que se debían respetar al pie de la letra.

El día empezó bien cuando me di cuenta de que Luke todavía no había llegado. Tomé uno de los asientos de delante y dejé caer mi mochila al suelo.

El aula empezó a llenarse y, segundos después, la profesora entró con Luke detrás de ella. Mordí mis labios al fijarme en que su mirada estaba perdida en algún punto no específico. La mujer acomodó todo en su escritorio y se puso enfrente.

—Muy buenos días, chicos —saludó con una sonrisa—. Dejen sus trabajos en dos pilas a un lado de mi escritorio, califico y los entrego —indicó tomando un marcador de su escritorio y se giró para escribir algo en el pizarrón. La mayoría comenzó a levantarse de su lugar para dejar lo que había pedido la profesora.

Bajé la cabeza sintiéndome culpable. Eso arruinaría mi calificación. Tal vez debí poner más empeño en tratar de entender la tarea en casa, pero, siendo honesta conmigo misma, no quería hacerla.

Sentí la mirada de alguien a mis espaldas y no me tuve que girar para saber de quién se trataba. Mi sensación me decía que era Luke. Mordí el interior de mi mejilla y saqué mi libreta para poder anotar lo que la profesora había escrito.

«Tarea para hacer en el aula».

Bien, si quería recuperar algo, tenía que hacerla lo suficientemente bien para alcanzar la nota intermedia. Minutos más tarde, todos estaban haciendo la tarea, o eso fingían. Se trataba de encontrar algunos puntos en el libro y anotarlos en la libreta, algo fácil de hacer, pero con mucho esfuerzo de escribir. La profesora empezó a dar los trabajos llamando a los alumnos uno por uno para que fueran a buscarlos y decirles en qué habían fallado o qué bien lo habían hecho.

—Hasley Weigel —me llamó la mujer.

Si mi estabilidad emocional hubiera estado descontrolada, literalmente estaría en el suelo. Mi boca se abrió por sorpresa y miré adonde ella se encontraba. Por un segundo mi mente pensó que me llamaba por no haberlo entregado, pero no era así. Ella sostenía un fólder mirándome. Yo no había entregado nada, ni pagado para que me lo hicieran. Me levanté de mi asiento un poco insegura y con la cabeza hecha un torbellino de dudas y preguntas.

—¿Sí? —pregunté en un susurro, no muy segura.

—Muy buen trabajo —la profesora me regaló una sonrisa extendiendo el fólder hacia mí.

—Pero… yo…

Quería decir que yo no había entregado nada, pero mi lado ambicioso me gritaba: «No seas tonta y tómalo». Decidí hacerle caso a mi otro yo.

Asentí con la cabeza y caminé de regreso a mi lugar. Probablemente alguien que no fuera yo diría que era suerte y seguiría como si nada hubiera ocurrido, pero, a diferencia de esas personas, me sentía como una ladrona que no ha robado. ¿Acaso eso tiene sentido?

Abrí el fólder para poder ver el trabajo impreso. A un lado, en la pestaña había escrito mi nombre con bolígrafo negro. Aquella caligrafía tan descuidada era difícil de olvidar. Por encima de mi hombro giré la cabeza hacia el propietario de aquella letra. Luke tenía la mirada y la concentración en su libreta, sin alzar la cabeza e ignorando como siempre a todos a su alrededor. No lo entendía. Quería levantarme e ir directamente a preguntarle qué era lo que pretendía, porque yo no entendía nada sobre sus acciones. Me dejaba de hablar por días y luego hacía eso por mí.

¿Quién se creía?

Estaba tan confundida y contestando a mis propias preguntas que no me di cuenta de que la clase había terminado hasta que vi cómo varios chicos se levantaban para dejar sus libretas en una esquina. La tarea. ¡Demonios! Dejando lo único que tenía escrito en ella, me levanté y la deposité junto a las otras.

Rápidamente busqué con la mirada a Luke, aunque ya no estaba en el salón. Corrí hacia la puerta en busca de él, dando con su cabellera y su ancha espalda, que era cubierta por un abrigo negro. Por un segundo pensé que iría a las gradas, pero me equivoqué cuando miré que se dirigía al patio trasero; apresuré mis pasos para poder alcanzarlo. No había muchos alumnos por allí y podía suponer por qué venía.

—¡Luke! —grité tratando de que parara. Y así fue. Él detuvo su paso y dio media vuelta.

—Weigel —pronunció cuando me vio.

¡Qué satisfacción era escuchar eso!

—¿Fuiste tú el que hizo pasar su trabajo por el mío?

—¿Es una afirmación o una pregunta? —elevó una de sus cejas.

—Pregunta —soné un poco dudosa de ello.

—A veces tu estado de inteligencia me sorprende —y ya estábamos con sus toques de ironía. Fruncí los labios y él rio pasando uno de sus dedos por su labio—. Sí, fui yo.

—¿Por qué? —pregunté demasiado confundida, y es que realmente así estaba. Él humedeció sus labios y suspiró.

—Creo que me sentí culpable —confesó—. Si no le hubiera respondido al idiota de ayer, te habría dicho lo que querías saber, pero no pude quedarme callado.

—¿Acaso eso no afectará a tu calificación?

—Sé cómo recuperar la calificación —me guiñó un ojo.

Asentí no muy segura. Hasta cierto punto, Luke me seguía preocupando y era algo que odiaba por el simple hecho de que él no quería eso y hacía que lo sacara de quicio. O ambos lo hacíamos.

—Gracias —pronuncié.

—Uh-huh —musitó sin darle importancia.

Se dio la vuelta y sacó del bolsillo de su pantalón un cigarro para encenderlo y comenzar a caminar lejos. Quería decirles a mis piernas que dieran la vuelta para ir a mi siguiente clase, pero ya me veía al lado de Luke, con él mirándome extrañamente.

No sabía qué estaba haciendo.

—Lo siento —murmuré.

—¿Por? —su voz sonó confundida y estaba claro que se sentía así por su entrecejo fruncido.

—Por tratar de imponer algo en tu vida —susurré un poco incómoda, mirando el suelo mientras seguíamos caminando.

Él sonrió.

—No lo sientas, soy yo quien te debe una disculpa por haberte dicho tantas cosas. Sé que te preocupas, y lo agradezco de verdad, no soy mucho de decir esto, pero… lo aprecio. Tus intenciones no son malas.

—¿Sabes? Solo es que no me gustaría verte mal, no me gusta lo que se dice de ti.

—Se dicen muchas cosas de mí, Weigel. Muy pocas son las personas que saben la verdad, pero no me molesta, con el tiempo te acostumbras y le pierdes el interés. Es mejor contar con tres personas verdaderas que con veinte que son falsas.

Quise hablar, pero el sonido de un celular me silenció. Era el de Luke, él lo sacó del bolsillo de su abrigo y observó la pantalla dando un bufido para llevárselo al oído.

—Estoy en clase, ¿ahora qué demonios quieres? —farfulló a la persona del otro lado de la línea—. Ah, yo tengo una mejor idea, ¿por qué no me lo pagas todo?

Su voz sonaba diferente, como si tuviera alguna conexión con la persona que hablaba, tenía ese tono sarcástico pero amigable, no era uno de reproche ni mucho menos venenoso. Luke ocultó una risa, negando.

—Llevas dos meses sin pagar entradas con tus citas y todo por mí. Deja de ser un cabrón aprovechado y paga —dio una calada a su cigarrillo y luego expulsó el humo, cerrando los ojos con gracia—. André, ojalá tu próximo condón salga defectuoso. Aparte, hoy no trabajo.

Después de eso, colgó la llamada y devolvió su celular al bolsillo de su abrigo.

—¿André? —pregunté, enarcando una ceja.

—Sí, un…

Él dejó la frase buscando una palabra para definirlo.

—¿Amigo? —pregunté intentando completarla.

—No es mi amigo, Weigel —se quejó, retirando el cigarro de sus labios para luego tirarlo al suelo y aplastarlo—. Solo es un conocido.

—Un conocido…

El ambiente se volvió un poco incómodo y mis ganas de salir corriendo eran una de las principales ideas que gritaba mi subconsciente. Con Luke todo se mantenía un poco tenso, querer hablar de algo implicaba saber qué tema era conveniente tocar. Al final, fue él quien terminó hablando.

—Vámonos de aquí —dijo, y sonrió haciendo que el famoso hoyuelo se marcara en su mejilla. Tomó mi mano y corrió conmigo un poco más atrás, llegamos a un árbol frondoso y alto para meternos debajo—. El aire aquí es fresco, me gusta la tranquilidad que hay.

Él se sentó en el césped enfrente del tronco y con una mano indicó que me sentara. Hice caso a su petición y me senté haciendo que mi espalda se apoyara en el tronco del árbol. Luke seguía con la sonrisa en los labios, haciéndolo parecer un poco risueño.

—Escuché algunos discos —informé mirándolo.

—¿Algunos? ¿Cuáles?

—Las últimas dos bandas —confesé, con una sonrisa de oreja a oreja.

Comenzamos a hablar de cuáles me gustaron más y qué pensaba de cada canción, así como de los artistas. Luke me mencionó pequeños datos curiosos, la historia de las letras, de cómo se inspiraron los compositores, así como también el significado de los videos. Era maravilloso verlo sonreír y escucharlo hablar con mucha emoción.

Me dijo sus estrofas favoritas y el porqué de ellas. Aunque no entró muy a fondo en ciertos temas, fue suficiente para que pudiera comprender al menos un poco de sus sentimientos hacia la música, así como el estado de ánimo que cada una de las canciones le transmitían.

Se acostó en el césped mientras seguíamos hablando sobre las canciones que habían sido buenas, aunque para él todas eran asombrosamente geniales, sin defectos. Un gran fan, sin duda. Adoraba cómo hablaba con entusiasmo sobre las canciones o tarareaba el coro de alguna, su voz era bonita. Intentaba dar el ritmo de alguna palmeando con sus manos.

Luke podía llegar a ser entretenido y una gran persona cuando podías conocer sus gustos o lo que solía agradarle. La música era un tema demasiado bueno para poder entablar una buena conversación con él.

—¡La música es genial!

Reí al ver que gritaba de emoción como un niño pequeño. Si de algo jamás me cansaría sería de verlo sonreír.

—Eres como una incógnita, como algo desconocido, escondes tanto que no quieres dar a conocer —murmuré.

Me di cuenta de que pensé en voz alta cuando Luke se incorporó para mirarme directamente.

—Pero contigo dejo de ser una incógnita —confesó.

—Y me ha costado —siseé.

Él frunció el ceño como si algo le molestara.

—Realmente lo haces —pasó el dedo pulgar por su labio y tragó saliva para crear una sonrisa sin despegar los labios—. Mañana vienes conmigo después de clase, ¿okey?

Mi mente estaba trabajando tan rápido que no sabía qué responder, no tenía qué hacer aparte de ir a casa y esperar a que mi madre llegara muy tarde.

—Bien —accedí.

Luke sonrió y se levantó del césped tendiéndome una mano, la tomé y me ayudó a ponerme de pie.

—¿Qué clase tienes ahorita? —preguntó.

—Geometría —respondí—. ¿Y tú?

—Deportes —gruñó causándome gracia, porque su lugar favorito eran las gradas y no le gustaba ir al campo.

Saber que ya volvía a hablar con él y no tendría que evitarlo me hacía sentir feliz. En esos días que no interactuamos me había dado cuenta de que Luke ya ocupaba una pequeña parte de mi vida. Solía ser una gran persona cuando se mostraba como era en realidad y no como otras veces: con ese disfraz de insípido, que hacía tan difícil acercarse a él.

Él se movía demasiado rápido en su mundo, tanto que quemaba tratar de seguirlo.

CAPÍTULO 13

Me dedicaba a mirar por la ventanilla del coche abrazando mi mochila con ambas manos. Mientras tanto, mi madre me regañaba, pisando el acelerador.

—No puedes seguir llegando tarde —repitió. Su voz era elevada y de un tono molesto—. O comienzas a cambiar ese mal hábito o me veré con la obligación de quitarte todo tipo de distracción por las noches. Ya eres mayor para tomar en serio tus responsabilidades, Hasley Diane.

Apreté mas la mochila contra mi pecho y miré a mi madre como cachorro regañado. Ella negó, remarcando su ceño fruncido.

—Lo haré, lo prometo…

—No quiero que me lo prometas, quiero que lo hagas. Demuéstralo.

Inflé las mejillas, las cuales podía sentir calientes. Cuando mi madre se enojaba me hacía sentir mal, pero, bueno, muchas veces era yo quien la provocaba.

Tal vez tendría que dejar en pausa mis series coreanas, o esos documentales que me hacían cuestionarme todo a mi alrededor, o igual las películas de romance empedernido. Eso sería una tortura; sin embargo, no solo ir a dormir temprano era un problema, el verdadero problema era cuando sonaba la alarma.

Para mi salvación, visualicé la prepa a unos metros.

—Iré a casa de Amy al salir del trabajo —mencionó—. Hay comida en casa y también dinero.

Redirigí mi mirada hacia ella.

—¿Para qué? —pregunté.

—Necesito salir a veces, Hasley —dijo, segura de su respuesta—. Tal vez el próximo fin de semana podríamos ir juntas y así saludas a Nico; podría darte consejos sobre despertar temprano.

Arrugué la cara.

Nico era el hijo de Amy, tres años mayor que yo. Tanto mamá como Amy solían decir que él y yo saldríamos cuando fuéramos mayores. Definitivamente nunca sería así. Y no porque fuera un mal chico, sino por el hecho de que no podía verlo con interés romántico.

—Él es igual de irresponsable que yo —le recordé.

—Ojalá dejes de reconocer que lo eres y trates de cambiarlo —farfulló—. Ya llegamos.

Apreté los dientes y bajé del coche sin ganas de continuar con aquello.

—Nos vemos por la noche. Hasta entonces —me despedí.

—¡Cuídate! —gritó.

Cerré la puerta y apresuré mis pasos hacia el casillero. El portero me saludó asintiendo y le devolví el gesto. No había muchos alumnos por los pasillos, por lo que supe que la mayoría ya estaba en sus respectivas clases. ¿Y yo? Yo tenía que humillarme otra vez —una de tantas— frente al profesor Hoffman.

Rebusqué el cuadernillo de Literatura y bufé frustrada. No podía haberlo olvidarlo en casa, todavía recordaba que lo había empujado hacia el fondo del casillero después de Geografía.

—¿Llegando tarde?

La voz de Luke me sobresaltó. Giré para verlo y gruñí, haciendo un gesto de disgusto. Él sonrió.

—¿Es tan difícil para mis oídos oír el maldito despertador? —farfullé y cerré de golpe el casillero—. Mi mamá me va a matar si me mandan a la dirección.

—Mira el lado bueno —él dijo, divertido—. Será una anécdota que podrás contarle a tus hijos.

¿Qué decía?

No tenía ningún lado bueno. Esto no sería una anécdota que les explicaría a mis hijos, si es que en algún futuro querría tener. Les daría una imagen falsa para chantajearlos y mostrarles que a su edad yo hacía las cosas bien… Mentira. Les diría que su madre era una irresponsable cabezota.

—No ayudas, Luke —murmuré sin ánimos.

—No intento hacerlo —admitió, encogiéndose de hombros para dejarme claro que le daba igual.

Suspiré.

Dejé caer todo mi peso sobre una de las piernas y me crucé de brazos, cansada de escucharlo. Ya no hacía falta que me apresurara a la clase de Literatura. La había perdido, tenía que resignarme y —posiblemente— aguantar otro aviso. Mi suerte era de todo menos buena ni justa.

Luke frunció el gesto y se rascó la punta de la nariz. De pronto, su expresión cambió a una de disgusto, como si algo le estuviera molestando. Eso me confundió y arqueé una ceja, cuestionándolo.

—¿Pasa algo?

—Huele a café —respondió. Él se acercó un poco a mí y me olfateó, como si fuera alguna clase de prueba de perfume—. Odio el olor a café, lo odio en general, el sabor, el color… Todo.

—Creía que el café y el cigarrillo eran buenos compañeros.

—Pues entérate que no es así, al menos no para mí.

—¿Por qué? —dudé.

—Porque es… horrible. Mis papás lo toman por las mañanas y soportarlo es una tortura. No entiendo qué le encuentran de atractivo o delicioso al café.

Pensé un instante mi respuesta y la solté:

—Lo mismo que tú le encuentras de atractivo y delicioso a la nicotina.

Luke se quedó quieto y sus ojos se entrecerraron. Pude ver que elevaba la comisura de los labios. En ningún momento me arrepentí de lo que dije.

—Defensora del café, ¿eh? —fue lo único que dijo.

Me encogí de hombros.

Yo no era una fanática del café, ni siquiera sabía los tipos que existían o cómo se tomaban, pero mi madre sí. Cada mañana se tomaba el tiempo de preparar dos tazas de diferentes tipos de café, una para ella y una para mí.

Hoy no había sido la excepción, pero tuve que tomarlo sin importar lo caliente que estaba porque ya llegábamos tarde.

Luke suspiró y su vista bajó a mi blusa. Su sonrisa se ensanchó y, por la manera en que apareció su hoyuelo, supe que estaba aguantándose la risa.

—Weigel —musitó.

—Dime —respondí.

—Creo que en realidad necesitas un despertador eficaz —inició. Fruncí el ceño sin entender—. Te pusiste la blusa al revés.

Mis ojos se abrieron de golpe. De pronto, me sentí avergonzada y la cara me ardió. Me miré la blusa para confirmar lo que había dicho, y cuando lo hice, definitivamente quise que la tierra me tragara. Esta era una de las peores humillaciones que había tenido nunca, lo juro.

Volteé a ver a Luke, quien se mordía los labios, evitando a toda cosa echarse a reír.

—Dios…

—Y creo que esto es pasta —señaló la parte superior de mi blusa.

Ni siquiera quise comprobarlo. No. No. No.

«Trágame, tierra», pensé.

El rostro de Luke se suavizó, dejando a un lado ese gesto burlón.

—Necesito… ir al baño —anuncié con un hilo de voz.

—¿Segura? ¿No tienes clase?

Parpadeé y negué.

—La tengo, pero ya es tarde, el profesor no me dejará pasar. Él me odia.

—¿Quién es? —preguntó.

—Hoffman — respondí.

Ladeó la cabeza, pensando.

—¿Es el que te mandó la otra vez un aviso?

Me sorprendía que tuviera buena memoria… para algunas cosas, o quizá para las cosas que terminaban molestándome. No era la primera vez que recordara algo a favor de mi desgracia.

—Sí, es él.

Se mantuvo en silencio por varios segundos y luego volvió a hablar:

—Ve al baño. En menos de dos minutos necesito que estés enfrente del salón —ordenó, quise decir algo, pero Luke rápidamente agregó—: Hoffman… ¿Es el que tiene una calva, pero un bigote enorme?

Solté una risa pequeña y asentí. Él se alejó.

No esperé a que él desapareciera por el pasillo y corrí hacia el baño para poder cambiarme la blusa. Intenté no perder tanto tiempo, me limpié un poco la comisura de los labios y sujeté con fuerza la mochila, yendo hacia el aula como Luke me había pedido.

Desconocía en absoluto lo que planeaba, y no entendía por qué le hacía caso, como si en realidad me fuera a ayudar. Al principio dudé y no supe si continuar con aquello, pero después me dije que no perdía nada por intentarlo.

Caminé por el pasillo con paso rápido y, de pronto, me agarraron de un brazo, haciéndome girar. Los ojos azules de Luke conectaron con los míos.

—Se supone que cuando el profesor no se encuentra en el aula dando clase puedes entrar —informó—. No está.

—¿Cómo sabes que no está?

—Le dije una mentira, una pequeña, nada de lo que pueda culparte, ¿sí?

—¿Estás seguro?

—Lo estoy, casi como lo mucho que me gusta tu corte de pelo —Luke sonrió ampliamente—. ¿Te he dicho que pareces lord Farquaad?

Lo miré mal, enojada.

—Pesado —musité, liberándome de su agarre.

—¿Por qué? Al menos no dije lo que pienso de tu mochila con los pines de los Jonas Brothers —se rio—. Me sorprende que te sigan gustando.

—Deja en paz a mis pines y a mi cabello corto —siseé.

—Lo haré, pero porque quiero que entres al aula, o vendrá Hoffman y nos llevará a la dirección a los dos, a ti por llegar tarde y a mí por mentirle. Anda, ¡corre, Weigel, corre!

Decidí no decir nada al respecto y hui. Llevaba el alma en la boca cuando abrí la puerta, pero pude cerciorarme —como me había dicho anteriormente Luke— de que el profesor Hoffman no estaba.

Tomé asiento al fondo y me quedé en silencio, cabizbaja y con la mochila a un lado. Todavía no había nada escrito en el pizarrón.

—¿Ya pasaron lista? —pregunté al chico de mi lado.

—No, aún no.

Asentí, dándole las gracias.

Bueno, por esta ocasión me había salvado, y había sido gracias a Luke Howland.

Al final de clase, procuré guardar el cuadernillo de Literatura a la vista para que no se me perdiera como por la mañana. O quizás habría sido mejor idea llevarlo siempre en la mochila.

—Hola, Hasley.

Me giré en el instante en que reconocí esa voz saludándome.

Matthew sonreía a medias, su camisa verde oscuro resaltaba el color de su piel y de sus ojos. Enmudecí por unos segundos y tragué saliva. Se me aceleraron un poco los latidos del corazón y respiré hondo antes de responder.

—Hola, Matthew.

—¿Cómo has estado?

—Bien, bien —repetí—. Es decir, estresada por las clases, pero bien. ¿Tú cómo estás? ¿Qué tal las prácticas?

Él puso los ojos en blanco y bufó, dándome a entender que estaba cansado.

—Han sido muy complicadas, pero las disfruto. Me gusta lo que hago —revolvió su cabello con una mano y continuó—: Lo único que me pone de malas y se me hace difícil es cuando me presionan el entrenador y los profesores. Entregar las tareas en las fechas acordadas no se me da bien.

—Bueno, al menos tú no llegas tarde a las primeras clases —bufé.

—¿Problemas con el despertador?

—No tienes idea…

Dejé de hablar cuando sentí la mirada de alguien: al parecer, no fui la única, pues Matthew fue el primero en desviar la suya hacia un lado. Yo también lo hice.

Luke.

Se acercó a nosotros en menos de tres zancadas y se dirigió a mí.

—Weigel.

—Luke —saludé, sonriéndole a medias.

Su presencia no me agradaba justo en ese momento. Estaba interrumpiendo mi conversación con Matthew, lo hacía a propósito. No tenía dudas.

—Hey —dijo Matthew para hacerse notar. Luke lo miró ladeando la cabeza sin muchos ánimos y sentí un poco de pena por Matthew—. Bien… Entonces me voy. Nos vemos, Has.

Alzó las cejas en una vacilada y se acercó a mí para brindarme un beso en la mejilla. Evitó despedirse de Luke y prefirió irse de allí. Mi cara enrojeció y agradecí al cielo que él ya estuviera lejos, no quería ponerme en evidencia frente a él… O no de nuevo.

—Eres patética —recriminó Luke al verme en tal estado.

Yo solo quería gritar.

—Cállate, por favor —pedí, cubriéndome la boca con las manos—. Es el primer contacto que tengo con sus labios, ¡por Dios!

—Eres patética —repitió.

Negué, divertida. Él no me arruinaría la felicidad que sentía en este momento. Su mala leche podía llevársela a otro lado.

Cuando estuve más tranquila, me giré hacia Luke, quien seguía con ese gesto de pocos amigos. Recordé el enorme favor que había hecho por mí y le sonreí amigable, no me quedaría sin darle las gracias.

—Sobre lo de hoy… Gracias, de verdad.

—Descuida —le restó importancia y meneó la mano—. ¿Tienes alguna otra clase? ¿O ya terminaron todas?

Me sentí confundida al principio, pero respondí.

—No —negué—. ¿Por qué?

—¿Quieres acompañarme a un sitio?

—Al menos debería saber adónde me llevarás para matarme —dramaticé.

—¿Qué? —rio—. Basta de esas tonterías, Weigel.

—¿Tonterías?

—Tonterías —reafirmó.

—Eres tan molesto —grité.

—Comienzas a darme dolor de cabeza —se tocó las sienes y comenzó a caminar, alejándose.

Gruñí de mal humor y, a pesar de querer asfixiarlo, lo seguí.

En el camino, le hice muchas preguntas porque las dudas crecían poco a poco y luego había otras que nacían cuando él respondía las que quería. Las manzanas resultaban eternas cuando iba sola, pero en compañía de Luke eran menos largas.

No tuvimos que llegar hasta el lugar para saber hacia dónde nos dirigíamos.

Evité decirle a Luke que ya tenía conocimiento, esperé a que llegáramos al boulevard y pregunté:

—¿Para qué hemos venido aquí?

—Quería venir… contigo.

Se adentró más en el callejón y se detuvo en el tronco del árbol más grande, echó la cabeza hacia atrás, mirando el cielo. Yo lo hice también. Por la mañana se había nublado, casi avisando de que llovería, y ahora nuestra vista era un cielo azul despejado de nubes.

—¿Has escuchado aquella frase que dice que los árboles son el mejor amigo del hombre? —demandó, regresando su mirada hacia mí. Frunció el ceño. Claro que había escuchado algo así, pero no citado de esa forma.

—Son los perros, no los árboles, Luke —le corregí.

Él chasqueó la lengua.

—¿Podrías hacer el mínimo intento de darme la razón, Weigel? —gruñó y se sentó en una de las enormes raíces que sobresalían del gran árbol.

Me acerqué y copié su acción.

—Oh, ahora que lo recuerdo, Luke, también he escuchado esa frase —ironicé.

No contestó. Apoyó la cabeza contra el tronco del árbol y cerró los ojos, me removí un poco incómoda, aunque me dediqué a mirarlo: su nariz era respingada, la piel de su cara tenía algunas marcas, pero solo si lo mirabas detalladamente, el color de sus ojeras se pronunciaba junto al de sus labios, que se teñía de rosado. Ya lo había dicho, pero ahora lo reafirmaba, tenía un perfil hermoso, uno digno de fotografiar.

Y hablando de fotografías…

—Luke, tú no tienes ninguna red social activa, ¿cierto?

Él entreabrió un solo ojo.

—No, ninguna. Solo el correo institucional, si es que cuenta como red social.

—¿Por qué?

Volvió a cerrar el ojo y se encogió de hombros.

—Siento que es innecesario todo eso, no me importa la vida de la gente, y es que a la mayoría le gusta publicar su intimidad…, su privacidad. Subir algo a internet es darle acceso a cualquiera para que se entere de tu vida. Aparte, ¿quién quiere ver fotos mías? ¿Para qué quiero ver fotos de otras personas? Me importa una mierda lo que estén haciendo, y sé que a ellos igual les importa otra mierda lo que yo haga.

No esperaba eso como respuesta. Solo un «no me gusta», pero me dio una razón completa, un porqué que justificaba más de lo necesario. Me sorprendí y me hizo replantearme muchas cosas: yo en ocasiones subía lo que me gustaba hacer y también fotos mías, aunque luego las eliminara.

—Pero cada uno es dueño de lo que haga con su vida —murmuró.

—Tú prefieres pasar desapercibido, ¿no es así?

—Un poco. Digamos que a algunos en la prepa les interesa saber lo que hago y lo que soy. Reinventar historias es un entretenimiento para varios.

Asentí convencida por lo último que dijo y le miré el pantalón. Estaba roto por las rodillas, pero era un corte que se deshilachaba, dando la impresión de que habían sido hechos por él. No parecían para nada roturas de fábrica.

Vi de reojo que sacó un cigarrillo y lo encendió, llevándoselo a la boca. Volví la atención al pantalón y deslicé la mano hacia su rodilla para tirar de un hilo. Las yemas de mis dedos tocaron su piel y él removió la pierna.

—¿Qué haces? —dijo de pronto.

Dirigí mi atención hacia él.

—¿Te los rompes? —pregunté—. Quiero decir, ¿los cortas a propósito o ya los compras así?

Tiré con fuerza del hilo hasta desprenderlo y escuché que se quejó.

—Solo este y otros dos —admitió, y giró su torso hacia mí, chocando su hombro con el mío.

—¿Tienes algún motivo?

—Estoy más cómodo cuando me siento, mis piernas son largas y algunos pantalones me aprietan por la rodilla, hago un hueco en el sitio y soluciona mis problemas.

Lo observé dar una calada profunda al cigarrillo y luego soltó el humo. La nube gris se perdió en el aire.

Nunca había fumado, veía a las personas hacerlo y a veces tenía curiosidad por probar. Sin embargo, algo en mí no estaba segura del todo. Lo único que quería saber era qué tenía de especial para que a muchos les gustara.

—¿Puedo probar? —solté.

—¿Qué?

—¿Puedo probar el cigarrillo? —formulé mejor la pregunta.

Luke parpadeó, confundido.

—¿Esto es en serio? No pienses en tirarlo cuando te lo dé porque tengo una cajetilla casi llena.

—No quiero hacer eso, solo intentarlo —me reí.

Él seguía con ese gesto incrédulo, sorprendido y confundido. Todo en uno. Yo estaría igual. Quejarme día tras día cada vez que prendía uno era una gran razón por la que él estuviera de ese modo.

—¿Me darás? —insistí.

Echó un suspiro, rendido.

—Bien —aceptó. Me tendió el cigarrillo, pero, antes de que pudiera agarrarlo, agregó—: Solo prométeme algo, Weigel.

—Dime.

—Por más calma que sientas al hacerlo, no recurras a él como un método de anestesia cada vez que te sientas mal —murmuró—. Tú no necesitas esta mierda.

Apreté los labios y entendí por qué lo hacía él. O al menos ese significado me dieron sus palabras.

—¿Sí?

—Sí, lo prometo —asentí.

—¿Ya lo has hecho? ¿Sabes… fumar? —preguntó. Negué, Luke soltó una risa pequeña—. Solo aspira un poco, como si dieras un suspiro, y mantén el humo en tus pulmones durante unos segundos, ya después solo dejas que salga. Tiene que ser lentamente, ¿eh?

Le hice caso, asegurándome de no arruinarlo.

Fallé.

Apenas respiré un poco, me atraganté con el humo provocándome tos.

—Mierda —maldije.

—Tranquila, es normal que ocurra la primera vez —me animó—. Inténtalo de nuevo, pero esta vez procura no hacerlo tan acelerado, te desesperas y no está bien.

—Okey, okey.

Me tomé mi tiempo y, a pesar de que volvió a salirme mal el segundo intento, lo quise hacer de nuevo, y en la cuarta salió bien.

Le devolví el cigarrillo y se lo terminó. De pronto, me sentí mareada y con arrepentimiento, también débil y con un poco de sueño, no sé si eso era normal, pero mi cabeza palpitaba.

—¿Es posible que me maree tan rápido? —me quejé frotándome la sien.

—Lo es, sobre todo, cuando es la primera vez que lo haces y… no tan bien como se supone que debe hacerse —respondió—. Trata de no quejarte mucho, Weigel.

Ugh, imposible.

Ahora tenía un sabor feo en la boca, sentía la lengua áspera y todavía el humo irritaba mis vías respiratorias.

—Nada mal, pero sabe horrible —siseé.

—Eso dicen muchos —se mofó.

Dejé caer la cabeza sobre su brazo —podría decir que sobre su hombro, pero él era muy alto para alcanzarlo, incluso sentados—. Luke se quedó quieto, quizás analizándome o burlándose internamente por mis quejas en voz baja o mis muecas.

Mi corazón palpitaba más rápido de lo normal y estaba segura de que era por el cigarrillo. A pesar de la mala experiencia y de la —casi— agradable compañía de Luke, me encontraba en calma.

—¿Luke? —lo llamé.

Evité mirarlo, solo me aferré a su brazo.

—¿Estás bien?

—Lo estoy —respondí—. ¿Nosotros estamos bien?

Y quizá tuve que ser más concreta. Quise decirle que me refería a todas esas pequeñas quejas que nos lanzábamos mutuamente, o a que mis opiniones no afectaban a las suyas, ni siquiera a nuestros gustos de amar u odiar el café.

Esperé a que lanzara otra pregunta, pero no lo hizo. Luke se limitó a poner la barbilla sobre mi cabeza y respondió en voz baja:

—Sí, estamos bien, Weigel.

CAPÍTULO 14

—No quiero sonar ridículo, pero estuve esperando mucho tiempo este momento —dijo Matthew entusiasmado. Pasó un brazo por mis hombros para abrazarme y sonrió.

Era sábado, lo que significa que justo en ese momento estaba en mi cita con Matthew. Pasó a buscarme a mi casa y, para mi mala suerte, mi madre fue quien abrió la puerta. Lo estuvo interrogando mientras yo me hacía una coleta, terminé su «charla» haciéndola a un lado con mi cadera y le dije que no llegaríamos a la función a tiempo, y antes de cruzar la puerta recibí una mirada de advertencia por su parte. Quedamos en no llegar muy tarde, porque Matthew quería seguir al pie de la letra las órdenes de mi madre.

Nos detuvimos en la parte de las carteleras para poder elegir alguna película que nos interesara, no había ninguna que llamara nuestra atención: a él no le gustaban las de acción, y a mí no me agradaban las románticas, así que llegamos a la conclusión, después de unos diez minutos de suposiciones, de que lo mejor sería ver una de terror.

Caminamos hacia la fila, que por suerte era corta. El chico me empezó a explicar las razones de las cicatrices que tenía en los brazos, contándome la anécdota de que algunas fueron durante su infancia cuando jugaba con sus primos, y las demás por el fuerte entrenamiento que hacía cuando practicaba para algún partido importante.

Matthew era interesante, tenía la facilidad de hablar de cualquier cosa mientras estampaba una mueca o sonrisa en su hermoso rostro. Me gustaba cuando se reía y algunas arrugas se formaban en los extremos de sus ojos.

Él detuvo su charla cuando fue nuestro turno de pedir. Una chica de tez blanca con cabello negro y ojos azules nos dedicó una sonrisa de lado, por un segundo pude ver a Luke en una versión femenina. Matthew le dedicó una sonrisa coqueta.

Evité sentir cualquier tipo de sentimientos porque no éramos nada.

—¡Pushi! ¡Se volvió a bloquear la caja! —gritó ella con un tono aniñado—. ¡Pushi!

¿Pushi? Solté una risita por lo bajo al oír lo gracioso que sonaba.

—¡Maldita sea, Jane! ¿Cuántas veces te tengo que decir que no me llames así?

Esto no podía ser real.

Todo tipo de sonrisa o paz en mi interior se esfumó al escuchar esa voz y me sentí desfallecer cuando el cuerpo de Luke apareció a través de la misma puerta, como aquella vez que vine con Zev y salió del mismo sitio hecho una furia por no querer cambiarnos las entradas.

—Pushi... —repitió con una sonrisa juguetona—, la caja se bloqueó.

Luke le dedicó una mirada amenazadora y se acercó a ella sin rechistar, pero se giró hacia mí y se detuvo al instante, su boca se entreabrió y alzó una ceja, arrastró los ojos con lentitud a Matthew y regresó a mí con el ceño fruncido.

—Lárgate, yo me ocupo —ordenó sin romper nuestro contacto visual.

La chica no pronunció nada, pero tampoco obedeció. Me acerqué a la caja y puse las manos encima del mostrador.

—Se supone que hoy no trabajas —declaré.

Estaba molesta con él y conmigo misma, al igual que con Matthew, por haber decidido venir al cine y sobre todo a este, habiendo otros en la ciudad. ¿Por qué a los Village y no a Luxurs? Cierto. El dinero. Promociones. Economía.

—¿Qué dices? Luke siempre trabaja, ya sea aquí o en los otros cines —la chica, de nombre Jane, intervino poniendo un codo en la barra y miró a Luke—. ¿No es así, Pushi?

—¿No te dije que te largaras? —gruñó dedicándole una mirada asesina.

—Ah, ya veo… —negó unas cuantas veces haciendo chascar su lengua—. ¿No le has dicho que tú…?

—¡Mierda, Jane! —vociferó furioso.

—Bien —ella alzó las manos fingiendo inocencia y caminó de espaldas mostrándole una sonrisa burlona.

Debía de conocerlo desde hacía tiempo para actuar de tal manera con él, no sabía la relación que tenían ellos dos, y por muy curiosa que me pusiera tampoco quería averiguar.

Me sentía incómoda al estar presenciando la escena, no entendía por qué mejor no me daba la vuelta para regresar a mi casa y gritar lo mucho que odiaba a Luke y todo a mi alrededor. Al menos sabía algo: no era a la única a la que trataba de esa forma.

—Bueno… —Matthew se hizo notar, dando dos pasos al frente mientras se aclaraba la garganta—, queremos dos entradas.

Luke miró a Matt y puso los ojos en blanco, resultando desagradable.

—Se me olvidaba que estabas aquí.

—¡Luke! —reprendí.

Matthew soltó una risita por lo bajo.

—No te preocupes, Hasley —dijo, abrazándome—. Luke solo es sincero —él frotó mi hombro creando una tensión horrible, la mandíbula de Luke se tensó y bajó la mirada—. Serán dos entradas para *Insidious*, la siguiente función.

Luke, quien no había hecho otra cosa más que mirarnos de mala gana, regresó hacia nosotros, pero ahora una sonrisa maliciosa acompañaba sus ojos.

Esa mirada la conocía perfectamente.

—Antes no hubo cambio… —indicó, haciéndome recordar lo que ocurrió con Zev—. Hoy no hay entradas.

Su voz, que fue firme y dura, me dio un escalofrío.

—¿Qué? —dijimos al mismo tiempo Matthew y yo.

—Estás loco —declaré.

—No, no lo estoy.

—Esto es estar enfermo, ¿lo sabes?

Pero él ya no me respondió. Luke puso las manos en la barra ejerciendo fuerza, poniéndose de pie sobre ella, lo cual llamó la atención de las personas que estaban ahí esperando. Llevó sus manos alrededor de su boca creando un megáfono con ellas.

—¡Lamento informarles que solo por hoy las funciones no estarán disponibles!

Si mi mandíbula no estuviera sujeta a mi cara, literalmente llegaría hasta el suelo. Lo miraba sorprendida y aturdida, pero sobre todo furiosa. ¿Qué le ocurría? ¿Qué demonios sucedía en su maldita cabeza? No podía arruinar mis planes siempre que él quisiera.

Ya. Suficiente. No podía soportar más, había estado aguantando todas sus estúpidas escenas, pero esta vez había rebasado el límite de mi paciencia.

—¿Qué estás haciendo? —Jane apareció alarmada a su lado—. ¡¿Estás loco?! ¡Te va a matar mi tío!

—Cierra todo —ordenó él con la voz neutra dándose la vuelta.

—¡Luke! —exclamé, pero no me hizo caso— ¡Maldita sea, Luke! ¡¿Qué te pasa?! ¡¿Qué es lo que te he hecho?!

—Hasley, detente… —Matthew intentó tomarme del brazo, pero logré liberarme. No me quedaría viendo cómo Luke arruinaba mis planes cada vez que él quería y como quería, ¿yo qué demonios de culpa tenía de lo que le ocurría? ¿Tanto disfrutaba verme enojada? ¿Qué le había hecho yo para que fuera así conmigo?

—¡Maldita sea, ven aquí! ¡¿Qué te ocurre?!

—¡Que eres patética! ¡Eso ocurre! —me respondió.

—¡Y tú eres un imbécil!

No era la primera vez que me decía algo así, pero estaba tan molesta que en ese instante quería hacerlo desaparecer. No lo soportaba, ¡en absoluto!

—¡Estás mal, muy mal! ¡Necesito hablar con el dueño!

—¡¿Qué te crees?! ¡Estás hablando con su hijo!

Su voz sonó fuerte, tan fuerte que mi garganta dolió al imaginarme gritar de esa forma. La furia corría por sus venas y su cara enrojecida me hizo saber que, al igual que yo, estaba enojado, pero no me intimidó ni un poco. Solo fui consciente de mi enmudecimiento cuando terminó de hablar.

Así que no intenté responder. No había sido su grito lo que me había hecho guardar silencio. Lo que había dicho lo hizo. ¿El dueño? ¿Luke era el hijo del dueño del cine? ¿Desde cuándo el…? ¿Los Howland de Village?

Quizás ahora todo tuviera sentido.

—¡Mierda! —gruñó, y desapareció por la misma puerta por la cual había entrado.

Mis piernas se congelaron y mi respiración se encontraba agitada, todo me daba vueltas e intenté ordenar en mi cabeza lo que había ocurrido. Sentía mi pulso acelerado y las ganas de gritar o pedir una explicación. Las dudas y preguntas se hicieron presentes, haciéndome sentir tan confundida.

—Lo siento mucho —alcé la mirada para hallar a la chica con una sonrisa a medias—. Mi primo es… un idiota todo el tiempo. Tiene que aprender a controlarse un poco.

Su primo. Eran familia.

—¿Un poco? —Matthew apareció a mi lado—. Demasiado, necesita terapia con urgencia.

—¿Y tú quién eres? —le preguntó Jane a la defensiva.

Decidí que no quería seguir escuchando a ninguno y me di la vuelta para salir. No me iba a quedar para presenciar otra discusión o ver cómo Matthew hablaba de la urgencia terapéutica de Luke. Cuando estuve afuera maldije todo lo que pude, sujetando mi cabeza. Estaba tan exasperada que necesitaba relajarme un poco. Era estresante cómo Luke llegaba a ser tan insoportable, definitivamente tenía serios problemas con su estabilidad emocional para actuar de esa manera. Yo no quería hablar mal de él, pero su actitud me dejaba todas las señales al descubierto. Un día podía actuar bien y al otro ser un completo ser despreciable.

Luke Howland era peor que una ruleta.

CAPÍTULO 15

Matthew y yo habíamos decidido no mencionarle a Zev nada de lo ocurrido el sábado. Me encontraba en la cafetería con los dos chicos, hablaban de algo a lo cual yo no prestaba absolutamente nada de atención, solo veía como se movían sus labios para después formar alguna sonrisa acompañada de la carcajada de mi mejor amigo a un lado.

Para mi mala suerte, fracasé en mi intento de no pensar en Luke, porque era el nombre y la persona principal que ocupaba mis pensamientos justamente ahora. No asistió a la clase de la profesora Kearney, pasaba cerca de mí ignorándome por completo. Intentaba no darle importancia, sin embargo, era algo que no estaba consiguiendo de la mejor manera. Lo más triste de mi caso era que eso no lo podía discutir con Zev porque, al parecer, solo con pronunciar su nombre su rostro me transmitía que no hablara más.

Estaba claro que Luke, por alguna razón, no se sentía bien, lo decía porque cuando pasaba su mirada se perdía, como si estuviera pensando en algo que no tuviera solución y de lo cual no pudiera librarse; tenía la sospecha de que era algo referente a lo de la noche pasada en el cine.

De manera que necesitaba saberlo, me preocupaba ver su mirada triste y sus ojos sin ningún atisbo del brillo que tanto caracterizaba ese azul eléctrico.

La mano de Matthew pasó frente a mi cara unas cuantas veces hasta que captó toda mi atención, lo miré y una sonrisa se asomó en su rostro.

—¿Ocurre algo? —preguntó alzando una ceja.

—Ummm, no... Nada —mi respuesta fue más bien un balbuceo que una afirmación.

—¿En qué piensas tanto, Hasley? —ahora la voz de Zev preguntó a un lado haciendo que le dedicara una mirada.

—En nada —traté de que esta vez mi voz sonara firme para que los dos me creyeran y dejaran de preguntar—. Lo que pasa es que tengo sueño, no he dormido bien. Me desvelé viendo una nueva serie.

—¿Segura? —insistió Zev. Yo asentí.

—Ni siquiera has tocado tu comida —observó Matthew; lo miré durante unos segundos para después girarme a ver el sándwich de queso que estaba sin abrir, dentro de su envase.

—No tengo hambre.

—¿Te sientes bien?

Odiaba esto, solo quería que dejaran de preguntar. Ambos llegaban a irritarme. Ahora entendía lo que Luke sentía conmigo. Miré de reojo a mi amigo, quien me había hecho la pregunta, y traté de responderle sin sonar tan grosera.

—Lo estoy, ¿quieren dejar de preguntar? Estoy cansada...

Mi voz se apagó cuando vi a Luke pasar por las puertas traseras de la cafetería con una bufanda cubriendo la mitad de su rostro y un trapo en la mano. Mi sentido de alerta despertó y aquello hizo que mi piel se erizara. Me levanté del asiento recibiendo la mirada de ambos chicos.

—Me tengo que ir.

—¿Quieres que te acompañe? —Matthew se levantó de la silla.

—Dios, solo voy al baño, ¿de acuerdo? Nos vemos luego.

Ignoré a Zev y salí corriendo en la dirección por donde había salido Luke. Jamás había corrido tan rápido como en ese mismo instante, así como lo hacía ahora. Lo habría necesitado en Deportes, donde siempre me hacían correr el doble por ser una de las últimas en terminar las vueltas a la pista.

Una vez que estuve fuera, el frío viento hizo contacto con mi piel haciendo que, por instinto, me abrazara a mí misma. Con la mirada empecé a buscar a Luke, pero fue inútil: él ya no estaba ahí. A pesar de eso, no me rendí y mis pies comenzaron a moverse recorriendo todo el patio trasero con la esperanza de encontrarlo.

Di un gran suspiro cuando lo encontré debajo de un árbol que se hallaba retirado de los edificios del centro educativo; si alguien nos llegaba a ver, esto equivaldría a una suspensión por tres días.

Empecé a acercarme y lo vi. Él abrazaba sus piernas con la cabeza oculta.

—Luke…

No tenía planeado decir aquello, pero mi voz salió en automático como si necesitara pronunciar su nombre una vez más.

Él alzó la mirada. Mi corazón se encogió de una manera tan abrupta que mis sentimientos se mezclaron. Sus ojos hinchados y rojos eran cubiertos por lágrimas que bajaban por sus mejillas, pude ver que su labio estaba lastimado cuando la bufanda negra dejó de cubrir la mitad de su rostro.

Me dolió verlo así.

Él me miraba de una manera tan indescriptible. Todo el sentimiento de dolor y tristeza era transmitido por medio de esos ojos azules que antes brillaban con tanta intensidad. Era una capa diferente.

—¿Qué haces aquí?

—Quería verte —confesé.

No sabía por qué estaba allí, ni por qué decía tal cosa.

—Yo no, vete —ordenó bajando la mirada hasta sus pies.

—¿Por qué?

—Solo vete —repitió en un murmullo.

Mis pies no accedieron a su petición. Al contrario, se movieron acercándose a su cuerpo y, con mucho cuidado, me arrodillé frente a él tratando de no tropezar o hacer algún contacto con su cuerpo. Luke alzó la mirada poco a poco y sus ojos se quedaron viendo fijamente los míos, fue increíble cómo pude ver su corazón roto a través de ellos.

Su labio lastimado temblaba, no podía descifrar si era por el frío, por el miedo, o por los nervios. Me fijé en que ya no llevaba el arito negro.

—Hasley… —arrastró sus palabras, que fueron interrumpidas por un sollozo que escapó de sus labios.

Se aferró aún más a sus piernas y otro sollozo raspó su garganta, al igual que mi corazón.

—No me pidas que me vaya, porque no lo haré —susurré—. No me eches. Yo sé que tú tampoco quieres.

—¿Cómo puedes estar aquí después de la manera en que me comporté contigo el sábado?

Su voz salió en un hilo, y yo evité pensar por mucho tiempo la respuesta. Solo respondí, dejándome llevar por lo que sentía, sin ser la primera ni una de tantas.

—No lo sé, o solo es que no me gusta ver a las personas tristes o que soy muy tonta.

Pasé un mechón de mi cabello por detrás de la oreja y Luke jadeó, dejando que algunas lágrimas bajaran humedeciendo por completo sus mejillas. Dudosa, moví una de mis manos hasta la rodilla de él, posándola ahí, con mi dedo pulgar hice leves caricias, sabía que eso no lo calmaría, pero quería transmitirle que estaba en ese momento solo para él y para nadie más.

Sentí una pequeña ola de electricidad cuando agarró mi mano entre sus dedos y la apretó, aumentando más sus jadeos. Su tacto era frío. Las yemas de sus dedos, heladas. Fue tan rápido y sorprendente cuando Luke bajó sus rodillas soltando mi mano para acercarme aún más a él y que tuviera acceso a su cuerpo. Me bastó solo un segundo para pensarlo y rodearlo con mis brazos, tan fuerte, haciendo que él enterrara su rostro en la parte de mi cuello y hombro.

Mi pecho dolió cuando sus sollozos se hicieron mucho más fuertes que antes, la piel de mi cuello se humedecía por sus lágrimas, pero no me importó. Solo quería que su dolor parara, no sabía qué era lo que había ocurrido, pero no lo dejaría.

Esta faceta de Luke era tan irreconocible como lo que sentía yo en esos momentos.

Dificultosamente, me dejé caer en el césped sin soltar a Luke. Me dolía verlo en tal estado, se veía tan indefenso, y lo peor de todo era que por algunos segundos sentía su dolor quemando mi alma.

¿Podía sentirse un corazón roto a través de un abrazo?

—Sssh… —susurré, acariciando su espalda—. Aquí estoy, no pienso irme.

Aquello hizo que se aferrara aún más a mí y jadeara entre su llanto. Levantó un poco la vista, dejándome ver de nuevo aquella herida en su labio.

Veía a un Luke diferente, uno que demostraba que era humano y algo lo dañaba de una forma tan cruel. En ocasiones llegaba a actuar como un cretino, pero, después de todo, me demostraba de qué estaba hecho.

—¿Qué ocurrió? —pregunté—. ¿Quién te hizo esto?

—Nadie —respondió—. No fue nadie.

—Cariño, guardar silencio no ayuda nada, tienes que enfrentarte a esto —llevé mis dedos a su cabello, acariciándolo—. Y, si quieres un apoyo, me tienes a mí; no es el mejor, pero sí es sincero.

—No —negó—. ¿Cómo se supone que debo enfrentarme a mi papá? —inquirió con ironía, echando una risa sin nada de gracia—. Ya no puedo fingir que estoy bien, me ha costado hacerlo todo este tiempo. Estoy… cansado. Se supone que es mi padre, no le haces daño a una persona a la que amas, si es que él aún lo hace.

—¿Tu papá? —me sentía confundida y horrorizada. Luke sufría violencia por parte de… ¿Su padre?

—No sé en qué momento nos perdimos —murmuró.

—¿Cuánto tiempo llevas así, Luke?

Él no volvió a responder, se limitó a bajar la cabeza para ahogar un sollozo. Lo volví a abrazar de la forma más reconfortante que pude, sintiendo cómo los pedazos rotos de su corazón punzaban el mío.

¿Su padre le había hecho eso? ¿Por qué? ¿Él también era el causante de los moretones de Luke? Descartaba esa idea por el simple hecho de que aquellos no eran creíbles para unos golpes de alguien, estaba segura de que su padre no le había hecho esos del brazo, en Luke había algo más.

Y temía que la autolesión fuera la respuesta.

—Todo este tiempo he intentado ser algo mejor, me he alejado para no molestarlo y dejar de ser una carga, pero todo lo que hago está mal. Nunca puedo llenar sus expectativas. Siempre jodo todo y… tal vez ninguno ha aceptado la realidad.

El chico no volvió a alzar la mirada y se mantuvo en esa posición. Yo solo permanecí abrazándolo, cumpliendo lo que dije de quedarme a su lado. Desde que lo conocí sabía que su vida no estaba en orden, pero desconocía que sobrepasaba lo que significaba la palabra «desastre».

Luke solo quería acabar con lo que le hacía daño.

Y él, en realidad, quiso detener eso.

Todo el tiempo lo pude ver en sus ojos, todos los días reflejaban dolor en ellos, algunos más que otros, pero siempre había mentido porque una parte de él se encontraba oscura y rota. Lo supe, al verlos por primera vez supe que un color como el que poseía él debía destacar lo suficiente.

Luke era un poco de nada y todo a la vez. Nada es perfecto. Todo es imperfecto. Luke Howland era perfectamente imperfecto.

CAPÍTULO 16

Si algo había aprendido después de conocer a Luke fue que hasta la persona más rota puede construir un castillo de sueños, de esos que nacieron desde la infancia, pero se murieron en la adolescencia. Es algo que sucede mucho cuando conocemos esa parte dura de la vida, esa que conocemos como la realidad.

Él no estaba roto, a él lo habían destruido…

—En mi lista de sueños tengo planeado bailar en un centro comercial sin importarme nada.

—¿Tienes una lista de sueños? —se burló Luke.

—La tengo.

—Ya. ¿Por qué quieres bailar en un centro comercial?

Apreté los labios y me encogí de hombros.

—No lo sé.

—¿No lo sabes o no quieres decírmelo?

Yo guardé silencio, continuando con nuestro camino.

Nos dirigíamos hacia el boulevard. Habíamos faltado a la escuela y, aunque eso me traería consecuencias con mi madre, me dejé llevar, creyendo por un segundo que había valido la pena. Ayer, después de que Luke se tranquilizara, ambos nos quedamos en el mismo lugar, hablando un rato. Él evitó continuar con el tema de su padre y yo lo respeté. La herida de su labio se seguía notando, menos que antes, pero permanecía visible.

—Soy alguien a quien le importa mucho lo que las demás personas piensen. A veces me gustaría hacer algo sin tener en cuenta las opiniones o los comentarios. Además, no sé bailar —reí—, creo… Creo que es hacer dos cosas en una sola.

—Te diré algo —respiró hondo—, hagas las cosas bien o mal siempre hablarán de ti. Lo que importa es que tú sepas quién eres.

Le sonreí, y él me devolvió el gesto.

—Ahora —continuó—, no sé qué es más ridículo, el hecho de que tengas una lista de sueños o tu propio sueño.

Mi boca se abrió, indignada. Luke se echó a reír.

—Bueno, al menos uno ya se hizo real —presumí.

—¿Ah, sí? Dime, ¿cuál? —inquirió elevando la comisura de los labios.

—Hacerte reír —confesé.

Por un segundo pensé que su rostro cambiaría por completo a uno de pocos amigos.

Su rostro sí cambió, pero, en lugar de eso, su sonrisa se agrandó y pude fijarme en el color rosado de sus mejillas, causando que su hoyuelo se remarcara.

—Estás loca, Weigel —volvió a reír.

—¡Y dos veces! —grité emocionada.

Nuestras carcajadas se unieron, creando un perfecto sonido para mis oídos. Sabía que la suya hacía ese momento aún más especial. Él se detuvo intentando recuperar su respiración y, una vez que lo consiguió, habló:

—Interesante. Cuéntame. ¿Cuáles son tus otros sueños en esa lista?

—¿Estás seguro? Te aburrirá —advertí—. Te conozco, eres todo menos paciente. No somos nada iguales y terminarás ofendiéndome.

—¿En qué concepto me tienes? —gruñó, juntando las cejas—. Vamos, ahora quiero escucharlo.

Entrecerré los ojos unos segundos. Tomé una bocanada de aire y lo solté de golpe.

—Bien —acepté—. Practicar paracaidismo y buceo, escribir un poema en sueco, viajar en una camioneta hippy, ir a París, también a Seúl, aprender a tocar algún instrumento, plantar mi propio pino o algún árbol, ser rociada con pintura en polvo… —enumeraba cada uno de ellos con los dedos. Luke solo sonreía enternecido, sus ojos tenían una pizca de diversión, me prestaba toda la atención, me escuchaba y eso me hacía sentir feliz—. Crear un columpio como el de Heidi, ese largo y alto; también hacer un muñeco de nieve y que dure semanas sin ser destruido, no dormir durante cuarenta y ocho horas; bañarme en una cascada; me gustaría encender fuegos artificiales…

—Espera —me interrumpió—. ¿Nunca has encendido uno? —preguntó Luke, yo negué—. ¡Por Dios, Weigel!

—¡Mi mamá los detesta! —me defendí.

—¿Solo los has visto en Año Nuevo?

—Sí, ¿tú ya encendiste alguno?

—Varios, de hecho, mi hermano mayor tuvo un accidente con uno de ellos —se rio—. Necesitas un poco de adrenalina en tu vida, lo digo en serio.

—Tal vez… ¡Oh, me falta uno! No es un sueño, se podría considerar propósito, pero he querido juntar quinientas veinte rosas.

—¿Rosas?

—Sí, es algo cursi.

—¿Por qué?

Yo hice una mueca, no muy segura de contarle.

—Ya hablaste, ahora dilo —exigió. Y verlo de esa manera me sorprendía, a Luke no solía interesarle nada, y que ahora quisiera saber algo de mí que podría ser ridículo me dejaba perpleja.

—En China el número 520 significa «te quiero», algunas personas suelen enviar quinientas veinte cartas, rosas o incluso peluches a quienes quieren para hacérselo saber. Mi propósito es conseguirlas para recordar que me quiero —murmuré, apenada—. Me amo y soy suficiente.

Él sonrió de lado. Las mejillas me ardieron, no podía creer que hubiera dicho eso en voz alta. Tanto tiempo me lo había guardado para que ahora se lo dijera a alguien como Luke.

—Es un propósito bonito —animó—. Tal vez lo aplique también yo.

Reprimí una sonrisa.

—Valdrá la pena —asentí—. Ahora te toca a ti, ¿cuáles son los tuyos?

—Yo no tengo sueños —respondió.

—¿Por qué?

—¿Para qué tener sueños? Muchos suelen romperse; un sueño es algo que es inventado para tener alguna meta con la cual seguir adelante y darle sentido a tu patética vida. ¿De qué sirve vivir a base de mentiras? Los sueños fueron creados para ocultar la realidad de uno. Los humanos somos imbéciles y crédulos.

—Uno se cumplió y fuiste tú quien lo hizo.

—Claro —dijo con sarcasmo—. Qué casualidad que lo tenías en tu lista, ¿no?

—¡Bien! ¿Cómo llamarías tú a algo que quisieras cumplir? No sé, como tirarte de un puente o comer una galleta que nunca has probado. ¡Sé que tienes algo por ahí!

—No tengo nada en mente, ¡soy miserable! —exclamó.

—¿Miserable? ¡Todos tenemos sueños, Luke!

—No yo.

—Luke… —canturreé.

—¡Bien! ¡Me gustaría comer un *space cake*! —me miró mal.

—¿Qué es un *space cake*? —pregunté confundida.

—Un pastel con marihuana.

—¡Oh, solo piensas en eso! —grité golpeando su hombro, haciendo que él riera.

—Claro que no.

—¿Entonces? —puse las manos sobre mis caderas, en posición de jarras. Él lo pensó.

—Me gustaría nadar con delfines; conducir en una carretera sin ningún destino; cantar muy fuerte sin importar quién me mire; hacer un grafiti que tenga sentido; saltar de un acantilado; ir a un concierto masivo de rock y fumar marihuana en Ámsterdam —terminó en un tono divertido.

Seguimos caminando en dirección al callejón mientras hablábamos sobre cosas que salían. Luke respondía algunas de mis preguntas y él hacía otras. Me gustaba cómo empezábamos a tener una buena comunicación, no era una conversación de las que yo esperaba, pero al menos habíamos avanzado en algo. Llegamos a nuestro destino y nos sentamos en aquel árbol en el que habíamos estado la otra vez.

—¿Color favorito? —preguntó Luke tomando una de mis manos para jugar con mis dedos.

Me quedé en silencio pensando en su pregunta. Hacía algún tiempo le habría dicho que el verde, pero, por alguna extraña razón, ya no me agradaba tanto aquel color. Si tuviera que decidir justamente uno ahora, estaba segura de que era el azul; sin embargo, no era cualquier azul, era como el de sus ojos. Me gustaba el color de sus ojos.

—El azul.

Luke me miró durante unos segundos y sonrió.

—Igual es el mío —murmuró desviando la vista hacia otro punto no tan específico—. Un azul muy especial —pude ver que sonrió cuando su hoyuelo se marcó en su mejilla—. Uno que, aunque intentes combinar todos los azules del mundo, jamás podrás conseguir igualar.

No sabía por qué o tal vez sí, pero mis mejillas empezaron a arder y supe que ya habían tomado un tono carmesí que no podía ocultar. Apenada, bajé el rostro por las propias ideas que giraban en mi cabeza, y tomaba un rumbo diferente al que solía estar habituada. Estaba confundida con mis sentimientos y era algo que no se podía detener, porque, al querer en positivo y al mismo tiempo de forma tan negativa, realmente resultaba frustrante tener que lidiar con ellos.

—Weigel —me llamó Luke, haciendo que volteara a verlo.

—¿Luke?

—¿Confías en mí? Hace un tiempo dijiste que no, y entiendo, pero… fue un poco duro.

Desvió la mirada al instante en que lo dijo y siguió jugando con mis dedos, ahora con entusiasmo, como si estuviera nervioso por mi respuesta o apenado por lo último que había pronunciado.

Cuando me lo preguntó, apenas lo conocía y no negaba que hoy en día lo seguía haciendo, pero en el transcurso del tiempo me había mostrado tantas facetas de él… Y verlo llorar fue como la gota que me hizo saber que quería quedarme a su lado y poder ayudarlo, aunque no fuera mucho.

Pasé la lengua por los labios y suspiré entre ellos, observé por unos segundos cómo jugueteaba con mis uñas mientras con su pulgar hacía leves caricias en la parte inferior de mi mano.

—Apenas nos empezábamos a conocer —murmuré.

—¿Y hoy me conoces lo suficiente para hacerlo?

—Creo —titubeé.

—No, no lo haces, aunque no puedo negar que me conoces lo suficiente para herirme —confesó ladeando los labios—. Eso asusta y puede sonar estúpido, pero créelo.

—¿Herirte? —reí—. ¿Por qué lo haría?

Él se encogió de hombros evadiendo mi pregunta, soltó mi mano y se levantó del suelo alejándose de mí a una distancia requerida, movió el pie impaciente y se giró dando tan solo tres zancadas para arrodillarse ante mí mirándome con tanta profundidad que pude sentir un choque de electricidad entre nosotros.

—Weigel, ¿te puedo pedir un favor? —preguntó impaciente. Su labio volvía a temblar y sabía que estaba entrando en uno de sus ataques de ansiedad.

Sí, fue un dato en el que también me fijé el día de ayer.

—Claro —hablé en un susurro esperando por sus palabras.

Entreabrió los labios unos milímetros para poder hablar, pero no dijo nada, podía ver a través de sus ojos que se debatía con él mismo sobre si debía decirlo o no. Después de unos segundos, tomó una de mis manos y la llevó hasta su pecho tan delicadamente que lo sentí temblar.

—Rompe mi corazón si quieres, pero no te vayas. Nunca lo hagas.

Mis labios se entreabrieron y me fijé en cómo sus ojos se humedecieron, cerrándolos en el instante en que bajaba su rostro, ocultándolo de los míos.

Todo dio un giro tan inesperado que no sabía en qué instante o punto de la vida había pasado esto. Luke se volvió tan frágil ante mí como una hoja de papel. En tan solo unos días había estado hablando con él acerca de sus problemas y, aunque en realidad no dijera mucho, era lo suficiente para saber que lo que estuviera dañándolo se volvía más fuerte que los abusos de su padre. No supe qué decir en ese momento, por lo que solo hice lo que mi cuerpo me dio a reaccionar: quité su mano de la mía y lo abracé. Luke me devolvió el abrazo.

—No lo haré. Lo prometo.

Puse mi rostro entre su cuello y su hombro, aspirando su olor. No tenía un olor específico y era algo magnífico porque me hacía experimentar olores que solo él creaba. En su ropa todavía se podía sentir el aroma del tabaco o la marihuana y, a decir verdad, no me agradaba mucho, pero si se trataba de él podía hacer una excepción.

Luke deshizo el abrazo y sonrió a medias, fue una sonrisa melancólica que me hizo sentir mal. No pude hacer nada más para que estuviera feliz. Hice una mueca y pasé los dedos por su cabello observando cómo sus raíces eran de un color más oscuro, parecía como que se hubiera teñido el pelo y se estuviera quedando sin tinte.

—¿Tu papá fue el causante de los moretones que tenías aquella vez que me diste tu suéter? —pregunté.

Luke parecía un niño a veces, cuando estaba triste y ya no aguantaba cargar con sus piezas rotas se abría de manera sincera con uno. No me gustaba aprovecharme de la situación, pero lo necesitaba.

Él me miró con un gesto serio, y fue suavizándolo un poco enseñándome uno más relajado. Negó.

—No lo hizo él, fue mi culpa.

Tragué saliva.

—¿Te autolesionas?

Silencio.

Y entendí.

—¿Por qué?

—Es… difícil de explicar.

—Necesitas ayuda, ¿lo sabes?

Él negó.

—He aprendido a controlar mi ansiedad. Solo sucede cuando comienzan mis ataques. Son muy raras las veces, pero lo he hecho bien estas últimas semanas. No me autolesiono, al menos no de manera consciente.

Cerré los ojos unos segundos y me sentí mal por su situación, por la manera en que hablaba, normalizando todo como si en realidad no hubiera ningún problema.

—Tú… ¿has intentado ir a… terapia?

Luke carraspeó, agotado.

—Voy a terapia, Weigel —admitió—. Llevo meses asistiendo.

—¿Y saben lo de tu papá?

—No, no, no —repitió—. ¿Por qué contaría eso de mi propio padre?

Mi ceño se frunció.

—Porque lo que hace está mal. Te golpea, Luke. Que sea tu padre no le da el derecho a tratarte así, solo… mírate.

Sentí la boca seca y mis ojos comenzaron a arder. Tenía un sentimiento de impotencia, de tristeza y de no saber qué hacer. Me ponía mal.

—Me mentiste sobre tu trabajo —declaré, volviendo a abrir los ojos.

Luke pasó la lengua por los labios y soltó un suspiro.

—No te mentí, trabajo ahí. No me gusta estar mucho tiempo en mi casa y mi papá me obliga a ir. Desde que mis hermanos y yo éramos pequeños, él ya tenía el destino de cada uno planeado. Quería que uno de mis hermanos tomara su lugar, pero no se pudo. Por eso ahora vive cada uno de sus días frustrado, jodiendo mi existencia, y creo que lo merezco.

—Claro que no —negué—. Es tu papá, eres su hijo, lo que hace no está bien. Espero que sepas que eso es un delito y que hay personas que te pueden apoyar…

—No, no entiendes —una lágrima se escapó—. Hasley, no quiero.

—¿Por qué?

—¡Porque no! ¡Porque es mi papá!

—Pero… —dije, y él me interrumpió.

—Por favor, no quiero hablar de esto —murmuró, cerrando los ojos con fuerza—. Te juro que duele.

Intenté comprenderlo y asentí. Luke se puso a mi lado y apoyó la cabeza en mi hombro; podía oír su respiración, no estaba tranquila. Era un poco rápida.

—¿Quieres ir a mi casa? —me invitó.

—¿Qué? —pregunté confundida, alejándolo para mirarlo a la cara.

—Mis papás no están, podría enseñarte algo.

—¿Estás seguro? ¿No hay nadie en tu casa?

—Si no quieres ir, solo dilo —habló, poniéndose de pie.

¿Qué?

Ni siquiera me dejaba pensar y él ya comenzaba a huir. Quería al menos una explicación, así sabría si podría sobrevivir al regaño de mi madre. Estaba segura de que esa vez me encerraría en el sótano sin comer, pero, aunque sonara tan dramático, ni siquiera teníamos uno.

Me levanté rápidamente y corrí haca él gritando su nombre; cuando estuve cerca, tiré de su brazo y puso los ojos en blanco.

—Está bien —acepté—. Voy a ir, ¿feliz?

—Uh-huh.

¿Era en serio? ¡Ugh!

CAPÍTULO 17

Luke me dejó pasar a su casa, mis ojos observaron todo alrededor. Me removí incómoda pues se sentía un vacío adentro: aunque no lo crean, hay casas que te hacían sentir segura y bien, y otras que te dejan en suspenso. Me giré hacia el chico.

—Es… cálida —mentí.

—¿Gracias? —dudó, acompañado de su ceño fruncido y una sonrisa burlona.

Sonreí sin despegar los labios. Palpé mis mejillas intentando desvanecer un poco la vergüenza que sentía en esos momentos. A veces decía cosas solo para romper el silencio o dejar la tensión a un lado, pero en ocasiones simplemente no funcionaba. Esta era una de esas.

Miré al frente, donde, un poco más al fondo, se podía apreciar un piano. Caminé con pasos lentos hasta el instrumento y pasé los dedos por encima. Tenía polvo, demasiado.

—¿Tocas el piano? —pregunté curiosa a Luke sin siquiera girarme a verlo.

—No —respondió cerca de mi oído—. Mi hermano solía tocarlo, cuando no tenía sueño lo hacía, según él calmaba su estrés, nerviosismo o solo conseguía sentirse mejor. Cada uno tiene sus técnicas, ¿no es así?

Asentí automáticamente.

Su forma de hablar tan pausada y sin apuros resultaba ser relajante. Miraba a Luke directamente a los ojos y en cortos segundos recorría cada extremo de su rostro. Sus muecas faciales transmitían su aspecto emocional. Luke era apuesto y eso nadie lo podía negar.

—¿Nunca has intentado tocar? —murmuré.

—No me relaciono bien con los instrumentos —respondió suavemente, pasó una mano por detrás de su cuello y suspiró—. No me gustan, prefiero escucharlos. Te preguntaría si tú tocas alguno, pero recuerdo que uno de tus sueños es aprender, así que evito la pregunta.

—¿Te aprendiste mis sueños? —vacilé.

—Algunos —se encogió de hombros.

—Dijiste que querías mostrarme algo. Dime, ¿qué es? —inquirí elevando una ceja.

—Tsss —mencionó. Cerró los ojos durante unos segundos y cubrió con ambas manos su rostro—. Si te confieso algo, ¿prometes no enojarte?

—Creo que ya sé de qué se tratará tu confesión, pero quiero oírlo de ti. Así que, adelante, te escucho —me crucé de brazos elevando la comisura de los labios.

—No hay nada que mostrarte —confesó, separó sus dedos para mirar entre ellos. Su ojo azul me observaba y quería morir de la ternura que me ocasionaba—. ¿Esa es tu cara de enojada?

—¿Tú qué crees?

—No pareces enojada.

Y no lo estaba, era imposible enojarme con él cuando actuaba como un niño asustado que está a punto de ser regañado.

—Me decepcionas, Howland —lo vacilé.

Él bajó las manos. Dio un pequeño paso hacia mí y sonrió.

—Me gusta cómo suena mi apellido en tu voz —admitió.

Sus mejillas se pusieron de un tono más carmesí y por un instante las mías también.

—No puedo decir lo mismo —mentí.

En verdad me gustaba cómo sonaba el mío cuando él lo decía y más si lo mencionaba en un tono divertido.

—No me importa, Weigel —bromeó ladeando la cabeza—. Volviendo al tema de que te mentí, tengo algo que a lo mejor sí te interesa —explicó. No me dio tiempo de responder cuando volvió a hablar—. Ven, acompáñame.

Dicho eso, me tomó de la mano y comenzamos a subir las escaleras a pasos rápidos; trataba de no tropezar con los escalones mientras era casi arrastrada por Luke. Esto se volvió una costumbre por su parte: cada vez que él decía «Ven», me tomaba de la mano y comenzaba a correr conmigo detrás. Tenía que ir a su paso en el intento de no caerme al suelo.

—Algún día terminaré cayendo y de paso te caerás conmigo —amenacé una vez que nos detuvimos enfrente de una puerta.

—Caería antes que tú para evitar tu dolor —dijo mientras abría la puerta. Me mordí el labio inferior hacia dentro y deambulé durante unos segundos. La mirada de Luke se fijó en mí y acto seguido me hizo una seña con la cabeza indicando que entrara; con pasos dudosos entré. Mis ojos se abrieron al máximo de la impresión, para ser hombre tenía bien ordenada la habitación, las paredes blancas, una de ellas tapizada de carteles de bandas, sus favoritas, lo más seguro. Su cama tenía extendida una sábana negra, con almohadas blancas, todo estaba en orden, como si nadie habitara el cuarto.

—Eres muy ordenado —susurré, por un segundo creí que no me había escuchado, pero fue todo lo contrario porque me respondió.

—Lo sé —dijo con un tono creído.

Lo miré durante unos segundos. Sus manos estaban metidas dentro de los bolsillos de su pantalón, mientras jugaba con la herida de su labio.

—Por un segundo imaginé tu habitación toda negra —bromeé. Luke soltó una risita por lo bajo y negó.

Mis ojos fueron directo al escritorio que había en una de las esquinas e, igual que el resto, estaba todo ordenado.

Tenía una lámpara blanca con unas calcomanías de Spiderman. Sonreí con ternura.

Esperaba a un Luke más rudo, pero fue todo lo contrario. El chico era una especie de actor, utilizaba máscara y cuando bajaban las cortinas podía ser quien era. Se podía despojar del disfraz, aunque no le molestaba usarlo; tal vez, solo tal vez, fuera como una rosa: mostraba las espinas y, si soportabas las punzadas, eras digno de recibir la flor.

Me llamó la atención un pequeño pizarrón con varias notas sujetas con unas chinchetas. Al parecer eran fechas o cosas importantes. Comencé a leer cada una de ellas sin detenerme, a pesar de que sintiera la mirada de Luke detrás de mí.

2-julio-2011

Entonces recordé, era la misma fecha que había con un borrón en su libreta el día en que me senté con él por primera vez en la clase de la profesora Kearney. Despertó mi curiosidad, pero la mandé al fondo de mi cabeza. No necesitaba que Luke se pusiera de mal humor en estos instantes. Así que decidí leer otra nota.

—Primer tatuaje… —susurré. Esta vez, me giré para verlo, él me miraba detenidamente sin ninguna emoción en el rostro—. ¿Tienes un tatuaje?

—Ajá —asintió varias veces con la cabeza como un niño pequeño.

—Y desde hace seis meses —declaré, y él volvió a asentir—. ¿Dónde?

—En el lado derecho del pecho —indicó. Puso su mano en dicho lugar y lo palpó dos veces seguidas—. Si me pongo una camisa de cuello uve se puede notar.

—¿Qué es? —pregunté curiosa.

—¿Quieres ver? —Luke levantó una de sus cejas con diversión y me sentí palidecer.

—Ummm, n-no, no —respondí en un tartamudeo. Luke se rio y desvié la mirada al suelo, mientras miraba los dedos de mis manos entrelazarse.

—Solo tendrás esta oportunidad —sentenció.

—No me importa, ¿okey?

Tragué saliva y alcé de nuevo la vista.

Ay, no.

Mis ojos se abrieron a la par y supe que en cualquier momento caería al suelo. Mis mejillas ardieron tomando un color rojo y mis manos sudaban por el nerviosismo. Veía el torso desnudo de Luke. Su piel cubierta era más pálida y, justamente, como había dicho, el lado derecho de su pecho estaba tatuado.

—¿E-esta es tu forma de-de ligar? —las palabras se me enredaban y tenía la necesidad de hundir el rostro en una almohada.

—¿Quién dijo que estoy ligando? ¿Y contigo? ¡Qué modesta eres, Weigel! —se divirtió. Lo miré a los ojos, queriendo huir de esto—. Sin embargo, todavía no lo he hecho.

—Esto es incómodo —dije. Luke bufó poniendo los ojos en blanco. Sabía que detrás de mi curiosidad había algo más cuando volví a mirar el dibujo con tinta en su piel—. ¿Qué se supone que es?

—Una ruleta —se encogió de hombros—. Tengo pensando hacerme otro.

—¿Otro? ¿De qué se trata? ¿Llenar tu cuerpo con tinta sin sentido? —me mofé.

—Para mí tienen sentido… —gruñó.

Empezó a divagar con sus palabras mientras volvía a ponerse la camisa, caminó al otro extremo de la habitación y se detuvo en un estante. Paró de hablar y pasó los dedos por encima de este, sus ojos observaban detenidamente hasta que se detuvo y sacó una caja plana.

—Me dijiste que conoces los discos de vinilo —señaló—. Así que… esto es lo que te quería enseñar, desde hace un tiempo los colecciono. Tal vez para ti no sean tan especiales o de valor, pero para mí son como un tesoro retro. Me gusta lo clásico.

—¿Tienes muchos? —di unos pasos hacia donde él se encontraba y me puse a su lado para poder ver la estantería.

—Creo… —confesó dejando en el aire la palabra. En realidad, eran demasiados.

—¿Cuántos son?

—Alrededor de cuatrocientos y pico, no todos están aquí, pero desde que tengo catorce años los empecé a coleccionar, me han regalado también, tenía más, pero terminaron dañándose varios.

—¿Cuántos tenías en total?

Su nariz se frunció y pensó. Yo guardé silencio, esperando su respuesta.

—Tal vez unos quinientos, no lo sé. Pero eran muchos. Mi hermano mayor me manda algunos de ediciones especiales cada mes, y yo consigo otros por mi cuenta.

—¿Entonces tú ya tuviste tu quinientos veinte? —pregunté, curiosa.

Luke se rio.

—Ya sé por dónde vas.

—¡Piénsalo! Es una adicción muy loca, ¡y son demasiados! El dinero de la cadena Village da mucho de sí, ¿no?

—Basta, Weigel —dijo divertido.

—Te obligo a que cuentes todos —ordené—. Quiero saber cuántos tienes con exactitud, me dijiste que aplicarías mi propósito. Ahora seré parte de eso.

Él negó con gracia.

—Lo haré, pero no prometo nada. ¡Son muchos! ¡No terminaré de contarlos todos!

—¡Oye! Necesito un número.

Luke puso los ojos en blanco y se inclinó un poco hacia delante para mirar en el estante, leyendo algunos títulos. Yo reprimí una sonrisa y se volvió a erguir después de escoger un disco.

—Los contaré, pero tú escucha esto.

Caminó hacia el tocadiscos y lo colocó, a los segundos empezó a sonar. La melodía era suave y relajante, me gustaba. Luke comenzó a tararear la canción mientras caminaba alrededor de la habitación.

Su sonrisa era demasiado enorme, sus ojos se achinaban y su hoyuelo, tan carismático, se marcaba con tanta profundidad. La felicidad de Luke se podía sentir.

—Acompáñame —me pidió; no sabía a lo que se refería hasta que tiró de mi mano y choqué con su cuerpo.

—Ay, no —negué varias veces al darme cuenta de lo que quería—. Yo no bailo.

—Ni yo, solo estoy dando vueltas —se burló.

Y es que solo Dios sabía cuánto amaba la risa de Luke.

—¡No! —grité cuando di una vuelta con él.

La canción terminó y pensé por un segundo que sería el final de mis vueltas junto al chico, pero me equivoqué: apenas terminó esa empezó la siguiente y Luke apretó más su agarre.

—¡Me encanta esta! —jadeó con un saltito, sonrió despampanante y empezó a tararear la canción ladeando la cabeza.

Y allí nos encontrábamos, en medio de su habitación, dando vueltas sin un sentido específico, solo oyendo su voz y la del cantante. Aquella escena me causaba demasiada gracia y no podía evitar reír. Momentos como estos eran por los que sabía que Luke no era solo frustración, hierba y mal humor; era más que eso, desgraciadamente nadie se daba cuenta de ello y lo catalogaban como alguien de mala influencia.

Me centré en los ojos azules del chico y él me miró detenidamente. Su sonrisa se desvaneció, pero sus ojos seguían manteniendo el brillo. Sentí una presión en el pecho en ese instante, mi respiración entrecortada al igual que la de él. Nunca me había detenido a admirar bien a Luke, él era atractivo, demasiado, era algo que todos podían ver a simple vista y no podrían negar.

Detestaba que mi sensatez no se despertara, que no hiciera caso a mis llamadas de alerta; no tenía nada en mente, salvo el rostro del chico rubio y las ganas de besarlo. No entendía qué ocurría con aquel pensamiento, pero tener a esa distancia a Luke no me hacía pensar con claridad.

Sentí su aliento chocar con el mío y supe que para arrepentirme ya era tarde, aunque, siendo honestos, no quería hacerlo; esto parecía eterno y que jamás ocurriría, podría jurar que ya habían pasado más de cinco minutos, pero en realidad eran solo unos segundos.

Los labios de él se acercaron a los míos, rozó su nariz con la mía. Cerré los ojos por inercia con la respiración detenida. Podía sentir su aliento sobre mis labios; sin embargo, no hubo contacto. No quería lanzarme a los suyos como si mi vida dependiera de ello, porque no era así. Su labio inferior rozó el mío y se alejó unos centímetros.

Me torturaba.

—Si no hago esto ahora, me arrepentiré después… Aunque creo que lo haré de todos modos.

Su jodida voz sonaba tan ronca que envió un pequeño escalofrío por todo mi cuerpo. Sentía mis piernas flaquear.

Después de tanto tiempo, sus resecos labios se sellaron sobre los míos, se rozaban con tanta lentitud. La punta de su lengua jugueteó con mi labio inferior, entonces lo odié porque me hacía sentir tan bien… Creía que todo terminaría ahí, pero no fue así, una de sus manos se posó en mi mejilla y lo peor fue cuando llevé mis manos a la parte trasera de su cabeza.

Nuestros dientes chocaron, causando que Luke riera sobre mis labios. Me gustaba, sus labios eran suaves y hacían el beso un poco lento y cálido con pequeños momentos de intensidad. No sabía por qué no me detenía o él lo hacía. Estaba claro que él no me atraía y viceversa… O eso quería hacerme creer yo misma. Mi mente se transformaba en un desastre, jugaba de mala forma conmigo.

Luke detuvo el beso sin despegar nuestros labios aún. Poco a poco abrí los ojos, encontrándome con los azules océanos de él mirándome fijamente. Se alejó unos centímetros y dijo:

—Esa fue «Wonderwall».

Estaba muda, no pronunciaba nada. Claramente seguía en *shock*. Ni siquiera me había fijado en que la canción ya había terminado o en que había empezado otra.

♪ I DON'T BELIEVE THAT ANYBODY ♪
♪ FEELS THE WAY I DO ABOUT YOU NOW ♪

Di un paso hacia atrás, desconcertada, sin darme cuenta. El ruido de algo cayendo al suelo y el vidrio quebrándose me hizo salir de mi burbuja. Grité y me giré para ver la lámpara de Luke hecha añicos en el suelo.

—Mierda —maldije.

Me giré hacia el chico, que no mencionó absolutamente nada, sus ojos solo miraban las piezas de cristal. Sin decir nada salió de la habitación dejándome ahí sola, donde solo se oía la música en reproducción.

Algo en mi mente daba vueltas, no sabía qué era peor, haber besado a Luke o que me hubiera gustado.

CAPÍTULO 18

Las gradas se llenaban poco a poco mientras pasaban los minutos; me encontraba en uno de los partidos de Matthew. Me había invitado con la condición de que estuviera cerca para que fuera su amuleto de la suerte, según él.

Ya no sabía cómo sentirme.

Sobre el beso con Luke, no lo había mencionado a nadie por dos razones: no tenía a quién hacerlo y prefería guardar aquel acontecimiento para mí. Después de eso, Luke no mencionó nada, el ambiente se puso incómodo y preferí huir del lugar; no asistió los últimos dos días de la semana a la escuela y me preocupaba, así como también me hacía sentir mal.

¿El beso había sido un error? ¿Sería eso lo que lo mantenía distante? ¿O era algo más?

Muchas preguntas giraban en mi cabeza y ninguna tenía respuesta.

El lugar estaba lleno, solo se esperaba a que el partido empezara para que todos los gritos de los espectadores se hicieran presentes apoyando a cada equipo. Matthew había estado a mi lado esos últimos días en la hora de comer, en los horarios libres y acompañándome hasta mis clases cada vez que tenía tiempo. Era algo muy tierno por su parte, ya no me ponía tan nerviosa cada vez que sacábamos algún tema de conversación, ahora nuestras charlas fluían con más serenidad y confianza, todo estaba bien. Quería creer eso.

Sentí cómo alguien se sentó a mi lado y por instinto me giré a ver quien era. Fruncí el ceño al ver a Luke a mi lado con dos vasos de refresco y mirando hacia la cancha. No mencionaba nada, solo estaba allí con la mirada entretenida al frente.

—¿Qué haces aquí? —me atreví a preguntar sonando un poco grosera.

—Vine a ver el partido, el aire es libre, ¿no, Weigel? —respondió sin mirarme.

—¿Viniste a ver cómo la pasan bien humillando a otros? —contrataqué con las mismas palabras que me había respondido el día en que me había mostrado el callejón.

Luke volteó a verme lentamente y sonrió de lado, levanté una ceja y su sonrisa se agrandó aún más.

—Y a ver cómo pierde la preparatoria —completó suspirando—. Ten —me ofreció un vaso de refresco.

—Casi nunca pierde nuestro equipo de basquetbol —defendí porque era verdad, solían ganar casi todas las temporadas—. ¿Me compraste uno?

—Tú lo has dicho, «casi nunca», quizás hoy sea su día de mala suerte —se mofó haciendo comillas—. Y en realidad estaban de promoción, dos por uno. Ofertas así en la vida no se deben rechazar.

—Eres muy negativo —puse los ojos en blanco—. Guau, qué romántico.

—Solo con la gente que me cae mal —susurró regresando la mirada a la cancha.

Fruncí el entrecejo al no entender a cuál de las dos cosas se refería, si al ser negativo o a mi sarcasmo, aunque preferí no volver a hablar, sabía lo irritante que lo ponían mis preguntas «sin sentido» supuestamente para él. Después de varios minutos en silencio por parte de los dos, el partido comenzó y cuando salió el equipo de la prepa encabezado por Matthew tuve que cubrir mis oídos al escuchar todos los gritos a mi alrededor, prácticamente gritaban más el nombre del chico que el del equipo.

—¡Ugh! —dejé salir poniendo los ojos en blanco. La risa de Luke me hizo girarme.

—Tranquila, Weigel, no sientas celos. Ellas serán quienes terminarán sintiéndolos —dijo con amargura.

—¿Por qué lo dices? —demandé.

—Me enteré de que Jones y tú han pasado más tiempo juntos —confesó sorbiendo de su popote.

—¿Cómo demonios sabes tú eso?

Luke sonrió astutamente y lo miré extrañada.

—Weigel —carraspeó—. Estamos hablando de Matthew Jones, el capitán del equipo de basquetbol, y tú, que, sin ofender, no eres tan importante cuando se trata de ellos dos, pero eres la amiga de Zev y la chica de Matthew.

Abrí la boca un poco indignada por lo que había dicho, pero la cerré al instante. Luke era a veces tan molesto que ya ni siquiera sabía cómo actuar o qué decir.

—No sé cómo sentirme respecto a lo que acabas de decir, pero tampoco me aclara nada, se sup… —no pude terminar, porque él me interrumpió moviendo la mano de un lado a otro.

—Concéntrate en apoyar al chico que te está mirando.

En el instante que mencionó aquello, miré hacia la cancha, donde los ojos de Jones me miraban detenidamente, y después a Luke. Regresé la mirada a Luke y este solo le dedicó una sonrisa amarga al otro chico. Divisé cómo Matthew se acercaba hacia nosotros y sentí sudar las manos, no me daba buena espina tener a los dos juntos, no entendía por qué, pero estaba muy claro que no debían estar en el mismo lugar.

—Hoy eres mi amuleto de la suerte —dijo Matt sonriente. Sus palabras hicieron que le ofreciera una sonrisa bobalicona, pero desapareció al escuchar la risa burlona de Luke. Matthew arrastró los ojos hacia él—. ¿Qué es gracioso?

—Que Weigel no es de buena suerte; al contrario, es un imán para la mala suerte —gruñó divertido.

—Tal vez contigo, pero no conmigo —respondió—. Me tengo que ir.

Matthew me guiñó un ojo y regresó a la cancha creando un círculo con su equipo.

—Patético —farfulló Luke.

Reí por lo bajo. El partido comenzó y todos empezaron a apoyar a los equipos, me limitaba a tratar de entender en qué consistía cada cosa del juego, pero no era algo que se me diera bien, los deportes no eran mi fuerte. Pasaron los minutos rápidamente y el marcador mostraba un claro empate, todos comenzaban a exasperarse, solo faltaba un tiempo para ver qué preparatoria se llevaba el premio.

—Weigel —me llamó Luke, y volteé a verlo—. ¿Beso bien?

Abrí los ojos completamente y sentí las mejillas arder, dejando de poner atención al juego. No podía estar preguntándome esto, estaba loco, ¿cómo se le ocurría tan siquiera? Tragué saliva con dificultad y parpadeé varias veces; en cambio, él estaba con su postura cómoda, como si la pregunta fuera la más común del mundo.

—¿Por qué me preguntas eso?

—Solo es una pregunta —se encogió de hombros—. ¿Tiene algo de malo? ¡Ah, ya sé! Temes que lo escuche Matt.

Usaba el diminutivo como yo lo llamaba para burlarse de él, Luke siempre hacía eso: encontraba una forma de usar como arma lo que uno decía.

—Cállate, Luke —lo reprendí avergonzada.

—¿No me vas a responder? —inquirió levantando una ceja.

—¡No! —grité.

Él bufó por lo bajo y se cruzó de brazos, volviendo a mirar al frente. Yo lo observé, obsesionándome un poco más con su perfil, la punta de su nariz y la manera en que sus labios se entreabrían, creando una perfecta silueta.

El beso entre Luke y yo regresó a mi cabeza, dejando que me sonrojara con tan solo imaginarlo, y con ello trajo la vergüenza, recordando que había roto su lámpara; si bien él no dijo nada, su acción de salir solo de la habitación me hizo sentir mal.

—Lamento lo de tu lámpara, sé que te enojaste…

—Descuida —y me interrumpió—, la lámpara ya era vieja, desde hace días estaba pensando en tirarla —se mofó—, y no, no me enojé, ¿por qué lo haría? Nada más se trata de algo material, ¿bien?

—Es que… te fuiste.

—En busca del recogedor —aclaró—. ¿Querías que dejara las piezas rotas en el suelo? Nada arruinó el momento, Weigel. Por favor, deja de disculparte por cosas tan insignificantes.

Me mordí los labios y asentí, apenada por tener ideas erróneas. Luke se quedó en silencio y yo hice lo mismo, miré al frente y me di cuenta de que el partido estaba acabando y, con eso, la preparatoria triunfaría una vez más.

Luke se puso de pie, ganándose mi atención.

—¿Adónde vas?

—Ya termina —señaló—, y la prepa va a ganar. No necesito quedarme.

Él se alejó y lo vi perderse entre la gente. No quería que se fuera, estaba teniendo buena compañía, o al menos no de esa forma, una en la que me dejaba intranquila.

—¡Luke! —grité por encima de otros gritos, pero fue en vano.

En el momento en el que me levanté dispuesta a seguirlo, todos lo hicieron y los gritos eufóricos de los espectadores me hicieron pegar un grito. El partido había terminado, la preparatoria había ganado. Por más que quise buscar al rubio, fue imposible, él se había ido.

Por una muy extraña razón todo se calmó, de los gritos a los susurros, los integrantes del equipo de la preparatoria se pusieron en medio de la cancha y sus ojos se dirigían hacia mí. De pronto, sentí más miradas alrededor y quise desfallecer.

No sabía qué ocurría, hasta que Matthew se posicionó en medio de todos ellos y sus ojos verdosos me miraron; todo tuvo sentido cuando los chicos extendieron aquella lona que cargaban.

«Ay, no.

»Díganme que esto no es cierto.

»No está haciendo esto».

Mi corazón se detuvo y mis ojos se abrieron al igual que mi boca. Mis ojos no daban crédito a la escena que tenía enfrente.

El chico caminó hasta las gradas y se posicionó al pie de ellas, me miró con una de sus sonrisas despampanantes. Su cabello rojizo cobre brillaba demasiado y no sé si era por la ocasión, pero todas las luces se dirigían a él. Él rodeó su boca con las manos y pronunció la frase que había escrita en el cartel:

—¿Quieres ser mi novia?

Todo el aire se me fue y sentía el corazón latir a mil por hora, mi cerebro no procesaba con exactitud lo que el chico había dicho, estaba en estado de *shock*.

Sentí un poco de vergüenza y también cómo caía sobre mis hombros la presión de los demás para que mi respuesta fuera positiva, alucinando y sin tener criterio propio. Mis labios no se movían y mucho menos mis ojos, pero eso cambió, porque, como si de una fuerza inexplicable se tratara, sentí una única mirada entre tantas, y odié el hecho de haberme girado.

Luke me miraba desde el extremo contrario al de Matthew, donde había más personas observando la escena. Cargaba un paquete de papas fritas. Mi corazón se encogió, doliéndome, y en ese instante supe algo: sentía algo por él. Algo fuerte.

Su mirada fue neutra, sin sentimientos, como solía ser casi todo el tiempo. Se pasó la lengua por los labios y miró hacia abajo y después arriba. Su gesto cambió, sonrió de lado, burlón y cínico. Mis ojos viajaron de nuevo a Matthew, que seguía esperando mi respuesta con una sonrisa; este momento lo estaba viviendo en cámara lenta y sentía que ya había pasado una eternidad.

Volteé a ver a Luke y pude leer sus labios pronunciar tres palabras.

Maldita sea, Luke.

Tal vez nos hubiéramos ahorrado muchos problemas, pero siempre te gustaba complicarlo todo.

Dirigí la mirada a mis pies y tomé una gran bocanada de aire para realizar mi siguiente movimiento. Bajé las gradas con lentitud y, sin esperar absolutamente nada, lo abracé. Matthew no se hizo esperar y me agarró de la cintura.

No quise responder, solo esperaba que el abrazo lo tomara como un «sí». Se separó de mí y sonrió. Él tomó con una mano mi mejilla y dio un corto beso a mis labios.

—Hoy es mi día de suerte.

Y con eso volvió a unir nuestros labios.

CAPÍTULO 19

Matthew jugaba con el popote de su refresco mientras uno de sus brazos estaba por encima de mis hombros. Nos encontrábamos en la cafetería junto a Zev, literalmente me ignoraban, solo hablaban de los equipos de futbol, sobre lo cual yo no entendía nada. Me aburría estar en medio de ellos dos solo como un objeto.

Creí que ser novia de Jones sería genial y, aunque lo era, en esta semana que llevábamos de noviazgo no podía negar que tenía sus momentos dulces y extrovertidos, pero por el momento mi novio prefería a mi mejor amigo que a mí.

—Necesito ir a clase —avisé interrumpiendo su charla animada.

—¿Tan rápido? —Matthew miró la hora en su celular y después hizo una mueca—. Faltan quince minutos.

—Sí, pero quiero llegar temprano.

—¿Qué clase te toca?

—Historia —respondí confundida.

Mi novio se quedó un momento pensando y miró a mi mejor amigo para después volver a mirarme.

—Vamos, te acompaño —se ofreció levantándose.

—Pensé que querías seguir aquí con Zev —puse los ojos en blanco.

—¿Estás celosa de mí? —me molestó Zev divertido con una risita.

—Cállate —mascullé.

—Uy —se burló.

—Igual me voy, eh, tengo que ir al campo —bufó y se alejó.

Matthew me miró divertido.

—¿Vamos?

—Vamos.

Me puse de pie y me acerqué.

Pasó un brazo por mis hombros y me atrajo a él para empezar a caminar hacia la salida de la cafetería. En los pasillos las miradas por parte de todos iban dirigidas hacia nosotros y aquello era demasiado incómodo, no estaba acostumbrada a obtener la atención de tantas personas, a pesar de que ya hubiera pasado cuatro días teniéndola.

—¿Qué harás por la tarde? —preguntó el chico ganándose mi atención.

—Diría que debo hacer tarea, pero realmente siempre la dejo para la noche —confesé—. ¿Por qué?

—Porque quiero hacer algo contigo —se encogió de hombros y lo miré—, como ver películas en tu casa o, no sé, no tengo buenos planes… Lo siento.

Él me miró un poco apenado entrecerrando los ojos y me causó tanta ternura. Llegamos a mi aula y nos detuvimos a un lado de la puerta. Le sonreí reconfortante y tiré de una de sus mejillas.

—Ver películas me parece una buena opción —lo animé dándole crédito a una de sus ideas.

—Bien, iré a las seis de la tarde para escoger unas cuantas y comprar palomitas, ¿te parece? —propuso, y asentí con la cabeza con una sonrisa.

—Estaré lista —confirmé.

Me sentía feliz por el simple hecho de que haríamos algo juntos como una pareja oficial, no como amigos o algo así. Ver películas en casa ya estaba demasiado sobrevalorado, pero realmente no importaba cuando se trataba de Matthew: había sido él quien lo había propuesto, por lo cual estaba feliz, pasar tiempo con él me haría bien.

Rodeó con un brazo mi cintura y se acercó a mí inclinando la cabeza para rozar sus rosados y tibios labios con los míos. Movió su nariz con la mía haciendo como si fuera un gato, aquello causó una risa por mi parte y él ronroneó.

—No hagas eso —reprendí divertida, y él volvió a repetirlo—. ¡Basta, Matt!

—Matt —murmuró—. Me gusta cómo suena.

Besó la comisura de mis labios, lentamente. Subió una mano a mi mejilla y profundizó el beso. Estaba a punto de seguirlo cuando algo, o más bien alguien, lo impidió.

—Mierda, el cuarto del conserje queda a solo tres metros de aquí, ¡largo! —gruñó Luke hacia nosotros mirándonos con el semblante vacío.

Desvié la mirada hasta mis pies y me mordí el interior de la mejilla, sabía que estaba sonrojada por el ardor que sentía en la cara. Matthew me soltó y dio un paso hacia atrás.

—Solo fue un beso, pero gracias por la información —habló el pelirrojo.

—Claro —ironizó Luke—. Ahora quítense de la puerta porque me impiden el paso.

Sentía la mirada de Luke encima de mí, algo me decía que esperara a que él entrara. Sin embargo, mis ojos ya estaban dirigidos a sus pupilas.

—Se pide permiso, ¿no sabes lo que implica el respeto? —solté de mala gana.

—¿Respeto? —preguntó incrédulo, y soltó una risa amarga. Se acercó hasta mí sin importarle que Matthew estuviera enfrente de nosotros y susurró en mi oído—: Entonces aprende a respetar un corazón roto.

Dicho esto, le lanzó una mirada creída al otro chico y lo empujó con el hombro para abrir la puerta y entrar. Me quedé viendo un punto fijo mientras sus palabras rebotaban alrededor de mi cabeza. ¿Por qué me había dicho eso? ¿Qué se suponía que había hecho ahora?

—¿Qué te dijo? —inquirió Matthew.

Elevé la vista hacia él y volví a la realidad.

—Nada importante —hice un gesto negando con la cabeza.

—Has… —sentenció.

—En serio, nada por lo que debas preocuparte —insistí, y él suspiró.

—Bien —se rindió—. Necesito ver los próximos horarios de los partidos, cuídate.

Me dio un beso rápido en los labios y salió corriendo por el pasillo. Suspiré con pausa y entré al salón. Busqué rápidamente a Luke para ir directo hacia él, me senté a su lado y lo miré.

—¿Qué ocurre contigo?

—No entiendo a qué demonios te refieres —mascultó sacando un refresco de su mochila para agitarlo.

—Hace días que no me hablas y cuando por fin te dignas a hacerlo es para ser tan, tan… ¡Ugh! —gruñí fastidiada—. ¿Qué hice?

—Tú no hiciste nada —habló entre dientes—. Nací con mal humor, ahora cállate y déjame sacarle el gas a mi refresco.

—Eres tan odioso —murmuré.

—Y tú tan tonta para no ver las cosas.

—¿De qué hablas? —pregunté confundida. Ya no entendía nada, con Luke nunca podías entender bien o al menos yo no lo entendía—. ¡Vamos, dime!

—Eres muy gruñona —confesó, y quise decirle lo mismo, pero me contuve. Él siguió agitando el refresco y eso me hacía desesperar aún más.

—¡Deja de hacer eso! —grité.

Le arrebaté la botella de plástico de las manos y me arrepentí al instante. La tapa se cayó y todo el líquido se derramó sobre nosotros. Me estaba preparando mentalmente para lo que fuera a decirme, pero nunca lo hizo. Él frunció el ceño y me miró furioso.

—Luke, lo siento… —intenté disculparme, pero me lo impidió.

Sus acciones fueron suficientes para que no dijera nada, puso los ojos en blanco y se levantó del asiento, cogiendo sus cosas para salir del aula.

Eché la cabeza hacia atrás y me sentí demasiado culpable.

CAPÍTULO 20

Estaba tratando de controlar mi respiración e ignorar el sentimiento de decepción, no tenía que ponerme así. Matthew me había llamado para cancelar nuestra cita, disculpándose porque no podría venir, ya que entre los planes de su madre había una comida familiar. No me enojé, tenía que entender la situación, pero no negaba que me sentía triste.

Pensé en hablar con Zev para continuar con mis planes. Sin embargo, decidí no hacerlo. Él, sus hermanos y su mamá estaban retomando esas salidas que hacían con su papá. Comenzaba a ponerse todo en orden, el proceso legal todavía era algo que no se concretaba. Apenas ayer por la noche me había contado por mensajes que había salido con su papá el fin de semana anterior, y el señor no tenía intenciones de regresar. Eso era oficial.

Zev lo tomó de la mejor manera y prefirió ya no opinar sobre la vida de su padre. Lo único que le pidió fue que no se alejara de sus hermanos, sobre todo de Alex, a quien, al ser el menor, la separación le afectaba más. Por otro lado, su madre quería estar mejor.

Pasé ambas manos por mi rostro y suspiré con pesadez. Ahora no tenía ningún plan para evitar aburrirme. La casa estaba vacía, mi madre seguía en la oficina y no llegaba hasta las ocho de la noche porque siempre tenía que ver los expedientes de sus pacientes para valorar sus avances. Esto era lo malo de ser hija única, no tener a nadie que te haga o a quien hacer la vida un desastre, pero que no te haga sentir tan sola como el pan de sándwich que nadie quiere.

Caminé hasta la cocina para abrir el refri y ver qué podía comer por entretenimiento. Me prepararía algo y me iría a la sala a ver algún programa sin sentido de la televisión. Saqué mermelada de fresa, dulce de leche, chispas de chocolate y crema de cacahuete; cerré la puerta del refrigerador, bajé el pan y las tostadas y lo llevé todo a la mesita baja, me senté en posición de loto en el suelo y encendí la tele. Con una cuchara comencé a untar crema de cacahuete en uno de los panes y después mermelada, y repetí con todas las mezclas. Muchos dirían que esto era extraño o incluso asqueroso, pero el sabor resultaba especial. Unos golpes suaves en la puerta principal me dieron una pequeña esperanza de que fuera Matt. Me levanté tan rápidamente del suelo que ni siquiera me di cuenta de que llevaba en la mano la cuchara y el trozo de pan, lo puse entre mis labios y abrí la puerta.

Las esperanzas fueron sustituidas por una pequeña sorpresa al ver a Luke parado enfrente de mí. Fruncí el entrecejo y él elevó una ceja mientras sonreía de lado.

—Quinientos tres. Mis cuentas fueron malas.

Eso fue lo primero que dijo.

—¿Ah?

—El total de discos de vinilo.

Mis ojos se abrieron, sorprendida.

—¿Qué? Luke, son muchísimos, ¡¿de dónde sacaste tantos?!

—Mi papá es fan de los vinilos, pero dejó de ponerlos y preferí quedármelos —explicó—. Aunque no están en mi habitación, los metió en el garaje y fui a contarlos. Me llevó mucho tiempo, no creí que fueran tantos. Fue alrededor de todo un día.

—Te dije que tenías una obsesión loca. Eso no es bueno…

Él se encogió de hombros. Le di un mordisco a mi pan y su gesto burlón apareció.

—¿Estás cocinando?

Negué con la cabeza e hice un ruido. Él rio y con una mano tomó el pan de entre mis labios. Con el dedo pulgar limpió la comisura de mis labios y el ardor se apoderó de mis mejillas. Luke miró el pan y frunció las cejas.

—¿Es cacahuete con mermelada?

—Ahm… —estaba desconcertada por el simple hecho de su acción y de igual manera por tenerlo aquí. Sacudí todos los pensamientos de mi mente y me obligué a mí misma a volver a la realidad—. Sí, es una mezcla…

—Rara —interrumpió completando mi frase, asentí y él se encogió de hombros—. Es deliciosa.

—¿Deliciosa?

—A mí me gusta —explicó, sin nada más, y le dio un mordisco al pan.

—¡Hey! —me quejé—. Era mío.

—Era —recalcó. Le saqué la lengua y sonrió—. Infantil.

—¿Qué haces aquí? Creí que estabas enojado conmigo por lo que pasó en la escuela.

—Tu torpeza es algo que no puedo evitar… —habló desganado—. Fui a la casa de un amigo y tomé este camino, me acordé de que tu casa quedaba por aquí y decidí tocar la puerta para ver qué sorpresa me traía la vida —explicó diciendo lo último con ironía.

—Se supone que no tienes amigos —ataqué. El chico solo chasqueó y mordió de nuevo el pan.

Divisé por encima de su hombro que su moto estaba estacionada y comprendí todo. Nadie más dijo nada y ahí nos veíamos de nuevo en silencio, yo mordiendo el interior de mi mejilla y solamente el ruido de él masticando. Di un suspiro profundo y hablé:

—¿Vas a pasar?

—En realidad se me ocurrió una idea, ¿quieres venir? —sugirió dando el último mordisco al pan.

—¿Adónde? —inquirí.

—Solo ven —insistió dándose la vuelta y caminando hacia su moto.

Tuve que pensar rápidamente qué hacer, pero al final acabé regresando a la sala para apagar la televisión, dejar la cuchara, tomar mi celular y salir de casa.

—Estoy casi en piyama —me quejé.

Luke se dio la vuelta y me miró neutro.

—Te ves bien con cualquier cosa, al menos para mí —se encogió de hombros y se montó, al tiempo que me daba el casco. Mis mejillas tomaron un color carmesí y reprimí una sonrisa—. Sube, solo intenta no recargarte en mi espalda.

Le hice caso a su indicación un poco dudosa, pasé las manos por su cadera sin apoyar el rostro en su espalda. Todavía sentía algo de inseguridad, no por parte de él, sino de las personas que venían en dirección opuesta.

Iba a oscurecer en unos pocos minutos y tenía que avisar a mi madre si no quería otro castigo. Luke detuvo la moto poco a poco mientras frenaba y aceleraba a propósito.

—¡No hagas eso! —lo regañé tajante.

—Es divertido sentir cómo te sujetas a mí aún con más fuerza —soltó una carcajada y le di un manotazo en la espalda.

Él emitió un quejido deteniéndose por completo y sentí sus músculos tensarse. Entonces mi rostro cayó culpable al entenderlo todo.

—¿Lo hizo de nuevo? —susurré.

Luke no dijo nada, seguía con las manos en los extremos de la moto, pero apretando tanto el manillar que se notaban las venas en ellas. Me sentí mal, al igual que sentí el enojo e impotencia emanar de mi cuerpo. Detestaba saber que Luke estaba en un mal momento y yo no podía hacer nada. Había cosas que aún no entendía, pero tenía claro que su padre no debía golpearlo hasta lastimar su piel. ¿Qué pasaba por la cabeza de ese hombre?

Me bajé de la moto y me puse a su lado.

Su rostro estaba caído mirando hacia el suelo, puse la mano sobre su hombro y sus músculos se relajaron. Una lágrima descendió por su mejilla y mi corazón se rompió.

—Esto no estaba entre mis planes —murmuró.

—¿Qué cosa? —pregunté sin entender.

—Que me vieras así, enterarte de que no he tenido una buena semana para nada —me explicó alzando la mirada hacia mí—. Prefiero no hablar de eso, de verdad que no —movió la cabeza y pasó el dorso de la mano por sus ojos—. ¿Cómo te ha ido con Jones?

—Tampoco quiero hablar de eso —admití.

—¿Por qué? Fue espectacular la forma en que te pidió que fueras su novia —admitió con una sonrisa de lado—. Me alegra que seas feliz con él, lo digo en serio, al menos no todo son caras tristes.

No tenía nada que decir ante sus palabras, me sentía incómoda hablando de Matthew, no podía negar que estaba feliz por ser su novia. Había deseado tanto serlo, pero ahora que por fin lo era no me sentía tan bien, y creo que al negarse a verme me hacía sentir más atracción hacia él.

—No es lo mismo, ¿sabes? —me abracé a mí misma y le dediqué una sonrisa torcida.

Luke se bajó de la moto y se me acercó a tan solo unos centímetros; observando bien la escena y el momento, él era casi dos cabezas más alto que yo, siempre lo había sido.

—¿Tan incómodo es el tema? —murmuró con la voz ronca enviando una sensación de electricidad por todo mi cuerpo—. ¿O lo es el momento?

No podía articular ni una palabra, mis ojos miraban fijamente los suyos sin parpadear, y no podía hacer otra cosa que respirar y parpadear.

—Luke…

Apenas susurré cuando sus labios tocaron los míos de nuevo. Sabía que tenía que detenerme, decirles a mis pies que se alejaran, a mi mente que reaccionara, y a mis labios que no se movieran, pero me olvidé de todo ello cuando el contacto de los dos era uno solo. Otra vez nos movíamos al compás sintiendo el mundo detenerse y solamente a nosotros dos moverse. Tranquilo, pero arrollador, así era este sentimiento que sentía y así era Luke.

Él se detuvo y alejó su rostro unos centímetros de mí, lamió su arito mirándome y llevó una mano a mi mejilla para acariciarla con la yema de su pulgar.

—Hasley —pronunció lento y suave—. Nos estamos destruyendo de la forma más hermosa y bella que hay, ¿te das cuenta?

—Creo… —susurré todavía tratando de asimilar lo que había dicho.

—Estamos creando nuestro propio boulevard, solo que este tendrá un final para uno de nosotros, y déjame decirte que no me arrepentiré.

Y volvió a unir nuestros labios, creando una perfecta tormenta de dudas y preguntas sin respuestas en mi cabeza.

CAPÍTULO 21

Ser novia de Matthew podía parecer un sueño para muchos… y hacía meses era el mío. Meses. Ahora ya no parecía lo mismo, y sé que todos creían que yo había ganado la lotería. Sin embargo, no era así. Las únicas veces en las que reía de verdad era cuando jugábamos a los videojuegos, y todo porque yo resultaba ser malísima en ellos.

Justo como ahora.

—¡Déjame ganar! —grité una vez más, apretando cualquier botón de aquel control.

—Jamás en la vida —se carcajeó Matthew a mi lado y volvió a ganar.

—¡Esto es una broma! —farfullé dejando el control sobre la cama, un poco enojada.

Él volvió a reír y se puso de pie, me crucé de brazos echándole una mirada con el entrecejo fruncido. Habíamos decidido venir a su casa después de las clases, se suponía que veríamos películas, pero ahora nos encontrábamos jugando con algunos de sus videojuegos favoritos en su habitación.

Era como la quinta vez que me ganaba en menos de una hora. Era un desastre para eso: ni siquiera sabía qué botón servía para disparar, y estaba un poco frustrada porque él solo sabía reír cada vez que me quejaba. Aunque no podía negar que me divertía un poco escucharlo reír, nuestra relación estaba yendo un poco mejor, ya no me daba tantas excusas, se había vuelto más cercano que antes y cada vez que nos veíamos me seguía coqueteando aunque fuera su novia.

Matt se inclinó un poco hacia mí, clavando sus ojos verdes en mis iris azules con detenimiento. Su mirada era sarcástica y divertida. Yo seguí en mi posición, sin moverme, y él no apartó la mirada. Con el dedo índice me tocó la nariz y soltó una pequeña risa.

—Vamos, no seas tan gruñona —murmuró burlón—. Jugaremos una vez más y te dejaré ganar, pero quiero un beso.

—¿Esa es tu condición? —cuestioné arqueando una ceja.

Él frunció los labios y ladeó la cabeza como si estuviera pensando en algo sumamente importante.

—Sí —afirmó, y una de sus tantas sonrisas coquetas se plasmó en su rostro.

—Eres un malvado —susurré entrecerrando los ojos.

—Ajá…

Acercó su rostro hasta el mío y me besó, su toque era suave y lento, puso una mano sobre mi mejilla, acarició mi rostro con el pulgar y se separó un poco.

—Te dejaré ganar dos veces por el solo hecho de que me ha encantado este beso —confesó con una pequeña sonrisa y volvió a besarme.

Mis manos se fueron hasta su cuello y profundicé el beso, él soltó un gruñido y me separé esbozando una sonrisa satisfactoria.

—Pero que no sea el mismo juego —advertí.

—Trato hecho —concluyó, irguiéndose de nuevo y alzando la mano. Matthew caminó hasta su consola y me miró—. ¿A cuál quieres jugar?

Me levanté de la cama y caminé hacia él, poniéndome a su lado y observando todos los videojuegos que tenía.

—Este me llama la atención —mencioné pasándoselo.

—Perfecto —sonrió.

Sacó el disco y lo intercambió con el otro.

Regresé de nuevo a la cama y me senté en posición de flor de loto tomando el mando entre mis manos, Matt se puso a mi lado y suspiró. Esperamos a que cargara y seleccionamos lo indicado, volvíamos a jugar y yo empecé con mis quejas. Maldita era la hora en que escogí este juego, me estaba desesperando y eso al chico lo entretenía.

—Eres un desastre en esto, Has —murmuró entre risas.

—Cállate —refunfuñé.

Aunque, después de todo, se dejó ganar y, a pesar de que yo lo sabía, me alegró, mirándolo con superioridad y sacándole la lengua de una forma infantil.

—¿Qué quieres hacer ahora? —preguntó, tirándose de espaldas a la cama.

—No sé —copié su acción—. ¿Podemos ir a comprar algo de comida?

—No es mala idea —indicó—. Después podría dejarte en tu casa, ¿está bien?

—Por supuesto —asentí. Nos quedamos en silencio así, hasta que él se acercó hasta mí y comenzó a hacerme cosquillas—. ¡No, no, no! ¿Qué haces? ¡Detente! —comencé a gritar, sus dedos me hacían cosquillas por todo el cuerpo, me estaba quedando sin aire—. ¡Matthew, ya!

—¡Es divertido! —gritó. Yo trataba de alejarlo, pero era imposible, tenía mucha fuerza y me ganaba siempre; después de tantas súplicas para que se detuviera, lo hizo, levantándose de encima de mi cuerpo y la cama—. Bien, vamos por comida, bebé.

—¿Bebé? —cuestioné burlona por la manera en que me había llamado.

—Sí, bebé —afirmó, mirándome con sarcasmo y diversión. Me reí.

Me puse de pie, arreglando mi blusa y mi cabello.

—Es chistoso el apodo.

Matthew se encogió de hombros restándole importancia, apagó todo y fue hasta el baño para salir en poco tiempo. Tomó su celular de entre las sábanas y se puso a mi lado, caminó hasta la puerta de su habitación y me miró.

—Son más divertidos los apodos de animales —confesó. Salí antes que él y cerró la puerta detrás de mí—. Esos de osito, leoncito, gatito o iguanita.

—¿Iguanita? —inquirí soltando una risa—. ¿Quién le dice a su pareja iguanita?

—Lo he escuchado, créeme —negué divertida y llegamos hasta la sala—. ¿Y tu mochila?

Miré detrás de mí y gruñí. Era cierto.

—Ugh.

—Tranquila, iré por ella. Yo la llevo.

Sin esperar respuesta de mi parte, regresó a su habitación, solté un suspiro pesado y mordí mis labios. Apoyé todo mi peso sobre una de mis piernas y comencé a tararear una canción. Matthew regresó con mi mochila sobre su hombro y esbozó una sonrisa.

—Okey, vamos.

En el camino comenzamos a hablar de muchos temas, desde la escuela hasta los gustos particulares de cada uno para entretenerse. Murmuraba cosas sin sentido y después explotaba entre carcajadas, ¿qué ocurría con él?

Sin duda alguna me hacía reír, causando que cubriera mi boca con ambas manos para después tratar de calmarme y recuperar mi ritmo de respiración normal.

—¿Qué vamos a comer? —pregunté, enrollando mis brazos alrededor de su torso.

—Mmm, no sé, ¿pizza? ¿Quieres helado? ¿O comida china?

—Comida china —repetí, y arrugué la nariz negando.

—¿No te gusta la comida china? —preguntó, con los ojos abiertos, incrédulo. Yo negué y dramatizó más sus acciones—. ¿Cómo puede no gustarte la comida china?

—Solo no me gusta —puse los ojos en blanco—. Mejor compremos pollo empanizado.

—La comida china es deliciosa, pero me gusta más la japonesa —indicó, metiendo el dedo en la llaga. Yo reí—. Está bien, vamos por pollo, ¿podemos comer en tu casa?

—Claro —accedí—, pero tengo que avisarle a mi mamá, no sé si está en casa.

—Lo que la señora quiera —dijo él.

—Por supuesto —le seguí la corriente.

—¿Tu mamá tiene consultorio propio o trabaja para algún hospital? —preguntó de repente—. Me refiero a si es independiente o le llegan pacientes que le mandan de sitios como escuelas, hospitales, centros de apoyo…

—Comprendo. Es parte de un centro de apoyo, aunque su consultorio pertenece a varias escuelas, y llegan chicos de diferente procedencia. Algunos se quedan y otros abandonan la terapia al segundo día.

—Te llevas bien con ella, ¿no?

—Tenemos una gran relación, de mucha confianza y respeto, ella es muy abierta conmigo, y si tengo problemas sé que puedo contárselos. Me gusta saber que, aparte de ser mi mamá, también es mi mejor amiga.

—Es genial. Yo peleo todo el tiempo con mis papás, quizá por la mala relación que tuvieron con los suyos y que adquirieron la misma forma de ser.

—Pasar las costumbres de generación en generación. Fatal, ¿eh?

—Fatal.

Matthew sonrió de oreja a oreja y me envolvió en un gran abrazo.

—Te quiero, Has.

—Yo también.

—No toques esa pieza, es mía —advirtió Matthew apuntando una de las tantas que había.

—¡Por Dios! —reí—. ¡Hay muchas!

—No me importa —dijo como un niño pequeño, adoptando una posición más cómoda en el sillón—. Estás advertida, Hasley Weigel.

Puse los ojos en blanco divertida y centré toda mi atención en la película. Matthew estaba también con la mirada fija mientras seguía comiendo. Le había avisado a mi madre y me dijo que no estaba en casa porque seguía viendo más expedientes. Quería terminarlos en el consultorio: no quería hacerlo en casa puesto que solo llegaría a dormir. Me preguntó sobre Matthew y le respondí con alguna que otra mentira que me echó en cara, pero al final aceptó. El chico terminó de comer la última pieza y se quejó de que había comido demasiado, me levanté del sillón y recogí todo para llevarlo a la cocina con Matthew siguiéndome.

—Vengo a lavarme las manos —anunció cuando le ofrecí una mirada confundida. Le indiqué dónde hacerlo y él se dirigió allí. Después de tirar las cosas a la basura, me lavé las manos cuando él terminó—. ¿Puedo cambiar la película? Me aburrió esa.

Asentí, él salió de la cocina y yo me quedé, abrí el refri en busca de un poco de refresco y tras beber regresé de nuevo a la sala para encontrarme con Matthew terminando de poner la película.

—¿Cuál pusiste?

—Una comedia de Adam Sandler —me explicó—. Tienes demasiadas de él.

—Las tengo por Zev —informé—. Lo adora, dice que es su actor favorito —confesé. Siempre que salía una película de él, iba al estreno y también los días que aún seguía en cartelera, y además las compraba después.

—Genial —festejó.

Caminó hasta mí y me atrajo hacia su cuerpo con una mano, juntó nuestros labios y me llevó con él hasta el sillón de nuevo. Su otra mano tomó mi mejilla para profundizar el beso, se sentó y así quedé yo encima de él. La mano que tenía en mi cintura bajó hasta mi cadera y empezó a trazar pequeños círculos sobre mi piel desnuda con las yemas de los dedos.

—Sabes a pollo —comenté divertida y un poco incómoda.

Pero no se detuvo, al contrario: sin despegar sus labios de mi piel, recorrió desde la comisura de mis labios hasta mi cuello y bajó a mi clavícula. Poco a poco me recostó sobre el sillón quedando encima de mí. Sus labios se movían sobre mi piel y succionó la parte trasera de mi oreja.

—Ya empezó la película —mencioné, tratando de que se detuviera y regresáramos a nuestras posiciones.

Sabía lo que quería. Él estaba acostumbrado a eso, pero yo no estaba lista. ¿Quería tener sexo con Matthew? Tal vez sí, pero en un futuro, no ahora. Le quería decir que no estaba preparada para ello y que por favor comprendiera y respetara mi decisión.

Lo tomé de los hombros soltando un suspiro, armándome de valor para sacarlo de encima de mí, cuando se escucharon unos toques en la puerta. Jamás me había sentido tan feliz de oír aquel sonido. Él se detuvo y gruñó como un cascarrabias. Incorporándose, se dejó caer a un lado del sillón y me miró con una ceja alzada; me encogí de hombros respondiéndole que no sabía de quién se trataba. Me levanté arreglando mi blusa y caminé hasta la entrada.

—Hey —saludó Luke apenas abrí la puerta.

Yo fruncí el ceño. Confundida por su aparición, pude observar que sus ojos estaban un poco hinchados y rojos.

—¿Qué ocurre? ¿Estás bien?

—¿Podemos hablar? —pidió, regalándome una sonrisa sin despegar los labios y, a la vez, mirándome con pena.

Tomé una gran bocanada de aire y miré hacia la sala, donde Matthew se encontraba con los ojos sobre mí, observándome con detenimiento. Mi nerviosismo comenzó a invadir mi cuerpo cuando él se paró y a pasos decididos se acercó hasta mí.

—¿Quién es? —preguntó detrás de mí.

Oh, Dios.

Los ojos de Luke se clavaron en el chico que estaba a mi espalda y después regresaron a mí. Su semblante ahora estaba serio y vacío, sentí por detrás la mano del otro chico sobre mi hombro.

—Hola, Luke —saludó Matt. Su voz sonaba sarcástica dejando claro que la presencia de Luke le había desagradado, lo más probable por interrumpir la escena anterior.

—Jones —pronunció, y se dirigió a mí—. Entonces ¿podemos hablar?

Abrí un poco más la puerta y me giré para poder ver a mi novio y después al chico. Los ojos verdes de Matthew me miraban con dureza, dándome a entender que le dijera que no a Luke. Me sentí un poco mal y presionada por ambos. Si le decía que sí a mi amigo, mi novio se enojaría; por el contrario, Luke no se merecía esto. Sabía que él estaba mal, no podía dejarlo así.

Miré a mi novio un poco apenada y él enarcó una ceja, mirándome incrédulo sin poder creer lo que estaba tratando de decir.

—Matthew…

—Déjalo, Hasley —masculló—. Espero que lo que te tenga que decir sea más importante. Hasta luego.

Intenté abrir la boca, pero, antes de que hablara, Matthew ya se había alejado de mi casa hecho por completo una furia; eso no debió haber terminado así, aunque lo peor de todo era que no me sentía tan afectada o preocupada de que mi novio se hubiera enojado.

Solté un suspiro y le indiqué a Luke que entrara, cerré la puerta detrás de mí y lo miré tratando de buscar su mirada, pero él no cedió.

—¿Qué pasó?

—Olvidé algo —murmuró apretando los labios en una fina línea, con la mirada perdida en sus pies.

—¿Qué cosa? —pregunté confundida, dando unos pasos hacia él.

Luke levantó el rostro haciendo que nuestros ojos se miraran. Se quedó en silencio unos segundos y pasó la lengua por sus labios.

—Qué se siente ser feliz.

CAPÍTULO 22

Reprimía las ganas de reír al ver cómo Zev miraba su coctel de frutas de mala gana. Había comenzado un plan de alimentación que al inicio le resultó genial, pero que a las dos semanas se resumió en un «YA NO QUIERO SEGUIR ASÍ».

—¿Piensas continuarlo? —cuestioné, llevándome una cucharada de gelatina a la boca. Él lloriqueó.

—Debo. Mi mamá es feliz cocinando de esta manera. No puedo hacerla sentir mal, mucho menos cuando se supone que soy el ejemplo para mis hermanos, es un fastidio.

Arrugué la frente y me incliné un poco sobre la mesa para hablar.

—¿No crees que te estás presionando, Zev? Eres el hermano mayor, sí, pero no es razón para sentirte obligado. No siempre tienes que hacer cosas que no te gustan solo para hacer feliz a tu familia. Tomas responsabilidades que tampoco te corresponden...

Él negó con la cabeza y picó otro poco de fruta con su tenedor.

No me agradaba que Zev comenzara a sentirse obligado a cargar con responsabilidades que no eran suyas. Si bien era el mayor de los hermanos, no tenía que hacerse cargo de las emociones de su familia, ni tampoco intentar ser la cabeza cuando su madre todavía estaba; e igual su padre que, aunque no regresara, también tenía el deber de cuidar de sus hijos.

—¿Qué quieres que haga, Hasley? —preguntó sin muchos ánimos.

Carraspeé para eliminar el pequeño nudo que se formaba en mi garganta. Quise hablar, aunque una tercera voz me lo impidió.

—¿Interrumpo algo? —Luke apareció en un extremo de la mesa con las manos dentro de los bolsillos de su pantalón. Llevaba una sudadera negra y el pelo despeinado.

Sentí cómo el ambiente se puso tenso, e incluso demasiado incómodo. Miré a Zev de reojo, esperando algún signo de disgusto por su parte: así fue, pasó menos de un minuto cuando su mandíbula se tensó y puso los ojos en blanco.

Zev volvió a picar de su coctel de frutas, pero sin llevarse nada a la boca. Se podía notar su mal humor, era evidente que la presencia de Luke le estaba desagradando. Por si fuera poco, Luke se sentó a mi lado, sonriendo con descaro, su hoyuelo hizo presencia y chocó su hombro con el mío.

—¿Qué haces? No puedes venir cada vez que quieras, estoy con Zev —murmuré cerca de su oído para que mi mejor amigo no lo escuchara.

—No vengo por ti, Weigel… —se rio. Me sentí avergonzada, él arrastró una mano por la mesa y la elevó, apuntando con el dedo índice al chico frente a nosotros—. Vine por él.

Si mi mandíbula no estuviera encajada a mi cabeza, esta se hubiera encontrado en el suelo. Mi entrecejo se frunció, confundida, y al parecer no fue a la única que le sorprendió, ya que Zev lo miró de la misma manera.

—¿Qué? —dijimos juntos él y yo.

Zev volteó a verme y luego a Luke.

—Lo que escuchaste, quiero hablar contigo, Zev —dijo en un tono de voz tranquilo, sin prisa ni pausas—. Necesito hacerlo, ¿tienes tiempo?

—¿Conmigo? ¿Para qué?

Yo no dije nada, solo me dediqué a mirarlos.

—¿Debo repetirlo? Sí, contigo, Zev Nguyen.

—¿Para qué? ¿Qué quieres?

—Si no te molesta, me gustaría que fuera a solas —mencionó, dando énfasis en la última palabra.

Me indigné.

—No tengo nada que hablar contigo.

—Sí que lo tienes.

—¿Qué quieres?

—¿Puede ser a solas? ¿O de verdad quieres que lo escuche ella?

Intenté, juro que lo intenté, comprender lo que estaba pasando en ese momento, pero mi cabeza no enlazaba nada, solo se quedó ahí, bloqueada, sin tener nada que unir. No tenía ninguna teoría, mucho menos alguna razón por la cual esto estuviera sucediendo.

Dirigí la vista a mi mejor amigo, amenazándolo, él la sostuvo por unos segundos duramente; sin embargo, lo ignoró porque volvió a Luke, quien seguía esperando por él.

—¿En este instante? —preguntó.

Apreté los labios, evitando decir algo.

—Ajá, es ahora. No pienso quitarte mucho tiempo —afirmó y se puso de pie—. Estará de regreso en menos de diez minutos.

Cuando pude observar mejor su rostro, vi aquel moretón en uno de sus pómulos: el golpe se esparcía y esos tonos verdes y morados le pigmentaban la piel. La verdad es que quise preguntarle, saber qué había ocurrido en esta ocasión, pero no pude, porque ellos ya se estaban alejando.

Me quedé sentada mirando sus espaldas y hecha un signo de interrogación.

¿Qué había sido todo eso?

Zev tiró sus cosas al casillero sin molestarse en ordenarlas y lo cerró de golpe. Me mantuve con los brazos cruzados mirándolo con los ojos entrecerrados, intentando persuadirlo. Sin embargo, no estaba funcionando.

—Entonces ¿de qué hablaron? —volví a preguntar.

Después de que su «charla» con Luke terminara, él regresó y su cara no mostraba felicidad. Esa conversación había sido de todo menos amigable, pero ahora tenía algo claro: ambos sabían del otro más de lo que me querían decir.

—No te lo diré.

—¿Por qué?

Lanzó un suspiro y me ignoró, comenzó a caminar. Lo seguí.

—Zev, por favooor —supliqué.

—Cielos, Hasley. No fue nada, ¿por qué no vas a buscar a tu novio y lo molestas a él?

Mi boca se abrió, sintiéndome tan indignada por lo que dijo. A él no pareció importarle mi expresión.

—Gracias, eso haré —mascullé y me alejé.

Pensé por un segundo que detendría mi escena dramática, pero no le importó, porque no lo hizo; al contrario, cuando miré sobre mi hombro, él ya no estaba en el mismo sitio. Rendida, bufé y me dirigí hacia la parte de los baños del campo. Matthew había mencionado que estaría con el equipo para salir más tarde con ellos.

Al girar por el pasillo, pude visualizar a Luke junto a una chica castaña. Tenía que pasar frente a ellos. Me aferré a mi mochila y caminé a paso rápido. Mucho antes de llegar, sentí la mirada de alguien sobre mí y después una mano agarrar mi brazo para hacerme girar.

—¿Qué quieres? —demandé en un tono quejoso sin mirarlo.

—¿Adónde vas? —preguntó Luke.

Decidí mirarlo para responder.

—Estoy buscando a mi novio —le dije, remarcando las últimas palabras.

Su semblante cambió a uno serio, haciéndome saber que eso no le había gustado, pero en realidad mostré que no me importaba demasiado como para tener en cuenta lo que le agradaba o no.

—A tu novio —repitió con burla.

—Sí —afirmé. Miré de reojo a la chica que seguía de pie y la señalé con la cabeza—. Ahora suéltame, que te están esperando.

Luke soltó una risa divertida y negó varias veces. Su actitud comenzaba a amargarme de nuevo.

—No te muevas —sentenció, apuntándome.

Fruncí el ceño, confundida al no entender a lo que se refería. Él se acercó a la chica. Mientras tanto, yo me mantuve en la misma posición y en el mismo sitio.

—Bien, te llamo para avisarte. ¿Está bien este fin de semana? —dijo en voz alta.

—Por supuesto. Hasta luego.

Ella le dio un beso en la mejilla y él se lo devolvió. Algo se removió dentro de mí y supe que no era nada bueno, no podía estar sintiendo esto, ¿acaso eran… celos? No, no, no.

Apreté los dientes y comencé a caminar, alejándome de ahí. Sin embargo, ese día Luke había optado por ser un pesado porque se puso delante de mí, impidiendo que yo continuara.

Desvié la mirada.

—Matt no está aquí —anunció, burlándose del nombre.

—¿Cómo lo sabes? —ataqué.

—Estaba hablando con Daliaah cuando pasó a nuestro lado, se iba con sus amigos —explicó.

Pude haberle recriminado algo sobre lo que me había mencionado de Matt o decirle algo referente a eso, pero hice todo lo contrario, ya que lo único que salió de mi boca fue algo que estaba muy lejos de lo que realmente debía decir, pero muy cerca de lo que quería saber.

—¿Quién es Daliaah? —cuestioné mirándolo.

La comisura de los labios de Luke se curvó.

—¿Celos?

—Jamás en tu vida —dije, no muy segura de mi respuesta.

Él dio un paso hacia mí y yo di otro hacia atrás, alejándome de su cercanía amenazante.

—Weigel… —musitó.

Llevó una mano a mi cara y las yemas de sus dedos rozaron la piel de mi mejilla.

La sensación que su tacto transmitía a mi cuerpo era algo completamente nuevo para mí, una sensación que quizá no debería sentir con alguien que no fuera mi novio. ¿Me sentía mal? Claro que sí, porque yo no estaba soltera y mi relación con Luke había ido un poco más lejos de la que tienen los amigos.

Mis ojos se cerraron, disfrutando de ese toque inocente. De pronto, lo sentí cerca. Su respiración y… sus labios.

Aunque no fue un beso lo que me arrebató un suspiro, sino una lamida en mi mejilla.

Mis ojos, tanto como mi boca, se abrieron de golpe, aturdida y confundida por lo que acababa de hacer. No esperaba eso, ¡pero por supuesto que no! Al parecer, mi expresión le hizo mucha gracia porque de su garganta salió una fuerte carcajada.

—¡Eso fue asqueroso! —grité pasando mi mano sobre mi mejilla para quitar la humedad.

—Pero ¿no que juntemos nuestra saliva al besarnos? —me vaciló.

Mis mejillas ardieron de vergüenza.

—¡Cállate! —pedí.

Eso lo provocó más, pues el sonido de su carcajada se hizo más fuerte. Junté las cejas y me crucé de brazos. Tal vez habría podido aprovecharme de su estado de ánimo para preguntar sobre su charla con mi mejor amigo: era eso o acabar con su buen humor.

—¿Para qué buscaste a Zev?

Luke dejó de reírse, pero mantuvo esa sonrisa alegre en el rostro.

—Es un asunto que prefiero tratar con él… sin terceras personas —respondió, usando un tono burlón.

—¡Es mi mejor amigo, tengo derecho a saber!

—No, el que seas su mejor amiga no te da derecho a entrometerte en sus cosas personales —corrigió—. Yo digo que respetes eso, ¿o por qué no le preguntas a él?

—Es lo que hice.

—Entonces ríndete —finalizó—. No te lo diré.

—Cretinos —murmuré.

Olvidé por completo que venía por Matthew, y encontrarlo se colocó en segundo plano. Luke se quedó a mi lado caminando hacia las aulas y yo me mantuve igual.

—Weigel —me llamó. Giré un poco la cabeza a un lado para verlo, haciéndole saber que podía continuar—. ¿Estás libre este viernes?

—¿Para qué?

—Es una sorpresa —canturreó—. Tómalo como una pequeña cita. Estás en todo tu derecho de sentirte culpable, pero al menos escucharemos buena música en la radio y eso te perdonará un pecado cuando la escuches.

Me dediqué a observarlo por unos segundos.

Salir con Luke me gustaba mucho, más que con otras personas, aunque eso sonara un poco cínico. Sus salidas no eran tan típicas, siempre eran especiales y yo siempre guardaba en un lado de mi corazón ese tipo de momentos para tenerlos siempre de recuerdo.

—¿Valdrá la pena?

—Demasiado —asintió—. Vamos.

Luke me tomó de la mano, obligándome a avanzar más rápido.

—¿Adónde?

—Toca Kearney y no queremos llegar tarde —dijo de manera obvia.

Mis dedos se entrelazaron con los suyos, y me sentí nerviosa por muchas cosas. A veces las imágenes que venían a mi cabeza se volvían un caleidoscopio y no sabía cómo detener esto, sabiendo que estaba muy mal. Si de verdad mis sentimientos por Luke comenzaban a afectar mi relación con Matthew, lo mejor sería terminar.

¿Por qué las cosas malas se sienten tan bien?

CAPÍTULO 23

Se suponía que debía estar con Matthew ahora mismo cenando en alguna parte de la ciudad, donde fuera que él hubiera querido llevarme, pero todo se arruinó después de discutir en la escuela por lo que ocurrió en mi casa. Me había echado en cara que prefería al chico rubio antes que a él, que era mi novio. Por más que intenté hacerle entrar en razón diciéndole que Luke estaba mal, él soltó todos los pensamientos que tenía sobre el chico, llegando al grado de llamarlo drogadicto y una persona que solo buscaba atención.

Ahora era yo la que estaba enojada con él. ¡Ni siquiera lo conocía! ¡No sabía nada de Luke para opinar sobre él! Y a Zev, días antes, le exigí que me dijera sobre lo que había hablado con Luke, pero me respondió con un grito de «¡déjame en paz!». Decidí ignorarlo… y él a mí. Algo que al parecer no era tan difícil para ninguno de los dos.

—¿Me estás escuchando?

Moví la cabeza hacia Luke y le dediqué una mirada penosa. Había llegado a mi casa con una sonrisa invitándome a salir a la oscuridad de la noche; acepté porque no me encontraba del todo bien.

—Lo siento —arrullé abrazándome a mí misma.

—¿Estás bien? —el chico se acercó un poco a mí. No quité mis ojos de los suyos—. Weigel…

—Matthew se enojó. Nos peleamos de nuevo —murmuré cabizbaja.

Luke llevó su mano a mi rostro y con las yemas de sus dedos acarició la comisura de mis labios.

—Hey… —susurró—. No me gusta verte así.

—Me molesta que se comporte como un idiota —mascullé.

—Tranquila. Solo está celoso. Yo igual lo estaría si se tratara de ti —murmuró. Guardé silencio durante unos segundos mientras Luke me miraba y yo a él, su entrecejo se frunció y ladeó la cabeza—. ¿Y Zev? Esta semana no lo vi contigo.

Puse los ojos en blanco y di un suspiro profundo. No quería amargar la noche, pero Luke ya había sacado el tema, aunque no lo culpaba.

—Tuvimos una pequeña discusión —me encogí de hombros y me mordí el labio inferior—. Creo que no ha sido mi mejor semana.

Era verdad. No lo había sido y tal vez vendrían más cosas. Algo me decía que este año no sería el mío, no me trataría con delicadeza, hasta creo que tendría que preparar mi ataúd por si acaso.

Luke dio unos cuantos pasos hacia mí y lamió su arito. Por mi mente pasó la idea de que me besaría, pero nunca hubo contacto de sus labios con los míos. Arrastró la mano por mi mejilla y acarició mi cabello, me regaló una media sonrisa de lado para después entreabrir sus rosados labios.

—Quería que fuéramos el viernes a un lugar, pero yo sé que te gustará esto… Aunque tú no estés enterada —musitó, mirándome de una forma tan sencilla como si aquel acto fuera lo más inocente que tuviera—. ¿Y sabes por qué lo sé? Porque nadie te conoce mejor que yo.

Aquello hizo que algo en mi interior se removiera, como si se hubiera producido un clic en algún lugar de mi corazón y lo hubiera movido todo, así como mis pensamientos; el pequeño sonrojo se apoderó de mis mejillas, aunque después de su frase mi entrecejo fruncido hizo presencia.

—¿Qué cosa? —pregunté confundida.

—Ven —me indicó tomándome de la mano. Comenzamos a caminar en dirección a su moto y se subió, me ofreció un casco, pero, antes de tomarlo, con la otra mano sujetó la mía para acercarme hacia su cuerpo, llevó sus labios a mi oído y susurró—: Hagamos nuestra la ciudad por esta noche y la mejor de nuestras vidas. ¿Confías en mí? —preguntó Luke.

Lo miré detenidamente, apreciando cómo la tenue luz hacía que sus ojos azules brillaran con cierta fuerza. Presioné mis labios unos segundos y sonreí.

—Demasiado —admití.

El semblante capcioso de Luke cambió a una sonrisa enorme, el hoyuelo de su mejilla se hizo notorio y pude comprender que su felicidad era sincera, era verdadera, y lo mejor de todo era que yo la había producido.

—Bien —pronunció—. Cierra los ojos y solamente camina conforme yo te vaya guiando.

Me humedecí los labios y asentí. No sabía dónde estábamos, me había traído a un tipo de lugar que se parecía a un campo abierto, pero cualquier lugar me daba igual si estaba al lado de él, porque junto a Luke me sentía segura, protegida y, sobre todo, con confianza.

Sentí la mano fría del chico envolver la mía para comenzar a caminar.

Me iba diciendo lo que había en mi camino hasta que quitó su mano y el nerviosismo me consumió; sin embargo, mi subconsciente me gritaba que todo estaría bien. Me calmé cuando oí su voz gritar mi nombre.

—Cuando te diga que los abras, lo haces, pero solamente cuando yo te diga —indicó, y de nuevo asentí. Escuché cómo la puerta de un coche se cerraba y quise abrirlos, pero no lo hice; pasaron unos segundos, los cuales sentí como horas, hasta que Luke volvió a hablar—: ¡Vamos, Weigel, ábrelos!

Y le hice caso. Fui abriéndolos poco a poco hasta que mi vista enfocó bien el panorama que tenía enfrente de mí. Mi boca se abrió en una perfecta letra *o* cuando vi de qué se trataba todo. Era tan grande mi sorpresa que no sabía cómo actuar.

—No puede ser… —susurré.

Una camioneta con distintos colores estaba estacionada enfrente de mí. Luke estaba a un lado con su sonrisa despampanante. Sin pensarlo dos veces, corrí hasta él, dejándome caer en sus brazos, los cuales ya estaban preparados para eso, los enredó alrededor de mi cintura haciendo presión, y hundí mi rostro entre su cuello y su hombro susurrando tantos agradecimientos.

—Calma, Weigel —rio—. Fue un gusto para mí hacerlo; aparte, quiero saber qué se siente al viajar en una de estas cosas.

—¿Y adónde vamos a ir? —pregunté todavía sin deshacer el abrazo.

—Donde tú quieras —murmuró.

Fue ahí cuando recordé que me había dicho que le gustaría recorrer una carretera sin sentido alguno, donde solamente las llantas y la gasolina nos condujeran. Me alejé un poco para poder verlo y responderle con una sonrisa traviesa.

—Conduzcamos sin sentido alguno.

—¿Adonde nos lleve la camioneta? —preguntó con una sonrisa lobuna.

—Sí —respondí—. Adonde sea.

—¿Junto a mí?

—Junto a ti.

Sus ojos azul eléctrico me miraron serios, se tornaron un poco oscuros, pero, de alguna manera, con brillo en ellos.

—Bien, sube —sus labios formaron una sonrisa enorme y dio la vuelta a la camioneta para subirse al asiento del piloto—. ¡No esperes que te abra la puerta, Weigel! ¡Lo caballeroso a la antigua no se me da muy bien! —aquello me hizo soltar una carcajada, tal vez en otros tiempos le habría dicho lo grosero que era, pero en esta ocasión estaba feliz, se me hacía tan diferente su forma de actuar, y en un instante me pareció tierno, tan tierno de una manera tan extraña.

Empezó a conducir sin sentido alguno, solo pasábamos árboles tras árboles, todo estaba en calma hasta que decidió poner música, la tarareaba con calma hasta que una canción llamó tanto su atención que decidió ir cantándola en voz alta.

—¡Adoro esta canción! —jadeó—. ¡Canta conmigo, Weigel!

—¡No! —exclamé entre risas. Sabía cuál era, pero no quería hacerlo.Luke siguió insistiendo y yo me negaba—. ¡Mi voz es fea!

—¡No importa! —le restó importancia y sonrió—. ¡Canta conmigo el estribillo!

Reí ante su expresión. Él dio unos cuantos golpes al volante siguiendo el ritmo de la música. Su voz era demasiado dulce y tranquila.

Conocía la canción, sabía perfectamente de cuál se trataba, era de una de sus bandas favoritas y, justamente, aquella canción era una de su lista de «las mejores» y, aunque no la escuchaba tanto como las otras, me animé a seguirle el juego.

Comenzamos a cantar al unísono y su sonrisa se ensanchó. Estaba divirtiéndome, eso era inigualable y magnífico, metafóricamente era como querer vivir en las nubes y jamás caer.

My shadow's the only one that walks beside me
My shallow heart's the only thing that's beating
Sometimes, I wish someone out there will find me
'Til then, I walk alone…

Vacilaba con cambios de voz, haciendo que yo soltara una risa. Luke era tan divertido en ocasiones, jamás habría imaginado que alguien como él tuviera este lado emocional. Por momentos dejaba de ver el camino para mirarme a mí, y aquello… me gustaba.

Si pudiera atrapar la mirada de ese chico y conservarla durante toda mi vida, así como su sonrisa, lo haría. Amaba aquello de Luke, lo hacía tan angelical. Me encantaba la forma en que sus ojos podían penetrar en los míos, como si supiera lo que pensaba, lo que querría decir. Su sonrisa era de aquellas simples, pero aun así era la más significativa. Quizá Luke fuera una especie de kriptonita, aquella que no

podía dejar que se escapara de mis manos. Luke era como un cielo azul, uno que era bello, pero había días en los que derramaba gotas.

La canción terminó, dando paso a una con melodía meliflua. Su rostro decayó, sus ojos se estrujaron y, antes de que comenzara la letra, la cambió.

Decidí no mencionar o preguntar algo respecto a eso. Después de que pasaran varias canciones, Luke se detuvo en algún lugar donde ya no había árboles, pero me llevé la sorpresa cuando vi el barranco que había enfrente: se podía ver la ciudad desde atrás. Las luces hacían un hermoso contraste, todo se iluminaba perfectamente. No sabía si eso era conducir sin sentido o solamente se había estacionado sin saber.

La última canción se fue acabando poco a poco. El chico apagó el estéreo, dejando todo en un silencio en el que solamente se podían oír nuestras respiraciones o cuando ambos tragábamos saliva.

Pasaron dos minutos hasta que él habló.

—Eres como un pequeño boulevard de esperanzas… —murmuró.

—No entiendo —negué de igual manera que él.

Desvió el rostro y apoyó la frente en el volante.

—Carajo, Weigel, ¿no te das cuenta? —farfulló un poco en voz alta.

—¿De qué? —lo más probable que ganaba con esa pregunta era un letrero que decía «Idiota» en mi frente. O yo era tan lenta de entender o él no se explicaba muy bien.

—De que yo…

Su voz empezó tan decidida, pero la detuvo de golpe. Me miró todavía desde el volante y sus dedos tocaron sus labios, sus ojos se cerraron con presión y salió un profundo suspiro. Los orbes azules volvieron a hacer contacto con los míos y negó unas cuantas veces hasta que una sonrisa débil se plantara en su rostro.

—Me siento menos solo desde que te conozco, tu compañía me hace sentir menos gris. Hay momentos en los que te observo durante unos segundos y me dan ganas de que mis esperanzas se despierten, pero después recuerdo lo que soy, que vivo a base de sustancias que me destruyen —susurró despacio, tragó saliva y vi cómo sus ojos se empañaron—. Y lo peor de todo es que... —tembló su voz y en mi mente pasó el pensamiento de que se quebraría en cualquier momento—. Metí en mi cuerpo una droga más fuerte que cualquier otra... Una que te mata y te hace sentir vivo, va hacia el corazón y solo le hace dos cosas: si eres afortunado, junta tus piezas y vuelves a querer seguir, pero, si estás jodido, romperá los trozos en piezas más diminutas.

Pude intuir cansancio en su voz. Sabía que lo que decía tenía doble sentido. Sin embargo, solo imaginaba uno. Mi mano quiso tocar uno de sus brazos, pero no pude porque él levantó la cabeza del volante y, sin quitar su mirada de mis ojos, pasó los dedos por su rubio cabello, delineó su arito del labio con su lengua y cerró los ojos.

—Luke... —susurré queriendo hablar, pero guardé silencio cuando volvió a abrirlos.

—No importa —murmuró—. Tendré amor también para ti, aunque no seas para mí.

Sus pupilas se dilataron y parpadeó unas cuantas veces. El color blanco de sus ojos se puso rojo y, antes de derramarse la primera lágrima, salió con rapidez de la camioneta, dejándome sola allí. Me quedé mirando cómo su silueta desplazaba una de sus manos hasta el bolsillo trasero de sus jeans negros. No necesitaba saber qué estaba buscando, porque todo tuvo respuestas cuando llevó el rollo a sus labios, encendiéndolo con desesperación. Este desencadenó mucho humo y Luke se apoyó en la cajuela.

Bajé con lentitud y me situé a su lado. La parte superior de su brazo le daba pequeños roces a mi hombro.

El silencio era un poco denso, pero a la vez cómodo, solo escuchaba su respiración, y veía cómo el humo se esparcía en el aire. El cielo estaba teñido de un azul oscuro haciendo reluciente a la luna y las estrellas.

Luke comenzó a caminar un poco más hacia delante, donde el barranco terminaba, se dejó caer en el suelo llevando sus rodillas hasta su pecho; aquella acción me hizo recordar el día en que lo encontré detrás de la cafetería destrozado en llanto. Entonces, mi piel se erizó.

Di grandes zancadas y me puse de cuclillas delante de él, buscando su mirada. Mi respiración se entrecortó y lo que estaba pensando me aterraba.

—Quítate la chamarra —ordené intentando que mi voz saliera firme, pero fue temblorosa.

Sus ojos se oscurecieron y con eso supe que mi idea era cierta. Di un respingo desviando los ojos a sus brazos, que estaban cubiertos por aquella tela negra de cuero.

Llevé una de mis manos a su abdomen y la arrastré a un lado con delicadeza.

—Ya casi no duelen —admitió encogiéndose de hombros, se quitó la chamarra pasándola por sus brazos y me la dio.

Los golpes ya no eran tan visibles, pero aún se mostraban como manchas. Deslicé la yema de mi dedo índice por su brazo descubierto con lentitud, su piel estaba cálida mientras que mi dedo estaba frío, pasé mi lengua por mi labio superior, mi recorrido se detuvo cuando llegué a la cicatriz de su muñeca.

Por fin la podía ver de cerca, la estaba sintiendo, y lo más afortunado era que no había intentado siquiera moverse un poco. Sentía cómo aquella marca brotaba de su piel lisa, era de un rosa pálido.

—¿Qué fue lo que pasó? —me atreví a preguntarle, pero no a mirarlo directamente.

—Esta marca no es porque yo hubiera querido que estuviera ahí.

—¿Ocurrió algo? —tomé la valentía suficiente para encararlo, su rostro estaba mirando hacia la nada, y sus ojos azules ya estaban llorosos, me sentía débil delante de aquella imagen suya.

Se alejó un poco de mí y se abrazó a sí mismo, sus labios se movían como si quisiera hablar, pero no podía, su voz no salía.

—Y yo… Yo… —una lágrima se resbaló por su mejilla y sentí la necesidad de abrazarlo, pero por sus actos entendía que no era el momento—. Por mi culpa murió mi hermano.

Sus palabras se dispararon con rapidez y mi mente se detuvo, todo en mí lo hizo.

—¿Qué?

Un sollozo salió de la garganta de Luke y mi respiración se entrecortó.

—Estaba lloviendo, íbamos por la carretera, regresábamos de Brisbane… Veníamos discutiendo, le dije que era un mal hermano, lo odioso que era conmigo… —su voz se quebró dándole paso a sollozos, intentó controlarlos para seguir y dio un respingo—. Él me gritó que me callara y comenzamos a decirnos cosas, ninguno de los dos vio que nos salimos del carril y nos metíamos en el de sentido contrario… Un camión que venía hacia nosotros hizo sonar su bocina, pe-pero era demasiado tarde, chocó del lado de Zachary, causando que el automóvil se diera la vuelta, y yo metí el brazo para evitar caer, el cristal del parabrisas se rompió cortando mi muñeca… Zach no tenía el cinturón de seguridad, por-porque habíamos comenzado a pelear desde antes… Él se había bajado para intentar calmar su ira, aunque fue en vano… Cuando volvió a subir no se lo abrochó, solo bastaron unos cuantos minutos más para que volviéramos a pelear y todo ocurriera. Esta marca es como si fuera el vivo recuerdo de que yo tuve la culpa, por mí él ya no está, ya no lo oigo cantar sus canciones de desamor, ya no toca el piano, él ya no está conmigo…

Mi voz había desaparecido, no sabía qué decir, fue una confesión demasiado delicada, mi cuerpo se sentía denso y pesado, como si quisiera derrumbarme junto a Luke, pero tenía que estar allí, para sostenerlo si él caía, en los dos sentidos: literal y figurado. Imaginarme a un Luke indefenso, lleno de culpabilidad por la muerte de uno de sus seres queridos, era doloroso. Podía sentir cuánto lo amaba por todas las veces que me hablaba de él, mostrándolo como la persona más bella y generosa del mundo. Sintiéndose orgulloso de su hermano. Pero quizá no sabía cuánto dolor sostenía en realidad.

—Luke…, tú no tuviste la culpa de nada, no vivas con ese pensamiento, fue un accidente, uno que te dejó un enorme trauma, pero no por el cual tengas que seguir atado a la culpa.

Arrastré las piernas por la hierba para acercarme a él, llevé ambas manos a sus mejillas para hacer que me mirara.

—Hasley…

—Yo estoy aquí y siempre lo voy a estar para ti, sin importar nada. Cariño, tú no tuviste la culpa, no debes sentirte así porque no fue culpa tuya.

—Para mi papá sí, sobre todo para mi papá, es como si yo hubiera arruinado sus planes, creo que para él todo estaría bien si yo hubiera muerto y no Zach.

—No, Luke, no. No pienses así, tu papá está frustrado, créeme que estaría igual si hubieras sido tú, Luke… Soy feliz de que estés aquí conmigo, me aterra el pensamiento de qué sería de mi vida si no te hubiera conocido, ¿sabes lo aburrida que sería?

—El boulevard no tenía sentido desde su muerte, no hasta que tú llegaste —confesó.

Sentí un cosquilleo por todo el cuerpo y las famosas mariposas recorrieron mi estómago. Sabía que aquel callejón significaba mucho para Luke, era como su tesoro más preciado y no se lo mostraba a nadie; si él me decía esto, entonces era algo serio. Sus sentimientos hacia mí lo eran.

—¿Por qué lo dices? —susurré acariciando su mejilla con mi pulgar.

—Porque cuando estoy triste, tengo días malos, cuando quiero llorar o gritar, tú apareces y siento que soy invencible a tu lado.

—Luke…

—Porque nunca nadie me había importado tanto como tú, y sé que estás con Matthew. Me siento feliz cuando estás con él, aunque yo me derrumbe por dentro porque, Hasley, tengo suficiente amor para los dos. Aun cuando tú le des tu corazón a alguien más, yo te daré el mío y con la sangre de él pintaré mi sonrisa solo para ti. Ahora sé que la droga más fuerte de un ser humano es otro ser humano.

Mi boca estaba entreabierta, no sabía qué decir, me encontraba en *shock* y me quise golpear varias veces al no poder responderle y quedarme como una estúpida allí solo mirándolo. Por puro reflejo, alejé las manos de su cuerpo y cubrí mi boca, sorprendida. Negué unas cuantas veces.

—Y yo… no entiendo, no sé qué decir… —dejé la frase suspendida mientras seguía negando.

—¿Qué no entiendes? ¿Que te acabo de confesar uno de mis recuerdos más sensibles, personales y dolorosos, o que te dije de la manera más extensa que me fue posible que estoy enamorado de ti, maldita torpe?

En circunstancias diferentes me habría ofendido lo último, pero lo más sensato no era pensar lo ofensivo que había sido aquello, porque era verdad. Estaba procesando todo y necesitaba que alguien me diera una bofetada porque las que yo me daba mentalmente no hacían ningún efecto en mí.

—Mierda, Hasley, no tienes ni una jodida idea de lo mucho que necesitaba decirlo, es horrible vivir con esta agonía.

—Luke, es que yo… —mi voz salía como un balbuceo, ni podía hablar de una manera que se entendiera.

—¿Sabes? A la mierda Matthew.

Dicho esto, apoyó una rodilla en el suelo y se abalanzó hacia mí, capturando mis labios. Sus suaves y fríos labios albergaron los míos, sintiendo cómo toda la presión en mí se iba. No me importaba nada en esos momentos. Seguí el beso y quizá con eso ya había dado mi respuesta a su confesión.

Su lengua delineó mi labio inferior para después, sin permiso, entrar en mi boca, rozándose con la mía. Sentí cómo caía sobre la hierba poco a poco. Mi espalda tocó el suelo, Luke se puso a horcajadas encima de mí sin dejar de hacer contacto conmigo, una de sus manos pasó con lentitud desde mi hombro hasta mi cadera descubierta, con la yema de su pulgar fue haciendo círculos en mi piel.

Estaba perdida y no me importaba en absoluto. Sin embargo, él detuvo el beso unos segundos y se separó unos centímetros para mirarme de una manera tan penetrante. Humedeció sus labios con lentitud y dio un suspiro profundo.

—Y, si te enamoras de mí por esta noche, ten en cuenta que seré el mismo todos los días.

CAPÍTULO 24

Tal vez nunca fui consciente de todas las cosas que pasaron en mi vida, tampoco era consciente de que, si continuaba con algo que sabía que estaba mal, pronto eso acabaría de la misma forma. Pensar mucho y pensar poco siempre fue algo en lo que nunca fui buena.

¿Hay cosas que me gustaría cambiar de mi vida? La respuesta podría ser sí, pero… ¿de verdad quería? La respuesta era no. Es decir, todo lo que hice y dije me llevó a ese punto. Nuestro punto: inicio y final.

—Deja de reírte —le susurré a Luke intentando ser seria, pero no funcionaba.

—No puedo —balbuceó él entre risas.

—Nos van a echar.

Luke puso la cabeza entre sus brazos sobre la mesa intentando ahogar las risas que escapaban de su garganta, estaba segura de que alguien se quejaría, lo que haría que nos echaran de la biblioteca. Se suponía que íbamos para leer el libro que la señorita Kearney nos había dejado para una tarea, pero el chico no superaba lo de la mancha de pasta de dientes que había sobre mi blusa.

—Eres muy torpe, Weigel —murmuró mirándome todavía con la cabeza sobre la mesa.

—No es la primera vez que me ves con una mancha —farfullé poniendo los ojos en blanco.

—Es que ahora tiene más sentido.

—Ya —levanté una ceja—. ¿Cuál?

—Que me gusta alguien que se mancha con pasta —respondió cómodamente con una sonrisa burlona en los labios—. Así que eso lo hace aún más gracioso que antes.

Yo negué, intentando ocultar mi sonrojo.

Detestaba que Luke tuviera ese efecto en mí, con tan solo unas simples palabras podía ponerme de cualquier manera, hacía efecto y prendía todas las chispas que quisiera cuando fuera.

Coloqué los codos sobre la mesa y miré a Luke, sonriendo como una tonta. Él enarcó una ceja, curioso. Las ojeras no se veían tanto como otras veces, aunque todavía se podían notar, se percibía el olor a cigarro y eso me ponía un poco —muy— feliz.

—¿Sigues yendo a terapia? —pregunté.

Luke asintió.

—Por desgracia… —vaciló—. Me ha ido bien, pero Blodie me aburre demasiado. Conversa más de lo que yo quiero hablar y me pone a dibujar cosas. Me invitó una dona la sesión pasada.

—¿Y estaba rica la dona?

—Muy rica. Era glaseada y con relleno de chocolate: no es mi favorita, pero tampoco me quejo.

Que siguiera asistiendo a terapia me dejaba tranquila. Desde un inicio, siempre dije que la necesitaba. Lo de Luke no era algo simple que considerar, ni mucho menos algo que pasaría con el tiempo. La ayuda profesional tenía sus ventajas en situaciones como en las que él se encontraba.

—Tu psicóloga… ¿Tu psicóloga sabe lo de tu papá? De los… golpes.

Él se removió incómodo en su asiento y miró su libro.

—No —respondió. Mi ceño se frunció—. No lo sabe, nunca se lo he contado, lo único que le he dicho es que tengo una mala relación con él, pero evito entrar en detalles.

—¿Por qué?

—Es mi papá, Hasley... —se lamentó—. Además, si asisto a terapia es porque él la paga. Mi mamá apoya la idea de que vaya con un profesional y lo que menos quiero es hacerle pasar a ella un mal rato: es lo más sagrado que tengo, no quiero imaginarme cómo se pondría si supiera la verdad. Sería un completo escándalo.

—¿Seguirás cubriendo a tu papá?

No podía creerlo. ¿Cómo Luke podía cuidarle las espaldas a una persona que le hacía pasar tan malos ratos? ¿Por alguien que solo le causaba dolor de varias formas? ¿Cuánto podía quererlo para seguir aguantando todo eso?

Enojo e impotencia, esas eran las dos únicas cosas que podía sentir ante esa situación; para mi desgracia, por más que quisiera hacer algo, no estaba en mi mano si Luke no quería hacerlo. Me había dejado claro que no haría nada en contra de su papá, él prefería ignorar lo que ocurría con tal de... protegerlo, básicamente.

—No puedo creerlo, Luke —me desanimé.

—¿Podemos cambiar de tema? —pidió—. Sabes que no...

—No te gusta hablar de esto, lo sé —lo interrumpí—, pero, mientras esta situación no se detenga, yo seguiré preguntándote. Tienes que entender que está mal.

Tomó una bocanada de aire y la dejó salir segundos después.

—Mi hermano Pol me mandó seis discos porque el mes pasado no lo hizo, así que... —dijo, cambiando de tema— a eso le puedo sumar los quinientos tres, ¿no?

Quería continuar la conversación sobre su papá, pero conocía a Luke y sabía que ese tema ya había terminado. Así que me limité a tragar saliva de mala gana y continuar con lo otro que había dicho.

—Ahora son quinientos nueve. Faltan... —me quedé pensando, mis matemáticas eran muy lentas.

—Once —se rio—. Solo once para mi quinientos veinte.

—Muy poco para tu «te quiero» —murmuré, un poco contenta.

Pasé la mano por su cabello y él arrugó la nariz, confundido. Ya estaba algo largo, podía enredar mis dedos sin esforzarme demasiado. Algo que me gustaba mucho de su cabello era la raíz café que amenazaba con hacer creer a los demás que el rubio de encima era teñido.

—¿Pasa algo? —preguntó.

—No, solo que insisto en que tu cabello parece teñido.

—Culpo a mi mamá de eso.

Me reí.

Luke se acercó a mi rostro y sentí su respiración cerca. Estaba a pocos centímetros de mí, tanto que podía oler el cigarrillo que se había fumado antes de entrar a la biblioteca. Siendo sincera, admitía que me había acostumbrado al olor, tanto que lo podía soportar, llegando a colarse entre mis favoritos, quién lo diría, ya que unos meses atrás lo detestaba.

Rozó su nariz con mi oreja y eso provocó que me hiciera a un lado, pero no lo detuvo porque lo volvió a hacer, acompañándolo de una risita.

—No, basta —lo regañé.

Él hizo un ruido en forma de negación y se acercó una vez más susurrando algo que no pude entender. Lo miré directamente a los ojos, seria. Él cargaba una sonrisa arrogante con sus ojos azules.

«Tienes novio».

—No hagas esto, no aquí —puse las manos en su pecho intentando alejarlo.

—¿Por qué?

—Porque hay gente —expliqué.

—¿Y eso qué? —replicó, encogiéndose de hombros.

No quería ser explícita, pero él me estaba dando razones. Con una mano me tomó de la nuca para volver a unir nuestros labios; esta vez no me opuse, ni siquiera me alejé. Seguí el beso, sabiendo que estaba mal y exponiéndome a mucho. Su arito me hacía cosquillas en el labio inferior.

Reaccioné en el instante en que la imagen de Matthew apareció en mis pensamientos y ejerciendo fuerza lo alejé. Esta vez él me miró con un rostro cansado. ¿Ahora él era el digno? Luke sabía perfectamente que ante todos yo tenía novio y, claramente, no era él. Dio un suspiro y miró a la nada con el semblante serio.

—Luke… —le hablé, pero me ignoró. No quería decir lo que tenía en mente, pero mi lengua me ganó antes de que pudiera tragarme mis palabras—. Dios mío, Luke, sabes que varios conocen a Matthew y con eso saben que soy su novia, no quiero que… —él me interrumpió parando mis palabras.

—¿Que sepan que lo engañas con el drogadicto? —siseó entre dientes, haciendo que la vena de su cuello se resaltara.

—¿Qué? —dije frunciendo el ceño—. ¡No! ¿Qué demonios dices?

—Sé que muy en el fondo piensas eso —afirmó, y sus ojos azules penetraron en los míos con severa seriedad—. Aunque tienes razón, no puedes tener una vida al lado de alguien que no sabe cómo manejar la suya.

—Luke, yo no…

No pude terminar porque se levantó de la silla con mucha brusquedad, haciéndola sonar, y se fue a pasos demasiado rápidos de allí, mientras yo me quedé viéndolo anonadada. ¿Qué había sido eso? Ni siquiera había tenido ningún pensamiento sobre aquello. Pensé que ya estaba acostumbrada a sus cambios de humor, pero esta vez su cambio fue más allá de lo normal. ¿Cómo podía pensar eso de sí mismo?

Ya no podía seguir así.

CAPÍTULO 25

—Hasley, ayúdame —rogó mi mamá.

—¿La psicóloga necesita ayuda? —me burlé, y ella me echó una mirada fulminante—. Voy, voy.

—Tengo que ordenar unos expedientes y agregar lo que he avanzado con mis pacientes —comentó dándome unas cajas.

—¿Ya hay avances?

Puse sus cosas en el suelo de la sala y la miré. Tomó asiento en uno de los sillones y dio una bocanada de aire demasiado profunda. A veces me sentía mal por todo lo que trabajaba para sacarme adelante, esa era una de las razones por las cuales intentaba seguir en la preparatoria.

—Afortunadamente sí, he visto a dos de mis pacientes más relajados, regalándome sonrisas y dejando de hablar con monosílabos. ¡No sabes qué frustrante es que hagan eso!

—Oh, créeme que lo sé…

Sabía perfectamente cómo se sentía aquello, Luke era mi ejemplo de eso. Es como querer tirarles un ladrillo para que dejen de ser tan secos y hablen con la misma naturalidad. La comunicación es algo fundamental para que dos personas se entiendan y, así, una de ellas pueda ayudar a la otra, pero Luke no era de esa manera.

De tan solo recordar lo que ocurrió esa mañana, me dolieron las entrañas y sentí cómo mi pecho se presionaba. Carajo, me había vuelto tan sensible con todo lo que tuviera que ver con el chico rubio.

—¿Por qué esa cara? ¿Pasó algo? —preguntó en un tono suave. Negué unas cuantas veces y dejé salir un suspiro—. Hasley…

Sabía que no la podía engañar, por dos cosas: una de ellas es que soy su hija y me conoce muy bien, y la otra es que su especialidad estudia con mucha paciencia los comportamientos de las personas.

—Lo odio —mascullé refiriéndome al chico que era dueño de mis pensamientos en estos momentos… y de todo mi tiempo.

—¿A quién? ¿A Zev? —al oír a mi mamá decir el nombre de mi mejor amigo sentí cómo mi ser decayó y quise tirarme al suelo a llorar, fruncí los labios y me dejé caer al sillón a su lado—. ¿Están peleados? ¿Ahora qué ocurrió?

—Creo que invadí su espacio —comenté sin pensarlo.

—¿Por qué dices eso, cariño? —la mano de mi mamá tocó mi pierna dándome pequeñas palmadas.

—Exigí que me dijera de qué habían hablado él y… —no sabía cómo definir a Luke; enojada aún por el incidente puse los ojos en blanco y dije lo que se me vino a la mente— alguien. Solo quería saber, no era para que me gritara.

Mi mamá dio un suspiro y me miró:

—Hasley…

—¡Sé que no debí exigirlo, pero era importante para mí! —grité desesperada.

—¿Por qué piensas que era importante para ti? —inquirió con una ceja alzada—. ¿Crees que hablaron de ti o era un tema que también te incumbía?

Su pregunta me dejó pensando durante unos segundos, tenía razón. Odiaba que siempre dijera algo con lo cual me callara, ¿por qué no me daba la razón un día?

—No, pero… es mi mejor amigo, se supone que no me debe esconder secretos —balbuceé y ella me miró incrédula.

—A veces como personas queremos mantener algo solamente para nosotros, algo personal, y no, no es porque te esté traicionando y no sea un verdadero amigo. Las personas tienen derecho a guardarse algo solamente para ellas mismas, no seas egoísta, Diane.

—¡No me llames Diane!

—Pero si también es parte de tu nombre —insistió burlándose.

—Voy a la cocina —gruñí levantándome del sillón.

—¡Tráeme un vaso de jugo! —gritó mi mamá desde la sala, y puse los ojos en blanco.

Oí que el timbre sonó y por un momento a mi mente vinieron varias personas que podrían estar detrás de aquella puerta, pero también había posibilidades de que fuera alguien del trabajo de mi mamá, aunque quise descartarlo rápidamente, porque si algo que teníamos en común ella y yo era lo antisocial, y además ya era un poco tarde.

Decidí ignorar el hecho de quién fuera esa persona y buscar el jugo. Saqué dos vasos y vertí un poco del líquido en ellos.

Con pasos lentos me dirigí de nuevo a la sala. Mis ojos se detuvieron en las dos personas que estaban paradas a un lado del sillón hablando. Estaba incrédula, si no hubiera ejercido fuerza en los vasos, estos habrían acabado cayendo al suelo, así como mi mandíbula si no estuviera sujeta a mi rostro. Cuando se percataron de mi presencia se giraron hacia mí y sentí mi cuerpo congelarse.

Dos pares de ojos azules me miraban fijamente. Los de mi mamá y los de Luke.

—¿Qué haces tú aquí?

—¡Hasley! —me reprendió mi mamá.

—Quería hablar contigo —respondió neutro encogiéndose de hombros con las manos en los bolsillos de sus jeans—, pero veo que mi visita no te gustó. Un placer, señora Bonnie.

Luke se dio la vuelta para comenzar a caminar hacia la puerta, recibí una mirada de desaprobación por parte de mi mamá y solté un suspiro.

—Luke... Espera —di unos pasos para estar cerca de ellos. Luke se detuvo y se volvió hacia nosotras—. Mamá, él es Luke, mi compañero de clase... Pero veo que ya se presentaron.

—Me alegra que tengas más amigos, Diane —comentó la mujer y le dirigí una mirada asesina. Luke soltó una risita por lo bajo—. Voy por jugo para tu amigo.

Me quitó de la mano uno de los vasos que traía y se fue, dejándome a solas con Luke. Él me miró con una sonrisa torcida.

—¿Sabías que me encanta tu nombre completo? Suena tan británico.

—No lo es.

—No me importa.

—Qué majadero.

—Guarda silencio, Diane.

—¿Ahora me llamarás así? —cuestioné alzando una ceja.

—No, ya te dije que me gusta llamarte Weigel, así que ni pienses que lo cambiaré —confesó, y dio unos pasos atrás. Su voz se oía más ligera, y sus ojos eran de un color rojizo. Estaba extraño. Su celular comenzó a sonar y lo tomó para ver la pantalla, dio un gruñido y contestó—. ¿Qué quieres? —espetó al aparato—. Carajo, esperen un momento... ¡No! ¡Bien, bien, ahora salgo! —Luke colgó y me miró—. Vinieron conmigo André y mi prima.

—¿André? —pregunté confundida.

—Sí, mi mejor amigo —susurró, y se dio la vuelta para salir de mi casa.

Me quedé parada mirando por donde había cruzado el chico y me mordí el interior de la mejilla. «No tengo amigos». «Amigo». «Mejor amigo». Luke me confundía lo suficiente para querer perder la cabeza.

—¿Y tu amigo? —la voz suave de mi mamá me hizo dar un pequeño brinco. Me giré hacia ella para ver que traía consigo dos vasos de jugo.

—Estaré fuera —avisé.

Antes de que pudiera decir algo al respecto, dejé mi vaso en la mesita de centro y salí con rapidez.

Vi a tres personas hablando. Luke estaba de espaldas con una sudadera negra y sus jeans del mismo color; a su lado estaba un chico moreno con una camiseta gris y del otro una chica con una minifalda y una blusa escotada. Era la misma del cine. En los labios de la chica descansaba un cigarrillo, o eso creía.

El moreno se percató de mi presencia y le dio un pequeño golpe en el hombro a Luke. Este, al instante, se giró hacia mí. Igual que la chica, estaba fumando.

—Weigel —me llamó, y con la mano hizo una seña de que me acercara. No sabía por qué, pero le hice caso—. Él es André.

—Hola, Weigel —él saludó.

—Llámame Hasley —dije, tratando de no sonar tan grosera.

—Bien, Hasley —me regaló una sonrisa amistosa.

—Y ella es… —Luke intentó continuar, pero lo interrumpieron.

—Me llamo Jane, soy su prima favorita. ¿No es así, Pushi? —se presentó y le ofreció una sonrisa burlona a Luke.

Él la fulminó y puso los ojos en blanco.

—Eres mi única prima, perra —atacó Luke entre dientes. Mi boca se abrió mucho y oí a André reír.

—Ignóralo, está demasiado dopado para saber lo que dice —se defendió la chica.

—Estoy consciente —soltó Luke.

—No lo pareces.

—Pues…

—Mierda, cállense los dos —regañó el del pelo negro—. Solo escúchense, ambos lo están.

Solo miraba a los tres cautelosa, era la primera vez que veía a Luke en tal estado. Siempre fumaba marihuana enfrente de mí, pero jamás había llegado al grado de no saber lo que decía.

Jane se cruzó de brazos y siguió consumiendo aquel rollo.

Luke empujó a André para acercarse a mí, sujetó una de mis manos y besó mis nudillos.

—¿Para qué viniste? —pregunté directamente, realmente quería saber.

—Estábamos en la casa de André, ya te había dicho que él vive cerca, de paso vi tu casa y quise pasar para disculparme —habló perezoso.

—¿Por qué?

—Por lo que hice en la mañana —contó sin mirarme. Luke seguía jugando con los dedos de mi mano con mucha delicadeza—. Tus dedos son bonitos.

—Dios, ¿qué consumiste? —pregunté riendo.

—Lo necesario para poder confesar lo mucho que te quiero —murmuró—. Y que no me arrepiento de todo lo que te dije la noche de la camioneta.

Sentía cómo cada célula de mi cuerpo se removía, quería besarlo allí mismo, pero la imagen de Matthew seguía aún presente.

—Luke.

—Sssh, no digas nada, solo quiero que sepas eso.

Iba a hablar cuando el celular de Luke volvió a sonar. Miré por encima de su hombro para percatarme de si era uno de sus acompañantes, pero me fijé en que los dos estaban cómodamente hablando. Luke bufó y observó la pantalla, vi cómo su mandíbula se tensó y me miró, sus ojos estaban oscuros, carraspeó y se alejó de mí para contestar la llamada. Mi ceño se frunció al ver su reacción, ¿quién era para que actuara de tal forma?

Pasaron unos minutos y él se acercó a mí con el semblante preocupado, podía verlo en sus ojos, en su expresión y en cómo su mano se movía a través de su cabello.

—Me tengo que ir —avisó en un tono nervioso.

—¿Pasó algo? —pregunté con cierta preocupación, aunque él negó unas cuantas veces.

—No, no pasa nada —intentó sonreír, pero salió como una mueca—. ¿Me quieres?

Lo miré confundida, no sabía a qué venía esa pregunta, pero ¿lo quería? Realmente lo hacía, demasiado. A pesar de sus cambios de humor, de la vida que tenía, el humor con el que afrontaba las situaciones, su forma sarcástica de responder, lo grosero que fuera, la manera en que te trataba o aun cuando intentara ser romántico, yo... lo quería. Quería demasiado a Luke.

—Sí, lo hago y mucho, ¿por qué? —mi voz salió automáticamente, y no me quería arrepentir de aquello.

—Entonces termina con él, olvídate de él y ven conmigo. No quiero que salgas dañada por estos errores que estamos cometiendo —murmuró, sus ojos estaban húmedos, al borde de derramar alguna lágrima.

—Lo he pensado —confesé—, y sí, sería lo mejor, pero tampoco puedo dejarlo y empezar contigo de golpe, sería muy feo.

—¿Y lo que estamos haciendo a sus espaldas no lo es? Hagamos las cosas bien, quiero tomar tu mano, besarte y sonreír como un idiota cada vez que te vea sonreír ante todos. Sin tener que esconderme. Dime, ¿qué estás esperando? Llámalo y termínalo.

—No, si lo hago, sería de frente, no por teléfono.

Luke cerró los ojos y negó.

—Lo siento —murmuró y sentí un poco de miedo—. Tienes razón, aunque... —él dejó la frase en el aire, me miró con sentimiento como si quisiera transmitirme todo a través de sus iris—. Solo acuérdate de que siempre estaré para ti, te quiero, en serio que lo hago, Weigel.

Dio un beso a mi frente y fue hacia los otros dos chicos, les dijo algo a lo que ellos asintieron y estos comenzaron a caminar con Luke detrás. Alargué un suspiro y decidí entrar a casa, pero antes de que abriera la puerta unos brazos me detuvieron.

Los ojos azules eléctricos de Luke me miraron y, sin poder decir nada, me besó. Fue uno lento, el tipo de beso que era tranquilizador, consolador, pero, sobre todo, aquel beso que no se puede describir. Él se separó y tomó mi barbilla para que yo pudiera verlo directamente, sin despegar su mirada me acarició con su pulgar.

—Juro que, pase lo que pase, estaré contigo porque solo yo sé quién eres en realidad —susurró para luego irse.

Me dejó allí parada, con el alma entre mis labios, sin saber a qué se refería. Pero estaba demasiado segura de algo.

Terminaría con Matthew mañana mismo.

CAPÍTULO 26

Las miradas de todos estaban sobre mí desde que bajé del coche de mi mamá. Sentía la incomodidad apoderarse de todo mi ser, arrastré con pasos lentos mi cuerpo hasta llegar a mi casillero, lo abrí detenidamente una vez que estuve enfrente. Seguía sintiendo varios pares de ojos a mis espaldas, logré atisbar a varias personas mirándome sin disimulo alguno.

¿Qué ocurría?

Me mordí el labio con nerviosismo y empecé a sacar las cosas que usaría, mis manos ya comenzaban a sudar y sabía que ese insufrible ataque de paranoia vendría pronto.

Cuando quise agarrar uno de mis libros, me percaté de un papel amarillo doblado perfectamente por la mitad que estaba colocado en una esquina del casillero. Mi entrecejo se frunció y lo tomé con duda. Yo no recordaba haber guardado aquello, mucho menos pedirle a nadie que lo hiciera, estaba segura de algo y es que habían forzado mi casillero para meter aquel sobre.

Lo desdoblé, dejándome a la vista su contenido. Mi cuerpo se tensó. Me helé y sentí cómo la pequeña sensación de presión en mi sien se hizo presente, al mismo tiempo que mi boca se entreabría haciendo que mi lengua se sintiera seca.

«Oh, Señor».

Ahora entendía por qué todos me miraban de esa manera.

—No, no… —repetí.

Era una foto de Luke conmigo, besándonos en la biblioteca.

Di un paso hacia atrás y me pasé la lengua por los labios, me di la vuelta para ver cómo algunos susurraban con la mirada sobre mí. De pronto, me sentí demasiado pequeña al obtener en ellas desaprobación, burla y demás.

—¡¡Hasley!! —gritaron.

Miré en la dirección de donde provenía aquella voz y supe que todo se había arruinado. Matthew venía hacia mí con grandes zancadas. Su rostro estaba serio, podía ver desde esa distancia cómo su enojo emanaba de su interior.

Cuando estuvimos juntos pude visualizar la vena resaltada en su frente. Estaba hecho una furia, lo suficiente para poder intimidarme.

—Matt… —inicié, queriendo tranquilizar la situación, pero no me dejó hablar.

—¡¿Qué mierda es esto?! —gritó asustándome, haciendo que yo diera un paso atrás.

Su mano se levantó mostrándome su celular, donde se veía la foto de Luke conmigo. Me quedé muda ante eso, mi vista solo iba de la imagen a sus ojos verdes; su mandíbula se tensaba. ¿Cómo ocurrió esto? ¿En qué momento todo se me fue de las manos?

—¡¡Contesta!! —exigió con dureza, acercándose peligrosamente a mí, tanto que me asustó—. ¡Explícamelo ahora mismo, carajo!

—No me grites… —tartamudeé—. Yo-yo no sé… No sé cómo ocurrió —demasiado tonto, pero no tenía nada con qué defenderme. Fue mi culpa por no haber medido las consecuencias, a pesar de que una noche antes me había planteado terminarlo, yo jugué con fuego y me estaba quemando. Entonces lo acepté. Acepté que me gritara porque quien falló fui yo.

—¿No sabes? ¿Solo lo besaste y ya? —inquirió con ironía pura desbordando sus palabras—. ¡¿Desde cuándo me ves la cara de imbécil?! ¡Maldita sea, Hasley!

El alumnado a nuestro alrededor contemplaba aquella escena, que se convirtió en un drama total. Me gritaba enfrente de casi toda la prepa, la dignidad y el orgullo que tenía se murieron allí mismo, con los gritos de Matthew, los susurros de ellos y las miradas de todos.

—Matthew, de verdad, lo siento.

Quise sonar firme, pero fallé en el intento, no podía. Mis ojos comenzaron a arder y supe que pronto lloraría. Y así fue, bastaron menos de cinco minutos para que las lágrimas empezaran a descender por mis mejillas.

No sabía qué hacer, solo quería desaparecer, que todo fuera un sueño, ir con mi mamá y llorar con ella, pero la realidad era esta: la que tenía en ese instante enfrente de mí, toda la escena desagradable.

Correr. Echarme a correr sin dirección alguna, huir como una cobarde, esa era mi única opción, la que me salvaría. Es lo que quería hacer.

—Te di mi confianza y la traicionaste, dejé que estuvieras cerca de él porque creía en ti —masculló—. ¡Quizá debí decirte a ti que no te acercarás a él! ¡Porque a fin de cuentas tú fuiste la única que me traicionó! ¡No me importaba él! ¡Me importabas tú, Hasley! ¡Maldita sea, qué estúpido soy!

Llevó ambas manos a su cabello y lo movió con frustración, desesperado. Su piel blanca tenía un color rojizo, y yo lloraba en silencio, sin querer sollozar, mientras me abrazaba a mí misma.

—En serio que yo lo siento —dudé—. Mi intención nunca fue lastimarte.

—No —negó repetidas veces—. No quiero oírte, no quiero hacerlo, existe la posibilidad de que me vuelvas a mentir.

Sus palabras me dolían de una manera inhumana, atacaba de la peor forma que lo hubiera hecho, y era porque jamás había vivido algo como esto. Me destrozaba con cada palabra que salía de su boca, cada una, las cuales pronunciaba con asco, repugnancia y odio.

—¿Matthew?

La voz de Zev hizo que tuviera una pequeña esperanza de protección de alguien, pero, al ver que sus ojos color miel que alguna vez me habían mirado con ternura ahora me veían con desaprobación, me di cuenta de que él no venía por mí. Mi mejor amigo no me daría su hombro esta vez.

—Ahora veo que las apariencias engañan —Matthew farfulló entre dientes, mirándome fijamente—. No eres más que una chica bonita con cara de ángel sacada de una revista. Una mentira.

Oí cómo mi corazón crujió.

—Basta, Matthew, vámonos —insistió Zev—. Ya, para.

—Zev… —susurré en un pequeño gemido, teniendo la esperanza de contar con él.

—No digas nada —cortó—. Ahora sé quién eres en verdad.

—Zev —jadeé.

Y eso fue suficiente para que me rompiera en mil pedazos.

Mi amigo tomó del hombro a Matthew dándole un pequeño apretón mientras lo sacaba del círculo de personas que se había formado alrededor de nosotros. Me quedé justamente ahí, de pie, con la visión completamente borrosa, sintiendo los párpados pesados, con el nudo en la garganta y mi corazón en el suelo.

Algunos sonreían mientras otros negaban con la cabeza. Me habían hecho acabar de la peor manera. El mundo estaba en mi contra. Me sentía como el peor ser de la tierra. De pronto dejé de oír todos los susurros, que eran desde palabras ofensivas hasta frases dolorosas; mis tímpanos transmitían un sonido ensordecedor al instante que mi cuerpo se congelaba sin saber adónde ir o qué hacer.

Mis ojos se cerraron dejando que lágrimas cayeran, así como evitando que otras nuevas salieran. Creí que en cualquier momento caería. Lo sabía. Cuando mis piernas se flexionaron supe que ya no aguantaba más. Sin embargo, nunca llegué al suelo.

Y en ese corto tiempo solo pude escuchar una voz.

—Aquí estoy —dijo Luke a mi oído.

Sus brazos se envolvieron a mi alrededor evitando mi caída. Mi rostro se apoyó justamente en su pecho, oyendo cómo su corazón latía rápido. Su cuerpo me cubría de todos los que antes me miraban, dándoles la espalda. Fue como me di cuenta de que mi corazón ya no dolía tanto.

—Lu-luke… —murmuré entrecortado.

—Sssh… Aquí estoy, siempre estaré para evitar que caigas —susurró besando mi cabeza.

—Quiero irme, no quiero estar aquí —dije titubeante.

Él asintió comprendiendo y se alejó unos centímetros de mí.

Levanté la vista manteniendo contacto visual con él, su semblante vacío y su mandíbula lo suficientemente tensa. Mi vista era interrumpida por las lágrimas que todavía se acumulaban en mis ojos y unos cuantos mechones de pelo se esparcían por mi rostro. Luke se quitó la chamarra negra y la pasó por mis hombros. Con un brazo me atrajo a él y comenzó a caminar empujando de mala gana a las personas que obstruían nuestro paso. Me di cuenta de que caminábamos hacia el estacionamiento.

—¿Qué fue lo que ocurrió? —pregunté en un murmuro una vez que llegamos.

—Alguien hizo pública la foto —respondió con la mirada baja—. Lo siento.

Quería enojarme con él porque me había besado, pero no podía porque yo también era culpable. Lo fui desde que le respondí el primer beso, aun sabiendo que Matthew ya era mi novio. Quería darme golpes contra algo por lo estúpida que era, por todo lo que ocurría, pero sobre todo porque, aunque quisiera odiar a Luke en esos momentos, lo único que quería era que estuviera ahí conmigo. Sentía cómo todo el peso caía encima de mí, era imposible poder detener el sentimiento que tenía en el pecho. La angustia me mataba, quería gritar, golpear algo y llorar todo lo que pudiera, pero debía estar firme, no debía dejarme caer, mucho menos de una manera tan cobarde. La aflicción en mi mente y en mi corazón me envolvía en un gran dolor, todo volvía a repetirse en mi cabeza, desde las escenas con Matthew hasta las miradas de las otras personas.

—Esto no puede estar pasando… —me pasé los dedos por el cabello y bufé en señal de frustración.

Me agobiaba. Debí acabar con esto desde un principio, no podía pensar con claridad.

—Weigel, cálmate —Luke dio un paso adelante y al instante yo di uno hacia atrás negando repetidas veces—. Demonios, trata de no perder los estribos.

—¡Tú no eres el que está en la boca de todos en este instante! —de inmediato, tras repetir las palabras en mi mente, me retracté—. ¡Tú también! Pero… ¡Mierda, Luke!

Mi voz estaba rasposa y era porque mis gritos me desgarraban la garganta, sentía cómo quemaba con cada palabra que salía, pero era lo único que podía hacer, gritar, sabiendo que eso no serviría de nada.

—Realmente lo siento —en cambio, él sonaba tranquilo.

Quizás eso fuera lo que me ponía de mal humor, acababa de ocurrir algo demasiado grave y él actuaba como si nada hubiera sucedido.

Pasé de nuevo las manos por mi rostro con frustración y un jadeo salió de entre mis labios, me comenzaba a cansar de gritar, me dolía la maldita cabeza. En cualquier momento caería rendida, creía que mi mente jugaba conmigo, tenía la esperanza de que todo eso fuera un loco sueño, uno de mal gusto que no me gustaría recordar jamás porque aún dolería, pero estaba con los pies en la tierra y mi realidad era esa, en la que yo era una completa mentirosa y había sido infiel ante Matthew y toda la escuela.

Mi respiración se dificultó y supe que tenía que calmarme para no caer en una crisis nerviosa, pero ya era tarde, me había convertido en un manojo de nervios. Me volví a abrazar a mí misma tratando de controlar mi temor, el miedo que alimentaba mis oscuros pensamientos, el masoquismo que me hacía recordar todos los acontecimientos de unos minutos atrás, como si de un caleidoscopio se tratara, repetía las imágenes, los sonidos y con ello aumentaban mis lágrimas, desbordando por mis ojos.

No veía bien, mi vista se encontraba demasiado nublada a causa de todas las gotas saladas, pero pude distinguir cómo Luke dio un suspiro profundo al igual que unos pasos hacia mí. Se quedó enfrente sin decir ninguna palabra, se mantuvo callado durante varios largos minutos mientras el aire revoloteaba mis cabellos obstruyendo aún más mi visión. El silencio fue roto por él.

—No sé qué hacer para demostrarte lo mal que me siento por lo ocurrido, por verte en tal estado, al ver cómo sufres… por mi culpa —su murmullo fue un poco lento y su voz se cortó al final.

—Quiero irme a mi casa.

Mi mamá no se encontraba en casa debido al trabajo entre semana, que era desde muy temprano hasta la noche, lo cual era una ventaja para que no pudiera verme en tal estado.

—Está bien, te llevo —no fue una pregunta, sino una afirmación por parte de él.

—¿Cómo? —jadeé y lo miré directamente a los ojos.

Al verlo mi barrera de indignación y enojo se esfumó. No lo había podido observar bien, ni siquiera me detuve a apreciar su rostro y en cómo estaba; su imagen no era nada buena en comparación con otras, parecía como si sus días estuvieran de mal en peor, y quizás así era. Los párpados se hinchaban un poco y las grandes ojeras eran visibles, sus ojos azules no tenían aquel brillo eléctrico que desprendían cada vez que lo observaba, estaban húmedos, lo suficiente para saber que en cualquier momento derramarían una lágrima.

Una posibilidad era que se hacía el fuerte para no quebrarse ante mí.

—Traje la moto —comentó con cansancio, pero en ese instante no le presté atención.

A pesar de tener esa imagen de él, seguía siendo perfecto para mí. Y ahí entendí algo, comprendía que por algo pasaban las cosas y no de la mejor manera en que uno esperaba.

Traté de tragar un poco de saliva con mucha dificultad y tener una posición firme. Mi mamá solía decirme que ante los problemas fuertes o graves no me deshiciera como un hielo, que fuera como un iceberg que tardaba mucho en desaparecer, que todas las cosas alguna vez terminaban, que nada duraba para siempre. Y también fue allí donde comprendí muchas cosas. Él nunca podría ser un corto o largo tiempo, así como el «para siempre» puede variar de diferentes formas. Eso pasa con la lástima, la dignidad, el rencor, la felicidad, la tristeza, el llanto, las emociones nunca duran para siempre, la fuerza algún día se acabará de igual manera que la resistencia y el dolor. Algún día los débiles se volverán fuertes, y los fuertes se volverán débiles.

Impotencia.

Esa fue la causa por la cual volví a bajar la mirada hasta mis pies, quedando en el mismo silencio con el que habíamos iniciado. La ola de aire frío chocó con mi rostro, revoloteando unos cuantos cabellos por mi cara y dificultando mi visión. Las yemas frías de Luke rozaron mi mejilla y me sentí como un copo de nieve siendo tocado por una llama de fuego. La sensación que transmitía su piel a mi cuerpo era tan relajante que me hacía pensar que ya nada importaba, que dejaba volar mis problemas lejos de mis pensamientos.

—Estaremos bien después de esto —susurró llevando los mechones de mi cabello detrás de mi oreja—. Te lo prometo, cariño.

Y quizá mi único error fuera solo una cosa. Creerlo.

CAPÍTULO 27

La escasa lluvia se hacía cada vez más densa, tenía la impresión de que en cualquier instante se iría la luz, aunque en ese momento nada me preocupaba; aún el sol estaba escondido entre las nubes grises, pero seguía allí. Pasé la manga de mi sudadera por mi nariz, la ventana estaba abierta, aportando un poco del aire fresco que había fuera hacia dentro de la casa. Mis pies descalzos tocaban el frío suelo, debía preocuparme porque podría enfermarme, sin embargo, no lo hacía, mi mente seguía entre los vagos recuerdos que no querían alejarse, me seguían torturando.

Mi madre no llegaría hasta muy tarde, había tenido un problema con su jefe, según él, decía que se estaba perdiendo el control con algunos pacientes, no eran asuntos de ella, pero por tener una gran equidad decidió ayudar y dejarme sola; aunque estaba bien, no quería que me viera en tal estado: ojos rojos e hinchados, voz ronca y sacudidas de nariz. Una imagen demasiado fea y preocupante para ella.

Era sábado, ya había pasado más de una semana de lo ocurrido con esa fotografía y me sentía fatal porque aún no lo pasaban por alto, aunque ese día podía descansar de las miradas y susurros por toda la escuela. No sabía nada de Luke.

El día en que vino a dejarme, me bajé de la moto y le pedí que me dejara sola, lo hizo sin rechistar. Tuve mucho tiempo para pensar con tranquilidad, sin que nadie estropeara mis pensamientos; analicé las cosas y llegué a la conclusión de alejarme de Luke mientras se calmaba la situación, seguir a su lado me traía muchas consecuencias, él ya tenía demasiados problemas para agregarle otro y yo era demasiado débil ante todos ellos.

Algo me decía que Luke sabía sobre aquella fotografía, puesto que la noche anterior me había pedido que terminara con Matthew, aunque no quería sacar conclusiones, no quería echarle la culpa, porque era de ambos.

Pero sobre todo mía.

No tenía ganas siquiera de que se me acercara y sí, repetía, él no tenía toda la culpa, pero casi todas las ofensas iban dirigidas hacia mí, ya que había dañado al indefenso capitán de basquetbol y eso era lo peor porque Zev estaba con él, y eso equivalía a que todas las chicas de la preparatoria estuvieran en contra de mí.

No entré a las clases con la profesora Kearney, no me acercaba a las gradas —cabía mencionar que por Zev, Matthew y Luke—, ni siquiera comía en la cafetería, trataba de llegar tarde a las clases e irme lo más temprano que pudiera. Y, aunque Luke intentó acercarse a mí, solo le pedí que se alejara por ahora.

Me dolía, pero era por el bien de los dos. Lo era. Maldije varias veces al profesor Hoffman, porque, si no hubiera sido por él, el día que me había dejado fuera de la clase, yo no sabría de la existencia de Luke Howland. Y estaría bien así.

Entre las personas que no me habían dejado sola estaba Neisan, él me seguía hablando. Él juraba creerme, realmente el chico era muy comprensivo. Había discutido con Zev sobre el tema, no le tenía miedo aunque fuera el capitán y realmente valoraba mucho eso por parte de él, por ahora era mi único hombro en el cual llorar.

Unos toques en la puerta principal hicieron que mi concentración se dirigiera hacia allí. Dudando entre mis pensamientos y mi propio cuerpo, avancé. Mi mano hizo contacto con el frío metal del pomo de la puerta haciendo que diera un respingo cuando la abrí, ya que pude ver a la persona del otro lado. Mis sentidos se despertaron alarmándose de una manera abrupta. Luke rápidamente entró sin mi permiso y se apoyó contra la pared, estaba temblando al grado de que sus dientes sonaran. Su ropa estaba completamente empapada y su piel tenía un tono muy pálido, tanto que creí que desaparecería en cualquier instante. Sus piernas se flexionaron causando que cayera al suelo abrazándose a sí mismo.

Su aspecto era de lo peor.

Bien, no podía dejarlo de tal manera, no era tan despiadada. Di un suspiro y fui hasta mi habitación por una toalla y una manta, busqué alguna camisa grande y conseguí una blanca demasiado ancha. Cuando bajé, él aún se encontraba en el suelo.

—Creo que es mejor que te quites la ropa y te cubras con esto.

Me arrepentí en el instante en que dije eso. Luke hizo el mayor de sus esfuerzos y me lanzó una mirada pícara, era increíble que, aún en su estado, malentendiera las palabras. Aunque le eché una mirada de desaprobación poniendo los ojos en blanco, él solo me devolvió una sonrisa de lado. Me fijé en que su arito ya no estaba en su labio y quise indagar, pero supe que ya no era de mi incumbencia.

Él se alejó un poco de la pared y comenzó a despojarse de la ropa, llegando al grado de quedarse solo en bóxer. ¡Por Dios!, estaba demasiado delgado. Me sentía incómoda al verlo en esa situación y, claro, ya era un manojo de nervios. Ese siempre sería el efecto de Luke sobre mí.

Sin embargo, no pude evitar que mis ojos tropezaran por su torso, dejándome ver por completo aquel tatuaje que ya había visto antes. Pero ahora había otro tatuaje que acompañaba aquella ruleta, no entendía su significado. Entonces apreté los labios cuando volví a ver aquello.

La equimosis hacía presencia.

Todos mis pensamientos se disolvieron como el azúcar en el agua caliente cuando la tos de Luke apareció. Repentinamente regresé a mi realidad y parpadeé unas cuantas veces para concentrarme en lo principal.

—Ten —susurré pasándole la camisa y la toalla, y después de que se la pusiera le di la manta.

—¿Y mi ropa? ¿Y si tu mamá entra y la ve? —cuestionó alzando una ceja.

—Yo después te la doy —respondí con una seña de que no importaba tanto en estos momentos—. Aparte, ella no vendrá hasta muy avanzada la noche y para esa hora tú ya te habrás ido.

Demonios, cuánto dolía decir aquello, podía sentirlo de una manera tan horrorosa que hasta a mí me lastimaba, pero era eso o nada. Y realmente me estaba cansando de esta situación, de todo, solo quería acabar con esto.

Luke me miró unos segundos y asintió.

—Tienes razón.

Todo se volvió un silencio, su mirada contra la mía. Y no podía decir que lo veía del todo bien porque era mentira, su piel estaba muy pálida, su cuerpo muy delgado, sus ojos, oscuros, con aquellas ojeras que parecían unas medias lunas hundidas y su barba de unos días.

Quizás él no estuviera bien.

—¿A qué has venido? —rompí el silencio, atreviéndome a preguntar.

—Quise venir a verte, saber cómo estabas, me importas —su voz sonó rasposa, encogiéndose de hombros—. No me has hablado en estos días y duele. Duele tu maldita indiferencia hacia mí. ¿Alguna vez te has roto un hueso? —preguntó, y mi entrecejo se frunció hacia su pregunta. Decidí no decir nada y asentí—. Si es así, multiplica ese dolor por diez y de esa forma se siente mi estúpido corazón por el trato que le das.

—Oye… —intenté hablar, pero me lo negó.

—Es un idiota por dejarte entrar tan fácilmente, por aceptarte sin que hicieras el mínimo esfuerzo de ganártelo, por dejar que seas casi noventa y ocho por ciento de él, por latir por ti, por quererte. ¿Y qué recibe él a cambio? ¡Tus mierdas! ¡Diablos! ¡He dado todo por ti y lo seguiré haciendo aunque me odies! ¡Te dije que, aunque me destroces el corazón, seguiré sonriendo con su sangre solo por ti! ¡Te confesé de una manera tan patética y que jamás creí poder hacer que estoy enamorado de ti!

De pronto, sus ojos ya estaban desbordando lágrimas y, sí, me sentí la persona más cruel del mundo. Si antes me sentía mal, no sabía cómo definir ese sentimiento en ese momento. Solo podía quedarme allí de pie frente a él, viendo cómo me gritaba.

Luke dio unos pasos hacia atrás llevándose ambas manos al cabello y tirando de él con frustración, enojo e impotencia. Me miró directamente con los ojos rojos y creí que me gritaría, pero no lo hizo.

—No puedes entrar en la vida de alguien, hacer que te quiera y luego marcharte —sentenció—. Esas cosas no se hacen, Weigel. Mucho menos cuando entras para darle esperanzas a su patética vida. ¿Sabes? Cuando empiezas a querer de verdad a alguien haces de todo para poder mejorar el maldito desastre de vida que tienes, para estar bien con esa persona y no envolverla en tu mierda. ¿Sabes qué es lo peor? Que lo estoy haciendo por ti, que trato de mejorar quien soy. Trato de dejar todo lo malo que hay en mí, pero a la vez te quiero mantener lejos porque solamente te traigo problemas.

—No es… —quería hablar, decirle que no era así como pensaba porque no, no lo era, sin embargo, no me dejó.

—He dado todo por ti, he hecho tantas cosas y tú… Hasley, las personas se cansan al dar tanto y no recibir nada a cambio… Y no esperaba algo material porque aquello es basura, esperaba tu apoyo, motivos por los cuales seguir. Te lo he dicho casi todo, he intentado protegerte, aunque tú no notes de quiénes… Mi vida es un desastre y tú lo sabes. Sé que todo esto es estúpido porque yo era consciente de que te quería y de que tú querías a Matthew; aun así, metí mi necio corazón porque no me importó, porque eras tú.

—No debiste hacerlo —mi voz quemaba de una manera sobrenatural, el nudo en mi garganta ya se estaba haciendo presente.

—¿No debí hacerlo? —murmuró incrédulo—. ¡¿No debí hacerlo?! ¡¿Cómo querías que no lo hiciera si fuiste tú la que se metió en mi puta vida?! ¡Tú fuiste el jodido chicle que estuvo siempre detrás de mí! Querías conocerme, ¡¿no?! ¡Lo hiciste! ¡Lo hiciste y te estás yendo como una maldita cobarde, Hasley!

Luke bajó la mirada unos cuantos segundos dejando todo entre nosotros en un silencio sepulcral, todo tan frío.

—Prometiste no alejarte de mí aunque rompieras mi corazón —susurró, un suspiro entrecortado salió de entre sus labios y volteó a verme—. Pero es hora de que deje de creer en las promesas de las personas.

—¡Yo quería ayudarte! —grité al borde de las lágrimas—. ¡Quería ayudarte porque temía por ti! ¡Tu actitud hizo que me quedara contigo! ¡Porque, porque…!

—¡PORQUE SENTISTE LÁSTIMA POR MÍ! —me cortó en un grito demasiado alto, desgarrador y potente.

—¡No! —reprendí—. No es como tú piensas, no pienses en dejarme como la mala —defendí lo poco que tenía, pero todo me estaba consumiendo, no quería decirlo—. ¡Yo no te pedí que me quisieras!

Realmente no quería decirle eso.

—¡Y yo no pedí que entraras en mi vida! ¡No pedí tu ayuda! —soltó, trató de tranquilizarse y tomó una gran bocanada de aire—. Sin embargo, te dejé… —echó una risa amarga y pasó las manos por su rostro—. Mierda, por un momento pensé que cambiaría todo.

—Luke… —susurré su nombre con tanto miedo, él me miró y proseguí—: ¿Has llegado a pensar cómo serían las cosas si nada de esto hubiera pasado?

—Quizá —balbuceó—, pero yo no me arrepiento, jamás lo haría, porque al menos ya sé cómo se siente uno al enamorarse y cuando le rompen el corazón —dolía, en realidad dolía—. Es absurdo, en serio, creí ver todos mis sueños en una sola persona, pero no fue así… Tengo que admitir que me siento mejor desde que nos conocemos, desde que te resbalaste de la grada y me reí de la mancha de pasta dental en tu blusa, porque aún recuerdo la primera vez que te vi… Créeme, Matthew no habría hecho ni la mitad de las mierdas que yo hice por ti, ni siquiera Zev, y lo sabes, lo viste con tus propios ojos, sabes que no te miento.

«Lo sé».

Mi voz no salía, no lo hacía y era porque, si hablaba, aquel nudo que tenía en la garganta se desataría, causando que mis sollozos salieran, causando que las lágrimas retenidas se desencadenaran y me hicieran parecer débil. Me estaba hartando, me estaba hartando de llorar por todo, por lo más mínimo.

—Carajo, estás comenzando a comportarte como una egoísta, eres una… ¡Demonios! ¡Un día me necesitarás y yo ya no voy a estar! Pero eso es mentira, ¿sabes por qué? ¡Porque me importas más de lo que debería! ¡Lo haces y tú no lo entiendes porque eres una maldita idiota! ¡Estás pensando solo en ti, eres una jodida egoísta! —gritaba tantas cosas al aire. Apreté los labios para no soltar un jadeo y lo miré durante varios segundos, sin decir nada—. ¡Demonios! ¡Di algo! —sentenció al ver que mi silencio era lo único que estaba presente.

Sí, la decisión más difícil fue esa, la línea entre el querer y el deber, pero quería que él estuviera bien y sabía que juntos nos haríamos más daño, porque eso hacíamos, nos creábamos problemas. Era una niñita y yo no merecía a Luke. Los problemas crecían, al entrar en su vida tan solo lo llené de falsas esperanzas, fue en ese momento cuando tuve que comprender muchas cosas y tal vez tomé la decisión equivocada, aunque las cosas pasaban por algo, ¿no? Entonces que fuera el destino quien decidiera, y lo más irónico de esto era que yo no creía en el destino y, aun así, hablé:

—Adiós, Luke.

Los ojos azules del chico me miraron neutros, con una mirada vacía, como él solía hacerlo desde que nos conocimos.

Sin embargo, lo conocía demasiado bien para decir que eso le había dolido. Sus pupilas se dilataron y sus fosas nasales estaban temblando.

—Hasley, te quiero y sabes que siempre estaré ahí cuando me necesites —dio un suspiro pausado y prosiguió—: Pero, aunque intentes olvidar el color de mis ojos, recuerda que son del mismo color que los tuyos. Sí, eso fue lo especial en tu mirada.

Él se dio la vuelta y recogió su ropa, se puso el pantalón mojado y dejó la manta y la toalla en el sillón, tomó entre sus manos las prendas húmedas y se dirigió hacia la puerta; antes de girar el pomo me miró serio y entreabrió los labios.

—Adiós, Hasley.

Y finalizó saliendo de la casa, mirando el picaporte con lágrimas en los ojos y yéndose con el corazón dolorido.

CAPÍTULO 28

Lunes por la mañana. Y el único sonido que podía oír entre las paredes de la minúscula cocina de mi casa era el crujir de los cereales que hacían mis dientes al aplastarlos.

La cabellera oscura de mi mamá hizo su presencia al entrar, haciendo que el olor de su perfume se impregnara en el aire y llegara hasta mi nariz. Tranquila, comenzó a sacar algunas cosas de la despensa y del refrigerador para prepararse un sándwich. Sus ojos se quedaron fijos sobre mi pequeño cuerpo y, cautelosa, me observó.

—Últimamente te has estado despertando más temprano, ¿a qué se debe? —preguntó con sumo interés, pasando los dedos por el pan. En ese momento no quería contestar a sus preguntas, por lo cual me limité a encogerme de hombros, dando por hecho mi cansancio. Ella, dejando salir un poco de aire de sus pulmones, movió las cosas a un lado y me miró fijamente poniendo las manos sobre la barra—. Hasley, ¿me puedes decir qué es lo que pasó? Llevas un par de semanas así, los sábados te despiertas hasta tarde, los domingos no sé siquiera si comes o haces el intento de salir de tu cama —soltó un poco irritada por mi actitud—. Pareciera como si yo fuera la única que vive aquí.

Llevando otro poco de cereal a mi boca, sacudí mi cabeza de un lado a otro, pero ella me reprendió con la mirada, respiré hondo y decidí contestarle.

—No pasa nada —mascullé.

—No mientas —habló con la voz más fuerte—. No he visto a Zev por aquí o ni siquiera al chico pelirrojo que te llevó al cine y tampoco al rubio de esa noche en la que fuiste una completa grosera —al oír que mencionó a cada uno sentí cómo se formó el nudo en mi garganta y la presión en mi pecho se presentó, aunque, de igual manera, le dio acceso a mi furia, que inundó mis venas—. Cariño, puedes decírmelo.

—Estoy bien, ¿okey? —espeté bajándome del taburete para ofrecerle una mirada fría—. No soy uno de tus pacientes, no me trates como a ellos.

Sus ojos azules se abrieron con asombro, estática en su lugar, entreabrió los labios pero no dijo nada. Ella estaba perpleja. Yo sabía que esa no era la forma de contestarle, pero estaba harta de darle vueltas al mismo tema, ya no lo quería recordar y ella me lo sacaba de nuevo.

—Hasley…

—Me tengo que ir —avisé cortándola.

Sin mirarla, salí de la cocina a pasos rápidos, tomé mi mochila y, colgándola por encima de mi hombro, cerré la puerta principal detrás de mí. Comencé a andar por la calle sin detener el paso ni un segundo, sentía cómo mis piernas se impulsaban cada vez con más fuerza, el aire del invierno golpeaba suavemente mi rostro.

Traté de respirar hondo y superar el hecho de que le había contestado de una manera fatal a mi mamá. Calmándome por lo sucedido, me fijé en la hora sin ningún apuro, era temprano. Últimamente me despertaba antes de mi hora habitual y se debía a que en casi toda la noche no podía conciliar el sueño, ni unas cuantas horas, tenía en mente que mi imagen cada día iba de mal en peor, no era la mejor y, en realidad, me importaba un carajo. En poco tiempo mis pies tocaron la entrada de la escuela y una oleada de nerviosismo, como de inquietud, se asomó por mi mente. Me tocaba clase con la profesora Kearney, alargando una inhalación me di la valentía de entrar sin preocupaciones, pero una voz me impidió que lo hiciera.

—Hasley —la voz pronunció firme mi nombre y me giré para encarar a la persona—. ¿Te enteraste de que Matthew tiene nueva novia?

Karla, una chica de piel bronceada, me miraba fijamente junto a otra. Eran unas de las animadoras del equipo de rugby, el de Zev. Sus miradas eran burlonas, así como sus sonrisas, y quise poner los ojos en blanco, pero me contuve.

—No me interesa —mascullé entre dientes.

—Tanto le dolió que le fueras infiel que a la semana ya se había buscado a otra —se burló ignorando por completo lo dicho antes por mi parte—. Se nota lo reemplazable que puedes llegar a ser.

Y su comentario por alguna razón me dolió. Mostré una postura más firme y apreté las mangas de mi sudadera intentando no ir hacia ella y estampar mi puño contra su rostro, aunque sabía que no lo haría por el simple hecho de que era débil y que la agresividad no era parte de mí. Algunas personas ya estaban presenciando la escena y no quería que se armara otro escándalo.

—Te dije que no me interesa —repetí en un balbuceo con la voz ronca.

—¿Cómo se siente que te reemplacen, Hasley? —dijo, poniendo énfasis en mi nombre, volviendo a ignorar lo que dije—. Por fin se deshizo de la basura, ¿no es así?

Aunque esta vez no dejé que siguiera.

—No, no lo hizo porque aquí sigues.

Se escuchó un coro de «uh» y su boca se abrió al igual que sus ojos, me miró indignada y, después, dejó que la furia gobernara su rostro y se puso roja de lo furiosa.

—Me las vas a pagar —siseó a regañadientes, para darse la vuelta e irse de allí.

Las miradas se posaron sobre mí y me arrepentí de haber dicho lo anterior, así que opté por lo primero que mi subconsciente me gritó:

huir. Girando sobre mi propio eje entré al aula, en donde mi cuerpo se heló, pues Luke ya estaba allí y su rostro tenía una media sonrisa que se fue desvaneciendo en un fruncido de labios poco a poco. Agradecí en mis adentros notar que no éramos los únicos en el aula, así que rápidamente tomé mi asiento y esperé a que la profesora llegara.

Mi día estaba comenzando con el pie izquierdo y podía asegurar que no terminaría con el derecho.

Y lo confirmé cuando a la cuarta hora ya no pude soportar a otro profesor regañándome por mi distracción y falta de concentración. Resignada, me fui hasta el campo para poder liberarme un poco de todo, desvaneciendo todos mis recuerdos y echando mis preocupaciones hacia el fondo de mi cabeza.

—¿Sabes que lo que estamos haciendo es incorrecto?

Al frente de mí, Neisan repitió una vez más, volviendo a enarcar una de sus pobladas cejas. Se había unido a mi escapada cuando me vio cruzar la puerta que daba hacia las canchas y no era la primera vez que pasaba algunas horas de fuga conmigo.

Bajando la mirada inflé una de mis mejillas mientras con una voz baja le susurré un «¿por qué?», aunque ya tenía la respuesta por mi cuenta, solo quería seguir matando el tiempo.

—No está bien que faltes a clases, Hasley, y yo no debería estar pasando la hora contigo —se lamentó dando una respiración honda—. Esto ya se está haciendo una costumbre.

Tirando de la hierba del campo, desinflé la mejilla, aún sin contestarle le devolví la mirada, sus ojos tropezaron con los míos y lancé un poco de los hierbajos que había arrancado en su dirección. Él torció los labios e hizo chascar la lengua indicando que mi acción le había disgustado, sin embargo, solo se sacudió. Aún en silencio por mi parte, el chico se estiró formando una uve con las piernas y volvió a hablar.

—Deberías hacer algo por ti misma —pronunció ladeando la cabeza; le dediqué un arqueo de cejas y él echó una risita—. No te ofendas, pero no te ves bien.

—Lo sé —hablé después de mantenerme callada desde que mi trasero y el del chico habían tocado el césped.

Desvié los ojos a lo lejos del campo, el cual se encontraba por completo solitario, sin ninguna persona andando por allí. Dediqué unos cuantos segundos más a ver la nada, dejando que el aire fresco de invierno diera contra mi cara, causando que mi piel se erizara, pero lo pasara por alto. De nuevo, la voz intranquila de Neisan volvió a irrumpir.

—¿En qué piensas tanto? —inquirió, su voz suave más el acento británico me hacían querer pedirle que me cantara una canción para que yo pudiera dormir.

Volteé a verlo y me quedé en silencio nuevamente. Fruncí los labios y me encogí de hombros, aunque supe que no quería eso como respuesta cuando me miró con recelo, así que opté por dejar a un lado mi personalidad borde y comenzar a entablar una conversación sana con el chico que me había estado ayudando esas semanas.

—Creo que no hace falta decirlo, Neisan —mascullé comenzando a tirar de la hierba otra vez—. Sé lo que quieres decir. Vamos, sé directo.

Neisan soltó un suspiro exagerado, humedeciendo sus labios negó unas cuantas veces para dedicarme una sonrisa a medias. Mis ojos miraban los suyos fijamente y, aunque probablemente bajaría la mirada en un momento, la sostuve hasta que entreabrió los labios para hablar.

—Falta algo en tu mirada —indicó recibiendo un fruncido de cejas por mi parte—. O, quiero decir, alguien.

—¿De qué hablas? —pregunté solicitando a mi rostro que mostrara una mueca de confusión, pero lo rechazó.

—Necesitas a Luke —fue directo—. Siempre lo has necesitado.

Mi rostro se puso serio y sentí mi mandíbula ponerse tensa, bajando la mirada negué en varias ocasiones. Mis dedos se entrelazaron unos con los otros, comenzando una pequeña guerra de nerviosismo; mi mejilla derecha se infló y volví a negar dejando que una pequeña risita llena de inquietud saliera de mis labios.

—Estás loco, Neisan.

—Hey, soy con el que más tiempo pasabas del equipo, después de Zev, claro está —recordó acercándose un poco más a mí—. Puedo intuir lo que pasa por tu mente y lo único que puedo decirte es que vayas, lo busques y arreglen las cosas —susurró sin perder el tono firme en su voz—. Hasley, mírame —pidió, y cedí—. Los dos se necesitan en estos momentos.

—Ya no hay nada que yo pueda hacer, él no olvidará tan rápido cómo me he portado ni me perdonará —musité sintiéndome pequeña ante los ojos oscuros de Neisan.

—Oye, oye, ¿tan poco lo conoces? Luke es un gran chico y tú lo debes de saber —aseguró.

En ese momento, la pregunta que mi mente había estado procreando desde hace algunos meses hizo presencia y el letrero de lotería apareció ante mis ojos.

—Neisan —lo llamé—. ¿Desde cuándo Zev conoce a Luke?

La pregunta llegó tan de repente que observé cómo sus pupilas se dilataron, pasó la lengua unas cuantas veces por sus labios y adoptó una postura más firme que la de antes; apreciaba cómo su cuerpo se había puesto tenso por mi pregunta, no se esperaba eso y, siendo honestos, yo tampoco.

—Para ser exactos, hace como dos años —confesó. Ahora fruncí el ceño y solo bastó eso para que él prosiguiera—. Zev conoció a Jane, la prima de Luke, en alguna fiesta. Ellos comenzaron a salir, aunque era como una relación fantasma, es decir, casi nunca lo veías con la chica. Él hablaba maravillas de Jane, pero nunca se mostraron como algo formal. Poco más tarde, Zev ya se hablaba con Luke, porque Jane le había contado sobre su primo. Algo curioso es que a Luke no le importaba su prima, pero todo sucedió tan rápido. Los dos comenzaron a hablarse hasta que se llegaron a conocer más de lo normal, las cosas marchaban de maravilla, hasta que Jane engañó a Zev.

La explicación de Neisan me dejó un poco aturdida y, aun uniendo las cosas lo más rápido que podía, intenté descartar varias partes. Cuando tuve mi rompecabezas casi armado, supe que faltaba más. Algo no encajaba aquí entre ellos y supe de qué se trataba cuando mi boca se abrió para inquirirle:

—Pero ¿por qué Zev y Luke se dejaron de hablar?

—Porque Luke sabía que Jane había estado engañando a Zev casi desde que habían empezado aquella relación y él nunca dijo nada —respondió torciendo los labios—. Ya sabes, es su prima, la familia es lo primero. Ahora Zev vive con ese pequeño resentimiento hacia Luke, aunque él lo niegue.

—¿Cómo es que yo nunca me enteré? —dejé salir en un susurro.

—No sé —Neisan se encogió de hombros—. Lo más probable es que se deba a que su amistad igual fue poco sincera o al simple hecho de que todo eso pasó en cinco meses.

—Oh… —solté—. Eso fue lo que ocurrió.

—Sí, tengo mis razones para defender a Luke, es por eso por lo que te digo que no es mala persona, solo necesita ayuda, como todos alguna vez.

Mi menté rápidamente se fue al tema principal con el que habíamos empezado y quise huir en ese momento, pero era imposible, así que me limité a negar, nuevamente.

—No puedo —farfullé—. No puedo ir y decirle que me perdone así de la nada, escuchar lo que hablan los demás me lo impide, hace que se vuelva aún más difícil.

—¡Al diablo con la gente! ¡Al diablo las personas y sus malditas opiniones! —gritó alzando los brazos al aire—. Tienes que decidir por ti misma, ver por tu bien sin tener que pensar en qué dirán las demás personas. Al final siempre será tu mierda y la de ellos es su problema… No puedes renunciar a alguien que está en tus pensamientos todos los días.

—Neisan… —pronuncié su nombre con un tono como si le rogara, intentando que se detuviera. Él no cedió.

—Hasley, eres tú y no es egoísmo, es bienestar propio. Tú vas a decidir, ellos no van a arreglar tus problemas, ¿entiendes? Deja de pensar en los demás, deja de pensar en Matthew y en Zev. ¡Al diablo con ellos igual! Y, si quieres, ¡al diablo conmigo también! Solo tú tienes la decisión y la tienes que tomar lo antes posible. Nunca sabes en qué momento podría ser demasiado tarde y, cuando te des cuenta de la realidad, te vas a lamentar. Si tú eres feliz, hazlo; si eso te llevará a tu bien, tómalo; pero haz lo que tú creas que es correcto y recuerda que, hagas lo que hagas, va a estar bien, si así tú lo deseas. No puedes vivir atada a los susurros de los demás, a las suposiciones o a las acusaciones que te imponen, no puedes. Si quieres algo, levántate, búscalo y consíguelo —él se acercó hasta mí y tomó mis manos entre las suyas haciendo que nuestras miradas se unieran aún más—. Porque, Hasley, lo único que cae del cielo es la lluvia, el granizo y los rayos.

Sus ojos oscuros miraban los míos azules, tenían una pizca de comprensión. Lo que dijo me dejó prácticamente muda, dijo todo lo que necesitaba para poder darme las fuerzas necesarias y, aunque mi miedo no me dejara hacer las cosas que deseaba, ahora se estaba eliminando por cada palabra de Neisan.

Cerró los ojos unos cuantos segundos, los volvió a abrir, colisionando de nuevo nuestra mirada, dando un suspiro con pesadez y tratando de tranquilizar su respiración frenética y exaltada. Finalmente, se alejó de mí a una distancia considerable, por muy minúsculos que fueran los segundos, estaba aprovechando cada uno en ese instante.

—Y, si Luke es tu felicidad, corre y búscalo, por más estúpido que suene —al terminar de decir aquello, retirando algunos cabellos de su frente, se puso en cuclillas para levantarse y tomar su mochila, me dio una última mirada que gritaba «hazlo» y emprendió su camino lejos de mí, desapareciendo del campo y dejándome ahí con todas sus palabras revoloteando en mi cabeza una y otra vez, siendo un mismo caleidoscopio con imágenes y sonidos claros ante mí.

Baje la vista a la hierba, pasé mis dedos sobre ella. El recuerdo de Luke regresó a mi mente y, sintiéndome tan débil, di un respingo.

Reprimí las ganas de querer ir a buscarlo en ese momento y, ahogando mis deseos de sentir sus brazos alrededor de mí, me dejé caer de espaldas sobre el césped. No encontraba la forma de presentarme ante él con mi cara de imbécil y después de haber actuado tan borde.

Reprobaría Economía. La imagen del señor Abbys diciéndome que me vería en vacaciones hacía de mi comida algo muy desagradable: malas calificaciones más una asignatura reprobada equivalía a mi mamá horrorosamente enojada.

La cafetería no era mi lugar favorito en esos instantes o creo que, sinceramente, nunca lo fue; solo me gustaba estar aquí por la compañía de Zev y sus amigos, los cuales ahora comían dos mesas más allá de donde yo me encontraba, y ni hablar de Matthew, que en una de las esquinas a la derecha estaba llamando la atención.

Por el rabillo del ojo podía ver cómo Ciara Palmer estaba sentada a su lado mientras lo tomaba del brazo; una que otra vez su mirada se posaba en mi diminuto y mal cuidado cuerpo, mientras en mi interior gemía porque la desviara hacia otro punto.

Mis manos tocaron el licuado de chocolate que tenía enfrente de mí para llevar el popote a mis labios y sorber un poco. Esperaba a que Neisan llegara, sí, también me acompañaba en el almuerzo; apenas terminaba y me iba, él regresaba con sus amigos, aunque creía que esta vez no sería así.

Sentí cómo mi estómago gruñó en el momento en que el esquelético cuerpo de Karla se posicionó enfrente de mí. Mi boca se secó y di un suspiro alargado.

—¿Ahora qué quieres? —mi voz no ayudaba en nada, salía en un murmullo como si estuviera intimidada. Y, bueno, quizás así fuera.

—Que me repitas lo que me dijiste en la mañana —su voz era serena y no había ninguna pizca de furia.

—¿Es en serio? —articulé.

La chica rodeó la mesa y se detuvo a un lado de mí, me dio una sonrisa y asintió. Nuevamente, ya varios alumnos se encontraban a nuestro alrededor.

—Sí, repítelo.

—¿Para qué? —solté incrédula, no entendía a qué se debía esto.

—Créeme que, si no lo haces, te vas a lamentar durante toda tu mediocre vida —dijo aún con su sonrisa.

—Estás loca, Karla.

Decidida, me levanté de la silla, dejando mi licuado de chocolate en la mesa. Ella me echó una mirada recelosa y se hizo a un lado, lo que me hizo sentir confusa, aunque la ignoré por completo. Lo único que quería era salir, no deseaba verla otro segundo más, pero fui tan ilusa. Al instante en que quise pasar por su lado, metió el pie haciendo que yo cayera.

Esto no podía ser real.

Miré dolida a Karla, que sonreía con autosuficiencia, sus ojos desprendían felicidad y mi dignidad estaba igual que yo: en los suelos, aplastada y destrozada.

—¿Por qué lo haces? —susurré sin aliento.

Ella se acercó un poco a mí y susurró:

—Te dije que me las ibas a pagar —volvió a la distancia de antes y continuó con mi humillación—. No te bastó con Matthew y Luke, ahora estás enredando a Neisan. Matt hizo bien en mandarte al diablo, ahora sin amigo y sola, ¿qué se siente? —gesticuló, su voz sonaba tan orgullosa que me daba asco, pena y rabia. ¿Por qué demonios no me levantaba y me defendía?—. Vamos, Hasley, cuéntanos, dile a toda la prepa lo que se siente al ser una completa zorra y que, a causa de eso, ahora estés sola, aunque pensándolo…

Ella no pudo terminar con su discurso para mi desolación porque alguien más la interrumpió.

—No —la voz de Luke sonó a mis espaldas—. Mejor cuéntanos tú cómo mierdas fuiste la puta personal de Alexis Debian o, mejor aún, cómo estuviste entre las sábanas de Paul Grigohl, aun sabiendo que mantenía una relación con Yolanda. Vamos, Karla, creo que lo tuyo es más emocionante que lo de Weigel.

Lo último resonó por toda la cafetería creando un silencio para después dar paso a los murmullos. Los ojos de Karla miraron a Luke con muchas emociones encontradas, desde sorprendida hasta espantada.

De pronto, su piel bronceada se puso pálida. Sabía que estaba detrás de mí, pero me encontraba en tal estado de *shock* que no me atrevía siquiera a girarme sobre mi hombro.

—¡Es una completa mentira lo que estás diciendo! —gritó.

—Podré ser un «drogadicto» como muchos de aquí me llaman, pero mentiroso… —Luke soltó una risita—. Ay, cariño, eso no lo soy.

—Deja de mentir, solo estás delirando con cosas que te estás inventando sin pruebas —atacó poniendo una postura firme.

—¿Quieres apostar? Aunque igual no las necesito.

—Dices mentiras solo para defenderla. ¡Mierda, Luke!

De pronto volví a la realidad cuando me apuntó, aún seguía en el suelo. ¿Qué demonios pasaba conmigo? Pero todo se esfumó en el momento en que sentí el cuerpo de alguien junto a mí, no necesitaba ver para afirmar de quién se trataba.

Luke me ayudó a ponerme de pie y, en ese ínfimo momento, sus ojos hicieron contacto con los míos. Su brazo rodeó mis hombros, y aquella sensación de protección que no había sentido desde hacía mucho tiempo regresó, se hizo tan presente que quería llorar por tenerla de vuelta.

—No las necesito. Tú, los demás y yo sabemos perfectamente que es verdad.

Mi vista chocó con los ojos avellana de aquel chico que me defraudó. Entre el tumulto de gente nos observaba cauteloso y, a su lado, Neisan me miraba con una sonrisa reprimida.

—Escúchenme bien todos… —habló. Su voz se volvió dura, fría y seca—. El que se vuelva a meter con ella que tenga en mente que se mete conmigo, ¡atajo de imbéciles! Hasley no está sola, nunca lo ha estado ni lo estará —los ojos de Luke fueron en la dirección de Zev y siseó—: Yo no soy el tipo de persona que promete quedarse y fingir conocer a una persona para al final terminar huyendo como un cobarde.

Después de eso me llevó con él fuera de la cafetería, quedando en completo silencio. Una vez más me había sacado de un aprieto; una vez más había demostrado que estaba ahí para mí; una vez más había cumplido su palabra, su promesa. Luke siempre estaba para mí.

Al detenernos me di cuenta de que nos encontrábamos en las gradas donde lo había conocido y la nostalgia invadió todo mi ser, aquello hizo que un sollozo se escapara de mis labios.

—Silencio —Luke susurró cerca de mí y el toque eléctrico recorrió todo mi cuerpo—. Te dije que siempre iba a estar para evitar que cayeras, aunque creo que llegué un poco tarde.

—Creo que te lo tomaste muy literalmente —mencioné en un tono muy bajo.

Él soltó una pequeña y diminuta risa, haciendo que yo lo hiciera de igual manera.

—¡Demonios! —jadeó—. He echado tanto de menos tu sonrisa.

Pasé el dorso de la mano por mi nariz y miré cautelosa a sus ojos. Y yo extrañaba tanto poder verlos a esa distancia, lo necesitaba tanto que aquel sentimiento dolía. Sus ojos en ese momento brillaban y me tomé el descaro de apreciar su rostro: el aro de su labio ya no era negro, ahora era plateado y la poca barba que hacía presencia lo volvía más guapo de lo normal.

—Lo siento, lo siento —repetía entre llantos. Poniendo mis manos en su pecho bajé la mirada, incapaz de seguir observándolo—. Jamás me arrepentiría de haberte conocido, todo lo que dije…

—Cariño —me interrumpió tomando con una mano mi mentón—. No hay nada que perdonarte, estabas asustada... Lo estás.

—Creí que alejándome de ti todo sería más fácil, pero resultó ser peor —confesé—. Lo lamento tanto, por decirte todo eso aquel día. Soy una egoísta que no pensaba en el dolor que nos causaría a ambos.

—Aunque me digas que me aborreces o que me odias y me lastimes de la peor manera, ten por seguro que te seguiré amando, en esta vida y otras mil más.

Me odié en ese instante por no decirle que yo igual y todo lo que sentía cuando estaba junto a mí. Luke me abrazó, proporcionándome su calor, su seguridad y su protección, haciendo de ese momento uno de los mejores, el mejor. Al momento de enrollar mis brazos en su torso, reprimí un gemido. Podía sentir sus costillas, había bajado mucho de peso y no pude evitar que la culpa me carcomiera de nuevo, sintiéndome aún peor.

Sus manos, que reposaban en mi cabello, bajaron para tomar mis mejillas e hizo que lo mirara directamente a sus ojos eléctricos, estos se hacían profundos gracias a las ojeras que reposaban alrededor de ellos, haciéndolo parecer cansado de todo.

—No tienes una idea de lo roto que me pone verte así —admitió en un murmuro—. Soy tan jodidamente débil cuando se trata de ti.

—Te quiero, yo te quiero de verdad —murmuré.

Antes de que yo pudiera decirle mis sentimientos, me besó.

No era nada apresurado, era lento, con una sincronización increíble, donde no había ningún roce de lengua, nada de morbo; un beso tan inocente y cálido que podía sacarte el alma y hacerte sentir la persona más afortunada del mundo; uno en el que sus labios acariciaban de una manera tan suave los míos tratando de no quebrarme, como si yo fuera la porcelana más frágil del mundo.

Sintiendo su frío aro de mental rozando mi labio superior, di un respingo, atrapó entre sus labios el mío y se mantuvo así por unos segundos, besó la comisura de mis labios. Aún con sus manos sobre mis mejillas, regresó a ellos y dio otro beso, los acarició y bajó una mano a mi cintura, ladeó la cabeza procurando que yo tuviera más acceso a él y así fue enviando pequeñas sensaciones a mi sistema nervioso, pasé mis manos por su cabello, sintiéndolo áspero y largo, dio un jadeo y se detuvo. No se apartó, pero tampoco siguió. Se mantuvo así.

—Tengo miedo —musitó—, porque tú significas todo para mí y trato de ser lo mejor para ti, en serio que lo intento, pero a la vez no quiero que ames el desastre que soy y caigas conmigo, no quiero encerrarte en mi boulevard de los sueños rotos.

Y ahora fui yo quien lo abrazó, sintiendo el mundo entre mis brazos, odiándome por todo lo que ocurrió, pero dejando claro que lo quería demasiado.

CAPÍTULO 29

—Weigel, ¡corre! —Luke pasó a mi lado gritando. Le lancé una mirada confundida, dejándole claro que no entendía a qué venía eso, pero él, en lugar de detenerse, solo volvió a gritar entre risas.

—¡Toqué el timbre de una casa!

Oh, maldito.

—¡Estás loco, Howland! —reproché mientras corría lejos de allí.

Eso había sido tan infantil, sin embargo, era gracioso oír a Luke riendo. Hizo que yo lo hiciera de igual manera. Él, al ver que mi velocidad disminuía, tomó mi mano haciendo que obligara a mis piernas a ir más rápido, sentía cómo mis músculos empezaban a arder y tirarme al suelo era una de mis ideas principales.

Habíamos decidido ir al callejón, aunque el cielo comenzó a teñirse de un gris tan triste que preferimos volver a casa. Fue estúpido decidir ir caminando hasta mi casa, ya que estaba demasiado lejos. Luke iba haciendo bromas y fumando un cigarrillo tras otro.

—No vuelvas a hacer eso —le reprendí una vez que comenzamos a caminar con paso normal.

—Dios, Weigel, fue divertido —chasqueó los labios con una sonrisa lobuna.

Le lancé una mirada diciéndole que no lo fue y él alzó las manos en señal de inocencia. Empecé a caminar por la orilla de la acera mientras extendía los brazos, mi equilibrio no era para nada bueno, pero hacía el mejor de mis intentos. Escuché cómo Luke rio.

—Recuerdo que mi hermano Zach y yo hacíamos eso —susurró a mis espaldas. Me detuve, girando sobre mis talones, y lo miré—. Mi mamá solía decirnos que nos caeríamos y que podría haber un accidente con los coches, siempre ha sido muy paranoica.

Me sentí mal en ese momento por haberle recordado aquellos acontecimientos de su vida. Su cara tenía una sonrisa, una melancólica, y miraba hacia el fondo de la calle. Succioné mi labio inferior hacia dentro y traté de que sus ojos y los míos se encontraran.

—No quise recordártelo —murmuré apenada.

—No tienes que preocuparte, ya casi no duele como antes, he aprendido a sobrellevar las cosas —confesó y prosiguió—. Lo he hecho gracias a ti, contigo las cosas duelen menos, pero no cuando vienen de ti. Me entiendes, ¿verdad? —mordí mis labios y bajé la mirada comenzando a sentir el ardor en mis mejillas. Me estaba sonrojando por dos cosas, una de ellas era por su confesión y la otra porque sabía a qué se refería con lo último.

Sentí las frías yemas de Luke rozar la piel de mi barbilla, en el instante en que alzó mi cabeza y me sonrió, el hoyuelo en su mejilla se dignó a aparecer y no pude evitar devolverle la sonrisa.

—Todo está bien, ¿de acuerdo? —pronunció.

Asintiendo, lo rodeé con mis brazos mientras ocultaba mi cabeza en su pecho, pero pronto volvimos a correr de nuevo, la lluvia estaba empapándonos por completo, ambos nos enfermaríamos. Estaba lloviendo en invierno y el clima frío no era bueno en estos momentos. De repente, Luke se detuvo y comenzó a palpar sus bolsillos.

—¿Qué pasa? —pregunté.

—¡Mierda, mierda, mierda! —maldijo varias veces—. ¡Mi cajetilla se mojó!

—¡Luke! —farfullé—. ¡Podrás comprarte otra!

—Pero ¡ahí van más de diez cigarrillos sin encender! —se quejó—. ¡No son gratis, Weigel!

—¿Quieres darte prisa? —solté irritada—. ¡Hace frío!

Luke gruñó y a regañadientes continúo corriendo. Al llegar a mi casa entramos rápidamente, Luke se apoyó contra la pared y se dejó caer al suelo tiritando del frío, no lo culpaba, yo estaba igual o quizá peor.

—Voy por unas toallas —avisé, y subí rápidamente a mi habitación. Tomé dos de mi armario, y al girarme de nuevo hacia abajo di un pequeño salto al ver que Luke se encontraba en el umbral de mi puerta enredado con una manta, mordía su labio, en la parte donde yacía aquel arito plateado de metal. Ya era costumbre por parte de él.

—¿Dónde la conseguiste? —inquirí apuntando aquella tela de algodón de color rojo.

—Estaba en el sillón —se encogió de hombros y se adentró en mi habitación para sentarse en el borde de mi cama.

—Mi mamá me va a matar —jadeé, y él esbozó una sonrisa. Puse los ojos en blanco y le tendí la toalla, él la tomó y se quedó quieto en su lugar sin tratar de secarse—. ¿Pasa algo?

—No —murmuró—. Oh, bueno, sí, pero… no quiero que te pongas dramática, ni mucho menos que sientas lástima por mí, ¿bien?

—Bien —afirmé extrañada por su actitud.

Luke dio un suspiro profundo y a continuación se quitó la camiseta, donde pude ver de nuevo el tatuaje que acompañaba a la ruleta. Sin entender aún, le dediqué un gesto con el entrecejo fruncido; él puso su dedo índice sobre sus labios indicando que guardara silencio y, acto seguido, se dio la vuelta. Entonces comprendí: de nuevo tenía algunos golpes en su espalda.

Llevé una de mis manos a mi boca y reprimí un jadeo. Aún no entendía por qué su papá le hacía eso, ni siquiera cómo podía seguir mirándolo a los ojos. ¿Cómo podía llamarse papá alguien que hacía eso?

Di pequeños pasos hasta acercarme a Luke.

Analicé cada moretón que había allí, se podían ver con mucha claridad, el color morado con verde resaltaba fácilmente contra su pálida piel.

—¿Duelen? —pregunté a Luke mientras apretaba con mi dedo índice una de las marcas.

Lo tenía enfrente con el torso completamente desnudo y sé que en otras circunstancias estaría nerviosa, aunque esta vez era diferente. Quería interrogarlo por aquellos golpes en su piel, sabía quién era el causante de cada uno, pero quería saber el porqué de ellos.

—No tanto —confesó observándome por encima de su hombro.

—¿Seguro? —pregunté insistente.

Sin embargo, Luke se dio la vuelta conectando su mirada azul con la mía y asintió con el semblante vacío.

Di un suspiro hondo, dándole a entender que no le creía pero también que no insistiría. Había descubierto que Luke tenía el mal hábito de mentir para no verse débil frente a mí. A pesar de que ya tuviéramos una buena relación y nos entendiéramos bien, no daba su brazo a torcer con su carácter de macho alfa.

—Deberías ir a bañarte —sugerí cambiando de tema, ya que el ambiente se había puesto incómodo y el silencio había reinado.

—Weigel, ¿tratas de decirme que huelo mal? —dijo fingiendo estar ofendido mientras alzaba una de sus cejas.

—¡No! —grité negando unas cuantas veces—. Solo que sigues mojado y te puedes enfermar, yo también lo haré.

Él me regaló una sonrisa y después con su pulgar acarició mi mejilla provocando que mis ojos se cerraran por inercia.

El tacto de Luke era el roce más cálido que había podido sentir, tal vez fuera porque venía de él; la sensación más maravillosa que mis entrañas podían sentir cada vez que enviaba aquellos toques de electricidad o pequeñas vibraciones por todo mi cuerpo. Su piel contra mi piel se había hecho algo tan necesario y no de una forma pasional, sino de aquella manera sana y tierna, aquel roce que no se puede describir de tan perfecto que es; Luke Howland me hacía sentir así.

Sentí cómo sus labios tocaron mi frente, estaban secos y fríos, aunque me gustaban igual; con él todo estaba bien. Poco a poco, abrí los ojos, y pude ver aquella poca barba sobre su mandíbula que picaba sobre mi nariz, causando que la arrugara y gruñera.

—Me haces cosquillas —balbuceé. Luke se alejó unos cuantos centímetros de mí y rio—. ¿Quieres algo de comer? —ofrecí, y él volvió a asentir, como un niño pequeño.

—¿Dónde está el baño? —preguntó mirando por toda la habitación.

—Es esa puerta de color crema —mencioné apuntándola. El chico solo alzó las manos en señal de inocencia—. Yo iré al baño de mi mamá.

Me dirigí a la puerta para salir de la habitación, cuando estuve a punto de abrirla, Luke tiró de mi brazo haciendo que girara sobre mi mismo eje y, sin previo aviso, pegó sus labios a los míos. No me importó nada, rápidamente puse mis manos en su cabello, enterrando mis dedos en él y tirando de él; Luke pasó una mano por mi cintura y la otra por mi mejilla, haciendo de este beso más profundo y, diablos..., ¡era magnífico! Mi espalda tocó la pared y la mano de Luke bajó hasta mi pierna haciendo presión. Supe que tenía que detenerlo, aunque no fue necesario porque él lo hizo.

—Gracias —susurró.

—No hay de qué —respondí de igual manera.

—Ahora bajo —avisó dándose la vuelta para caminar hasta el baño. Me quedé viendo su espalda, no me agradaba la idea de que su papá abusara de él en aquel aspecto, detestaba a ese hombre sin ni siquiera conocerlo.

Yo no era buena en la cocina. Luke miraba el plato que tenía enfrente de una forma extraña con la cabeza ladeada.

—¿Sopa instantánea? —preguntó ahora echando su cabeza hacia mí y con el ceño fruncido.

—Es lo que me preparo cuando tengo frío —defendí.

—Estás fatal, Weigel.

—¡Solo come! —grité golpeándolo levemente con una almohada, y él rio.

Agarró la cuchara y comenzó a comer, solté una risa al ver cómo una mueca se formaba en su cara.

—¡Diablos! ¡Me quemé la lengua!

«Luke Howland, eres un idiota».

Luke me lanzó una mirada fulminante y se tocó la lengua. La vista que tenía de él me gustaba, su perfil era demasiado hermoso. ¿Acaso todo en él era perfecto? Porque para mí lo era.

Su cabello rubio aún seguía mojado, haciéndolo parecer de alguna manera más atractivo de lo normal, pequeñas gotas rebeldes resbalaban por la parte de sus sienes. Él pasó una de sus manos por su pelo, haciendo que me salpicara, ante el impacto solo pude cerrar los ojos y soltar un jadeo en forma de quejido.

—Eso es por no decirme que estaba caliente —gruñó Luke—. Me quemé la lengua.

Comencé a dar estruendosas carcajadas ante lo que había dicho, esto era divertido, su rostro era como el de un niño pequeño cuando está indignado y no quiere que lo toques. Él frunció los labios y puso los ojos en blanco para mirar hacia otro lado.

—Era obvio que estaba caliente —apenas pude articular.

—Cállate, Weigel.

Cubrí mi boca para intentar detener las carcajadas, pero era imposible, mucho más cuando su rostro era de alguna forma gracioso para mí. Él volteó hacia otro lado y negó unas cuantas veces. En un segundo, ya estaba en el suelo con Luke encima de mí haciéndome cosquillas.

—¡Detente! —exclamé intentando alejarlo.

Me estaba quedando sin aire hasta que Luke, por fin, se detuvo y, esta vez, quedé encima de él; nuestras respiraciones eran demasiado rápidas. Mi oído estaba apoyado sobre su pecho, oyendo claramente cómo su corazón latía frenéticamente.

Era impresionante cómo en ese corto tiempo podía olvidar todo lo que había pasado unos días atrás, cómo con Luke nada importaba, solamente éramos él y yo, y tal vez, solo tal vez, siempre había sido así: solo los dos. Me hacía sentir bien, siempre me sentía así con él, a su lado. Era como mi protección, mi seguridad y mi paz.

Todo estaba en silencio, solo se oía el sonido de la lluvia que comenzaba a caer. Escuchaba aún sus latidos, sin nada más, y no era un ambiente incómodo, era un silencio en el que no tienes que decir nada porque simplemente es reconfortante, es nítido, aquel tipo de silencio que puede decir más cosas que uno mismo con palabras, de esos que aparecen para que los sentimientos fluyan, aunque en un momento tenía que ser roto y fue por Luke.

—Weigel —su voz sonó tan ronca y su pecho vibró, lo sentí en mi mejilla.

Alcé mi mirada azul hacia la suya, esos ojos eléctricos me miraban serios, pero a la vez tan penetrantes, estaban completamente llenos de luz. Este era Luke, mi Luke.

—¿Sí? —pronuncié en un murmullo.

Hubo tan solo unos segundos de silencio hasta que su boca se abrió, soltando en un suspiro las palabras perfectas:

—Te amo.

Y juro que en ese momento mi corazón se detuvo para después comenzar a palpitar con rapidez rítmica. Jamás me imaginé que Luke diría aquello, no así, no en un momento como este. Probablemente quisieras oír ese «te amo» en el instante perfecto, pero… allí me di cuenta de algo y es que solo era especial si la persona de quien viene lo es.

—Yo también te amo, Luke.

Y, sí, ese día también supe que había caído completamente en manos de Luke Howland.

—¿Qué clase te toca? —preguntó Luke apoyando su hombro en el casillero al lado de la mía.

—Cálculo —respondí sacando y metiendo libros de mi mochila a mi casillero.

—Ugh —gesticuló—. Entonces te deseo suerte, me voy a escuchar los valores morales del ser humano.

Reí ante eso y negué, Luke estaba a punto de irse hasta que lo llamé haciendo que se girara. Me puse de puntitas para poder estar a su altura y le di un beso.

—Suerte para ti también —le regalé una sonrisa y él también lo hizo.

—Eso me gustó —confesó entrecerrando los ojos, y se alejó.

Si me viera a mí misma, podría comprobar que tenía una completa cara de boba, de eso estaba muy segura. Regresé a mi casillero para cerrarlo y cuando bajé la mirada hasta mi mochila, oí aquella voz que hizo erizar mi piel.

—¿Ya estás con Luke?

—Eso a ti no te importa —mascullé entre dientes.

—Solo es una pregunta sin ninguna intención, Hasley —Matthew puso los ojos en blanco.

—Una que no me da la gana responder —solté—. Me tengo que ir a mi clase.

—Hasley… —sentenció.

—Ya basta —hablé firme sujetando la correa de mi mochila—. Yo ya te dejé en paz. No me he vuelto a meter contigo. Ahora hazlo tú.

Decidida a darme la vuelta e irme a mi aula sin tener que soportarlo más, él volvió a hablar, pero entre sus planes no estaba que solo los dos lo escucháramos.

—¡Al menos debiste engañarme con alguien mejor! —siseó en un grito que se oyó por todo el pasillo.

Furia. Sí, en ese instante solo esa emoción me invadió. Por lo cual, no supe cómo ni en qué momento me vi dando un gran paso hacia él y en un corto tiempo mi puño ya estaba chocando con su rostro.

—Luke es mil veces mejor que tú —indiqué entre dientes, y giré sobre mis talones para irme de allí.

CAPÍTULO 30

Los dedos de Luke rozaban mi mano y, cortando la pequeña distancia entre nuestras manos, las entrelazó. En su otra mano llevaba un cigarrillo, e iba dando pausadas caladas para expulsar después el humo. No me gustaba el olor, pero cuando el humo se combinaba con su perfume me resultaba de alguna forma maravilloso.

—Pareces una chimenea —comenté meciendo nuestras manos.

—Y te encanta —sonrió de lado.

—Narcisista —ataqué.

—Tonta —se acercó hasta mi oreja y la atrapó entre sus dientes causando que diera un gélido gruñido.

—No hagas eso, me haces cosquillas —lo reprendí, pero él no me hizo caso—. ¡Luke!

Se alejó de mí y por un instante creí que se daba por vencido, pero me equivoqué, aún con nuestras manos entrelazadas, me acercó hacia su cuerpo y con su otro brazo me abrazó enterrando mi cabeza en su pecho. Sentí el frío metal de su arito hacer contacto con la piel de detrás de mi oreja y dejó un pequeño beso allí. Hacía cosquillas y enviaba pequeñas sensaciones a través de todo mi cuerpo, estaba erizando mi piel, lanzó una pequeña risa y mordió mi lóbulo.

—Ya para —jadeé, pero él seguía sin obedecer—. Pushi…

En el instante en que dije aquello, se separó de mí, me miró con el ceño fruncido y torció los labios.

—Ni se te ocurra —advirtió—. Suficiente tengo con la perra de mi prima llamándome así y enviándome mensajes las veinticuatro horas para que lo hagas tú también.

—Pushi suena a nombre de gato —confesé—. ¿Por qué te llama así?

—Es una larga historia —gruñó.

Se quedó en silencio durante unos segundos para después soltar una carcajada.

—¿Qué es divertido?

—Jane lo es —respondió—. Siendo sincero, he pasado gran parte de mi infancia junto a ella, es mi única prima y la quiero a pesar de todo —admitió alejándose de mí—. Puede ser muy cínica y dura, pero es una gran chica, quizá juegue con los sentimientos de los chicos, aunque tiene sus razones, por eso la dejo hacer su vida. Sin embargo, la defiendo de cualquier cabrón.

Antes de que pudiera pensarlo dos veces, la pregunta salió de mi boca.

—¿Es por eso por lo que nunca le dijiste a Zev que lo engañaba?

Mierda.

Quise darme allí mismo una bofetada por estúpida. Luke me miró aturdido y movió los labios de un lado a otro, pensando en mi cuestionamiento, hizo lo mismo los últimos diez segundos y habló:

—Conque ya lo sabes… ¡Vaya!

—No como yo esperaba, pero sí, lo sé.

—Pues sí, preferí no decirle a Zev porque Jane me lo suplicó —dio un suspiro—. Ella siempre me ha ayudado en lo que puede, por eso me vi con la obligación de callarme.

—Entiendo…

—No, no entiendes, amor.

—¿Por qué lo dices?

—Porque los sentimientos que se viven en cada tipo de relación son diferentes y los míos con Jane no se comparan al nuestro. Este último es más fuerte.

Sonreí.

Luke tomó una última calada para tirar la colilla al suelo y aplastarla, después palpó sus bolsillos y sacó una pequeña bolsa. Supe qué era al ver el polvo blanco dentro de ella.

—Si sigues así, te matará —sentencié.

No mencionó nada, solo me regaló una curvatura de labios. Se burlaba. Le eché una mirada fulminante y bufé poniendo los ojos en blanco. No entendía por qué Luke quería eso. De hecho, en ocasiones, no entendía nada de lo que viniera de él. Si en algo no me equivoqué fue en que la palabra «incógnito» lo definía demasiado bien.

—De acuerdo, pero ¿al menos puedes evitar hacerlo delante de mí?

Tenía razón. Podía hacerlo, pero no lo haría porque ambos sabíamos que él no querría que yo me fuera.

—Yo no te estoy reteniendo, te puedes ir —agregó divertido.

Luke se sentó sobre la acera de aquella calle vacía donde se podía sentir un ligero viento. Me percaté de que sacó sus llaves, agarró el amuleto en forma de periquito con la cola plana para agarrar un poco y esnifar. La volvió a meter en su bolsillo. Me humedecí los labios y tragándome todo el orgullo me senté a su lado.

—He oído de ti últimamente por los pasillos de la escuela —mencionó para romper el silencio y con un toque irónico finalizó—: Eso es nuevo.

—¿Sobre mí? —pregunté, extrañada, girándome a mirarlo.

—Seh —chasqueó sacando de su pantalón una cajetilla, y tomó un cigarro.

Al parecer, Luke consumía de todo, no le importaba ni dónde ni cuándo, solo lo hacía como si de un dulce se tratara.

El tabaco no me extrañaba. Ante los ojos de la sociedad eso era algo común, lo cual solía ser triste. Sin embargo, el que quisiera consumir todo al mismo tiempo, aunque fuera un día al mes, era mucha carga para su débil cuerpo.

—Así que le diste un buen golpe en la cara a Matthew —me miró esbozando una sonrisa.

—Algo así —musité apenada.

—Dicen que se ve más atractivo con ese golpe en la cara —dijo Luke.

—Quizá —confesé, y fruncí la cara—. ¿Debería sentirme mal?

—No —me sonrió de lado—. Pero al menos ya entiendo por qué tu nombre resonaba por todos los pasillos nuevamente.

—Creen que soy patética —reí sin ganas.

—¿Sabes? —él me miró—. Deja que se rían de lo patética que creen que eres, a fin de cuentas, todos terminamos igual —dio una calada a su cigarro y dejó escapar el humo—, en un boulevard de los sueños rotos.

Nuestros ojos se quedaron fijos durante varios segundos, para después mirar hacia el frente y él volver a dar una calada. Inflé la mejilla izquierda y comencé a dar pequeños golpes a mi rodilla con la yema de mi dedo índice. Aún no entendía el significado de su frase.

Siempre pensé que mi mejor amiga era mi mamá, y vaya que sí. En todos los aspectos y consejos que tenía, ella siempre estaba ahí. Nunca supe desde qué punto hablaba, si como mamá, amiga, psicóloga o todo en uno… Lo único que sí sabía era que cada vez que lo hacía era porque me quería ver bien.

Terminé de colgarme el último arete y tomé asiento en el sillón a su lado, me sonrió a medias con la mejilla apoyada en el respaldo del sillón y le devolví el gesto.

—Necesito saber adónde irán —pidió.

—Es una sorpresa de su parte —le expliqué—, puedes preguntarle a él cuando llegue. Así tú tienes la respuesta y yo no me entero de nada, ¿qué te parece?

—Me parece inteligente —apoyó.

—¡Genial! —festejé.

—Me gusta verte feliz, me gusta verte así... ¿Cómo te sientes? ¿Él se comporta bien contigo? ¿Han tenido algún problema? Sabes que me puedes contar cualquier cosa, ¿verdad que lo tienes en cuenta?

Sonreí enternecida. Ella jamás se dejaría de preocupar por mí, y se lo agradecía de corazón porque a mí me encantaba serle sincera, aunque ciertas cosas de Luke no podía contárselas.

Que se drogaba y que su papá lo golpeaba eran un ejemplo.

Me acerqué a ella, acortando la pequeña distancia que nos separaba. Dejé caer la cabeza sobre sus piernas y me acarició el cabello.

—Me siento bien, jamás imaginé que alguien haría ciertas cosas por mí, y no digo locuras, sino esos pequeños detalles que se convierten en especiales y únicos. Luke es... increíble. Es un buen chico, tiene defectos como cualquier persona, pero siempre intenta arreglarlos para mejorar. Nunca me ha tratado mal, al contrario: su único objetivo es cuidarme.

—¿Él bebe o fuma? —interrogó, peinándome con sus dedos—. Me interesa saber ese tipo de cosas.

Reí por ello.

—No, ahora que lo mencionas nunca lo he visto beber —musité—, pero sí fuma. Le he dicho que es una chimenea de dos patas.

—¿Chimenea de dos patas? —comenzó a reír mi madre.

—Luke fuma algunos cigarrillos al día —comenté.

—¿Cuántos?

—No lo sé —mentí.

Ella se quedó en silencio y cerré los ojos ante la calma que me daban sus dedos entre mi cabello. La escuché suspirar y conecté mi mirada azul con la suya, la cual era del mismo color.

De pronto, esbozó una sonrisa que llegaba hasta sus ojos. Felicidad.

—¿Ocurre algo? —me atreví a preguntarle.

Se encogió de hombros, sin eliminar la sonrisa.

—Me gusta verte feliz después de esos días en los que solo te dedicabas a encerrarte en tu habitación. Aún no me has dicho qué sucedió, pero sabes que estoy aquí para escucharte en todo lo que quieras. Intentaré entenderte, te ayudaré y, si hay algún problema, entonces buscaremos una solución juntas.

Se me hizo un nudo en la garganta y mis ojos ardieron, la ola de sentimientos acababa de golpear, y la culpabilidad salió a flote. Nunca pude contarle lo de Matthew, ni mucho menos lo de Zev. Para ser sincera, no me atrevía a hacerlo y tampoco quería: al menos para mí no tenía sentido traer los malos recuerdos a los mejores momentos.

Lo único que quería era disfrutar esto. Mi presente. Ella intentaría entender por qué Zev había hecho lo que hizo, y me cuestionaría como un detective: si bien a veces respetaba mi espacio, otras no lo hacía.

—Gracias, mamá. Te amo.

—Te amo más, Hasley —murmuró.

—No, yo te amo más.

—Estás equivocada, yo te amo más.

—No, mi amor es más enorme que el tuyo.

—Claro que no —negó—. Yo te amaba desde que eras un pequeño grano de arroz.

—Lo que sea, te amo más —insistí.

Ella rio entre dientes y sacudió la cabeza, juguetona.

Cuando digo que mi madre es lo más importante que tengo y tendré en mi vida, lo digo en serio.

A pesar de que no fuera el aparato tecnológico favorito de Luke y de que era rara la vez que mandaba un mensaje para avisar si estaba cerca o si se había presentado algo más, me incorporé en el sillón y miré a un lado en busca de mi teléfono celular.

—Oh, voy por mi celular, lo dejé en mi habitación —me puse de pie—. ¡Me avisas si llega Luke!

Fui corriendo a mi habitación y traté de encontrarlo. Sin embargo, no di con él. Estuve alrededor de cinco minutos —o incluso más tiempo— buscándolo hasta que lo localicé entre el montón de ropa que había desordenado para escoger algo que ponerme por la noche.

Unos jeans y una sudadera gris habían sido los ganadores.

Me eché un último vistazo en el espejo y salí. Desde el segundo piso divisé a mi madre y a Luke en la puerta. ¿Ya había dicho lo alto que era? ¡Cielos! ¡En verdad parecía un rascacielos! ¡Le sacaba dos cabezas a mi mamá!

—¡Ya estoy lista! —avisé, asomándome por encima del hombro de mi madre.

Ella me dio paso para que saliera.

—Bueno, espero que se cuiden. Por favor, eviten las calles oscuras y solitarias —sentenció mi madre. Ambos asentimos como niños pequeños.

—No se preocupe, estará bien. La traeré justo como está saliendo de casa —afirmó Luke. Ambos se sostuvieron la mirada y mamá sonrió, asintiendo.

—Bien, nos vemos más tarde —se despidió y nos alejamos.

Él me llevó de la mano hasta la moto, me puso el casco y me lo abrochó. Después, hizo lo mismo con el suyo.

—¿Adónde iremos?

—Lo sabrás apenas lleguemos.

Apreté los labios en una línea firme y asentí convencida. Él se subió a la moto y después lo hice yo, envolví mis brazos por su torso y apoyé la mejilla sobre su espalda. Lo sentí reír por la vibración.

Luke encendió la moto y aceleró, iniciando nuestro recorrido: uno que para mí era una completa sorpresa. El camino fue alrededor de unos veinte minutos y todo tuvo sentido cuando llegamos a ese lugar al que me había llevado la otra vez, esa noche en la que viajamos en la camioneta. Detuvo la moto y descendimos de ella. Lo vi sacar una bolsa de entre los arbustos para después vaciar su contenido en el suelo.

—¿Esos son…?

—Sí —me interrumpió—. Me dijiste que nunca has encendido fuegos artificiales, así que esta noche lo haremos. ¿No es eso lo que siempre has querido?

Él me tendió uno y una sonrisa de entusiasmo se plasmó en mi cara, me acerqué para agarrarlo y analicé el tubo. Nunca en mi vida había visto uno en directo, solo en fotos o cada vez que salían en películas.

—¿Y cómo se encienden?

—Bien, hay que colocar la parte inferior en el césped para que así la parte superior apunte al cielo. Después se enciende la mecha. No tiene mucha ciencia, Weigel.

—¿Cuántos trajiste?

—Menos de diez. ¿Quieres encenderlos todos o uno por uno? —preguntó levantando varios.

No quería encenderlos todos de golpe, pero me habría gustado ver algunos colorear el oscuro cielo a la vez. Me mordí los labios y pensé por un segundo que la mejor opción sería la mitad.

—Primero encendería la mitad, y la otra podría ser uno por uno, ¿qué te parece? —le expuse.

—Me parece perfecto —Luke esbozó una sonrisa—. Vamos, hay que ponerlos en una fila.

Yo obedecí, él lo hizo primero y lo seguí, haciéndolo de la misma manera. Luke se burló de mí al darse cuenta de que mi emoción era como la de una niña pequeña. Avisé en voz alta que había terminado y me pidió que me alejara para que él pudiera encenderlo. Lo mejor sería que él lo haría con estos y luego yo lo hiciera con los restantes.

Cuando los encendió, rápidamente se puso detrás de mí. No había pasado mucho tiempo cuando los cohetes ya estaban yendo hacia el cielo y los fuegos se dispersaron en él. Los diferentes colores se hicieron presentes: azul, rojo, amarillo y rosado.

—Otra vez, otra vez —le rogué—, ¡y yo quiero encenderlos!

—¿Segura que puedes? —interrogó. Yo asentí—. Cuidado con pegar tu piel a la mecha. Lo que menos quiero es llevarte a casa con la mano lastimada.

Me tendió el encendedor y lo agarré, coloqué uno de los tubos como lo habíamos hecho antes con los demás y lo encendí. Al ver que la mecha se había prendido, corrí metros atrás y miré al cielo colorearse de rojo una vez más.

—¡Esto es hermoso! —grité celebrando.

Mis ojos no dejaban de ver los fuegos artificiales cada vez que encendía uno. Verlos de cerca era otra cosa. Mi emoción era enorme y Luke lo sabía más que nadie, pues era el único que estaba presenciándolo.

El hecho de que estuviera cumpliendo cada uno de mis sueños me resultaba tan hermoso, y me hacía creer que esto, de una forma u otra, estaba siendo un logro para ambos. Es decir, él abriéndose de una manera diferente de lo que era desde un inicio, y yo estando con alguien que no me daba menos de lo que le daba yo.

Los momentos con Luke siempre serían mis favoritos.

Sentí que me rodeó por detrás, envolviéndome en sus brazos. Eché la cabeza sobre su pecho y puso su barbilla sobre ella.

—Gracias —le dije feliz.

—De nada —le restó importancia—. Aunque creo que soy yo quien debe darte las gracias.

—¿Por qué?

—Por darme esperanzas, porque cuando estoy contigo me siento malditamente completo —confesó—. Porque esta noche soy demasiado feliz, y tú eres la razón de que me sienta así. Muchas gracias, Hasley Diane Derrick Weigel.

Él me besó la parte trasera de la oreja y sonreí.

Deshice su abrazo para girarme y verlo con ternura. Luke era demasiado, a pesar de que tuviera su propia forma de amar, aquellos defectos que a él le aterraban, aun con lo roto que se encontraba y su manera tan única de demostrar cuánto le importabas. Todo eso era algo que para mí resultaba maravilloso, con todo eso yo… Yo lo aceptaba.

—Te amo, Luke Howland Murphy —admití, toqué su mejilla con una mano y la acaricié, sonriéndole—. Si esto fuera un pecado, no me importaría, podríamos hacer del infierno un buen lugar, juntos.

Solo bastó un segundo más para que cerráramos la diminuta brecha que nos separaba para besarnos. Sus labios tocaron los míos y nos envolvimos en un suave beso, uno tierno y cálido que hizo revolotear esas mariposas dentro de mi estómago, un beso que me llevó al primero que nos dimos, pero ahora no estábamos en su habitación: ahora la luna era testigo de lo mucho que queríamos esto. Hacerlo funcionar.

Nunca me imaginé querida de esta forma, una en la que mis sueños se convirtieran en nuestros, o cada vez que yo asimilaba un acto hecho por él, llegaba con otro, sorprendiéndome más. Me sentía especial, querida, valorada y completa, sentía que nunca debería merecer menos ni conformarme con un «solo eso».

Si bien se dicen muchas cosas del amor, de las decepciones y las caídas, con Luke no sentía que fuera así, no por el momento: con él merecía la pena arriesgarse y recoger luego los pedazos de mi corazón.

Se alejó de mí y pegó su frente a la mía, tomando un poco de aire por la boca.

—Weigel, somos tan perfectamente imperfectos —musitó.

Una sonrisa se dibujó en mi rostro y nos mantuvimos así por mucho tiempo hasta que me tomó de la mano, entrelazando nuestros dedos para caminar de regreso a la moto. Decidí no mencionar nada al respecto, él descolgó mi casco para colocarlo, pero en el trayecto se tropezó con mi mirada cautelosa.

La curva de mis labios seguía presente, mientras que en su rostro se mantenía un gesto serio. A veces me habría gustado leer su mente, saber qué pensaba en momentos como estos, intentar comprender lo que pasaba por su cabeza y la razón de su expresión vacía.

Se acercó, sujetando mi cintura. Yo me puse de puntitas para besarlo y él me respondió al instante. A diferencia del otro, este beso fue más rápido al principio, con él llevando el control; no se trataba de uno salvaje, pero sí de uno que gritaba «piérdeme con tus labios».

Di unos pasos hacia atrás, choqué con la moto y me apoyé en ella, sentándome. Fui consciente de su acción, poniéndose entre mis piernas. La simple idea de tenerlo así me hizo sonrojar y la cara me ardió. Tener a Luke así causó que mi piel se erizara, enviándome sensaciones de electricidad por todo el cuerpo.

La punta de su lengua jugó con mi labio inferior y decidí terminar con ello cuando atrapé su *piercing* con mis dientes. Lo escuché gruñir. Él profundizó el beso, sujetando mi rostro para tener más acceso a mi boca. Sentí cómo subió mi sudadera y las yemas de sus dedos hicieron contacto con mi piel, el roce que creó me provocó un jadeo involuntario.

Quise desfallecer.

De pronto, él se alejó y, al principio, me quedé confundida. Todavía tenía la intuición de que mi piel quemaba, su toque me había acelerado y me di cuenta de que respiraba más de lo normal. Los latidos de mi corazón casi golpeaban mi pecho.

—No quise… —fue el primero en tomar la palabra—. Perdón si te hice sentir incómoda, no era mi intención —susurró él. Una risa nerviosa se escapó de mi boca, ganándome una mirada confundida de su parte—. ¿Qué pasa contigo?

—Todo está bien, no hiciste nada malo, al menos no algo que yo no haya querido.

—¿Estás segura?

—Lo estoy, Luke.

—Bien, porque no tendremos sexo en un lugar donde hay demasiada tierra —dijo con descaro. Mis ojos se abrieron, avergonzada—. Ni tampoco toqueteos, a menos que tú lo quieras así.

—¡No! —grité y me cubrí con ambas manos la cara—. ¡Eres un idiota, Howland!

—¿Qué dije? ¿O acaso me estás negando el sexo? Que, si es el caso, está bien. Mi vida sexual ha estado inactiva durante mucho tiempo, puedo continuar con eso.

Apreté los labios y negué. Había calor y no precisamente por el tiempo, sino por lo bochornoso que estaba siendo esto.

—¿Sabes? No quiero hablar de eso ahora, mucho menos de cuándo tu vida sexual dejó de estar activa. Eres un cínico.

Luke se divirtió y se inclinó hacia mí para rozar nuestras narices.

—Pero un cínico al que amas.

—Ajá, y que no ha tenido sexo durante mucho tiempo —dije en un tono divertido.

—Ay, cállate, Weigel —murmuró y volvió a besarme.

CAPÍTULO 31

Una vez más tiré del brazo de Luke intentando que entrara y él soltó un quejido, musitando entre dientes que estaba loca si creía que él iba a entrar allí.

—Ay, vamos —supliqué de nuevo.

—Nunca he entrado a una iglesia o, bueno, quizá sí, pero no quiero hacerlo ahora —indicó, y ordenó—: ¡Suéltame!

—Lo harás —sentencié, y me miró durante unos segundos.

—No sé para qué demonios quieres que entre —bufó—, pero está bien.

Soltó un suspiro y se liberó de mi agarre, sin rechistar más entró. Caminó entre el pasillo del lado derecho y optó por sentarse en uno de los asientos del fondo, intenté no decir nada al respecto, al menos había tocado el suelo de la iglesia.

—Es una cita, bobo —articulé mirándolo con una sonrisa.

—Entonces esta es la cita más rara que he tenido en mi vida —confesó en un murmullo.

—Silencio —susurré, y besé su mejilla.

Él alzó las manos y miró hacia el frente.

Ni siquiera yo tenía ni idea de por qué lo había traído hasta aquí, pero al menos los dos escucharíamos la misa y, de alguna manera, esto era gracioso para mí y molesto para él, comenzábamos a fastidiarnos mutuamente.

Toda la misa pasó entre preguntas y gruñidos por parte de él, aunque en un determinado tiempo todo terminó y Luke salió de allí como si su vida dependiera de ello.

—Weigel, tienes prohibido hacer citas para nosotros —indicó caminando con cierta rapidez.

Puse los ojos en blanco y traté de seguir su paso por detrás, caminaba demasiado rápido para mí; mis zancadas eran muy pequeñas en comparación con las suyas.

—¡Howland! —grité para que se detuviera y pudiera alcanzarlo.

—Esta me la vas a pagar —amenazó mirándome con recelo.

—Me gusta cuando te enojas —lo vacilé.

Luke me regaló una sonrisa cínica y me rodeó para abrazarme por detrás; pasando su brazo por mi cuello, rozó su barbilla por encima de mi cabello haciendo pequeñas cosquillas y haciendo que yo me removiera.

—Esto es por lo que hiciste.

Y, antes de que yo pudiera comprender lo que hacía o al menos hablar, él mordió mi mejilla.

—¡No! —grité, y dio una gran carcajada.

—Y este es el comienzo.

Sonrió con picardía, metió las manos en los bolsillos de sus jeans y, de nuevo, comenzó a caminar.

Moviéndome incómoda entre mis sábanas, una voz cálida sonó cerca de mi oído; ignorándola por completo, me enredé más entre mi sábana. Sin embargo, no pasó ni un minuto cuando sentí que alguien me sacudía por los hombros.

—Weigel, despierta —dijo cantando.

Entreabrí los ojos con pesadez para ver a una persona sobre mí.

Quise entrar en pánico hasta que su voz hizo presencia de nuevo, la poca luz que entraba a mi habitación hizo que pudiera verlo. El cabello rubio de Luke brillara gracias al umbral de la luna, sus ojos se cernían por toda mi cara y una sonrisa se plasmaba en la suya.

—¿Qué haces aquí? —murmuré soñolienta pasando los dedos sobre mis ojos.

—Acompáñame, vamos —indicó levantándose de la cama.

Aún un poco aturdida, lo miré con el ceño fruncido. Estiré el brazo hasta tomar mi celular para poder ver la hora. Él debía de estar bromeando.

—¡Son las tres de la mañana! —grité en un susurro—. ¿Esta es tu venganza? ¿Hacer que me castiguen?

—Quizá —dijo cínico—. Aunque eso lo hace más emocionante —sonrió divertido—. ¡Ven!

—¿Cómo entraste? —le pregunté.

—Tu mamá debería cerrar la ventana de la cocina —mencionó dirigiéndose a la puerta, pasó una mano por su cabello intentando arreglárselo y negué.

—¡Estás loco! —grité bajo, y le dio una pequeña risa—. ¡Guarda silencio, Luke!

—Apresúrate, Weigel —ordenó saliendo de la habitación.

Pasé la lengua por mis labios unas cuantas veces para poder asimilar que Luke se encontraba en mi casa a las tres de la madrugada, había entrado por la ventana y me estaba pidiendo que lo acompañara a no sabía dónde. Esto era una completa locura, el chico estaba mal de la cabeza en esos instantes.

Sin embargo, mi mente echó todo hasta el fondo, y no me pude echar atrás cuando me levanté de la cama y me dirigí directo a mi armario; con rapidez me puse la ropa que tenía a mano y haciéndome una coleta fui en busca de Luke. Pude encontrarlo de pie cerca de la ventana que se encontraba en la cocina, su silueta se distinguía por la tenue luz que le aportaba la calle.

—¿Qué estás haciendo? —pregunté entrecerrando los ojos por el ardor que causaba aún el efecto del sueño.

No contestó, solo obtuve como respuesta ver cómo salía por la ventana; me quedé incrédula ante su acción y estúpida con la pregunta en la boca, pero me sentí aún tonta más cuando crucé de igual manera la ventana, era tan patética en los casos donde se involucraba Luke, me estaba insultando mentalmente por ello y ya me veía enfrente del chico nuevamente.

Aún ignorándome comenzó a caminar en dirección a la calle y, siendo muy evidente, lo seguí con pasos pequeños. Si mi madre viera esto, ahora mismo me estaría encerrando en mi habitación, y aunque cabía la posibilidad de que me castigara, ahí estaba, caminando al lado de Luke. Supe hasta dónde llegaríamos cuando pude observar su motocicleta estacionada sobre la acera, aquello podía ocasionarle una multa.

—¿Adónde se supone que vamos? —inquirí tomando una posición firme y cruzándome de brazos, pero, una vez más, volvió a ignorarme. Irritada, hablé tajante—: Demonios, Luke, dime.

—¿Ya te he dicho que haces demasiadas preguntas? —en cambio, él parecía tan divertido y fresco. Metió las manos en los bolsillos de sus jeans y prosiguió—: Solo déjate llevar por el momento —dijo, pero, al ver que mi expresión no cambiaba, decidió volver a hablar—. Hey, ¿confías en mí?

Di un gran suspiro y deshice el cruce de mis brazos.

—Luke, lo hago…

—Entonces solo confía, créeme que lo que menos quiero es que te ocurra algo —musitó interrumpiéndome con una mueca en el rostro.

—Está bien —accedí rendida y, así, él sonrió dejándome ver aquel hoyuelo que tanto me gustaba.

—Sube —me indicó.

Él lo hizo primero para después hacerlo yo de igual manera, pasé mis manos alrededor de su abdomen y enredé mis dedos para poder sentir un poco más de seguridad. Luke soltó una pequeña risa cuando coloqué la cabeza sobre su espalda, y volví a sentir esa pequeña vibración.

—Conduciremos lo más lejos que podamos, donde solo estemos tú y yo. —Terminando de decir esas palabras, aceleró y comenzó a conducir por las calles oscuras y un poco vacías de la ciudad. El aire frío erizaba mi piel, creo que ponerme unos *shorts* no había sido una buena opción, aunque la chamarra sí lo fue. El frío de la noche caía sobre nosotros aportándonos sensaciones poco agradables.

Fue un largo recorrido, y lo supe cuando me di cuenta de que estábamos fuera de la ciudad, los árboles deshojados se mecían y el único sonido que podía oír era el del viento colisionando contra nuestros cuerpos, así como el que producían las llantas rodando sobre el duro pavimento de la carretera.

La moto se fue deteniendo poco a poco, hasta que Luke tuvo que poner un pie en el suelo para poder sostenerla y bajar el soporte. Dudosa, ante todo, mordí mi labio y bajé de igual manera, él aún seguía en la misma posición.

—¿Ocurre algo? —pregunté dejando que el tono preocupado en mi voz se hiciera presente.

—Se calentó el motor —me miró con una sonrisa torcida y yo le devolví una mirada incrédula—. Tendremos que caminar.

—¿Qué? Debes de estar bromeando.

—Claro que no. Vamos, Weigel —animó bajándose.

—¿Dejarás tu moto aquí? —gesticulé aún sin creer lo que decía.

—Trataré de adentrarla un poco más entre los árboles —explicó comenzando a moverla—. Espérame un momento.

Opté por no protestar, tenía la certidumbre de que, si decía siquiera algo, él lo pasaría por alto, eso había estado haciendo desde que me había despertado, ignorando mis peticiones y preguntas. No tenía idea alguna sobre qué era lo que intentaba hacer o lograr, pero qué más daba. Mi lado capcioso evaluaba sus movimientos, el lugar parecía un sitio demasiado lúgubre, teniendo como medida la sensación de miedo por mi parte.

Si esa era su venganza por hacerlo entrar a la iglesia, estaba en un momentáneo instante desquiciado. Esto podría ser peligroso, pero, por supuesto, a Luke Howland no le estaba importando en absoluto.

Desapareció de mi vista y no pude evitar expulsar un jadeo de pánico ante la situación; intentando calmar mis pensamientos, exhalé e inhalé varias veces; cuando volví a ver la figura de Luke acercarse a mí, sentí de nuevo la sensación lúcida de mantener en calma mi respiración y mi ser.

—Vamos —movió la cabeza hacia el frente indicando que caminara con él.

—Siento que en cualquier momento saldrá alguien y nos matará —dramaticé, y Luke rio.

—Deja de ver películas malas —se burló, y pasó un brazo sobre mis hombros.

—Estaré toda mi vida castigada si mi mamá se da cuenta.

—Valdrá la pena —se encogió de hombros.

—Tal vez —susurré, y él puso los ojos en blanco.

Dos horas. Habíamos pasado dos horas caminando por aquella carretera y aunque mis pies comenzaban a doler lo pasaba por alto. Luke sacaba conversaciones haciéndome reír, el cielo oscuro comenzaba a aclararse poco a poco y el frío aire dejaba de ser tan tenso.

—¿Pasarás Nochebuena en tu casa? —preguntó pateando una piedra. Mecí nuestras manos entrelazadas antes de responderle. Basándome sobre todo en lo que mi madre me comentó que haríamos en Navidad, le respondí:

—Supongo que sí, mi mamá me dijo que haríamos una pequeña cena para las dos —me encogí de hombros.

Él solo asintió haciendo un ruido extraño con la boca.

En silencio, seguimos caminando sin dirección alguna, el aire que se colaba entre nuestros cuerpos era el juicio de la diminuta brecha que había allí. Fue entonces cuando Luke decidió romper el no tan agradable silencio.

—Hasley… ¿Extrañas a tu papá?

Sinceramente no me esperaba una pregunta de tal magnitud, ni siquiera se me había pasado por la mente que Luke se dignara a preguntarme sobre aquel hombre, pero, ahora, en lugar de pensar en lo personal que había sido esa pregunta, me encontraba divagando sobre la respuesta.

—No sé —murmuré cabizbaja—. Supongo que no… He vivido más de quince años sin él, creo que ya me acostumbré.

—Sé que mi pregunta fue indiscreta, pero necesitaba preguntar, simple curiosidad.

Reí por lo bajo acordándome de que esa era la razón por la cual lo había conocido.

Luke se detuvo haciendo que yo lo hiciera de igual manera, dando un pequeño paso hacia mí, llevó nuestras manos entrelazadas hasta su pecho y dio leves caricias con su pulgar a mi mano.

—¿Y lo has necesitado en algún momento?

Tragué saliva y dejé que un suspiro saliera de entre mis labios.

—Sinceramente, sí, hay ocasiones en las que necesito un apoyo paternal. A veces me he preguntado cómo se sentirá tener el amor de un papá.

—Vaya, y yo que huyo del mío —ironizó poniendo los ojos en blanco.

—Hey, Luke… —golpeé levemente su hombro con la mano libre.

—Estábamos hablando de ti —recordó—. Créeme que tu papá perdió a una persona demasiado valiosa.

Sentí cómo me sonrojaba, y tuve la necesidad de bajar la mirada. No me sentía mal o melancólica en estos momentos hablando de mi papá.

—Lo mismo pienso, pero con mi mamá —admití chasqueando la lengua—. La adoro, Luke.

—Y ella a ti —susurró cerca de mi oído—. ¿Qué edad tenías cuando se fue tu papá?

—Justamente cuando yo cumplí dos años —inflé una de mis mejillas y proseguí—: La casa parece vacía a veces, hay momentos en los que mi mamá se siente sola y yo también, pero lo hemos superado juntas.

—Hasley, no estás sola, lo sabes, ¿verdad? —alzó la vista azulada hasta la mía y observó mi rostro—. Quizá te sientas así, pero nunca lo has estado y quiero que tengas en cuenta desde ahora que no lo vas a estar, estoy aquí y siempre lo estaré, solamente para ti.

Sentí que mis ojos se humedecían y no pude sostenerle más la mirada. Luke llevó mi rostro a su pecho y murmuró algo que no pude entender porque me encontraba pensando, pensando en tanto.

Me daba cuenta en ese instante de que Luke daba y hacía todo por mí, desde que nuestros sentimientos se encontraron él trataba de que yo estuviera bien y feliz, sin que nada me dañara, y, aunque no siempre podía, admitía que hasta ahora había hecho lo suficiente.

—Prometo ser el hombre que siempre te protegerá —susurró—. Tal vez no sea el último hombre en tu vida, pero sí el primero y el que te amará más que a su propia vida.

Eso hizo que lagrimeara más y me sintiera la persona más afortunada de este mundo.

—Te quiero… —murmuré entre lágrimas.

—Yo lo hago aún más —contestó besando mi cabeza por encima de mi cabello. Se mantuvo unos segundos más así, hasta que volvió a hablar—. Tengo una idea… —canturreó—. Pasaré la Navidad con ustedes.

—¿Qué? —solté incrédula—. Estás loco, no puedes dejar a tu mamá. Luke frunció los labios y asintió de mala gana.

—En eso tienes razón, pero… —limpió mis mejillas, que tenían esparcidas unas cuantas lágrimas, y continuó—: Voy a tu casa y después me acompañas a la mía, podría presentarte a mi mamá, igual a mi hermano mayor y a su esposa —dijo con cierta emoción.

—¿Y tu papá? —inquirí una vez que me calmé un poco, fruncí el ceño y él bufó, sabía que no le agradaba la idea y tampoco a mí, pero, después de todo, él estaría ahí y era su papá.

—Bien, conocerás al gran Jason Howland —puso los ojos en blanco y comenzó a caminar de nuevo conmigo a su lado.

—Luke —lo llamé, y él hizo un pequeño sonido con la boca indicando que yo continuara—. ¿En serio quieres que tu familia me conozca?

—Por supuesto que sí —dijo con una sonrisa—. Quiero que conozcan mi fuente de esperanzas y felicidad, pero, sobre todo, a la futura madre de mis hijos.

Mis mejillas empezaron a arder y no pude evitar soltar una gran carcajada. Luke me miró con los ojos entrecerrados y traté de calmarme.

—¡Ay, Dios! —una vez más, reí—. No empieces con tu futuro prometedor.

—¡Oye! No es un futuro prometedor.

—¿Ah, no? —arqueé las cejas y le regalé una sonrisa—. Pues ¿qué es? —Luke, sin detener nuestra caminata, me miró penetrante y alzó la comisura de sus labios, tratando de disimular una diminuta y disimulada sonrisa, para después hablar y dejarme perpleja.

—Un sueño.

CAPÍTULO 32

En una semana estaríamos en el mes de diciembre. A mi madre le encantaba, aunque ¿a quién no le gustaba? Navidad, una de las épocas favoritas de casi todo el mundo. Ella disfrutaba poniendo el árbol antes de que empezara diciembre y acababa adelantando los detalles y la decoración en la casa.

—Hasley, ve sacando las esferas —indicó ella mientras elevaba las luces a la altura de sus hombros—. Iré por una extensión más larga.

Con las luces en las manos, caminó hasta el fondo de la casa y desapareció de mi vista. Solté un suspiro agotado y, sin levantarme, tomé la caja con las esferas. Eran de un color dorado con plateado que combinaba con la sala. Algunos adornos con forma de botas yacían colgados sobre los estantes, pues no teníamos chimenea.

Unos pequeños golpes provinieron de la puerta principal y fruncí el ceño. Mi madre no estaba cerca para abrir y eso implicaba que tendría que ponerme de pie para saber de quién se trataba. Gruñí por lo bajo y con pereza me levanté de la alfombra.

—¡Ya voy! —grité cuando volvieron a tocar.

En el momento de abrir, mi piel hizo contacto con la perilla, la pieza metálica estaba fría, lo cual envió un escalofrío por mi espina dorsal. Automáticamente, mis labios se curvaron y sentí una gran ola de felicidad.

—Espero que no sea un mal momento para venir —murmuró Luke con una mueca—. Es solo que… en mi casa están discutiendo.

—No, para nada —negué, y tomé su mano para animarlo a entrar—. Mi mamá está decorando para Navidad, ¿quieres ayudarnos?

—¿Tan pronto? —preguntó incrédulo—. Falta una semana para que sea diciembre.

—Dile eso a mi mamá —reí. Luke negó con una sonrisa.

Él me miró y por inercia me sonrojé, dio un paso hasta mí y me envolvió en un fuerte y cálido abrazo, aspiré su olor varias veces y me sentí confundida. Esta vez no olía a marihuana, para nada. Ahora, era un olor a ropa guardada en algún rincón de su armario.

Enrollé mis brazos alrededor de su torso y ejercí fuerza, la cual no fue nada para él. Luke se separó de mí y besó mi frente. Pude sentir cómo una sonrisa se formó en sus labios.

—Dime en qué quieres que te ayude —susurró.

Me alejé de él para ir hacia las cajas que estaba abriendo y las apunté.

—Hay que sacar las esferas y quitarles el polvo que tienen. Mi mamá fue por una extensión para poder conectar las luces y ponerlas alrededor del árbol.

—Está bien —asintió, y agarró una caja para caminar con ella hasta el sillón de la sala.

—¡Ya la encontré! —la voz de mi madre interrumpió en el lugar y los dos volteamos a verla. Su vista tropezó con la de Luke y le regaló una sonrisa—. ¡Ah, hola!

—Buenas tardes, señora Bonnie —saludó él, poniéndose de pie—. No regañe a Hasley, fue mi culpa por no avisar que vendría. Disculpe.

—No te preocupes, hijo. ¿Quieres algo de tomar? ¿O de comer? Estaba haciendo chocolate caliente, ¿te gusta?

Yo me reí. No tenía ninguna duda de que a mi madre le agradaba Luke.

—Ajá —balbuceó—, quiero decir, sí me gusta el chocolate caliente.

—Perfecto —la mujer sonrió—. Traeré una taza para cada uno —avisó. Antes de que entrara a la cocina, me miró—. Diane, ¿por qué no invitas a Zev? Ya hace como un mes que no lo veo por aquí.

Todo en mi interior se heló y me sentí un poco vulnerable al oír el nombre de mi amigo. Mi madre no sabía nada sobre todo lo que había ocurrido hacía un mes, sobre el drama y mis ataques de lágrimas. Y realmente no quería que lo supiera.

—Él… —inicié—. No creo que pueda. Está muy ocupado, ya tiene novia.

—¿Ya tiene novia? —enarcó una ceja—. Vaya, no viene a visitarme y en este tiempo ya se consiguió novia —rio negando—. Está bien, iré por lo que iba a buscar.

Yo asentí y dejé salir un gran suspiro. Caminé hasta Luke y me senté a su lado; sentía mis ojos arder, avisándome de que las lágrimas comenzarían a descender. Los cerré al instante y sujeté mi cabeza entre las manos.

—Tranquila —musitó la voz serena de Luke cerca de mi oído—. Él es un estúpido.

Entreabrí los ojos y giré mi rostro hacia él, quien me miraba con una pequeña sonrisa sin despegar sus labios.

Acercó su rostro al mío y besó mis labios; no fue un beso largo, tampoco uno donde nuestra piel chocara de una manera pegajosa, sino uno suave, sin ruido y lento: un beso en el que él cierra los ojos y tú puedes mirar cómo las venas de sus párpados se notan, cómo sus pestañas se erizan y su nariz choca con la tuya.

—Te amo —murmuré mirándolo; él aún tenía los ojos cerrados—, más de lo que creía que podía llegar a amar.

—Y, gracias a eso, tú eres la razón más grande para que yo siga de pie —confesó volviendo a abrir sus ojos.

Esbocé una sonrisa y dejé caer la cabeza contra su pecho. Escuché cómo mi madre entró de nuevo en la habitación y nos acompañó, y ahí nos encontrábamos los tres hablando de cosas, mi mamá siendo tan cálida con él y Luke sonriendo cada vez que algo gracioso se presentaba.

Y este era el Luke Howland que había descubierto. Sin embargo, amaba cada faceta de él, porque lo conocí en la peor, descubrí la más frágil, me enseñó la honesta y me dejó explorar la verdadera. Y, en cada una de ellas, lo amé aún más de lo que ya lo hacía.

—Tú eres alto, hazlo —ordené apuntando la corona navideña—. Mi mamá y yo no alcanzamos.

—De acuerdo, lo haré —elevó sus manos en señal de inocencia y agarró el adorno para acomodarlo en la puerta principal—. ¿Así está bien?

—Perfecto —mi madre alzó los pulgares—. Terminen de arreglar el arbolito, voy a sacar los últimos adornos.

Luke puso un gesto de incredulidad y yo reí.

—Tiene miles de ellos.

—Le gusta mucho la Navidad, ¿no crees?

—¡No! ¿En qué te basas? —dije con sarcasmo, y él se rio.

—Diciembre es un gran mes —afirmó, comenzando a colocar las luces alrededor del árbol—, tu mamá hace que tenga vida y no sea uno común entre los doce meses del año.

—Ella es espontánea y alegre —admití. Lo ayudé en el proceso, las luces eran blancas y eso hacía resaltar las esferas—. Me gustaría que todo fuera así.

—A mí me gustaría que siempre fuera así —rio con amargura y sentí una presión en el pecho al darme cuenta de a qué se refería—, pero, al parecer, ser infeliz es algo que ya tenía que ser desde que nací.

—No digas eso, Luke —lo regañé con un suspiro. Él no dijo nada por un rato, solamente se limitó a terminar de colocar las luces—. Me haces sentir mal —murmuré después de varios minutos en silencio—, como si yo fuera una pieza en esa frase —concluí. Tomé algunas esferas y comencé a ponerlas. Luke se mantuvo de pie a un lado mientras solo observaba, por el rabillo del ojo vi que se humedeció los labios y se acercó hacia mí.

—No quise decir eso —rectificó—, es solo que suelo ser un idiota con las cosas que digo. Pero tú no entras en la frase «soy infeliz», en absoluto. Eres lo mejor en mi vida, eres mi razón de ser y el motivo de todas las cosas buenas que intento hacer —sonreí enternecida y prosiguió—: Eres como mi Navidad.

Mis mejillas se sonrojaron y me vi en la necesidad de ocultar mi rostro. Sentí su presencia aún más cerca y después cómo sus manos acariciaban mis brazos.

Alcé la vista hasta él y sonreí.

—Te quiero, Luke, con cada minúscula parte de mí.

—Estoy tan feliz de escuchar eso —confesó esbozando una sonrisa de oreja a oreja—. Ok, sigamos con esto de ponerle las ridículas esferas al árbol. Apenas tenemos una mínima parte de ellas colgadas.

Asentí y proseguimos decorando; había muchas esferas de diferentes tamaños y diseños, aunque el color era el mismo. Dorado y plateado.

Luke agarró la estrella y me miró, esa solía ponerla siempre mi madre en la punta del árbol. Le gustaba mucho, la cuidaba tanto, ya habíamos pasado como cuatro navidades con ella.

—Ponla en la punta —apunté con mi dedo y él siguió la dirección con los ojos—. Trata de que la estrella mire en dirección a la sala y no a la puerta principal.

—De acuerdo.

Me quedé observando a Luke y me di cuenta de que su espalda comenzaba a ensancharse, su cabello estaba creciendo y me reí en mi interior: le faltaban más glúteos; sinceramente, estaba algo plano.

Traté de no reír. Puse todo mi peso sobre una de mis piernas y me crucé de brazos. Él solo estiró su brazo y pudo colocarla fácilmente, haciéndolo parecer algo muy simple.

Caminó de espaldas y se puso a mi lado mientras miraba la estrella. Segundos después, buscó mi mirada y me regaló una sonrisa haciendo notar su hoyuelo.

—Retiro lo que dije sobre que eras mi Navidad —pronunció, no me dio tiempo de mirarlo mal porque agregó rápidamente—: Eres la estrella más brillante en mi Navidad, aquella que me guía para salir del camino lleno de oscuridad.

CAPÍTULO 33

—Quieres hacer algo hoy? —le pregunté a Luke ladeando la cabeza, pero él no respondió—. Hey, Luke —dije canturreando mientras pasaba mi mano frente a su rostro.

—¿Ah? —parpadeó un par de veces hasta mirarme bien.

—¿Me estás escuchando?

—Lo siento —se disculpó pasándose la lengua por los labios.

—¿Ocurre algo? —traté de sonar un poco suave, intentando que no se sintiera presionado por ello.

—No —negó unas cuantas veces.

—¿Estás seguro? —levanté una ceja, y él dio un suspiro intranquilo.

—Sí, no pasa nada —se rascó la barbilla—. ¿Qué me estabas diciendo?

Atrapé mi labio entre mis dientes y decidí ya no insistir. Últimamente Luke había estado actuando un poco raro, se desviaba fácilmente de nuestras conversaciones, como si estuviera pensando en algo que le preocupara demasiado, y se iba sin decir palabra alguna. Aunque yo no necesitaba explicaciones: me preocupaba, porque tenía la pequeña intuición de que su comportamiento se debía a algo mucho más personal y privado.

—Te preguntaba si querías hacer algo hoy… —murmuré por lo bajo, queriendo recordarle, aunque claramente él no lo haría porque no me había estado prestando atención.

—Realmente no tengo ganas de salir; de hecho, quería irme a casa, no me siento bien —explicó con un ligero suspiro en medio, dejándome un poco desilusionada.

Miró su bandeja de comida con desagrado, estaba sin tocar, ni siquiera había bebido su jugo. Con una mano la movió a un lado alejándola de él, e hizo una mueca de disgusto.

—Luke —lo llamé. Él no se dignó a dirigirme la mirada, en cambio solo hizo un sonido extraño con la boca para que yo continuara—. ¿Te hizo algo tu papá?

Esta vez alzó los ojos hasta los míos y pasó la lengua con rapidez sobre su labio superior.

—No —suspirando estiró las piernas por debajo de la mesa, haciendo que sus pies chocaran con los míos, y los movió para levantarse de su asiento. Fruncí el ceño ante su acción y me susurró de forma casi inaudible—: Nos vemos después.

—Espera —gemí deteniéndolo, tomé su mano por encima de la mesa y lo obligué a que me volviera a mirarme—. ¿Qué te pasa?

—Nada, Hasley —pronunció con mucha firmeza mi nombre y negó unas cuantas veces. Apretó sus labios formando una tensa línea y los volvió a abrir para hablar, claramente irritado—. Tengo sueño, solo iré a descansar, luego te veo.

En esta ocasión, no protesté para dejarlo ir. Me había quedado atónita ante su contestación, sentía mi pecho aún encogido por la forma en que me habló, pero me dolía aún más el hecho de que me había llamado por mi nombre y no por mi apellido, como solía hacer. Me parecía realmente extraño. Con pasos rápidos, Luke desapareció por completo detrás de las puertas de la cafetería.

Quería decirle qué me había parecido la canción que hacía tres días me había pedido que escuchara.

Era realmente hermosa, me encantó, la letra era magnífica y me enamoraba cada segundo. Esperaba que él me preguntara sobre ella, pero no fue así. Observé la pantalla de mi celular, que indicaba la hora para la siguiente clase, di un suspiro de cansancio y emprendí el camino a mi aula.

Rezaba desde que entré al lugar para que él no estuviera allí y que, solo por esta vez, la suerte estuviera de mi lado. Gracias al cielo, así fue. Mi respiración se tranquilizó y los nervios se detuvieron cuando pude ver solo a la chica del pelo negro, quien jugaba con unas cuantas servilletas, dejándolas caer entre sus dedos.

—¿Jane? —murmuré por lo bajo cuando me aseguré de estar lo suficiente cerca para que me escuchara.

Volteó a verme con sus ojos azules, su mandíbula se tensó un poco y elevó una ceja para después fruncir el ceño.

—¿Sí? —intentó decir, pero falló en el intento.

—Disculpa si te interrumpo —lamenté con la voz tranquila.

—Descuida —murmuró.

—¿Podemos hablar? —pedí haciendo una mueca de súplica.

—¿De qué?

A juzgar por su rostro, estaba un poco nerviosa, como si mi presencia la incomodara. Aunque no entendía por qué, intenté no darle importancia. Jane tomó una profunda bocanada de aire y trató de tranquilizarse.

—Es algo privado —murmuré—. Se trata de Luke.

—Ah, Luke —soltó. Miró a su lado a un chico pálido con ojos grisáceos y habló en alto—: Dave, estaré un rato fuera, intenta cubrirme.

—¿Y si no lo hago? —retó él.

—Conocerás lo cabrona que puedo llegar a ser —gruñó burlona.

Dave soltó una risa y alzó el pulgar en forma de aceptación. Jane, sin molestarse, saltó por encima de la barra para estar al otro lado junto a mí. Me dedicó una sonrisa dándome a entender que comenzara a caminar, dirigí la vista al suelo y comencé a hacerlo.

—¿Qué hizo Pushi? —inició ella, y reí un poco por el peculiar apodo.

—No ha hecho nada —confesé con una mueca.

—¿Entonces? —dijo con un tono confundido, la miré unos segundos un poco apenada.

—No te lo tomes a mal, pero quería pedirte el número de André, quiero hablar con él —me abracé a mí misma e intenté decirlo sin que se sintiera ofendida—. Es su mejor amigo, sabrá lo que le ocurre.

—Yo soy su prima y, créeme, los tres hemos pasado mucho tiempo juntos, lo que sea que quieras saber te lo puedo decir… —su voz se fue apagando y me miró seria—. Aunque, pensándolo bien, quizá tengas razón, hay cosas íntimas de hombres que entre ellos dos se cuentan y su machismo no deja que yo escuche.

—Gracias por entender —le dediqué una sonrisa, pero la desesperación por obtener una respuesta me estaba carcomiendo. Pasé las manos por mi rostro y ya me encontraba hablando—. Jane, tu primo me preocupa.

—¿Por qué? —musitó con el entrecejo levemente fruncido.

—Se distrae mucho, no sé qué le ocurre —me apoyé en la pared y sentí mis ojos arder, no quería llorar, sin embargo, mi debilidad era más fuerte que mi resistencia—. Últimamente está de mal humor, no quiere que me meta en sus cosas y no quiero imaginarme que esto se deba a que su papá lo… —me detuve al instante cuando me di cuenta de lo que estaba a punto de decir, pero ya era demasiado tarde.

—Que mi tío lo golpea —terminó por completo la oración. Hice un asentimiento de cabeza entristecida. Jane dio una inhalación profunda y continuó—: No sabes cuánto detesto que haga eso, pero yo no puedo hacer nada. Luke no se esfuerza, suele fumar hierba siempre que algo no va bien, como si eso fuera la solución. Cuando discuten, él se echa la culpa de la muerte de Zach y, a pesar de que todos le hemos dicho que él no tiene nada que ver, no lo acepta, ¡es un terco de mierda!

—No sé qué hacer para ayudarlo —dije por lo bajo mirando el suelo.

—A veces no puedes ayudar a quien no quiere ser ayudado —dijo, haciendo que yo mantuviera toda mi atención en ella—. Luke estará mejor con Pol, creo que es la mejor decisión que le he visto tomar.

—¿Pol? ¿Su hermano? —pregunté confundida.

—Sí —afirmó—. Zachary era todo para él en esta vida, pero también está Pol y él lo quiere. ¿Tú qué piensas? ¿Crees que será lo mejor? —ella frunció los labios y me recordó al gesto tan característico de Luke.

—Bueno… —no sabía qué decir, porque no tenía idea de lo que hablaba, pero necesitaba saber sobre eso, podía intuir que era muy importante—. Pol es su hermano, pienso que es lo mejor.

—Yo también, irse de Australia le hará bien a Luke —y, en ese momento, sentí mi mundo caer.

¿Qué? ¿Esto era verdad? ¿Luke se iría de Australia? ¿Me iba a dejar? No podía creerlo, quería en ese momento decirle a Jane que me explicara, que eso fuera mentira, pero no podía ser egoísta: si esa era la solución para que su papá dejara de maltratarlo, lo aceptaría. Lo que más quería para Luke era que dejara de sufrir y de encerrarse en aquellas sustancias tóxicas.

Traté de reponerme de mi pequeño bloqueo mental y hacer como si no pasara nada.

—Espero que todo salga bien, estará en buenas manos con Pol —mi voz salió un poco quebradiza, así que decidí cambiar de tema rápidamente—. ¿Me podrías dar el número de André?

—Por supuesto —accedió sacando su celular para dármelo.

—Gracias, Jane —le regalé una sonrisa guardando de nuevo el teléfono en el bolsillo trasero de mis jeans.

Estaba a punto de irme, cuando ella me habló.

—Hasley…

—¿Sí?

—Luke te quiere demasiado. Por favor, no le rompas el corazón, porque él confía mucho en ti.

Salí del aula y fui por los pasillos en busca de Luke. Me preocupaba, los últimos tres días había faltado a la escuela. Sabía que él solía saltarse sus clases, pero eso era antes: en los dos últimos meses se estuvo esforzando en sus calificaciones, aunque fuera en algunas materias, e intentaba reprobar lo menos posible. Me detuve en seco al divisarlo junto a una chica. Baja de estatura y pelirroja natural. Apreté los labios, percibiendo una sensación desagradable.

En el tiempo que llevábamos juntos, no lo había visto cerca de ninguna chica que no fuera su prima o yo. No quería aceptar que eran celos lo que sentía en ese momento al tener tal imagen frente a mí. Solo hablaban, nada del otro mundo.

Decidí ignorarlos y dirigirme a mi casillero en busca de mis cosas para mi siguiente clase. Me motivaba saber que ya terminaría el curso. Unas semanas más y sería libre.

Abrí mi casillero y dentro todo se encontraba desordenado. ¡Dios! No había manera de aprender a ser ordenada, ni aunque me dijera a mí misma que tener todo en orden me sería de mucha ayuda en algún futuro.

—Creo que voy a reprobar tres materias—. Su voz rasposa y ronca sonó a mis espaldas.

Sin apresurarme, cerré mi casillero y me giré, quería preguntarle acerca de la chica. No pude. Mi pecho se encogió al ver su imagen; si antes lo había visto con muchas ojeras, esta vez fue peor; su piel estaba demasiado pálida, su cabello, más sucio; había un poco más de barba que la otra vez y sus cansados ojos estaban levemente rojos, no podía descifrar si era porque había estado drogándose o llorando.

Me dediqué a ignorar todo para abrazarlo, con mis pequeños brazos envolví su torso, sintiéndolo tan indefenso y frágil, pero tratando de enviarle un poco de protección. En ese corto momento pude confirmar que olía a hierba. Y me sentí muy inútil cuando escuché su primer sollozo.

Tragué con dificultad y me alejé con dificultad de él. Lo miré una última vez para ir directo a su pecho. Traía puesto un abrigo gris grande, sus manos estaban ocultas debajo de él. Sin avisarle, tomé su brazo alzando la manga y sentí la rabia e impotencia recorrer todo mi cuerpo.

—Tu papá tiene que detenerse —dije a regañadientes.

—Quizá cuando me mate lo haga —soltó una risa sin humor y le dirigí una mirada feroz—. Tranquila.

—No es gracioso. Y tampoco me pidas que me tranquilice sabiendo que tu papá es un completo desgraciado —murmuré suavizando mi rostro.

—Oye, algún día todo esto acabará, no te preocupes, al menos no ahora, ¿quieres? —pidió chasqueando la lengua.

Al oír eso supe a qué se refería y quería decirle lo que Jane me había dicho sobre su decisión de irse de Australia, pero no pude, no quería invadir su espacio íntimo y privado. Tenía la esperanza de que me lo dijera en algún momento, porque sabía que lo haría. Confiaba en él.

—No fue él —confesó tras varios segundos en silencio. Me aturdí.

—Entonces ¿quién?

Luke se quedó pensando con la mirada perdida, tragó saliva al mismo tiempo que se llevaba una mano a su rostro, mostrándolo lleno de frustración.

—Yo.

Parpadeé asintiendo.

Pasé la lengua por mis labios, atrapando el inferior con mis dientes. A diferencia de otras veces, entendí perfectamente. Lo sabía. Lo supe desde aquella vez que vi esos moretones dibujados sobre su piel el día que me dio su suéter en la fiesta.

Respiré hondo y exhalé entre pausas.

—¿Podemos ignorarlo? —pidió.

—No —me negué.

—Por favor.

—Luke, no lo haré.

—Por favor, no ahora —suplicó, mirándome con una sonrisa a medias.

«Amor…».

—Está bien —acepté decaída.

Yo ya no quise decir nada al respecto, ni siquiera volver a hablar por el momento. Sin embargo, Luke lo hizo.

—¿Quieres hacer algo hoy? La verdad es que quiero salir, he estado encerrado en mi casa durante varios días.

—Por supuesto que sí, Luke —puse mi mano sobre su mejilla y la acaricié—. Pero, dime, ¿cuáles vas a reprobar?

Él soltó un bufido.

—Cálculo, Ciencias Sociales e… —se detuvo, hizo un mohín y soltó una risita boba— Historia.

—¿Historia? —reí—. ¿Quién reprueba Historia?

—¡Luke Howland!

—Me gusta tu risa —confesé en voz alta.

—A mí me gustas tú —murmuró, y se acercó a mi rostro para dejar un beso y, ante tal gesto, me sonrojé—. Oye, perdóname por haberme comportado como un completo imbécil desde hace una semana. ¿Ya te he dicho que eres muy irritante y haces muchas preguntas?

—Desde que nos conocimos —respondí acordándome de aquella vez que lo repitió cuando fuimos a la tienda de discos.

—Cuando nos conocimos —repitió, y soltó una fuerte carcajada—, estabas demasiado hermosa con aquella pasta dental en tu blusa.

—¡Ay, Dios! ¡Cállate, Luke! —cubrí mi rostro con ambas manos.

—O cuando la trajiste al revés.

—¡Para! —farfullé muy avergonzada.

—Te adoro con todo eso y tu pésima combinación de ropa.

—¡Eso es mentira! —me defendí.

—Oh, no lo es. ¿Te has fijado en los colores que usas?

—Uy, perdón por no vestirme completamente de negro como tú —me crucé de brazos.

—Deberías.

—Olvidé lo imbécil que eres —siseé.

—¿Quién me eligió?

Puse los ojos en blanco. El timbre indicando que las clases comenzaban interrumpió la discusión que manteníamos, apreté los labios en una línea y di un suspiro. Sujeté con fuerza mi mochila, pero fue en vano porque Luke hizo una mueca y se acercó a mí.

—¿Qué haces? —pregunté extrañada al ver que me quitaba la mochila.

—Intentó ser caballeroso, ¿no ves? —habló con claridad.

—¡No es necesario! —ataqué.

—¿Segura? —cuestionó arqueando una ceja.

—Segura —afirmé, y dejó salir un poco de aire.

—Bien, porque hacer esto se me hace tan ridículo —murmuró, y reí por lo bajo negando.

Luke pasó un brazo por mis hombros y me atrajo hacia él. Comenzamos a caminar por el pasillo mientras nos dirigíamos a nuestras respectivas clases. A pesar de que sonriera, sabía que no estaba bien, sus ojos no tenían el resplandor de siempre.

Nos detuvimos enfrente de mi aula, donde me esperaba una gran exposición sobre todas las células animales, estaba segura de que me aburriría.

—Llegaste a tu destino, Weigel —dijo burlón—. Te paso a buscar a las seis.

—Hey, tranquilo, apenas empiezan las clases —recordé.

—Es que olvidas las cosas demasiado rápido.

—Pero esta vez no.

—¿Cuánto quieres apostar? —retó.

—¡Nada! Nos vemos.

Me giré para entrar al aula y oí cómo se burló. Las clases transcurrieron a pasar de una forma lenta y es que siempre era así: cuando querías que pasara rápido todo se movía a una velocidad de tortuga. La última fue un poco entretenida, la profesora Clara, de Idiomas, solía hacer muchas dinámicas para que nuestro aprendizaje fuera más fácil, y, aunque algunos decían que eso era para niños de primaria, funcionaba muy bien. A la salida intenté buscar a Luke, pero fracasé. Él ya se había ido.

Al entrar a la casa sentí un poco de melancolía, me preguntaba cómo sería tener hermanos, oía que muchos se quejaban de ellos, que eran molestos o muy chismosos con la vida íntima de uno, aunque después me fijaba en el caso de Luke y dudaba de todo.

Le avisé por teléfono a mi madre que saldría y con unas cuantas súplicas accedió, no sin antes preguntarme adónde iba y con quién. Después de mentirle un poco, ella, con un suspiro, me dijo un suave «está bien». Sabía que me había comportado mal con ella en el tiempo de mi crisis y por eso le pedí varias disculpas, tenía claro que con eso no lo arreglaba todo en absoluto. Me había pedido que le diera una explicación por haberle contestado de una forma tan mala. Evidentemente no le iba a decir la verdad, así que le conté otra historia que ella creyó o simplemente quiso dejar el tema un poco en el olvido.

En el tiempo que tenía comí algo con queso y después fui a bañarme. El agua estaba demasiado fría y tenía mucha pereza como para ir a encender el calentador, así que me arriesgué a morir de hipotermia.

Me encontraba en el sillón principal de la sala jugando a un estúpido juego que había en mi celular, el cual no entendía. ¿Por qué demonios lo había descargado? Y justo fue en ese momento cuando sentí que entraba la tristeza en mi corazón. Lo descargué porque Zev me había obligado a hacerlo.

Me daba cuenta de que me había hecho falta en varios momentos y, aunque ahora estuviera Luke conmigo, no podía negar que necesitaba al que una vez llamé mi mejor amigo. Vinieron a mi mente recuerdos de momentos que pasamos juntos entre risas y lloriqueos; creí conocerlo, y él a mí, pero hoy me daba cuenta de que nunca había sido así. Aún me dolía la forma en que me había hablado aquella vez, dándole la razón a Matthew y desechándome como una completa basura.

Unas cuantas lágrimas escaparon de mis ojos y me odié en el instante en que pasó, porque me sentía triste por alguien que no valía la pena, por alguien a quien seguramente no le importaba.

Unos cuantos toques se oyeron en la puerta principal y supuse que era Luke. Me levanté del sillón, me sequé las lágrimas de las mejillas, y antes de abrir di una gran bocanada de aire.

—Pasé cerca de una tienda que vende cosas sobre el mar y tuve curiosidad de entrar —mencionó Luke en cuanto me vio—. Dijiste que te gustaría practicar buceo y a mí nadar con delfines, así que compré un collar de piel sintética con un adorno de delfines y otro que simboliza el buceo —de su bolsillo sacó una pequeña bolsa y la abrió—: Tú llevarás mi sueño y yo el tuyo.

No pude evitar cubrir mi boca del asombro por ese detalle tan tierno y bonito por parte de él, y sí, esta vez lloré, pero fue por emoción y felicidad. Luke no era romántico, pero a veces tenía sus momentos cursis y eso era suficiente para mí.

—Sé que es raro, ya que usualmente son corazones o alguna frase típica, pero esta es mi forma de… —dejó la frase en el aire y chasqueó los labios—. ¿Cómo se le llama a esto?

Bajé mis manos y reí.

—Luke, esto significa mucho para mí, gracias.

—No hay que agradecer, lo hice porque quise —soltó ahora adoptando su postura de macho alfa—. Esto no es cursi, ¿estamos de acuerdo? —indicó levantando una ceja—. Además, me gustó, son como azulados, nuestro color favorito es el azul y tiene un estilo hippy, creo… Te gusta el estilo hippy, ¿no es así? Ah, y sobre la camioneta tenía pensado que podríamos ir a la cascada de…

Luke hablaba tan rápido que me estaba causando risa, sus mejillas estaban levemente sonrojadas, haciéndolo lucir realmente curioso y adorable; antes de que siguiera hablando me abalancé sobre él, lo abracé fuerte y enterré mi cabeza en su pecho.

—Gracias —susurré—. Eres lo más hermoso en mi vida.

—Y tú eres lo único bueno y bello que tengo —dijo besando mi cabeza—. No quiero perderte.

—No lo harás —aseguré.

Estaba completamente convencida de que no quería nada más, porque tenía a Luke. Y teniéndolo a él lo tenía todo.

¿Qué haría cuando se fuera de Australia?

CAPÍTULO 34

Había comenzado el mes de diciembre y me encontraba en la habitación de Luke. Hacía unos días había ido a una tienda de vinilos y decidí comprarle tres, ¡no sabía que eran tan caros! ¡Sobre todo si no eran remasterizados! ¡Había gastado mi dinero de la semana… y no tenía mucho!

Luke y yo habíamos quedado en que juntos llegaríamos a la meta. Así que él compró otros por su parte… Solo teníamos un problema, o, bueno, yo lo tenía. Mis discos no eran de la música que él solía escuchar.

—¿Cuántos nuevos? —pregunté, sentándome en la cama.

Se sentó también y sacó la caja donde estaban los suyos. Apenas la abrió, el olor a nuevo llegó a mi nariz. El papel se veía en perfecto estado y no era necesario preguntar dónde los había comprado para saber que fueron conseguidos en internet.

—Seis —respondió, sacando cada uno.

Yo me cohibí al ver que esos habían costado más que los míos. Y no supe si enseñar lo que tenía…

—¿Son nuevos? Quiero decir, ¿son edición especial?

El ceño de Luke se frunció.

—No, solo son… discos.

—Oh…

Intentó agarrar la bolsa donde estaban los que yo había comprado y la alejé, avergonzada.

—¿Qué pasa?

—No sé si te gustarán, son bandas de las cuales no tengo idea de si te gustarán… ¡y se me coló uno en español!

—Muéstrame.

—¡No!

—Vamos, Weigel.

—¡No vayas a reírte!

Él negó y me tendió la mano para que le diera la bolsa, yo accedí. Me arrastré hacia atrás sobre su cama. Sacó el primero. Quise ocultarme debajo de su sábana.

—Simon & Garfunkel, The Animals… —su ceño se frunció—. ¿Mocedades?

—¡Te lo conté!

—¿Por qué escogiste ese?

—¡No sé! —me avergoncé. A los segundos, una duda vino a mi cabeza—. ¿Escuchas canciones en español?

—Lo hago —asintió—. ¿Julio Iglesias?

Negué.

—¿Qué escuchas? ¿Jonas Brothers?

—Los Jonas Brothers tienen buenas canciones.

—Y películas.

Reprimí una sonrisa y lo señalé.

—Tres más seis… nueve —conté—, nueve más quinientos nueve son… ¿quinientos dieciocho?

—Son quinientos dieciocho —aseguró—. Vamos a escuchar uno de los que compré.

Luke escogió uno, apenas pude leer que decía Hoobastank. Se puso de pie y fue hasta el tocadiscos. El reloj que tenía en su escritorio indicaba que eran las ocho de la noche.

—Quiero… que escuches una canción en específico —murmuró colocando el disco.

La melodía comenzó a sonar por toda la habitación de Luke. Mis ojos no se alejaban de su cuerpo, del que solo podía ver el perfil.

La letra empezó con una frase característica. Él se rascó el tabique de la nariz y comenzó a balancearse de un lado a otro con una mano en el bolsillo de sus jeans.

Su rostro estaba serio, sus ojos me hacían sentir cálida; en cambio, los míos comenzaban a picar, iba a llorar, estaba a punto. Agrandé aún más la sonrisa, sentí las mejillas calientes, lo más seguro es que estuvieran coloradas. Intenté bajar la mirada, pero la mano de Luke en mi mentón lo impidió.

Sus labios se unieron con los míos, creando un beso suave. Me había acostumbrado a su tacto, a la forma en que sus labios acariciaban los míos, de una forma singular y curiosa. Él se alejó para volver a mirarme con amor.

I've found a reason for me
To change who I used to be
A reason to start over new
And the reason is you

Comenzó a balancearse conmigo de un lado a otro, yo solté una risita porque me pareció gracioso, vino a mi mente el recuerdo de la vez que bailamos «Wonderwall», como dos completos tontos, porque eso éramos, unos tontos. Quizá dos tontos enamorados.

Puse la cabeza en su pecho oyendo la canción con una tranquilidad increíble, pues cada palabra era una posibilidad de estar en el cielo. O, bueno, ya lo estaba junto a Luke. Sentí cómo su respiración chocó con mi oreja y después sus labios acariciaron mi lóbulo.

Empezó cantando en un murmullo, causando que yo cerrara los ojos. Él dejó un inocente beso sobre la parte trasera de mi oreja y continuó con su tarareo melodioso. La letra de la canción me hacía sentir especial y el trato que Luke me estaba proporcionando solo complementaba la escena.

Lo quería mucho. Lo amaba con cada partícula de mi cuerpo. No quería dejarlo ir, nunca.

Abrí los ojos cuando sus fríos dedos tocaron mi mejilla, fue suave y tierno. A pesar de la temperatura de su piel, sentí ese acto tan cálido. Tuve un contacto directo con sus ojos azules.

Escuchar la canción con su voz fue suficiente para que mi corazón doliera y las palabras, que amenazaban con salir de mi boca ante el simple recuerdo de saber lo que ocurriría dentro de un tiempo, me traicionaron.

—No quiero que te vayas… —susurré, y la primera lágrima salió dándole paso a las otras.

—¿De qué hablas? —me miró confundido.

—De irte lejos de Australia, con tu hermano —sollocé, él soltó un suspiro.

—¿Cómo te enteraste? —cuestionó en un tono suave.

—No importa cómo, solo no quiero… —humedecí mis labios y me di cuenta de lo que estaba haciendo, me comportaba egoísta con él porque, al final de todo, Luke merecía estar lejos—. Pero si estarás mejor no puedo impedírtelo, solo quiero que olvides todo lo que una vez te hizo daño y, si para eso necesitas irte, ten la seguridad de que estaré de acuerdo solo por ti, porque quiero que seas feliz…

—Hey, oye… —me interrumpió y chasqueó la lengua varias veces—. Para ser feliz te necesito a ti, ¿entiendes? Tú eres mi sonrisa.

—Pero… —una vez más, él me interrumpió.

—Y, sí, dejaré Australia —afirmó—. Pero no es para siempre, solo iré a un centro de rehabilitación, quizá solo sea un año, y voy a regresar.

—Te echaré de menos.

—Todavía no me voy —soltó una risita.

—Es que solo pensarlo me da nostalgia.

—Quiero que sepas algo —susurró—. Si me voy fuera de la ciudad para ir a un centro de rehabilitación es por ti.

—¿Qué?

—Porque quiero ser una mejor persona para ti, porque quiero tener un futuro a tu lado por el resto de mi vida —él respiró profundo y después exhaló—. Weigel, quiero algo serio contigo. Te dije que te amo, y siempre lo haré, en esta vida y en mil más. Hasley, lo hago y no me arrepiento, y, si eso implicara dar mi vida por ti, lo haría, lo haría sin pensarlo porque la mía siempre será la tuya, porque siempre se tratará de ti, siempre ha sido así —y, en lugar de sonreír, mis sollozos aumentaron más. Luke me abrazó haciendo pequeñas caricias en mi espalda intentando calmarme. Ahora solamente existíamos los dos. El espacio se redujo y me sentí completa. Tomó mi rostro entre sus manos y besó mis ojos para después hacer lo mismo con las mejillas, eliminando así las lágrimas que corrían por mi cara.

—Jamás había querido algo con tantas fuerzas como lo hago contigo —murmuró Luke.

—¿Sabes que te amo? —acaricié su mejilla.

Él no respondió, solo volvió a besarme, pero ahora de una forma intensa. Tomó mi nuca y llevé mis manos hasta su cabello, enredando mis dedos y tirando de ellos. Sentí el borde de la cama y, después, sin darme cuenta, Luke estaba encima de mí. Era increíble cómo las cosas podían cambiar en un corto tiempo, de un momento melancólico a estar besándonos sobre su cama. Sus labios besaron mi cuello y bajaron hasta mi hombro, desnudando la piel para dejar allí un tierno beso. Regresó a mi cuello y succionó, haciéndome gemir.

Su mano se fue hasta debajo de mi blusa y la levantó poco a poco. Esa noche no hice nada para detenerlo, prometí entregarme a él de la forma más sincera y él me tomó de la forma más bella.

—¿Estás segura de que quieres hacerlo? —Luke preguntó por tercera vez, yo reí y asentí.

—Estoy muy nerviosa, pero sí, sí quiero. Él dio un suspiro y miró hacia abajo.

—¿Es seguro esto? —cuestionó girándose para ver la cara del señor a nuestro lado.

—Sí, chico —afirmó este.

—Bien —asintió volviendo su mirada a mí. Le ofrecí una pequeña sonrisa y me la devolvió—. No sé en qué momento dije que quería hacer esto, estoy loco.

—¿Tienes miedo? —reí.

—Sí —afirmó, pero prosiguió negando varias veces—. Me refiero a ti, Weigel. No por mí, solo no quiero que te pase nada.

Agrandé la sonrisa e intenté ocultar mis mejillas, que posiblemente ya estuvieran sonrojadas. Luke había dicho aquella vez que quería saltar de un acantilado, estábamos a punto de hacerlo, el aire a esa altura era muy fuerte y, a pesar de que fuera cálido, transmitía un poco de frío. La marea estaba tranquila, no tenía sensación de que estuviera brava.

—Entonces… ¿van a saltar o no? —preguntó el señor, claramente desesperado por Luke.

—¡Espéreme un segundo! —farfulló Luke—. ¡Aaah, Dios! —gritó, y di una gran carcajada, él me lanzó una mirada fulminante para luego dirigirse al hombre—: Cinco minutos, que pasen los que siguen y prometo tirarme sin más idioteces.

El hombre suspiró y accedió a la petición de Luke, el chico levantó un pulgar y se alejó un poco de allí, lo seguí incrédula pidiéndole con una mirada que me explicara qué acababa de ocurrir hacía unos segundos.

—Prometo que lo haré —mencionó. Buscó en su pantalón y sacó de allí un rollo blanco—, solo necesito relajarme —sin más que decir, lo encendió para dar una profunda calada.

—¡Luke! ¡No puedes hacer eso en público! —le reproché.

—Cállate, Weigel —espetó echando el humo a mi cara.

Giré los ojos y me crucé de brazos, Luke en este momento se estaba comportando tan tonto. Aunque todo mi mal humor se fue por la borda cuando me di cuenta de algo, últimamente me decía esas dos palabras con tanta frecuencia y me resultó gracioso.

—¿Por qué te ríes? —interrumpió Luke. Me di cuenta de que lo estaba haciendo y regresé a un semblante más serio—. Luego dices que el bipolar soy yo.

—Me di cuenta de algo. Es gracioso que me has dicho en más ocasiones «cállate, Weigel» que «te quiero» —respondí arqueando una ceja.

—Bueno, entonces, mis «cállate, Weigel» serán mis «te quiero» para ti. Tómalo o déjalo —se burló volteando a ver su cigarrillo.

—Eres odioso.

—Cállate, Weigel —sonrió.

—Madura —murmuré.

—Mira… —se acercó a mí—, yo no soy el que llega con la ropa manchada o al revés.

Me sonrojé una vez más y lo quise asesinar en ese instante.

—¿Sabes que comienzas a molestar?

—Pero aun así me amas y yo a ti. He de admitir que mi vida se basa en eso y lo digo en un sentido literal.

—Ahora intentas persuadirme. Eres genial —reí.

—No, no —negó—, gracias a ti por seguir aquí conmigo —se mantuvo en silencio unos segundos y puso los ojos en blanco—. Demasiado romanticismo en un solo minuto, vamos ya.

—¡Ash! ¡Arruinas los momentos! —reproché, y él soltó una carcajada—. ¿Ya terminaste? —bufé de mala gana.

—Creo que sí —dio una última calada y lanzó el cigarrillo al mar. Estaba a punto de decirle que eso era contaminación cuando tomó mi mano y gritó—: ¡Corre, Weigel!

—¡No! ¡Para!

Pero era muy tarde, Luke ya había saltado del acantilado conmigo. Lo único que pude escuchar fue «no te sueltes de mi mano», antes de que nuestros cuerpos se hundieran.

CAPÍTULO 35

Palmeé nuevamente mis mejillas y bizqueé frente al espejo. Al darme cuenta de lo ridícula que me veía, solté una carcajada. Cubrí mi rostro con ambas manos y eché un fuerte suspiro.

Me alejé del espejo y observé por completo mi cuerpo de pies a cabeza. Jamás fui una persona que tuviera baja autoestima o menospreciara su físico; como la mayoría de las personas, cada vez que solía escuchar comentarios negativos hacia mí, no podía evitar preguntarme si estos eran ciertos. Tenía claro que no poseía las mejores curvas: a decir verdad, mi cuerpo no se trataba de un noventa, sesenta, noventa, sino que tal vez todo fuera un setenta porque todos sabían que mi complexión se resumía en un peso muy bajo. Lo único que me ayudaba era mi rostro.

«Dios, qué triste».

Recordé cuando Luke me dijo unos días atrás que solía hacer una pésima combinación de colores. Jeans azules, tenis blancos y blusa de colores planos, ¿qué había de malo en ello?

Hoy, a diferencia de otros días, llevaba un vestido de color azul marino, era corto y de tirantes, se abombaba sin exageración en la parte de abajo y por arriba tenía un corte en forma de uve que le daba un toque elegante. Mi madre insistió mucho en que me lo pusiera. Recuerdo que lo había comprado hacía un año para que fuéramos a la boda de Amy, su amiga. Desde aquella vez, no volví a ceñirme el vestido. Tenía suerte, aún me quedaba bien.

—¡Diane, ya llegó!

El grito de mi madre desde la planta baja acabó con mi pequeña batalla frente al espejo. Fruncí el ceño y me di la vuelta para ir por mis cosas y la caja de regalo.

Luke hablaba con mi madre al pie de las escaleras. Él vestía un pantalón negro junto con una camisa de botones abierta casi del mismo color que mi vestido y su característica chamarra negra.

Ambos voltearon a verme y esbocé una sonrisa de oreja a oreja. Al principio creí que Luke haría algún comentario por el cual yo pusiera los ojos en blanco; sin embargo, curvó los labios al mismo tiempo que ladeó la cabeza, haciéndolo parecer un niño pequeño.

Yo quise morir de ternura.

—¿Ocurre algo? —le pregunté. Él negó.

—Con todo el respeto a tu madre aquí presente, no sé si eres tú o soy yo, pero, cada vez que te miro, me enamoro más de ti —confesó—. Estás perfecta.

Ahí estaba de nuevo ese ardor en mi rostro y la revolución en mi estómago ante sus palabras.

No pude sostenerle la mirada, por lo que me vi con la necesidad de bajarla hasta mis pies. Desde que lo tenía a mi lado solo se había encargado de hacerme tantos cumplidos, casi como si fuera algún reto.

Él subió las escaleras que me faltaban por bajar y acercó su boca a mi oído, el roce de su piel contra la mía solo aumentó el estado en el que me encontraba.

—Vamos, sabes que me gusta ver ese efecto en ti —musitó.

Alcé la vista, encontrando sus ojos azules y lo vi reprimir una sonrisa.

—Te gusta solo porque eres tú quien lo provoca.

—Y me parece fantástico.

Guardé silencio y él miró la caja que llevaba en mis manos.

—¿Llevas alguna pizza?

Negué divertida y se la tendí.

—Toda tuya. Te aconsejo que la abras cuando estemos fuera.

—Bien.

Me tomó de la mano, invitándome a que lo siguiera. Mi madre nos miraba con dulzura sin disimular.

Aún no entendía la manera en que mi madre se había vuelto tan cercana a Luke, dándole una parte de su confianza en este corto tiempo desde que nosotros habíamos comenzado a salir, no como una pareja oficial, pero sí tomando la iniciativa.

—Estará de regreso antes de las nueve de la noche —indicó Luke—. Prometo cuidarla en cada instante.

—De acuerdo —asintió—. Confío en ambos, no vayan a romper mis reglas.

—Nunca —él negó.

—Hasta pronto, mamá.

—Te espero, mi vida.

Al salir de casa, mi campo de visión se centró en el coche plateado que estaba enfrente de nosotros. No pude evitar juntar las cejas y echarle una mirada interrogativa a Luke.

—Es de Pol. Me lo prestó para poder llevarte a… ¿nuestra cita?

—Sí, Luke, es una cita.

—Bien, eso suena demasiado ñoño, pero a ti te gusta, así que me voy a sacrificar y lo llamaré como tal —mordió su perforación y frunció los labios—. ¿Tengo que abrirte la puerta?

Sus mejillas se ruborizaron y no pude pedirle al cielo que me diera más de su parte. Solté una risa por su estado y ejercí fuerza en el agarre de nuestras manos.

—No me molesta si quieres o no abrirla. Al final solo es una acción que no significa nada; dudo que hacerlo o negarte a ello repercuta en tus sentimientos hacia mí —le expliqué—. No quiero que veas estos gestos como una obligación.

—Diablos —maldijo—, ¿quieres dejar de decir cosas que solo aumentan el amor que siento por ti?

Luke tiró de mi mano, atrayéndome a su cuerpo y envolviéndome en un abrazo. Mi rostro chocó con su pecho, mi nariz fue presa del aroma de su perfume y ahí mismo noté la diferencia.

Ya no percibía el olor a hierba, simplemente era su colonia, esa varonil que meses atrás se perdía entre el olor de la marihuana o la nicotina. En mi cara se dibujó una sonrisa de oreja a oreja, llenándome por completo de felicidad.

—¿Puedo abrir la caja? —preguntó.

—Adelante —lo animé.

Él dio una honda respiración y la abrió, quitando el lazo con cuidado. Al descubrir de lo que se trataba, sus ojos se iluminaron. Se giró a verme con una sonrisa y negó divertido.

—Quinientos diecinueve. Foo Fighters —murmuró y me miró—. ¿Has escuchado alguna canción de ellos?

—No —admití—, pero recuerdo haber visto el nombre en tu lista… o tal vez fue en un disco, ya lo tienes, ¿cierto?

—No te lo diré, porque sé que eso te desanimará, tienes una mala costumbre de creer que haces las cosas mal cuando no es así. Lo que sí puedo decirte es que los discos que me has regalado ocupan una parte especial en mi estantería.

Mis labios se curvaron en una sonrisa y señalé el disco.

—¿Alguna canción de ellos que me recomiendes?

Él lo pensó unos segundos.

—«Walk», «This Will Be Our Year», también «Best of You» o «Everlong», la mayoría empieza con las dos últimas.

—Tendrás que repetírmelas más tarde porque seguro que olvido los nombres.

—Lo haré —aseguró y cerró la caja—. ¿Qué planeas hacer con el quinientos veinte?

¿Tenía algo en mente? Claro que sí.

—Te daré el último disco cuando me pidas ser tu novia.

Luke no pudo aguantarse y una risa salió de su boca. Sabía que esto lo ponía nervioso, algo que yo disfrutaba, así como él también lo hacía cada vez que yo me sonrojaba.

—¿Lo dices en serio?

—¡Por supuesto!

—¿Entonces quieres ser mi novia?

—¿Esa es tu propuesta?

—Quiero que seas mi novia —declaró—, pero lo haré bien, mientras podrías irte preparando.

Cubrí mi rostro con ambas manos. Las mariposas volaban dentro de mi estomago cada vez que escuchaba la palabra «novia» siendo pronunciada por Luke.

Él alejó mis manos y una sonrisa inocente se iluminó en mi rostro.

—Tenemos que irnos —avisó en voz baja.

Acepté y subí al coche, Luke lo hizo también y me miró dudoso. Alcé las cejas esperando a que hablara.

—¿Te gustan las comedias románticas?

—¿Acaso me estás haciendo un *spoiler* de lo que será nuestra cita?

—¿Crees que haré lo mismo que todos suelen hacer? No, Weigel. Si le llamas cita a esto, tiene que ser diferente a lo que estás acostumbrada, lo suficiente para que nunca lo olvides y nadie pueda repetir.

—¿Haremos algún ritual? —vacilé.

Su entrecejo se frunció para posteriormente poner los ojos en blanco.

—Eres patética —atacó.

—¿Entonces no es un ritual? —insistí.

Me encantaba molestarlo de esta manera, sobre todo si se trataba de hacer preguntas innecesarias una tras otra.

Sabía perfectamente que eso lo irritaba y lo conocía tan bien que, después de varias frases, él diría:

—Cállate, Weigel.

Pero, para su desgracia, ya tenía conocimiento de lo que significaba.

—Yo también te amo, Luke.

La comisura de sus labios se curvó y negó con su cabeza varias veces. Él optó por no responderme y arrancó, iniciando su trayecto con los ojos sobre la calle.

Iríamos al cine. Eso fue lo que me dio a entender, aunque su destino parecía ser otro. Apreté los dientes, diciéndole a mi subconsciente que no intentara ni por un segundo soltar lo que comenzaba a maquinar.

Mi vista iba de un lado a otro, observando por la ventana los edificios y locales. La zona donde nos encontrábamos era casi el centro de la ciudad. Estábamos muy lejos de lo que yo suponía que era nuestro destino.

Minutos después, Luke estacionó el coche en el estacionamiento de la plaza más grande de Sídney, justamente aquella donde se hallaba el casino, ese sitio en el cual los fines de semana, como hoy, muchas personas venían a perder en lugar de ganar dinero.

—¿Qué se siente al trabajar para tu papá? —cuestioné, mirándolo de reojo—. Se supone que es un negocio familiar, ¿no?

—Bueno, prácticamente es una empresa —respondió. Salió del coche y me abrió la puerta, cosa que me sorprendió porque él mismo había dicho que eso era algo antiguo—. Es de la familia —explicó. Comenzamos a caminar hacia la entrada—. Me gusta trabajar ahí. Parece que odio hacerlo por mi cara cada vez que estoy detrás del mostrador, pero le he agarrado cariño. Lo disfruto y sé que a mi mamá le agrada que me integre en la empresa, ella dice que soy parte de la cadena y que debo aprender de la administrción.

—Ya tienes herencia asegurada, ¿eh? —lo vacilé.

—Los vinilos no se pagan solos —me siguió el juego.

Él me atrajo a su cuerpo, abrazándome.

Nos dirigimos hacia donde se encontraba el cine y me aferré a Luke. La fila de personas era larga, normal para un sábado.

Luke siguió de largo, esquivando a algunas personas. Él agitó una mano, haciéndose notar ante un chico que se encontraba de pie a la entrada de las puertas de cristal que dividía la parte vip de la normal.

—¡Howland! —lo saludó.

—Hey —él le devolvió el saludo, dándole varias palmadas en el hombro—. ¿Está todo listo?

—De la forma en que lo pediste. Sala cuatro.

Intercambiaron otras palabras y seguimos nuestro recorrido.

Luke no se volvió a dirigir a mí, solo me fijé en que escribía algo en su celular para luego llevarme hasta la sala. Adentro, el lugar estaba a oscuras y me aferré aún más a él.

De pronto, las luces se encendieron, di unos pequeños pasos y observé a mi alrededor. Sitio vacío. Pantalla encendida. Temperatura agradable. Dos asientos en medio con la lámpara encendida y un carrito de productos a un lado.

Miré a Luke.

—¿Por eso no querías llamarlo cita?

—Quiero que sea algo extraordinario.

—¿No tendrás problemas con tu papá? —me sonrió.

—Él lo sabe.

—¿No me mientes?

—Dios, en serio, hablas mucho.

—Solo me preocupo —admití, encogiéndome de hombros—. Mi intención no es irritarte, tampoco que haya disgustos con…

—Weigel —me interrumpió, llevando una mano a mi rostro—, todo está bien. Te lo prometo. Lo único que quiero es que disfrutes de este momento, de la ocasión, que nos concentremos en lo que somos y en nadie más, aunque el mundo esté ardiendo allá afuera, quiero que me mires.

—¿Y tú a mí?

Su gesto cambió a uno serio y guardó silencio por varios segundos.

—Eso no lo tienes que preguntar —murmuró, acariciando mi mejilla—. Todo lo que veo eres tú.

Acorté la distancia que nos dividía y sellé nuestros labios, fui yo quien tuvo la iniciativa. Él sujetó mi cintura y puso firmeza al beso, llevé mis manos a la parte trasera de su cuello e intensifiqué el beso. La sensación que me transmitía era única y perfecta, era tan agradable que podría hacerlo todo el día.

Aspiré un poco su olor y me alejé. Nos miramos directamente a los ojos.

—Dejaste de fumar, ¿verdad?

—Lo intento, lo hago lo mejor que puedo.

—Estoy orgullosa —musité.

Luke frunció ligeramente el ceño, atrapando el significado de mis palabras. Mi corazón bombeó sangre con un ritmo acelerado en el instante en que me fijé cómo sus ojos se humedecieron.

—Lo estoy, demasiado, por todo lo que te estás proponiendo, y me hace feliz ser parte de tu progreso.

—Es difícil asimilar esas palabras cuando no las escuchas desde hace tiempo.

Desvió la vista al suelo durante un momento y regresó a la mía.

—Solo sigue, vas bien.

—Me esfuerzo, pero no es fácil.

—Lleva su tiempo, Luke. No te apresures. Lo lograrás —afirmé—. Lo haremos juntos.

Sonrió a medias.

—¿No me soltarás?

—Nunca.

Luke asintió, pasando la punta de su lengua sobre su labio inferior y rascó el puente de su nariz.

Yo sabía que podríamos.

Éramos jóvenes. Inexpertos. Unos niños que quizá no sabían el significado de lo que era amar.

Los adultos siempre nos verían de esa forma y nos juzgarían.
—Entonces ¿lo lograremos?
Luke pasó un mechón de cabello por detrás de mi oreja.
—Lo lograremos.

CAPÍTULO 36

Siempre quise que Luke estuviera bien, muchas veces intenté tener los pies en la tierra. Mi madre decía que para que alguien pudiera salir de un hoyo negro en el que se sentía atrapado, primero, esa persona debía querer hacerlo, y aceptar la ayuda, tanto la de sus seres queridos como la profesional.

Recuerdo que muchas veces me repitió: la dependencia emocional no es amor, y las personas tampoco somos centros de rehabilitación. Se necesita sanar desde la raíz para amar de verdad.

Yo nunca dudé del cariño que Luke sentía por mí, pero… quería que sanara. Al inicio, la idea de que se fuera me aterró, ¿cómo podría irse? ¿Estaba bien? ¿Y si todo cambiaba? ¿Y si no resultaba como yo quería? ¿Y si lo que sentía cambiaba cuando regresara? Entonces, cuando las preguntas se repitieron varias veces en mi cabeza, supe que estaba siendo egoísta.

Si las cosas tomaban otro camino, tendría que aceptarlo. Lo importante era que la vida de Luke se organizara de nuevo, que volviera a sentirse libre.

Que supiera que…

Estaba bien sentir.

Estaba bien amar.

Estaba bien llorar.

Estaba bien equivocarse.

Estaba bien aceptar.

Pero sobre todo…

Estaba bien seguir.

Y eso yo también debía tenerlo claro.

No éramos perfectos, ni la definición de la pareja ejemplar, de hecho, estábamos muy lejos de serlo, aunque no importaba si todo terminaba cuando él regresara. Ambos queríamos que esto fuera real, sano y algo nuevo para los dos.

Y si no lo lográbamos así, me haría feliz saber que él se había sanado.

Ahora, nos dedicábamos a mirar el cielo, tirados sobre el césped del patio de su casa. Las nubes eran grises y amenazaban con soltar una ráfaga de lluvia sobre la ciudad.

Miré a Luke, que se encontraba a mi lado con los ojos cerrados, y pregunté:

—¿Seguro que tus papás no se enojarán?

A pesar de que Luke se esforzó en ocultar una sonrisa, pude verla.

—Tranquila, ellos saben que vendrías —admitió—. Salieron con mi hermano, tienen… un asunto que arreglar, solo ellos tres y nadie más. Prefiero pasar la tarde contigo, no importa si nos dedicamos a mirar el cielo tendidos sobre el césped, esto es mejor que fingir ser la familia feliz en algún restaurante de la ciudad mientras discuten sobre la mierda de situación en la que me encuentro.

Sus palabras siempre tuvieron un peso sobre mí, no tenía tacto al hablar y es que ni siquiera sabía lo que era eso. Luke conocía su situación y le gustaba explicarla de manera despectiva, sin usar adjetivos sensibles o diminutivos.

Era un reto para mí, pues digerirlo no resultaba fácil.

—¿Pol ha hablado contigo? —quise saber.

—Lo ha hecho, quiere conocerte. Les dije que no es el momento, mi idea es que toda mi familia lo haga en Navidad.

—Tan solo pensar que la fecha se acerca me pone muy nerviosa, ¿y si a tu mamá no le agrado? ¿Y si Pol me mira raro? No, no…

Luke echó una risilla.

—¿Por qué siempre te gusta adelantarte a los hechos?

—Es prepararse para que el golpe no sea grande. Que no les agrade es lo mínimo, que me echen es lo peor.

—¡Weigel, Weigel! —gritó con gracia—. Todo estará bien, mi mamá quiere que pase más tiempo contigo, por eso permitió que no fuera con ellos hoy —continuó. Volví a mirar el cielo, escuchándolo—. Creo que le gusta verme feliz, además me preguntó sobre ti, le conté un poco y Pol escuchó algunas cosas. No tienes idea de lo bien que fue, parece ser que todo empieza a arreglarse.

Sonreí al escucharlo. Si bien mis manos se helaban con tan solo pensar que Navidad llegara y tuviera que ver a su familia, también me emocionaba porque sentía que eso era dar un paso en nuestra relación.

«Relación».

No era una que tuviera etiquetas, porque todavía no éramos novios formalmente, pero teníamos algo, y yo no lo quería presionar. Era mejor darle tiempo al tiempo, y quizá sería mejor serlo cuando:

1. Se perdonara a él mismo.
2. Se aceptara por completo.
3. Tuviera la paz que tanto buscaba.

Pasé la lengua por mis labios, pensando en qué decirle. Había mucho que hablar, claro, sin embargo, solo necesitaba lo indispensable.

—Se arreglará todo, Luke —lo animé, posando mi mirada en él; a diferencia de antes, la suya atrapó la mía—. Recuerda que lo lograremos, el camino es difícil, las cosas que valen la pena no se consiguen con facilidad, se tiene que luchar por ellas y, puede que suene ridículo, pero, si en algún determinado momento se te acaban las fuerzas, yo estaré ahí para suplirte.

Esbozó una sonrisa de oreja a oreja.

—A veces creo no merecerte —admitió, y jugó con el aro en su labio.

—No digas eso.

Luke suspiró.

—¿Sabes que esperarme no es una obligación? —preguntó.

—Lo sé.

—Suelo creer en las promesas, pero mi objetivo no es hacerte desgraciada mientras esperas mi llegada —murmuró—. Si algún día ya no estás para esperarme porque te enamoras de otra persona, no quiero que te detengas. Ve por ello, tu felicidad me hará sentir igual.

—No creas que deshacerte de mí se te hará tan fácil —recriminé.

Mi sonido favorito se hizo presente, la carcajada que soltó me contagió por un segundo.

—Jamás querría separarme de ti, pero he pensado mucho en eso. Mantener atada a una persona por compromiso es de lo más ruin que alguien puede llegar a hacer. No requieres de mi aprobación, aunque sí de mi entero conocimiento de que estoy consciente que puedo perderte y sería una decisión que tú has tomado, no yo, por lo cual solo me quedará aceptarla.

Eso era lo que había pensado minutos atrás, y me reconfortaba saber que él también tenía eso claro. No como algo seguro, pero sí como una posibilidad.

—¿Sabes? No es necesario hablar de eso. Podemos… ¿Podemos solo continuar con el presente?

—De acuerdo —rendido, Luke aceptó—. Pero, Weigel, tienes derecho a ser feliz.

—Y tú también, Luke.

Él desvió los ojos hacia el cielo y los cerró. El aire comenzó a soplar, era gélido y seco, a pesar de que amenazara con llover.

La ansiedad de Luke aumentaba y los síntomas de la abstinencia empezaban a presentarse, lo podía ver a pesar de que intentara ocultarlo, su apetito, las ojeras delatándolo porque no dormía bien, la inquietud de sus manos, además de su irritabilidad por momentos o su fácil distracción. La ansiedad le jugaba una mala pasada, y es que la combinación de ambas cosas era algo que solía ocurrirle.

Su psicóloga le había dicho que podía reemplazar sus necesidades de consumir sustancias con otras cosas, como mascar chicle, o intentar alejarse de esos motivos que lo llevaban a fumar. Resultaba difícil, por lo que optaba por sacar un cigarrillo.

Escuché el sonido de un encendedor y volteé a verlo, él encendía un cigarro y evitaba a toda costa mi mirada. Quizá pensando en que le diría algo, pero no era así. No lo haría.

Entendía que algo como eso no lo podía dejar de la noche a la mañana, al menos mi madre me lo había explicado. Requería tiempo, y yo no lo iba a juzgar porque ni siquiera entendía un poco lo que sentía, así que me mantuve en silencio.

—Hace un año estuve en una relación con una chica —dijo, sin prepararme para lo que iba a escuchar—, parecía que todo estaba bien… y era todo lo contrario.

Mis labios se entreabrieron, sorprendida por lo que estaba diciendo. Eso era nuevo, Luke jamás me había hablado de alguna novia en el pasado, casi como si su vida amorosa no existiera, de hecho, llegué a creerlo.

—Fue una relación de once meses —sonrió, dio una calada a su cigarrillo y mantuvo el humo unos segundos antes de expulsarlo—, ella me quiso todos esos meses, yo solo los primeros.

Mi ceño se frunció.

—¿Por qué lo dices?

—Porque no sé en qué momento seguí con esa relación solo por comodidad —apretó sus labios, quizá sintiéndose culpable—. Solo por continuar con alguien que me hacía sentir bien, la idealicé durante mucho tiempo, temiendo que no habría otra persona que me aceptara.

La respiración se me había hecho pesada, era difícil para mí escucharlo hablar de un tema como ese, por muchas cosas. Miedo, preocupación, tristeza. ¿Por qué me lo decía justo ahora?

—Fue muy egoísta de mi parte.

Parpadeé, no muy segura de preguntar lo siguiente.

—¿Y por qué terminaron?

Él respondió:

—Porque ella se fue a estudiar a otro país, y yo tuve que aceptar que ya no era amor lo que yo sentía.

Luke se giró sobre el césped para mirarme, sus ojos estaban húmedos y sentí un pequeño apretón en mi pecho.

—Te estoy diciendo esto porque, aunque ya no me importa porque es cosa del pasado, es necesario que lo sepas. No quiero repetir lo mismo. A lo largo de mi vida he hecho cosas de las que me arrepiento y en las que me he equivocado, pero estoy seguro de que quiero algo contigo, y mi relación pasada es una de las razones por las que debo irme.

Mis ojos ardieron y una sonrisa se asomó por mi rostro, enternecida por lo que había admitido.

Yo nunca había tenido experiencia de lo que era amar a una persona, porque no era algo que te enseñaran en la preparatoria, no existía ninguna asignatura que te dijera cómo amar, solo estaba ese sentimiento que de un momento a otro llegaba.

Luke quiso a alguien, compartió una parte de su vida e intentó amar, tenía un ejemplo de lo que no quería repetir conmigo. Mientras tanto, yo no sabía si estar feliz por esa decisión de él o triste por lo que ocurrió en el pasado.

De todo eso, entendí lo que me explicaba.

—Primero hay que amarse para ofrecer lo mejor de uno a otros.

Él dibujó una sonrisa.

—Cada vez que puedo te expreso lo mucho que te quiero porque sé que es algo que sí estoy sintiendo de verdad, y sé que cuando regrese, ese sentimiento será igual.

CAPÍTULO 37

Por qué las plantas crecen mejor con abono? —preguntó Neisan al aire—. El abono es desecho. Si me echo basura encima, ¿sería más guapo?

Yo fruncí el ceño ante su pregunta extraña y lo miré mal. Estaba confusa.

Seguía sin entender muchas cosas sobre él, creía conocerlo, aunque me daba cuenta con el tiempo de que Neisan era alguien muy especial.

—¿Más?

—Sí, no es por ser narcisista, pero feo no soy.

Puse los ojos en blanco y suspiré.

—Inténtalo, al lado de los baños hay un bote grande, deberías darte prisa, no querrás que alguien te gane.

—Buena estrategia —dijo, guiñándome un ojo—. No soy tan estúpido como aparento.

«Deja de engañarte», pensé.

Sin decirle más, decidí llevar mi cabeza sobre mis brazos, los cuales descansaban encima de la mesa. Esperaba a Luke: en la mañana, antes de entrar a Literatura, me había dicho que al terminar el horario de clases lo acompañaría a un sitio. No tenía idea alguna de qué se trataba; sin embargo, allí me encontraba, en las mesas del patio trasero junto a Neisan.

Por su parte, Neisan no tuvo problemas en aceptar mi petición de que estuviera conmigo durante media hora. Él iría al entrenamiento a las tres. Ambos ganábamos.

Seguía triste por la noticia de que Luke se iría de Australia antes de finalizar el año. A pesar de querer hablarlo con alguien, prefería guardármelo para mí y tratar de enfrentarme yo sola a ese tormento que me consumía lentamente. Una parte de mí estaba siendo egoísta al querer suplicarle que no se fuera, mientras que otra parte veía de forma positiva esta gran oportunidad que él tenía.

«Es por su bien, Hasley», me regañé.

Resoplé cansada y me giré hacia Neisan, con la cabeza aún entre mis brazos. Me sentí desconcertada al fijarme en lo que realizaba. Una hoja de papel blanca. Figuras.

—¿Origami?

Él volteó a verme y dibujó una sonrisa en su rostro.

—Algo así. En el origami no se usan tijeras.

—Y no estás usándolas.

—Lo sé, pero normalmente suelo hacerlo, en este momento no me sirven —se encogió de hombros—. Listo, terminé.

—¿Es un elefante?

Me erguí. Neisan asintió y me acercó la figura de papel.

—Te lo regalo.

La comisura de mis labios se elevó. Acepté su pequeño y especial regalo, apreciándolo desde todos los ángulos posibles.

—¿Desde cuándo sabes hacer esto?

—Mmm… ¿Trece años? —dudó—. No sé, veía a mi papá hacer barcos con el periódico después de que terminaba de leerlo y los ponía en el centro de la mesa de la sala. En ocasiones jugaba con ellos. Me llamó la atención lo peculiar que es transformar el papel en diferentes figuras.

—¿Qué otro talento ocultas? —pregunté, con los ojos entrecerrados.

Se quedó pensando, intentando encontrar una respuesta, aunque no pudo hacerlo porque la voz de una tercera persona nos interrumpió.

—Perdón por hacerte esperar —dijo Luke—. La profesora Caitlin habla demasiado y cuando toca temas de política no hay absolutamente nadie que la detenga.

—Te apoyo en eso —dijo bromeando Neisan.

Howland elevó las cejas y asintió, dándole un saludo y al mismo tiempo la razón a mi amigo.

—Descuida, gracias a eso descubrí que tengo un amigo deportista con el don de hacer origami —hablé orgullosa—. Me regaló un elefante de papel.

—Genial, origami.

—¡Que no es origami! —farfulló él—. Da igual, mejor me voy, nos vemos luego, Hasley. Hasta pronto, Luke.

Me despedí, agitando la mano. El dueño de los ojos azules frunció los labios y lo miró de reojo cerciorándose de que desapareció de su campo de visión, regresó a mí y su gesto serio me atacó.

—Así que... —inició arrastrando sus palabras y, con la voz firme, prosiguió—: un elefante de papel.

—¿Sí?

—Es feo —declaró.

En mi cara se mostró la incredulidad.

—No lo es —defendí.

—Sí, sí lo es —insistió—. Ni siquiera parece un elefante, parece una bola que tuvo la mala suerte de ser transformada en... Ah, sí, nada.

Abrí la boca, indignada, y la cerré al instante. Ya entendía. Conocía esa actitud, siempre que se sentía celoso lanzaba duras críticas a su oponente, a lo que él sintiera que era una amenaza para lo nuestro. Quería arruinar mi perspectiva del detalle que Neisan me había dado. Quizás esto no se comparara con lo de Zev, cuando nos dio las entradas de otra película sin haberlas pedido, o a la vez que asistí con Matthew y él decidió cancelar todas las funciones. Luke estaba celoso.

—¿Acaso eso que huelo son...?

—No, ni se te ocurra —sentenció sin dejarme terminar.

—No se me ocurrió, es como realmente estás.

—Te equivocas.

—Claro —ironicé, alargando la *a*. Puso los ojos en blanco y pasó la lengua por sus labios.

—Supongo que no te molestará que yo invite a salir a Annie —atacó.

—¿Annie?

—La chica del *pendrive* —recordó—. Gracias a ella no reprobé. Tal vez debería hacerlo como una muestra de agradecimiento, ¿no crees?

Ya. La pelirroja de la cual me habló días antes.

—¡Es diferente! ¡A Neisan lo conozco desde hace tiempo! —elevé la voz—. A ti desde hace dos semanas.

—¿Y eso lo vuelve un problema o qué?

—No lo harías.

—Rétame.

Solté un grito y agarré mis cosas.

—Hazlo. No querrás verme furiosa.

—¿Amenaza?

—Claro, Pushi.

—Me voy a la mierda —siseó—. ¿Vienes conmigo?

—Dios, sí. Me encantaría ir a la mierda contigo.

De mal humor, me puse de pie. Él me sujetó de la mano y caminamos por la escuela hacia el estacionamiento. Ese día había traído la moto.

—¿Adónde iremos? —inquirí.

Luke me puso el casco para después repetir lo mismo con el suyo.

—Lo sabrás cuando lleguemos.

Sin decir otra cosa o yo intentar protestar, nos montamos en la moto. Luke se tomó su tiempo conduciendo, sin prisa y evitando soltarle algún insulto a cualquier conductor que se interpusiera en su camino. Lo felicité por ello. Mejoraba cada día. En el lapso durante el que tuve su cuerpo a una distancia corta, me fijé en que el olor de su ropa desprendía nicotina, pero no percibía el de la hierba.

Me invadió un sentimiento de alegría.

Después de unos minutos, Luke se estacionó cerca de unos edificios que se encontraban en una zona transitada de la ciudad.

Mis ojos observaron alrededor, tratando de averiguar la razón de su parada.

Me quité el casco, lo puse en la rendija de la moto para girarme hacia Luke con una ceja enarcada, diciendo:

—¿Y bien?

Él despeinó su cabello, pasando una mano sobre su cabeza.

—¿Recuerdas que me iba a hacer un nuevo tatuaje?

—¿Te lo harás?

Echó una pequeña risita, y comenzó a caminar. Yo lo seguí.

—Sí —afirmó— y tú me ayudarás a escoger el diseño.

—¿De verdad?

—Mierda, Weigel —masculló—. Como vuelvas a hacerme otra pregunta juro que te dejaré fuera del local. No me quiero imaginar cómo estarás ahí dentro cuestionando cada cosa; por favor, evita interrogar por qué los tatuajes se hacen con agujas.

Arrugué el entrecejo, regalándole una mirada colérica.

Entramos al local y lo primero que observé fue la estética del lugar: era limpio y con varios diseños de dibujos colgando en la pared. Todo muy arreglado y la luz blanca le daba una buena imagen. Yo no iba a tatuarme, pero me daba confianza lo que veía.

—¡Luke! —saludó un hombre con perforación y un brazo completamente tatuado.

—¡Ernest!

—Creí que cancelarías —confesó.

—Para nada, solo que tenía asuntos que arreglar y tuve que cambiar la fecha —explicó él—. Hoy estoy desocupado.

—Fantástico. Solo va una persona antes de ti y empezamos, ¿está bien?

—Tómate tu tiempo, miraré un rato los diseños.

—Genial, vengo luego.

Luke se giró a verme y esbozó una sonrisa lánguida. Se acercó a mí, envolviéndome con sus brazos para depositar un beso sobre mi cabeza. Apoyé mi mejilla derecha sobre su pecho y di un gran suspiro.

—¿Me ayudarás? —pidió.

—Sí —acepté.

Él me llevó hasta un mostrador. Ahí había varios álbumes con bocetos de los tatuajes, agarré uno y le eché una ojeada. Había muchos de diferentes tamaños, formas y alguno que otro contenía tinta de color.

Ladeé la cabeza y surgió una idea.

—Hace unos meses me dijiste que la ruleta de tu pecho tenía un significado. ¿Cuál es?

Tragó saliva y desvió sus ojos hasta los míos. Se quedó en silencio, escogiendo las palabras correctas para dictármelas. Ante eso, yo mordí mis labios, formando una línea recta y prestándole atención.

—Es un juego de azar, es decir, nunca sabes lo que te tocará, simplemente pasa y listo. Puede darte suerte o desgracia. Ganas o pierdes. Así es la vida, cruel y justa. Una puta ruleta.

Ahora que me lo explicaba, todo en mi mente se ordenaba, entendiendo su respuesta y la manera en que resultaba lógico. Me arrepentí mil veces de haberle dicho que solo llenaba su cuerpo de tinta sin ningún sentido.

—Qué interesante. Una ruleta… ¿Y el otro que tienes al lado?

—Es la fecha de nacimiento de mi mamá en números romanos.

—¡Qué tierno! —sonreí.

—Algunas cosas son para siempre, Weigel —sentenció—. El pasado y los tatuajes son parte. Te marcan y se quedan.

Me llevé la mano a la boca, mordisqueando la uña del pulgar, pensando.

«Te marcan y se quedan», repetí en mi interior.

Yo quería que Luke estuviera conmigo para toda la vida de las mil formas posibles que existieran. Sonaría descabellado y tenía conocimiento de que nosotros los jóvenes cometíamos errores, pero por primera vez deseaba algo de verdad.

Entonces, en ese pequeño espacio en el que nos encontrábamos y con mi mente conectándose a mi corazón, dejé salir lo que estaba sobre la punta de mi lengua:

—Vamos a tatuarnos juntos.

Sentí la mirada de Luke sobre mí y llené de aire mis mejillas.

—¿Qué dijiste? —me preguntó incrédulo. Yo lo miré.

—Me gustaría tatuarme contigo. Algo para los dos —hablé en voz baja—. No pido que sea grande, solo que signifique… lo nuestro.

Él reprimió una risa sin éxito y sus labios se curvaron hacia un lado. Pensaba que posiblemente me metería en problemas con mi madre. Si llegaba a verlo, podría empezar a pedir perdón desde antes de que mencionara una palabra. Me castigaría. Aunque lo que más me preocupaba era que culpara a Luke de mi decisión, pensando que él había sido la mala influencia para que yo lo hiciera.

—¿Tienes algo en mente? —me preguntó—. ¿En qué sitio lo quieres?

—Queremos —corregí.

—Genial.

Me miró cómplice y besó mis labios. Suave y tierno.

Comenzamos a ver imágenes e intercambiar opiniones. Luke me explicaba algunos diseños mientras yo intentaba entender. Él tenía en cuenta lo indecisa que era, por lo que vimos otros bocetos y fue paciente.

Cuando creímos tener un objetivo claro, nos dimos cuenta de que era diferente lo que quería cada uno. Una pluma. Un punto y coma. Gruñí irritada y dejé caer la cabeza sobre su pecho. Escuché cómo suspiró después de unos minutos en silencio.

—Tengo una idea —murmuró, y seguido arrastró consigo una hoja blanca y el lápiz que descansaba a un lado de la pila de álbumes—. No soy bueno dibujando, pero Ernest lo hará mejor al tener como mínimo una idea.

Decidí no decir nada y vigilar sus movimientos. No lo ataqué con preguntas.

Se tomó todo el tiempo necesario y finalmente tiró el lápiz. Mi nariz se frunció, tratando de entender por qué había escrito el nombre de los colores alrededor de la silueta.

—¿Te gusta? Es una fusión de lo que escogimos, el fondo será una mancha de colores.

—Sí, me gusta —sonreí—. Tú me gustas.

Luke ocultó su rostro. Estaba sonrojado. Ay, Dios. Eso casi nunca pasaba.

—Howland, tu turno —el chico lo llamó para entrar.

—Bien, será un tatuaje conjunto —le avisó, señalándome con sus pómulos aún enrojecidos.

—Pues empecemos —se alegró—. ¿Dónde y qué van a querer?

Luke tomó mi mano junto con el dibujo y se acercó a Ernest para dárselo.

En el transcurso de la preparación, le explicó lo que queríamos. El tatuaje se trataba de un punto y coma. Sin embargo, la coma era en forma de pluma y alrededor tendría una mancha de colores, parecida al arcoíris. Eso sería nuestro «para siempre». Muy cursi y azucarado, pero nuestro.

—Será en la parte oculta del tríceps —volteó a verme y añadió—: Se oculta mejor.

Accedí, sentándome al otro lado de manera que pudiera ver y no estorbar durante el procedimiento.

El chico comenzó con el suyo y, con su mano entre la mía, le proporcionaba pequeñas caricias. Observé el rostro de Luke, que no demostraba sentir dolor, a excepción de las arrugas en el puente de su nariz. Una parte de mí temía por lo que pudiera sentir y la otra no quería echarse atrás.

—¿Duele mucho? —pregunté.

—Nah —soltó con suavidad—, pero si a ti sí te duele puedes apretar mi mano.

—¿Seguro?

—¿Arrepentida, Weigel? —retó.

—¡No! —grité.

Él echó una carcajada y continuamos viendo el trabajo de Ernest.

Minutos más tarde, Luke me cedía el lugar. Mi turno. No rechisté, ya que las cosas difíciles es mejor hacerlas cuanto antes. El nerviosismo me consumía, la duda y el miedo de que algo pasara me daban inseguridad.

—Estarás bien —susurró.

Fue así como me sellé a la persona que más había amado, sin culpas ni miedos, sintiéndome libre y plena ante mis decisiones, quien me amaba con toda mi torpeza, mi insistencia, necedad y errores.

Solo éramos él y yo. Con la misma intensidad que me anhelaba, yo lo quería a él. Actos, palabras y sentimientos que nos envolvieran se volvían uno solo.

—¿Qué tal? —Luke me interrogó una vez que me puse de pie.

—No fue tan insoportable como me lo había imaginado —vacilé. Fruncí el ceño y proseguí—: A todo esto, ¿qué significan ambos tatuajes combinados?

Me regaló una sonrisa y respondió:

—Es la continuación de nuestros sueños, Hasley Weigel.

Esta vez, a diferencia de otras, preferí decir algo más.

—Error, de nuestro boulevard, Luke Howland.

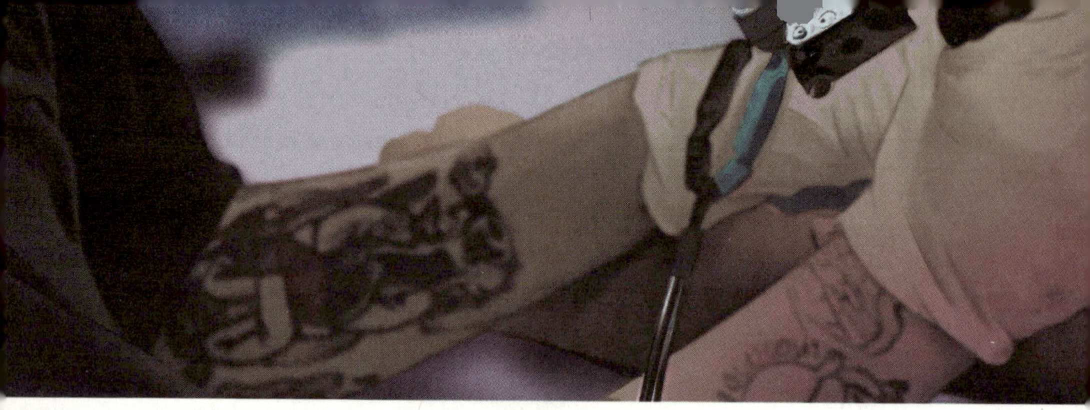

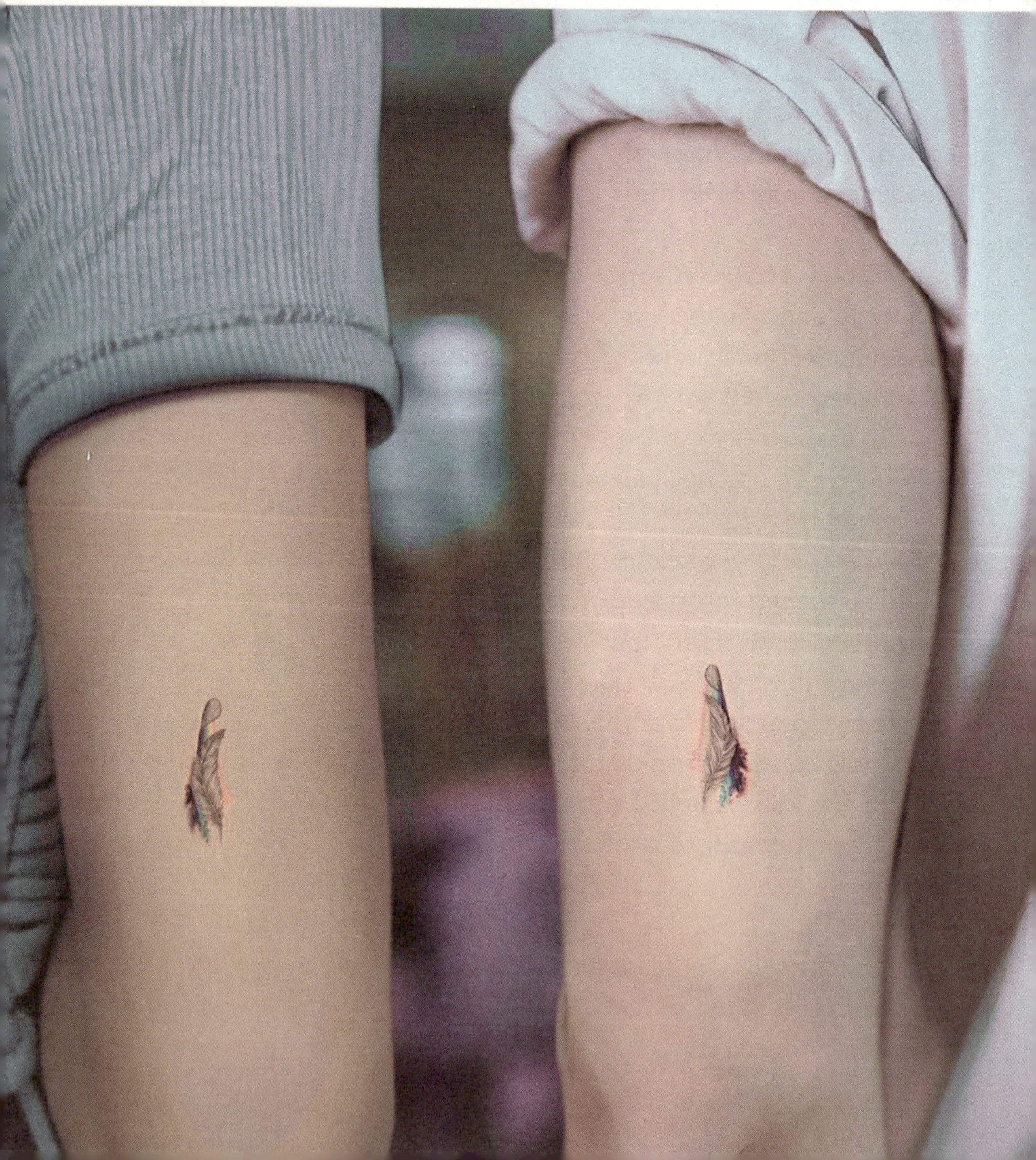

CAPÍTULO 38

Agarré mis cosas para guardarlas y salir del aula sin prisa, y, en el momento de intentar pasar mi mochila hacia el otro lado, mi pulsera se enganchó con unos cuantos hilos que salían de ella. Maldije por lo bajo. Me sentía tan estúpida.

—¿Ocurre algo?

La voz de Luke hizo que me sobresaltara, obligándome a alzar la mirada hacia él. Solté un gruñido.

—Ocurre esto —farfullé, haciendo un movimiento con la cabeza para enseñarle el problema que tenía.

Él soltó una pequeña risa.

—Déjame ver —murmuró, acercándose más a mí y poniéndose de cuclillas para tener una mejor posición.

Luke observó durante varios segundos el desastre y escuché que musitó algo, sin embargo, no pude entenderlo. Estuvo durante varios minutos así, tratando de desenredar los hilos atrapados. De pie, nuevamente, sacó su encendedor del bolsillo de su chamarra y yo le lancé una mirada aterrada.

Él solo negó con la cabeza indicando que me tranquilizara, se puso de cuclillas otra vez y empezó a quemar los hilos con delicadeza para no quemar mi piel.

—Listo —avisó irguiéndose con una sonrisa, acercó sus labios a mi frente y me dio un beso—. ¿Por qué estás tan tensa?

—Proyectos finales —bufé. Miré su cuello y fruncí el ceño—. ¿Y tu collar?

—Se rompió —dijo sacándolo de su bolsillo, él lo depositó en mi mano y lo aprecié por unos segundos.

Dejé caer la cabeza sobre su pecho, aún observando el collar, me sentía cansada y sin ganas de absolutamente nada, quizá me estaba enfermando. Él acarició mi cabello con los dedos, enredándolo y jugando con él varias veces. Entonces, recordé que Luke no tenía las dos últimas horas de clase, es decir, que había estado esperando por mí durante ciento veinte minutos. Dios, con lo que él odiaba la preparatoria, y más en sábado; no lo culpaba, todos detestábamos estar allí.

—¿Qué estuviste haciendo durante dos horas? —indagué. Inflé mis mejillas y lo miré, alejándome un poco de su cuerpo.

Luke desvió los ojos al techo, dubitativo, y volvió a mirarme antes de responderme; jugueteó con su arito en el labio, atrapándolo entre sus dientes.

—Ya sabes lo que hacemos los chicos cuando tenemos el campo libre —inició—, ligar con otras chicas y tratar de obtener su número de teléfono para tener una cita más tarde.

Fruncí el ceño y lo empujé del hombro.

—No es gracioso.

—Lo sé, pero verte celosa me encanta —dijo con descaro.

Puse los ojos en blanco.

—Me caes mal —bromeé. Luke esbozó una sonrisa lánguida.

—Me amas —se rio—. Estuve con Annie, al final le invité un refresco para agradecerle por haberme pasado las tareas. Si no hubiera sido por ella no habría aprobado.

No la conocía del todo, ella y yo ni siquiera habíamos hablado y el simple hecho de que estuviera ayudando a Luke no me daba buena espina, es decir, Luke había estado soltero durante varios años, no me parecía agradable que justamente ahora estuviera buscando algún tipo de relación amistosa, pero tampoco quería comportarme como una persona controladora. Él también podía tener amigas.

Repetí su explicación en mi mente y escogí las mejores palabras sin sonar a la defensiva o una celosa compulsiva.

—Genial. Está bien.

Me convencí, asintiendo y sonriendo con voluntad.

Luke se carcajeó, dándose cuenta de que estaba conteniendo mis ganas de decir algo más. No se tragaba en absoluto mi respuesta.

—¿Estás celosa?

—No te rías.

—¿Sabes? Es tonto que lo estés. No importa con cuántas chicas hable o si les gusto. ¿Crees que querría perder a la chica que me ha gustado desde los diez años? No hay necesidad de sentir esas mierdas, te amo a ti, a quien quiero a mi lado por siempre es a ti, nunca tengas esas ideas de que te dejaré por alguien más —confesó—. Mi vida tiene nombre y apellido, y son los tuyos.

Yo lo miré perpleja, parpadeando.

Sabía que me conocía desde hacía años, pero no que le gustaba desde ese tiempo, así que eso me había tomado por sorpresa. Me quedé asimilándolo por unos segundos antes de responder.

En otras ocasiones, el rostro de Luke mostraría arrepentimiento, pero no fue así. Al contrario, parecía que había estado pensando en querer decírmelo desde hacía rato.

—¿Diez años? —musité.

—Sí. ¿Comprendes? Lo único que te pido es que no tengas esas ideas, porque no es así. No hay ninguna necesidad de que te sientas insegura.

—Mi mente apenas está procesando…

—¿Quieres estar sola? —vaciló.

—¡No! —grité, alargando mi quejido—. Lo que quiero es besarte.

Antes de acercarse a mi rostro, sonrió. Sus labios tocaron los míos, envolviéndonos en un beso tierno y suave. Amaba que me besara de esa manera, porque siempre los sentía puros, un gesto muy íntimo, cercano y personal sin la necesidad de desnudarnos de manera literal.

Él se alejó, con su sonrisa todavía presente.

—Lo que me recuerda que... volviendo a tu pregunta sobre qué hice mientras te esperaba durante dos horas —pasó su mochila delante y la abrió—. Antes de estar con Annie, fui a comprar algo y vi esto.

Luke sacó una rosa de su mochila, la cual estaba aplastada por haberla guardado ahí. Junté las cejas y un revoloteo de alas de mariposa se presentó en mi estómago.

—Se le cayó un pétalo —señaló, riéndose—, creo que no fue inteligente meterla en la mochila.

—Sigue estando bonita —admití. Él me la entregó y yo la acepté encantada.

—No es cualquier rosa, esta es la primera de las quinientas veinte. Sé que podría darte todas, pero... una vez dijiste que las cosas que valen la pena no se consiguen con facilidad, bueno, haré que la entrega de cada rosa sea mucho mejor que la anterior —Luke rascó su nariz y rio—. Sé que tu plan era regalártelas a ti misma, aunque no pude evitar robar tu idea. Además, tú hiciste lo mismo.

El calor en mis mejillas comenzó a esparcirse por toda mi cara y la escondí entre su pecho. Rodeé su cuerpo con mis brazos y apretujé mi mejilla contra su camisa.

Okey, tenía que confesar que esto me había encantado, más que otras cosas, porque sabía a la perfección que a él no le iba lo de regalar esos típicos obsequios como peluches, chocolates y, sobre todo, rosas. Sin embargo, el que lo hiciera con ese propósito hacía que fuera mil veces mejor.

—Eres el mejor —le dije.

—Tú lo eres —devolvió el cumplido—. Ahora tú tienes que darme el disco quinientos veinte.

Formé un mohín con mis labios y me alejé, juguetona.

—Ya te dije cuándo lo haré —amenacé.

—¡Está bien, está bien! —alzó las manos, divertido—. Tenía una propuesta.

—Cuéntame.

—Ay, no sé…

—Luke —sentencié.

—¿Podría pasar por ti esta noche? Tenía pensado pedirle permiso a tu mamá —pasó su mano por mi cabello y sujetó un mechón—. Pero si se te complica por la escuela puedo posponer todo.

Lo observé.

—No, salir contigo me hace bien —me sinceré.

—¿Estás segura? —cuestionó, elevando una ceja—. No quiero ser el causante de que repruebes…

—Lo estoy, Luke —interrumpí—. Todo saldrá bien con mis proyectos si me mantengo al día, en serio, no hay por qué preocuparse.

—Está bien —suspiró.

Dejó de jugar con mi cabello y sostuvo mi mentón para atraer mis labios a los suyos. Fue un beso suave y calmado, tanto que sentí hasta la más minúscula célula de su piel moverse sobre la mía, como si tratara de grabar la textura de mis labios, el sabor y todo lo que había en ellos. Se separó unos centímetros para mirarme y sentí mis piernas flaquear, como si viera todo dentro de mí con tan solo observar mis ojos, deteniéndose en mi mirada, el color y la dilatación de mis pupilas, y eso hice yo también.

—Te amo —pronunció—. En serio, lo hago, no tienes una idea de cuánto, ni del miedo que siento al imaginarme arruinar lo nuestro.

—Yo también te amo, Luke Howland —confesé con una sonrisa, abrazándolo con fuerza. Él me tomó de la cintura y dio una pequeña vuelta haciendo que yo riera—. ¡Detente!

Él me hizo caso y nos separamos. Luke tenía una sonrisa tan grande en su rostro que llegaba hasta sus ojos, que estaban entrecerrados, pero lo que más me gustaba era el hoyuelo que se hacía presente en su mejilla, adoraba ver eso de él, me encantaba la manera en que su nariz se movía o todo lo que ocurría cuando se reía.

Su sonrisa era la más hermosa ante mis ojos.

Pasó su brazo por mis hombros y me atrajo hacia él, presionándome contra su cuerpo para comenzar a caminar por los pasillos entre la multitud de alumnos que iban de punta a punta para irse a sus casas; me rodeaba con tanta facilidad haciéndome sentir tan diminuta, y es que Luke me sacaba dos cabezas de altura. Luke Howland era una persona muy alta para su edad.

Alcé la vista hasta su rostro, la suya iba al frente, pude apreciar su nariz, su cabello, sus pestañas que se movían y el *piercing* atrapado por sus dientes.

—¿Quieres ir a tu casa o vamos a otro lugar? —propuso, y sus dedos comenzaron a moverse rítmicamente sobre mi hombro.

—Creo que sería mejor ir a casa —hice una mueca—. Así podría avisarle a mi mamá que saldré más tarde contigo.

—Me parece perfe… —él no pudo terminar porque su celular comenzó a sonar—. Demonios, cuánto odio los celulares —murmuró alejando su brazo de mí para poder sacar el pequeño aparato y ver la pantalla; escuché cómo insultó por lo bajo y contestó—: ¿Valdrá la pena? Porque si no es así juro que llegaré a golpearte —se rio con la otra persona, hubo un pequeño silencio y frunció el ceño—. Voy saliendo, ¿por qué? —puso los ojos en blanco—. Dímelo… No, ¡mierda, André!

Nos detuvimos en un peldaño de las escaleras, Luke soltó un suspiro, irritado por lo que su mejor amigo le estuviera diciendo.

—¿Qué pasa? —pregunté nerviosa, aunque no obtuve respuesta porque él solo agitó su mano en señal de espera.

—¿Quién? —sonó ecuánime—. ¡Solo dímelo! Entonces ¡¿para qué mierdas me llamaste?! —vociferó y di un pequeño salto por la forma en que lo dijo—. ¡André! ¡Si no me ibas a decir nada de…!

Y repentinamente guardó silencio, su rostro se puso serio, pero todo su cuerpo se tensó. Conocía a Luke, en el tiempo que llevábamos juntos, podía asegurar que estaba completamente perturbado por la conversación.

—¿Estás seguro de eso? —su voz tembló, cerró los ojos y tomó una bocanada de aire.

—Cariño —lo llamé.

Con un moviemiento brusco, guardó su teléfono de nuevo y pasó ambas manos por su cabello, frustrado; estaba furioso, tanto como para que yo pudiera ver que la vena de su cuello se le hinchaba, su rostro se tornó de un color rojizo y soltó unas cuantas palabrotas al aire.

—¿Dónde está ese maldito imbécil? —preguntó.

Su celular volvió a sonar, pero esta vez lo ignoró.

—¿De quién hablas? —pregunté aún sorprendida por su cambio tan repentino.

Luke me ignoró por completo y comenzó a caminar con grandes zancadas hasta la salida de la prepa, iba a una velocidad demasiado rápida, por lo que tuve que apresurar mi paso para poder alcanzarlo y volver a preguntarle sobre su actitud; él llegó a la salida y empezó a buscar entre el tumulto de estudiantes a alguien, no entendía absolutamente nada.

¿Qué demonios le había dicho André?

Guardé su collar dentro de mi mochila y, agitada, intenté tomarlo del brazo, sin embargo, fallé. Visualizó su objetivo y se dirigió hacia allá, todo tuvo sentido cuando pude divisar a la persona.

«Ay, mierda».

Eso no era nada bueno, nada en absoluto.

—¡Luke, detente! —ordené inútilmente, evitando cualquier agresión de su parte, pero la rabia lo estaba controlando.

—¡Tú! —gritó por encima de todos los que estaban allí.

Matthew no tuvo ni oportunidad siquiera de poder mirar bien a Luke cuando el puño de este dio directamente contra la esquina de la boca de Matthew haciendo que se tambaleara. Aunque el equilibrio estuvo de su parte y no cayó al suelo, se tocó la parte golpeada mirando incrédulo a Luke.

—¿Qué es lo que te pasa, idiota? —espetó incrédulo Matthew por el golpe.

—¡Eres un cobarde!

Lo empujó ejerciendo gran fuerza, pero el chico no se cayó al suelo.

—¡¿De qué estás hablando?! —gritó él ahora igual de enojado.

De pronto, todo el mundo se encontraba alrededor de ellos viendo la escena que se había montado. Caminé lo suficiente para estar más cerca y así evitar que Luke le diera otro golpe a Matthew.

Los ojos de Luke desprendían fuego al mirar a Jones; al quitarse este la mano de la zona afectada, comprobé cómo un poco de sangre brotaba de su labio. Jadeé horrorizada.

—¿Cómo demonios puedes ser tan hijo de puta? —le dijo entre dientes, y atrapándolo de la camisa lo estampó contra la pared.

—¡Luke! —grité—. ¡Basta, basta!

—Dijiste que Hasley te había sido infiel cuando tú lo fuiste primero.

Al oír esas palabras, mis ojos se abrieron y la incredulidad se plasmó en mi rostro. No sabía si había escuchado bien. ¿Matthew me había engañado? Lo miré, incrédula, por la declaración de Luke. Él me miró.

—No sé de qué estás hablando —respondió, tratando de quitarse a Luke de encima.

—¡No me vengas con mierdas! ¡Te enredaste con mi prima Jane! ¡Claro que lo sabes, carajo! ¡Estuviste engañando a Hasley con mi prima! —Luke recalcó las últimas palabras—. ¡Y aun así tuviste el maldito descaro de humillar a la chica que te quería!

Di unos cuantos pasos hacia atrás. Ahora entendía por qué Jane actuó tan indiferente y tensa el día que fui a verla para poder hablar de Luke. ¿Por qué me había hecho eso Matthew?

Lo miré decepcionada, porque siempre me había sentido mal de pensar que yo había sido la única que hice las cosas mal, cuando él parecía haber planeado todo. Pensaba que él era un buen chico y nunca fue así.

Y, claro, no era como si yo hubiera actuado de la mejor manera, no era un ejemplo ni una justificación de lo que pasó, pero es horrible cuando crees tener expectativas de alguien y resulta ser peor que tú, sobre todo cuando fuiste tú quien tuvo toda la carga de la ruptura y sufriste todas las consecuencias.

—Hasley —me habló.

—No, ni se te ocurra pronunciar de nuevo su nombre —lo amenazó Luke.

—Para —indiqué—. No vale la pena, solo suéltalo y olvida todo, por favor.

El aludido me miró y apreté los labios indicándole que parara. Solo quería que todo quedara atrás, que ya no se lo tomara en cuenta. Las cosas pasaban por algo y quizás así fuera en esta ocasión, tal vez fuera para darme cuenta de quién era realmente Matthew y poder tener a mi lado a la verdadera persona que amaba. Entonces, ya no importaba nada del pasado.

Luke asintió y a regañadientes soltó a Matthew, mirándolo con asco y alejándose a una distancia adecuada de él. Cuando creí que todo terminaría, Matthew habló:

—Sí, sí lo hice —afirmó en voz alta obteniendo la mirada de Luke—. ¿Y sabes qué, Luke? ¡No sabes cuánto lo disfruté!

Por un segundo, pensé que se daría la vuelta y lo ignoraría. No fue así.

Dio dos zancadas y le propinó un gran golpe. Esta vez, Matthew no se quedó de brazos cruzados, él se lo devolvió. De pronto, los dos se encontraban golpeándose.

No sabía qué hacer, estaba congelada ante todo esto, tenía que actuar rápido antes de que uno de ellos se hiriera de gravedad. ¿Por qué nadie se metía a separarlos? ¿Y sus amigos del equipo de basquetbol?

—¡Deténganse! ¡Luke, basta!

—¡Tú no te metas, Weigel! —espetó él.

—¡Hasley!

Una tercera voz. Por el rabillo del ojo me cercioré de que se trataba de Neisan.

—¡Matthew, suéltalo! —gemí—. ¡Basta!

—¡Aléjate!

Uno de ellos me empujó, ocasionando que cayera al suelo de lado. Mi cabeza se golpeó contra el pavimento y me mareé. Mi rodilla dolía por el golpe de la caída. Los gritos dejaron de oírse y escuché un montón de advertencias. Me puse de pie a pesar del dolor, segura de que sangraba la zona afectada, mi mente se nubló y escuché el grito desesperado de Luke cerca de mí.

—¡Hasley!

Y, cuando alcé la mirada, vi solamente la de Luke con un terror indescriptible en sus ojos, al borde del colapso y la locura. Entonces recordé cómo me gustaba ese azul eléctrico minutos antes.

Después, todo sucedió rápido. Él se movió y sentí su cuerpo, entonces yo me aferré a su ropa como si mi vida dependiera de ello, como si el mundo se acabara y él fuera mi lugar seguro.

En un segundo, estaba ahí. Y al otro, ya no.

Lo último que sentí fue una gran oleada de aire atravesar mi cuerpo en el instante en que algo me golpeaba. Fui consciente de los gritos por un rato y luego… todo se congeló convirtiéndose en negro.

CAPÍTULO 39

Me incorporé poco a poco en el colchón y me froté la cabeza, observé a mi alrededor y me di cuenta de que me encontraba en la habitación de un hospital. Observé las palmas de mis manos, que tenían pequeños raspones, quité la sábana que tenía encima y pude ver que mi rodilla estaba vendada.

Quise bajar de la camilla, pero el dolor en mi cuerpo me lo dificultó. Todo me daba vueltas y la verdad es que mi respiración era pesada. Sentía que la cabeza me crecía y la luz de la habitación me lastimaba, me cegaba cada vez que parpadeaba.

Miré el techo y suspiré.

Volví a observar toda la habitación, a un lado se encontraba un sillón y sobre ese había un suéter. Mi ceño se frunció y recordé lo último que tenía en la memoria.

Luke.

Un coche.

Gritos.

El sonido de una ambulancia.

Su rosa.

La rosa que me había regalado, ¿la había perdido?

El pecho me dolió y me quejé en voz baja. ¿Dónde estaba Luke? ¿Qué había pasado con él? ¿Al menos estaba bien? ¿Alguien podía responderme?

Y la puerta de la habitación se abrió, como si hubieran escuchado mis preguntas. Mi mamá entró junto con Zev. El mal sabor de boca se presentó y no pude evitar arrugar el ceño por su presencia. ¿Qué hacía él aquí? ¿No se suponía que nuestra amistad se había acabado?

—¡Mi amor! —mi madre se alegró al verme despierta.

Cuando se acercó, me di cuenta de que sus ojos estaban muy hinchados y rojos. Había estado llorando.

—¿Cuánto tiempo he dormido? ¿Qué hora es? —pregunté.

—Dos horas y media, van a dar las seis de la tarde —respondió—, ¿te sientes bien?

—¿Qué hace él aquí? —pregunté por la presencia de Zev.

—Hasley… —inició él.

—No, tú cállate —dije de mala gana—. Ni siquiera sé qué haces aquí. ¿Mamá?

—Si Zev está aquí es porque se preocupa —dijo poniéndose a su lado. La miré incrédula y sacudí la cabeza varias veces, generando más dolor. Ella no sabía nada sobre lo ocurrido en los últimos meses.

—Solo quiero saber si todo está bien —pedí.

—Hasley… —dijo Zev y dio un paso hacia mí—. ¿Recuerdas lo que pasó?

Parpadeé.

—Sí, ¿por qué?

—Hubo un accidente, Luke y tú…

Mi mandíbula tembló y las imágenes regresaron a mi mente. Sabía exactamente lo que había ocurrido, pero su tono de voz no me inspiraba confianza, y la mirada de mi madre tampoco.

—¿Cómo está él? —musité con temor, incorporándome con la cabeza, ignorando que me dolía el cuerpo en su totalidad. Zev bajó la mirada y mi cuerpo se heló. Miré a mi madre, quien se cubrió la boca al instante y supe que no era nada bueno—. ¿Qué pasó?

—Hasley… Vino al hospital en un estado muy grave —murmuró—. Él no pudo…

—No… —negué—. No… Lo que dices no…

Desvié la mirada hacia mi madre, asustada y con la esperanza de haber interpretado todo mal. Ella apretó los labios por un instante y me fije en cómo sus ojos se llenaban de lágrimas.

No es verdad… No lo es…

—Falleció hace una hora y media —me explicó.

Mi cuerpo se congeló en ese instante, sentí la impotencia viniendo y todo lo que viví junto a él fue como un caleidoscopio que pasaba por mi mente, fueron segundos, tan pocos. Todo, absolutamente todo, se presentó. Desde el día en que mis ojos y los suyos se unieron aquella vez que caí de las gradas, las veces que corríamos al callejón, sintiendo tan real su primera caricia y su primer beso, sus palabras susurrando los «te amo» cerca de mi oído y su tacto.

Su mirada fue lo último que se proyectó antes de que yo cayera al suelo. Mis lágrimas no salían debido a que aún seguía en *shock*, todo se paró delante de mí, ya no escuchaba, ya no veía, ni siquiera sabía si seguía respirando, el dolor en mi pecho me estaba consumiendo. Perdí la noción de todo. Quería creer que esto era una mentira, un terrible y espantoso sueño, que estuviera todo en mi mente, pero sabía que no era así, el dolor se presentaba para recordarme que me encontraba pisando tierra, que era realidad.

—Hasley —escuché la voz de mi madre a mi lado, mientras con una mano me movía—. Hasley, cariño, mírame.

Lentamente volteé a verla, en sus mejillas se deslizaba alguna que otra lágrima y vi mi vista nublarse. Pronto me derrumbaría.

—Dime que es mentira —susurré aún con esperanzas mientras sostenía mi corazón entre mis labios.

—Mi amor —arrastró las palabras con tanta tristeza—. De verdad, lo siento…

Y fue peor, mucho peor escuchar aquello. El peso en mi cuerpo se hizo más grande, mis manos estaban frías y cayó la primera lágrima.

—No… No, no, no —repetía entre balbuceos—. Eso no es cierto…

«Caería primero por ti para evitar tu dolor».

Esto no era real, él debía estar conmigo, a mi lado.

Comencé a gritar todo lo que podía, lloré lo suficiente para que mi alma dejara de doler, pero no funcionaba, no se detenía, seguía lastimada en lo más remoto de mi interior, me estaba quemando sin prender fuego, era como tratar de comer cristales rotos. Hería. Hería tanto que querías sacarte el corazón para acabar con el dolor, y no tenía palabras para poder describir con exactitud lo que estaba sintiendo en ese momento, porque no había, no se podía. Ni siquiera la palabra más fea o dolorosa podía expresar lo que sentía en ese momento.

—¡Él prometió estar conmigo! ¡Él no está muerto! —sentí la garganta arder al pronunciar aquello—. ¡No es verdad! ¡Luke!

De pronto, me vi de pie, tirando los objetos que había a mi alrededor, tuve la facultad de percibir el olor metálico de la sangre, sabía que me había lastimado, sin embargo, no me importaba nada en ese momento, porque aunque tuviera heridas físicas nada se comparaba a la herida emocional y sentimental. Mierda. Todo me daba vueltas, mi cabeza dolía y seguía viendo las imágenes de Luke recorrer mi mente, su sonrisa desvaneciéndose con mis lágrimas, escuchaba sus carcajadas y cómo repetía mi apellido miles de veces. Era una tortura, una bonita y triste tortura.

«Nos estamos destruyendo de la forma más hermosa y bella que hay, ¿te das cuenta? Estamos creando nuestro propio boulevard, solo que este tendrá un final para uno de nosotros, y déjame decirte que no me arrepentiré».

Ahora sabía cuál era el final, comprobé por mí misma también el verdadero dolor del alma y me daba cuenta de la destrucción que él me estaba proporcionando sin la menor de las intenciones.

Entonces el recuerdo más doloroso y bello que tenía en mi memoria me atacó. Quemándome el pecho y oyendo cómo mi corazón crujía.

«Te dije que te amo, y siempre lo haré, en esta vida y en mil más. Hasley, lo hago y no me arrepiento, y, si eso implicara dar mi vida por ti, lo haría, lo haría sin pensarlo porque la mía siempre será la tuya, porque siempre se tratará de ti, siempre ha sido así».

Fue como un jarro de agua fría, como si estuviera caminando entre hirientes cristales y agujas, penetrando de una forma inhumana y bestial en mis sentimientos, mi cuerpo y mi corazón. Mi respiración comenzó a dificultarse, mi aliento se sentía frío y mi cabeza era demasiado grande, un dolor invadió mis sienes mientras cubría con una mano mi boca.

Di unos cuantos pasos hacia atrás hasta que la pared me detuvo, me eché al suelo y ahí, destrozada, pasé mis manos por mi cabello, tirando de él, intentando sentir algún otro dolor que no fuera esa jodida mierda, no quería que nadie me tocara, o siquiera que se atreviera a decir que me calmara, porque no serviría de nada.

No lo haría.

«Rompe mi corazón si quieres, pero no te vayas. Nunca lo hagas».

Él no lo rompió, pero sí se fue, se fue de mi lado y para siempre.

—¡¡Luke!! —grité todo lo que pude.

Repetí su nombre muchas veces con temor a que dejara de existir igual.

Él ya no estaba más. No estaba más a mi lado y jamás lo volvería a estar. Nunca volvería a sentir su áspero cabello entre mis dedos, su sonrisa lobuna cuando decía algo en lo que él tenía razón y yo no, sus abrazos haciéndome sentir protegida y tan pequeña, jugando con su pequeño arito de metal en su labio, no volvería a sentir su escasa barba de algunos días rozando alguna parte de mi rostro, él no volvería a jugar con mis dedos o a besarlos mientras me decía algún piropo, ni mucho menos volvería a reír conmigo.

Pero, sobre todo, lo que dolía más era que yo ya nunca más en mi vida escucharía su angelical voz pronunciando mi apellido de distintas formas.

—Necesito verlo —rogué, cruzándome por la cabeza la idea de gatear por el suelo—. ¡Quiero estar con él!

—Sí, sí, lo verás, pero no en este estado, Hasley… —murmuró mi madre.

—¡Quiero verlo! ¡Maldita sea! ¡¿Qué tengo que hacer para poder ver a quien amo?!

Ella me miró con lágrimas y asintió, tomó mi mano y nos dirigimos afuera, mi labio inferior temblaba y mi corazón latía rápidamente. Estaba tan extraviada que no me percaté de que mi madre hablaba con unos señores y un doctor, entonces supe que eran los papás de Luke, por primera vez podía verlos, y mi alma dolió. Dolió al recordar que él quería que yo los conociera.

—Es esta habitación —mi madre señaló.

Con mucho miedo, me adentré. Me acostumbré, tomándome mi tiempo, a la tenue luz que me proporcionaba el cuarto.

Así fue como lo vi. Un cuerpo yacía en aquella camilla, estaba cubierto por una sábana blanca, mi pecho se oprimió al saber que él se encontraba justamente frente a mí. Temblorosa, me acerqué y con mucho miedo bajé la tela blanca.

Mi mundo se vino abajo.

Me paralicé y mi vista se nubló de nuevo, no. Dios mío, no…

Su rostro. Su hermoso rostro que tanto amaba, sus labios que ya jamás volvería a sentir, ese hoyuelo cada vez que sonreía, o la manera en que los fruncía y arrugaba la nariz. Nunca.

Vi la imagen muerta del amor de mi vida.

—Por favor, vuelve…

Tenía la esperanza de que él me respondiera lo que fuera, pero sabía que no lo haría, ya no lo volvería a hacer y eso aumentó más el dolor. Pasé mis dedos por su cabello, por su perfecto cabello, grabándome su espesor, tratando de tatuármelo con el sentido del tacto.

Las yemas de mis dedos rozaron su fría piel, estaba muy pálida, abracé su cuerpo, recordando todos sus abrazos y lo protegida que estos me hacían sentir, su pecho no subía ni bajaba al respirar. A diferencia de tantas veces, en esa ocasión no oía el latir de su corazón.

—No me dejes… Prometiste estar conmigo.

Mis lágrimas resbalaban y tenía la intuición de que estas quedaban impregnadas en la piel desnuda de su torso. Mierda, cuánto dolía. Lo había repetido tantas veces, pero eso nunca me llenaría o haría entender cuánto estaba doliendo, era un infierno lo que estaba viviendo en ese momento. Me moría en vida.

—Hasley… —la voz de mi madre sonó a mis espaldas.

Me incorporé para verla y negué varias veces, apretando los dientes.

—Se fue… Me dejó.

Se acercó a mí, poniendo su mano en mi mejilla para acariciarme, me dirigió una mirada sombría y dio una respiración profunda.

—A él ya no le dolerá más.

Después de decirlo, sus ojos se inundaron.

—¿De qué hablas? —musité.

Formó una tensa línea sobre sus labios y le echó una mirada a Luke para luego volver a la mía, hice lo mismo deteniéndome en su cuerpo para intentar retener su imagen. No quería aceptar el pensamiento que cruzaba por mi mente. Me negaba. No podía ser cierto.

Volví a mirar a mi madre y ella añadió:

—Ya no le duele —y entendí.

Entendí perfectamente eso. Me volví débil. Ella se refería a la vida de Luke, por todo lo que había pasado y sintió hasta su último suspiro.

—Cómo sabes… —quise formular, creando una cuestión de la cual ya sabía su respuesta.

—Era mi paciente desde hace un año —admitió—. Él me pidió que no te dijera nada.

Ahogué un jadeo.

—Eres Blodie.

Mamá asintió, su mano se hizo un puño y con él cubrió su boca.

—Algunos secretos pesan más que otros. No quería involucrarte.

No supe qué decir, así que me tiré a sus brazos, llorando por lo que me contaba, por muchas cosas, por lo que había pasado, porque era demasiado para mí darme cuenta de que esa misma mañana me había besado, me había abrazado, me había dicho lo mucho que me amaba sin saber que sería la última vez de todo, y ahora… Ahora estaba llorando porque ya no estaría más a mi lado. Por su ausencia.

Esa noche lloré, pataleé, grité, hice de todo para eliminar cualquier tipo de dolor y que él volviera, pero fue en vano, porque él no regresó.

CAPÍTULO 40

Los brazos de mi madre eran los que me reconfortaban, los que me mantenían de pie en el entierro; a mi lado estaba Neisan, había llegado a mi casa al día siguiente que me dieron de alta, solo guardó silencio y me abrazó susurrando que llorara lo que quisiera, que el alma tenía que sacar todo lo que sentía; sin embargo, no me satisfacía.

Me sedaron cuando fue el velorio, no estaba en el mejor estado y, para evitar seguir dañándome, decidieron que sería la mejor opción para descansar un poco.

Pude ver que del otro lado se hallaban los papás de Luke, su madre emitía un llanto desmesurado, un chico más grande estaba a su lado, tenían un parecido y sabía que se trataba de Pol, también divisé a Jane y a su lado a André junto a una chica castaña que yo desconocía.

La mirada de ella se encontró con la mía y rápido la desvió. No sentía rencor, odio, ni nada. Y no me importaba cuántas veces lo repitiera. Lo único que necesitaba era a Luke.

Caminé dubitativa y observé detenidamente el ataúd, aún no podía creerlo, esto debía de ser un mal sueño, Luke no se iría de tal manera, no me dejaría en tal estado, él sabía que sola no sobreviviría.

Saqué del bolsillo de mi bolso su collar, el que me había dado antes del accidente, y lo puse encima, junto a una rosa.

—Dijiste que cumplirías mi sueño —le murmuré—. No creí que fuera tan literal, porque lo estás haciendo, pero no solamente ese, también lo haces con todos. No quiero cumplirlos si no sigues conmigo.

Quería que la caja se abriera y saliera él con su sonrisa y ese hoyuelo que tanto me gustaba, no me importaba lo enfermizo y estúpido que fuera mi pensamiento, pero no podía aceptarlo.

Alcé la mirada y se encontró con la de su prima, volviendo al ataúd; suspiré.

—Hasta luego, Pushi.

Me despedí.

Echaría de menos que me mirara mal y luego gruñera diciéndome lo mucho que odiaba eso.

El ardor se hizo presente en mi garganta y regresé al lado de mi madre, vi cómo bajaron aquel ataúd donde se encontraba el amor de mi vida, donde enterraban mi más grande sueño. Lo hacían junto con mi corazón, lo estaban haciendo con mis murmullos, mis suspiros, mis risas y mi alma también.

Y cuando lo hicieron, cuando ya no pude ver más aquella caja, ahí me derrumbé y caí al suelo. Caí perdida en el dolor, el llanto y la impotencia de no poder hacer nada. Tuve que aceptarlo, Luke se había ido de mi lado.

Oculté mi rostro entre mis manos y jadeé, sentí cómo me abrazaron, pero no era igual, ningún abrazo lo sentiría de la misma manera que los de él, ninguno me hacía sentir tan protegida ni tan pequeña a su lado.

—Hasley… —la voz de Neisan susurró en mi oído.

—Lo necesito…

No dijo nada más, él solo dejó que siguiera llorando.

Creí que mis gritos se escuchaban, pero, cuando me di cuenta de que no era así, comprendí que solo mi corazón lo hacía en silencio.

«Weigel, aquí estoy, siempre estaré para evitar que caigas».

Pero era demasiado tarde, yo ya estaba cayendo en la profundidad del dolor, desesperación, tristeza, y él no se encontraba más ahí para evitarlo.

Sentí la presencia de alguien, y con la vista ardiendo intenté descifrar de quién se trataba. El mejor amigo de Luke estaba frente a mí, unos lentes oscuros ocultaban sus ojos; me separé de Neisan con lentitud para dirigirme a André. Callado, él miró al suelo unos cuantos segundos.

—Hasley, se supone que esto… —me mostró un disco de vinilo en su caja— te lo daría en la noche de aquel día… —entrecerré los ojos y gemí al recordar cuando me preguntó si podría salir con él por la noche. Su propuesta—. Pero el destino no lo quiso así.

Lo tomé entre mis manos y leí lo que decía la pequeña caja: The Fray. André solo apretó mi hombro y se dio la vuelta para alejarse. Una pregunta se plasmó en mi mente y tuve la valentía de erguirme y correr hacia el chico.

—¡André! —grité para que se detuviera.

Él me oyó y se giró, se quitó los lentes oscuros dejándome ver sus cansados e hinchados ojos. También estaba sufriendo.

—¿Qué pasó? —preguntó frunciendo con suavidad el entrecejo.

—¿Tú sabes adónde me iba a llevar aquel día? ¿Sabes para qué?

Necesitaba que me respondiera, que me dijera, en serio lo anhelaba. Me valía si eso me seguía afectando.

André pasó la lengua por sus labios y asintió.

—Te quería llevar a la cascada que está fuera de la ciudad, me dijo que iba a confesarte muchas cosas porque no quería que hubiera ninguna falsedad entre ustedes, él quería sincerarse contigo —sus palabras eran como una puñalada en mi pecho, reprimí las ganas de tirarme a llorar pasándome las yemas de los dedos por debajo de mis ojos—. Luke… Luke quería pedirte que fueras su novia, porque… porque quería tu quinientos veinte y porque habían pasado mucho tiempo juntos siendo una pareja. Él solo quería formalizar lo que ya tenían.

Quinientos veinte.

Quinientos veinte discos.

Quinientas veinte rosas.

Luke…

—¿En serio? —un sollozo se escapó de mis labios.

—Luke te amaba, de eso puedes estar segura —dijo por lo bajo, como si fuera un secreto—. Jamás lo había visto tan feliz y decidido con nadie.

Quería decirle que se callara, que me estaba lastimando, ¿por qué no pude esperar unos días para preguntarle? Pero, vamos, había sido yo quien lo había decidido así. También medité sobre qué era lo mejor, decirme todo de una vez para que pudiera llorar, aunque no sabía si aún tenía lágrimas.

No había parado desde que me enteré de su partida.

—Es mi culpa, no debí llamarle —soltó y las lágrimas cayeron de sus ojos.

—No, no, André… No es tu culpa…

—Perdí a mi mejor amigo —musitó—. A mi hermano de años. El último día que platicamos… lo vi tan sincero, pero jamás imaginé que se estuviera despidiendo.

—Qué curiosa es la vida —me lamenté.

—Martha está destrozada, es el segundo hijo que pierde, ¿lo sabes?

—Sí… —respondí—. Miremos el lado bueno, Zachary y Luke ya están juntos, quizá ya es feliz.

—No —negó—. Empezó a serlo desde que te conoció.

Sonreí a medias por su declaración, divisé por encima de su hombro a alguien a quien siempre había querido encarar y lo tenía a unos metros, llenándome de dolor y enojo.

—Pero lo mejor de todo esto es que ya no le dolerán los golpes.

Los ojos oscuros del chico me miraron de una forma indescriptible y siguió adonde yo miraba. No sabía qué estaba a punto de hacer, solo dejé que mis piernas trazaran un recorrido planeado, tenía enfrente al hombre que hizo daño por varios años a mi Luke. El señor

Jason se fijó, su ceño se frunció al percatarse, a su lado se encontraban Pol y la señora Martha.

—¿Hasley? —me llamó mi madre. No cedí.

—Hizo vivir a Luke uno de los peores infiernos cuando él solamente quería ser comprendido, no se merecía sus abusos, solo la voz paternal de alguien, algo que usted no fue —solté con rabia—. No intentó acercarse a él, lo hizo sentir culpable, el peor hijo del mundo, estaba ahogándose y usted lo hundió, Luke no merecía el trato que le daba. ¿Qué necesidad tenía de buscar alguna anestesia para su dolor? ¿Qué necesidad había de que él se alejara de Australia? Ninguna.

Los ojos de su papá me observaban con detenimiento, no se despegaban de los míos. Quería decirle tantas cosas, pero no me salían, o simplemente no podía, porque algo me lo impedía, tal vez era un mínimo de respeto porque era el papá de la persona que tanto amaba.

—¿Y sabe? Quizá no lo tomara en serio a veces, pero me iba a presentar a usted en la cena de Navidad, porque después de todo es su papá, y sé que, muy en el fondo, Luke lo quería. Ese será su peor remordimiento.

Derramó una lágrima y supe que era hora de irme. Apretando los labios me di la vuelta para caminar de nuevo al lugar donde ahora Luke se encontraba enterrado, miré una vez más la tumba y sonreí con nostalgia.

—Gracias por aparecer en mi vida.

Me sentía cansada, seca y vacía, ya no quería llorar, había algo en mi interior que ya no podía más, desapareció repentinamente. Ya no aguantaba. Quería quedarme allí, sin regresar a mi fría habitación, tratando de asimilar la realidad, pero tenía que seguir con mi vida, aun cargando con aquel dolor que no se disipaba.

—Prometo que todas las mañanas despertaré tratando de creer que has estado soñando conmigo en nuestro boulevard, te amo…

EPÍLOGO

LO QUE FUE Y SERÁ ES POR TI

Me incorporé en la cama y me froté la cabeza para poder aliviar el dolor; había desventajas de despertar todos los días, recordar a Luke era una de ellas.

Miré a mi lado y él no estaba.

Apreté los labios conteniendo las ganas de llorar. Cerré los ojos para aliviar el ardor que había comenzado a sentir en ellos. Aún no me acostumbraba, tenía la necesidad de correr sin destino alguno en busca de él, aún podía oír sus risas, sus gruñidos, aún tenía en mi mente su semblante vacío, su voz… y el olor que desprendía su ropa. La nicotina mezclada con su perfume.

Eché todos mis pensamientos al fondo de mi cabeza y quité las sábanas que cubrían mi cuerpo para comenzar a vestirme. No quería ir a la escuela, hoy empezaban las clases después de las vacaciones de diciembre. Me negaba a tener que estar en tantos lugares que me hacían recordar a Luke, pero, sobre todo, en las gradas. Aquellas donde lo conocí, esas en las cuales mis ojos y sus ojos se encontraron por primera vez.

Había pasado Navidad sin él. Estuve esperando a que tocaran a la puerta y detrás de ella se encontrara su angelical rostro con una sonrisa lánguida diciéndome algo hermoso, pero nunca pasó. Y Año Nuevo, también. Lo pasé en mi habitación encerrada admirando el collar que me había regalado.

Abrí mi armario, encontrándome con su suéter, y no pude evitarlo, di un jadeo. Lo agarré entre mis manos y lo apreté sobre mi pecho soltando unas lágrimas, decidí que lo mejor era secarlas y salir de mi habitación tomando mis cosas sin dejar el suéter de Luke.

Mi madre se encontraba en la cocina y, al sentir mi presencia, volteó a verme. Me dedicó una sonrisa cálida, ella colocó mi desayuno sobre la mesa y siguió buscando en la despensa; me senté sobre el taburete sin muchas ganas de comer y di un profundo suspiro.

—Este año Luke habría ido a rehabilitación —pronuncié en un susurro.

Me dolía decir esas palabras, de hecho, me dolía todo lo que viniera de él, porque no había nada más doloroso que recordar algo que ya no estaba, pero yo no quería olvidarlo y tratar de seguir con mi vida sin que su recuerdo me lastimara.

—Y yo tendría que ser fuerte por él.

Mi madre no dijo nada, solo se quedó quieta, dándome la espalda.

Ella había intentado hacer de todo para que yo pudiera tratar de dejar a Luke en el pasado. También Neisan, siempre intentaba sacarme de mi habitación, animándome a que hiciéramos algo que me gustara, como antes. Pero no entendían. No podía dejar en el olvido a alguien que me había marcado para siempre.

Ella anhelaba que siguiera mi vida como antes de conocerlo, pero él había entrado en ella y, sin darse cuenta, se había hecho indispensable para mí, sujetó mi corazón y lo guardó para que nadie más lo hiciera. Se encargó de tomarlo de una manera tan bella e inocente para adueñarse de él.

—Y lo iba a hacer por mí —murmuré.

Escuché cómo mi madre suspiraba antes de darse la vuelta y hacer que nuestros ojos se encontraran; los suyos ya estaban con lágrimas, me ofreció una mirada triste después de un jadeo y se acercó a mí. Tomándome de las manos dio un beso suave a mi frente haciéndome sentir débil.

—No sabes cuánto me duele verte así —confesó, en un pequeño gemido.

—¿Cómo alguien, solamente en unos meses, se puede convertir en tu todo? —pregunté al borde del llanto—. ¿Cómo es que empiezas a depender de esa persona?, ¿cómo puede llegar a doler de esta forma?

Ella bajó la mirada y negó unas cuantas veces. Vi cómo una lágrima se escapó rodando por su mejilla y cayó al suelo.

—No sé..., no sé —musitó dándose la vuelta—. Dios, se supone que soy psicóloga y no puedo responderle a mi hija —dijo en un tono casi inaudible para que yo no pudiera escuchar, pero lo hice.

Alejé la comida de mí levantándome del taburete, caminé unos cuantos pasos para salir de la cocina y, antes de cruzar la puerta, volteé a ver a mi madre y la llamé.

—Yo sí —pronuncié ganándome su mirada, humedecí mis labios y observé el suéter negro de Luke—. Ahora sé que la droga más fuerte de un ser humano es otro ser humano.

Después de esa conversación, lo pasé por mis brazos, recordando la noche en que me lo dio, diciéndome lo diminuta que me veía con él puesto, cuando vi aquellos hematomas y, esa misma noche, sintiendo la vibración en su espalda cuando se rio. Todo parecía tan real. Sonreí con melancolía ante tal recuerdo y salí.

Neisan venía a mi lado, hablándome sobre algo a lo cual no estaba prestando atención. Me encontraba pensando en cómo todo ahora era tan penumbroso, absolutamente toda la escuela sabía de mi existencia y de la de Luke. Después de su muerte dejé de asistir a clases, no me presenté a los exámenes finales y eso causó que mis calificaciones decayeran.

Reprobaría Historia.

«—Cálculo, Ciencias Sociales e… Historia.

»—¿Historia? —reí—. ¿Quién reprueba Historia?

»—¡Luke Howland!».

Y no pude seguir fingiendo que era fuerte, las lágrimas comenzaron a salir de mis ojos, sintiéndome tan débil ante tal recuerdo, uno de los últimos.

—¿Hasley? —sonó la voz de Neisan, tomándome del hombro y obligándome a que lo mirara—. No, por favor, tranquilízate.

—Quiero estar sola —pedí—. Solamente quiero pensar, pero a solas. Él dio un suspiro.

—¿Estás segura? —preguntó, y yo asentí—. Está bien, pero te aviso que yo te llevaré hasta tu casa. Y entra a las siguientes clases: preguntaré a los profesores si lo hiciste. Te veo en la salida, ¿bien?

Yo asentí una vez más y me di la vuelta.

Neisan era el único acompañante que tenía en la prepa, justamente como en los días cuando ocurrió todo con Matthew. Antes de que comenzara a sollozar caminé hasta donde mis pies me llevaran, pero al parecer mi sentido común no estaba en esos momentos, porque me dirigía al campo.

Fue tan poco el tiempo que pasó cuando todo empezó a atacar mi mente, los recuerdos venían en largas y rápidas ráfagas de imágenes con sonido. Mi mirada fue hasta las gradas y visualicé el primer día que lo conocí, cayendo torpemente de ellas, él me miró tendiéndome su mano y aquel fue el primer tacto que tuve con su piel. Ardía, ardía no volver a sentirlo nunca más.

Yo solo quería saber qué había sacado de su bolsillo aquel chico.

Subí cada grada y me dejé caer en una donde caía la sombra, me acomodé a horcajadas, puse mi mochila entre mis piernas, intenté sentir el calor de su suéter, pero no era lo mismo, no se sentía igual, no me proporcionaba la calidez que sus brazos me brindaban.

Lloraba destrozada, ¿dónde estaba él para decirme que no me dejaría sola?, ¿que no me dejaría caer? Lloré y nunca escuché el «aquí estoy».

Tiré mi mochila y subí las rodillas hasta la altura de mi pecho para abrazarme a mí misma, porque de ahora en adelante así sería. No me importaba quién me viera, o si me tuviera lástima, de por sí ya la daba, aunque estábamos en horario de clase, así que lo más probable fuera que no hubiera casi nadie por el campo.

El reloj nunca me pareció tan lento cuando estábamos juntos, pero ahora, en su ausencia, era una tortura, una de las más difíciles.

No podía continuar, pero sabía que tampoco debía echarme atrás. Solo veía que la vida iba pasando, las personas seguían y yo continuaba hundida en su recuerdo.

Un sollozo fuerte se escapó de entre mis labios y limpié mis mejillas. Ya no quería que doliera.

Quería olvidar todo, un día despertar y no saber qué había ocurrido en mi pasado, aunque no podía ser tan egoísta ante mi pensamiento.

No quería olvidarlo. No quería olvidar a la persona que más feliz me había hecho, a la persona que me había protegido, me había cuidado y me había amado sobre todo lo que cometí e hice.

—¿Hasley?

Volteé y me encontré con la mirada de André. ¿Qué hacía allí, en la preparatoria? ¿Justamente en las gradas?

—¿André?

—Te estaba buscando —murmuró, tomó asiento en una de las gradas de abajo y jugó con sus dedos—. Sé que no has estado bien, es por eso que no preguntaré —se quedó en silencio durante varios segundos.

—Lo echo de menos —confesé, y me pasé el dorso de la mano por mis mejillas.

—Yo también —admitió—. Todos lo echan de menos.

—Si tan solo hubiera dejado que…

—Hasley, no, no. Él simplemente salvó su vida —comenzó a hablar y mostré confusión—. Si Luke seguía de pie era por ti, prácticamente tú eras su vida, su mundo. Solo hizo lo que habrías hecho tú.

Mi corazón ya no soportaba más. Todo se había derrumbado, ya no quedaba nada de mí.

La mano de André se posó sobre mis hombros dando leves caricias.

—Extrañaré sobre todo fumar y hablar mal de todos con él, o cuando iba al cine con mis citas y le suplicaba que me diera todo gratis.

Él rio haciendo que yo también lo hiciera. A mi mente vino el día en que Luke le deseó que su próximo condón saliera defectuoso.

Sequé algunas lágrimas que vagaban por mi rostro y respiré hondo.

—¿Para qué me buscabas? —me atreví a preguntar. André sacó de su chamarra un sobre blanco y fruncí el ceño.

—Hacía limpieza en mi habitación hoy por la mañana y la encontré… —él hizo una mueca—. Es una carta de Luke, se suponía que debía de estar dentro del disco de vinilo, pero al parecer me despisté y no la metí —admitió, y sentí cómo mi pecho se oprimió—. Él te iba a pedir que la leyeras cuando estuviera fuera de Australia, pero ya no importa si la lees ahora.

André me la extendió. Con temor y dolor en mi corazón la tomé, mi vista no se despegó de la carta, al frente pude observar la mala caligrafía de Luke y mis ojos se volvieron a llenar de lágrimas.

No podría.

—Gracias —murmuré.

—Me tengo que ir —avisó—. No quiero que me atrapen y te castiguen —él hizo una mueca con los labios—. Hasta luego, Hasley.

Empezó a bajar las gradas, pero antes de que saltara la última lo llamé:

—¡André! —él se giró, lo que diría a continuación sería tan raro, pero no me importó—. ¿Podrías conseguirme ropa de Luke?

—¿Ropa? —preguntó incrédulo.

—Sí, por favor —supliqué.

—Lo haré, te la llevo hoy por la noche —él sonrió y se alejó, y yo le permití irse.

Esto no sanaría de la noche a la mañana. No en un abrir y cerrar de ojos. Ese tipo de cosas no funcionaba así, el dolor quedaría para siempre. Viviría con eso hasta que pudiera superarlo, salir adelante y curar mi corazón, sanar sus heridas y evitar dañarlo de nuevo.

Las horas pasaban y la culpabilidad emanó.

Le fallé a Neisan, no entré a ninguna clase, se enojaría y me soltaría su sermón lleno de positivismo, aclarándome que mi actitud no ayudaría en nada. Que no me dejaría tirar la toalla sin antes luchar.

Mis pensamientos se eclipsaron cuando vi a Zev mirándome desde lejos. Tragué saliva con dificultad y apreté los dientes.

Ocurrió.

Zev Nguyen subía las gradas una por una, tomándose su tiempo. Llegó a mi lado y se sentó, aunque guardó una distancia considerable entre los dos. Mis párpados pesaron y el aire helado se coló entre mis labios.

—Perdón —dijo él con un hilo de voz. No me dirigió la mirada. Yo tampoco.

—No importa ya.

—Lo sé, quizá no arregle nada, pero normalmente uno se disculpa para demostrarle al otro que de verdad se arrepiente. Lo estoy. Me equivoqué de la peor manera, perdí a la única persona que nunca me dio la espalda… Y yo lo hice cuando más me necesitaba.

—Solemos darnos cuenta una vez que perdemos a ese alguien —lo miré y él a mí—. Así es la vida, Zevie. Una ruleta que no podemos controlar.

—Hasy —arrastró el apodo que hacía tiempo que había dejado de usar.

Algo que mi madre me enseñó desde pequeña fue a perdonar a quienes me hicieran daño, pues el rencor y el odio no son buenos para nuestros corazones. Vivir con resentimientos te vuelve una persona miserable.

—Te perdono —indiqué.

—Gracias, no quise perderte —tomó mi mano, esbozando una sonrisa. Sus hoyuelos.

—No —negué—. Te dije que acepto tus disculpas, solo por la amistad que tuvimos, porque pasamos muchas cosas juntos, y no me gustaría que fueran fríos recuerdos, pero el perdonarte no significa que volvamos a ser amigos.

Quité mi mano de la suya y me puse de pie.

—Hasley, no lo hagas.

—Zev, no se traiciona a quien conoces desde hace años —comenté—. Posiblemente aún tengas clara la definición de lo que es la amistad incondicional. Te deseo toda la suerte del mundo.

Finalicé, cerrando una de las tantas heridas, diciéndole adiós a una persona más.

Alrededor de las ocho de la tarde, André tocó el timbre de mi casa. Mi madre estaba presente, por lo cual tuvimos que subir a mi habitación, y pude notar un poco de felicidad en sus ojos, quizás imaginara que comenzaba a sentirme mejor, pero la realidad era que había pedido ropa de mi…, de Luke, porque en realidad nunca fue mi novio.

Pero Luke y yo fuimos el claro ejemplo de que no se necesitaba tener una estúpida etiqueta para amar ante los ojos de los demás.

—No he traído ropa interior —murmuró saliendo de mi habitación—. Creo que eso sería un poco enfermizo.

—Por supuesto que no —reí por lo bajo—. Gracias, en serio.

—De nada —susurró—, y también te traje algunos discos de Luke, elegí los que más escuchaba.

Mi corazón se encogió al oír eso.

—Eres una gran persona. Muchas gracias —repetí cuando llegamos a la puerta principal.

—Oye, no me lo agradezcas, fue genial hacerlo, sentí la adrenalina correr por mis venas —fingió emoción y le regalé una sonrisa—. Cuídate —me pidió—. Vivo a unas cuantas calles de aquí por si necesitas algo más.

Antes de que se marchara, le regalé un fuerte abrazo. Cerré la puerta detrás de mí, caminé hasta la cocina y me apoyé en el marco. Mi madre estaba preparando jugo, y al verme me sonrió.

—Voy a salir durante unas horas, ¿puedo? —pedí permiso.

—Claro, pero ¿adónde? —cuestionó frunciendo el ceño.

—Oye, estaré bien, lo prometo. Solo iré a un lugar…

Me di la vuelta para ir hacia mi habitación. Me quité la blusa y hurgué en la mochila que André había traído, había muchas cosas. Por favor, por favor… Y, sí, ahí estaba.

La camisa con la que había empezado todo.

Tomé la prenda entre mis manos, aspirando. Diablos, su olor estaba presente, a pesar de que el olor a jabón se sentía, también se notaban su perfume y la nicotina. No iba llorar, no ahora.

Me puse la camisa de Luke y tomé mis cosas junto con el suéter negro. Antes de salir, abrí mi mochila para sacar la carta que André me había entregado. Grité a mi madre que ya me iba, ella dijo algo, pero no pude entender, comencé a correr sin importarme que me cansara, que a esas horas fuera peligroso, simplemente ya nada importaba.

Crucé la valla de madera como Luke me había enseñado la primera vez. El callejón seguía estando exactamente igual, la luna estaba en su punto y el arco del espejo con el grafiti hacía la semejanza de la iridiscencia. Todo parecía más hermoso, pero a la vez tan triste.

Me dejé caer apoyándome en aquel tronco del árbol donde habíamos hablado de tantas cosas que hoy ya eran recuerdos que se desvanecían con el viento.

—Aún puedo sentir tu presencia —murmuré aferrándome a su suéter.

Miré la carta entre mis manos. «Dios mío, dame fuerzas». Sentía que al momento de abrirla lloraría y me quebraría más de lo que ya estaba.

Sin embargo, tomé una gran bocanada de aire y la abrí.

Su mala caligrafía. Y, al leer las primeras letras, mis ojos se inundaron.

Weigel:

¿Te he dicho lo mucho que me fascina decir tu apellido? Es como un placer, la facilidad con que puedo arrastrar cada letra en mi boca es sorprendente y eso solo tú lo haces.

Weigel, promete que después de leer esto tratarás de ser fuerte por los dos y no irás a buscarme, ¿okey? ¡Prométetelo!

Sabes que si me estoy yendo es por ti, porque quiero ser alguien mejor para ti. Estoy preparado para darte un futuro junto a mí, pero primero necesito sanar. Quiero ir de la mano contigo enfrente de todos, caminar al altar y esperar a que entres con un hermoso vestido blanco; tener hijos y cuando seamos viejos recordarte que tú fuiste el amor de mi vida.

Te confieso que antes de conocerte no sabía qué iba a ser de mi vida y, aunque aún estoy dolido por todo, me estoy poniendo de pie junto a ti. ¿Alguna vez has sentido cómo el mundo se te viene encima?, ¿cómo todos se ponen en tu contra? Así me sentía, hasta que tú apareciste.

Y quizá llegaste un poco tarde. ¡Demonios, Weigel! ¿Dónde estabas? ¿Por qué tardaste tanto?

Pero ¿estamos bien? Yo me siento bien ahora. Es por eso que me voy a rehabilitación, porque quiero comprobar que me estoy equivocando, que no llegaste un poco tarde, ¿verdad?

Ya estoy llorando y no tengo idea del porqué. He decidido escribirte esto dos días antes de pedirte que seas mi novia. Claro, cuando llegues hasta aquí podrás decir: «Luke Howland es mi novio».

Te amo demasiado. Tú eres la razón de mi existencia.

¿Te acuerdas de cómo nos conocimos? Confieso que ya lo hacía desde antes.

¿Te acuerdas de cuando me burlé de que bebías Ginger ale? Sigo pensando que es asqueroso.

¿Te acuerdas de cuando preguntaste sobre mi camisa? Tuve ganas de encerrarte en la garita del conserje, ¿qué demonios te pasaba? Me ofendí.

¿Te acuerdas de cuando hice que subieras conmigo a las gradas y el profesor nos encontró con el cigarrillo? Entré en pánico por pensar que te llevarían a dirección por mi culpa.

¿Te acuerdas de cuando Matthew te invitó a salir? Sabía que no saldría nada bien, carajo, sentí rabia.

¿Te acuerdas de cuando fuimos a comprar los discos? Me sentí feliz, pero todo se esfumó cuando peleamos. Te confieso que lloré esa noche por haber arruinado nuestro momento.

¿Te acuerdas de cuando nos besamos por primera vez? Santo Dios, me quería morir de felicidad, era la persona más feliz y sobre todo porque pasó mientras sonaba «Wonderwall».

¿Te acuerdas de cuando le dijiste que sí a Matthew? Lo hiciste porque te lo dije con los labios y me rompiste el corazón, pero no te fuiste, cumpliste tu promesa y eso recompensó todo.

¿Te acuerdas de aquella vez que fuimos sin destino alguno en la camioneta? André me sobornó. Pero valió la pena por ti, aparte con eso comprobé que te ponías celosa por mí, ¡maldición! Daliaah era la conquista de mi mejor amigo.

¿Te acuerdas de cuando te desperté a las tres de la mañana, nos subimos a la moto y condujimos hasta que dejó de funcionar? La verdad es que lo hice para estar más tiempo juntos, porque me han dicho que la madrugada revela secretos y hace que te enamores de la persona. Y ¿sabes? Lo hizo, pero más de lo que ya estaba.

El día que te tomé de la mano y te miré a los ojos, te di mi corazón con ellos.

Creo que hay muchas cosas que hemos pasado juntos y las que nos faltan aún.

Concluyendo, te pido que, mientras estoy fuera, durante un tiempo trates de cuidarte, porque si me llamas una noche llorando juro que me volveré loco y tomaré el primer vuelo hacia Australia para abrazarte. Aunque lo más probable es que eso no sea posible, Pol me lo impediría. Así que haz el favor de cuidar de ti, yo sé que puedes, eres muy fuerte, mi pequeño ángel, sobrevive un año sin mí, por favor.

Te amaré hasta que dejes de recordarme, hasta que me convierta en polvo y hasta que mi alma deje de existir.

Porque mi sueño tiene que estar completo y para eso tú tienes que estar en él.

Weigel, ¿acaso la mancha de pasta dental es tu forma de ligar? Porque funcionó demasiado bien.

Cuídate y no me eches mucho de menos.

Por siempre tuyo,

Luke Howland

Mi respiración estaba entrecortada. Si antes me había dolido, ahora me estaba quemando y destruyendo por dentro.

Dejé de escuchar todos los ruidos y me concentré en el recuerdo de sus ojos, tratando de mantenerme en calma y no caer en el intento.

La gélida brisa azotaba en mi rostro. Debía ser fuerte. La carta fue una despedida, pero no sabíamos que para siempre.

Traté de tragarme las palabras, pero todo daba vueltas, mi cabeza dolía, estaba llorando demasiado, porque ahora era yo y el recuerdo de Luke contra todos. Tenía que ser fuerte por los dos, porque se lo había prometido.

Y esa noche al cielo le dio tanta nostalgia nuestra historia que lloró conmigo y se tiñó de otros colores.

Fuimos perfectamente imperfectos, pero a la vez fuimos ambos negativos.

Las leyes de la física dicen que dos polos iguales se repelen, pero las reglas de las matemáticas dicen que negativo y negativo igualan a positivo. Entonces ¿qué fuimos Luke y yo?

Él se había alejado de mí llevándose consigo mis gritos, arrasó como el peor de los huracanes llevándose mis sueños, dejándome con una amarga melancolía, fue el más grande incendio en mi vida y tan solo me dejó cenizas.

Luke se volvió aquella forma de la vida que es bella y triste a la vez diciéndome que no se podía tener todo. Esa parte que te muestra cuando dos personas se conocen pero no están destinadas a estar juntas.

Habían pasado ya diez meses desde que se había marchado y aún dolía, dolía como el primer día.

En el transcurso del tiempo comprendí muchas cosas, tantas de las que me decía y yo jamás les había buscado algún sentido porque no me interesaba, no sabía que lo necesitaría, como aquel día que me enseñó el boulevard por primera vez y me dijo algo que nunca comprendí hasta que él se fue.

«Cuando un sueño muere, alimenta al boulevard. Cuando uno de tus sueños se rompa, lo entenderás».

Él fue el mío. Entendí que, cuanto más hermoso fuera el sueño, más lo sería el boulevard, que era el lugar de los amantes y de lo inaudito, porque los sueños se componen de algo lo suficientemente bello y con tantas desilusiones que solo se quedaban allí, decorándolo para que fueran un recuerdo de lo que querían ser y nunca pudieron.

Luke se convirtió en agua y fuego, en verano e invierno, en cristal y piedra. Fue la estrella que siempre brilló entre todas, la cual se paraba justo en la línea de la maldad y el bienestar, Luke era tanto y dejó tan poco.

Se quedó tatuado en mí.

Fue tan injusto que solo el destino supiera que ese sería nuestro último abrazo.

Luke no se despidió de la mejor manera, pero sabía que su amor fue real, es por eso que lo dejaba ir lejos de mí, aunque mi corazón doliera.

Miré la lápida y le regalé una sonrisa.

—Llevo tu camisa puesta —dije—. En menos de dos meses se cumple un año de tu muerte y se supone que en esos dos meses tú regresarías de rehabilitación —murmuré—. He tratado de ser fuerte como me pediste en tu carta, pero no hay ninguna noche en que yo no susurre que vuelvas a mi lado. Tú nunca lo haces.

El nombre de él estaba sellado junto a su fecha de nacimiento y la de su muerte y una frase bíblica. Diecinueve años.

—Luke Howland Murphy, 15 de junio de 1996 a 5 de diciembre de 2015 —leí, sujetando una rosa sobre mi pecho—. Si hubiera sabido que aquel «te amo» sería el último de tus labios, habría grabado en mi interior cada parte de tu rostro al decirlo.

Deslicé el dorso de mi mano bajo mi nariz y respiré hondo.

—Admito que escucho todos los días aquel disco que me diste, André me lo entregó. No sabes cómo duele oírlo, porque tienes razón, llegué tarde y lo siento mucho. De verdad lo siento.

Me tragué las lágrimas.

André había entrado a la universidad de nuestra ciudad, nos llamábamos de vez en cuando por los recuerdos que Luke dejó entre nosotros. El chico me decía que Jane estaba arrepentida, le confesé que no sentía nada de rencor, es decir, no me interesaba lo que había ocurrido, de hecho, todo lo que viniera de Matthew ya no valía nada para mí.

Zev continuó su vida. Y estaba feliz por él a pesar de todo, aunque ya no habláramos. Al parecer tenía novia, se llamaba Alisson y, por lo que Neisan me había contado, llevaban una relación muy estable y seria.

Por otro lado, Jones se había ido de la ciudad, sus papás decidieron que continuaría sus estudios fuera de Sídney. Después de aquel día del accidente, jamás volvimos a cruzar ninguna palabra.

Eché un vistazo por encima de mi hombro, percatándome de que mi madre hablaba con Neisan. Miré de nuevo la lápida y suspiré.

—Neisan ha estado todo este tiempo cada vez más cerca de mí —confesé—. Es un gran amigo. He estado sobrellevando las cosas, no es fácil, pero… una vez dije que las cosas que valen la pena cuesta conseguirlas, quiero creer que esto es igual.

Observé mi celular y me fijé en la hora, se estaba haciendo tarde. No quería irme, pero lo tenía que hacer.

—Creo que es hora de despedirme —le avisé—. Me voy a la universidad de Perth, me aceptaron, se suponía que estudiaríamos juntos… Por fin podré realizar mi carrera, sin embargo, prometo venir a visitarte siempre que pueda, a ti y al boulevard, no me olvides donde sea que estés, que yo no lo haré.

—¡Hasley! —gritó mi madre.

Miré la lápida antes de levantarme, cerré los ojos tratando de recordar los suyos, su sonrisa angelical mostrando aquel hoyuelo en su mejilla, su cabello sedoso, la manera en que jugaba con su *piercing* y su voz pronunciando mi apellido.

—Te amo, Luke, en esta vida y en mil más —puse la rosa roja sobre su lápida y mi vista se nubló—. No importa que sea la primera, tú siempre serás mi quinientos veinte, y esta cuenta como el último disco que te daría.

Aún recuerdo cuando tomé su mano, el roce perfecto de dos almas uniéndose de una forma maravillosa, el tacto de su piel quemaba con la mía, revoloteando entre lo más profundo de mi alma y haciéndome sentir tan viva; el nerviosismo me ganaba, pero la vergüenza más. Le había dado las gracias y él solo había bufado un insípido quejido.

Podía oír aún su voz como una sinfonía melodiosa, suprimiendo todos los sonidos a nuestro alrededor, concentrándose en nuestras almas, repitiendo muchas veces mi apellido, su recuerdo aún erizaba mi piel, en las oscuras calles divisaba sus ojos.

Azul celeste y eléctrico. Perfecta combinación. Ellos aún me miraban desde las imágenes llenas de nuestros recuerdos melancólicos. Destellaban pasión, pero a la vez ternura y nostalgia.

¿Cómo podía ser aquello?

Su sonrisa, espontánea y despampanante. El hoyuelo característico se hundía en su mejilla, podía ver aún cómo fruncía sus labios, era algo que hacía siempre que se disgustaba o pensaba. Su *piercing* seguía ahí, recordé que la última vez ya no lo llevaba.

Pero era solo un recuerdo, uno que se desvanece con el tiempo.

Abriendo los ojos giré sobre mi eje, alejándome de donde seguía el amor de mi vida. Caminé con un nudo en la garganta, mi madre se burlaba de Neisan, yo fruncí el ceño sin entender.

—Muévanse —señaló ella.

—Demonios —maldijo Neisan sacudiendo su pantalón.

—¿Qué pasó?

—Me caí… —puso los ojos en blanco sin humor— y la gente se rio —Neisan fingió una mueca, avergonzado, y abrió la puerta trasera del coche dándome acceso para que yo pudiera entrar. Antes de hacerlo, le regalé una sonrisa a medias, transmitiéndole confianza.

—¿Sabes? Deja que se rían de lo patético que creen que eres, al final todos terminamos igual —me encogí de hombros y con la voz firme finalicé—, en un boulevard de los sueños rotos.

Con su último cigarrillo en la mano, él preguntó: «¿Qué has hecho todo este tiempo?».

Sonriente, le respondí: «Cumplir la promesa que te hice».

«Todos terminamos igual, en un boulevard de los sueños rotos».

Esta obra se terminó de imprimir
en el mes de mayo de 2025,
en los talleres de Litográfica Ingramex S.A. de C.V.,
Ciudad de México.